MERIDIANE

Aus aller Welt

Band 130

Ernst Halter

Jahrhundertschnee

Versuch einer Revision

Ammann Verlag

Autor und Verlag danken dem Aargauer Kuratorium
für die großzügige Unterstützung bei der Drucklegung dieses Werkes.

KU RA UM RI TO
Aargauer
RA TO KU RI UM

Erste Auflage

www.ammann.ch
Satz: Gaby Michel, Hamburg
Druck und Bindung: CPI – Clausen & Bosse, Leck
ISBN 978-3-250-60130-2

Für Silvia Haab

I
Die Vorzeit

»Und an den Küsten – liest man – steigt die Flut.« *Jakob van Hoddis, »Weltende«*

»Die Lage ist verzweifelt, aber nicht ernst.«
Kakanisch

Chiffre I:
Die Flut

Wann immer ich dem Hochwasser begegnet war, füllte es nur das Flußbett und das Vorland bis auf Kronenhöhe der Seitendämme, die abgeschnittenen toten Arme, die Seitenkanäle und selbst die im weiten Wiesenplan ausgehobenen, sommersüber unsichtbaren, kapillaren Entwässerungsgräben. Es verwandelte die unter diffusem grauweißem Licht liegende Talebene; in Dellen und Sandkuhlen, wo im Juli die Hitze flimmert, glitzerte es durchs hohe Gras, und man hätte ohne die paar kleinen Holzbrücken nicht an den Fluß in der Talmitte vorzudringen vermocht. Hier wühlte das Wasser vorbei. Doch Angst, der bis knapp vor die Füße bespülte Damm, auf dem ich stand, könnte unter meinem Gewicht nachgeben und ich mitgerissen werden, hatte ich nicht.

Ich bewunderte die unaufhaltsam von rennenden Schlieren überformte, dahinschießende Masse – ein wildes Schuppentier, dessen Knurren und Tosen mich nicht bedrohte, da das Hochwasser bereits zurückging. Meinen Eindruck bestimmten die Kraft, Wucht und Ausdauer des Vorgangs. Ich empfand die Achtung, die uns ein ungeheuer großes Lebewesen abnötigt. Morgen oder übermorgen würde der Fluß wieder am Grund des Betts lautlos und durchsichtig dahinrieseln. Ich wandte mich ab, überquerte einen schwingenden Steg über einen Seitenkanal und ging ziellos ins Wasserland hinaus, für mich eine der schönsten Landschaften, *die ich nie gesehen habe.* Die langrechteckigen Weidegründe für halbwilde Pferde, die verstreuten Laubgehölze, Eichen, Eschen, Trauerweiden, schienen mir unberührt, als hätte noch kein Mensch sie in Besitz genommen und einer Nutzung unterworfen.

Der Distrikt zieht sich talauf und talaus, Kanäle und Gräben silbrig, die Weidestrecken hellgrün, als ob die Sonne durchbrechen wolle. Neugeschaffen. Doch jemand mußte in früherer Zeit diesen Raster aus schmalen, verwilderten Wegen angelegt haben, der die Ebene in sein Netz faßt. Ich ging in dieses lichte Land von Wasser, Wind, Gras und einer mächtigen *Absenz* hinaus, und es war nicht auszuschließen, daß es von meiner Anwesenheit allmählich *erfüllt* wurde, als ob ein Wunsch dieses Landstrichs *herüberzutreten,* gesehen, begangen, begriffen und geliebt zu werden, wahr geworden wäre. So streifte ich flußabwärts, wo die Talflanken immer weiter auseinandertreten, bis sie, mehr ahnbar als sichtbar, ähnlich einem wolkengrauen Hügelzug, mit einem querlaufenden Moränenriegel die Erfüllung dieses Wunsches oder Glücks *fassen.*

Gestern – ich war auf der Rückfahrt von Zürich – füllte die *Flut* das Tal. Niemand und nichts hatten mich vorgewarnt. Plötzlich sah ich sie, nein, sie riß vor mir Bäume und rittlings abgehobene Dächer vorbei. Vollbremsung, ich fuhr rückwärts und parkte an einem überschwemmungssicheren Ort. Ich stieg aus und hinunter, zuweilen wich ich zurück, um nicht von einer unversehens hochgepreßten Welle mitgerissen zu werden. Die Wassermasse brauste mit braungrauen, sich senkrecht gleich Mühlrädern drehenden Wirbeln das Tal hinaus, über dem nur noch unser Haus zu sehen war, mir genau gegenüber und somit unerreichbar. Ich wartete, das Herz im Hals, daß es ins Rutschen kommen und versinken würde. Dann fiel schwarzer Regen vom Himmel, eine kompakte Wand, ich sah nichts mehr, hörte nur noch das Toben der Flut.

Jakob Lanz 1:
Die Wahrheit

Als Junge hatte Lanz einmal gelesen, daß die Wahrheit sich hinter Schleiern verberge, und hatte die gesprenkelte Forelle vor sich gesehen, die, den Kopf gegen die Strömung, in der von winzigen Wellen überschauerten Bünz stand, hie und da mit den Bauchflossen fächelnd, und die ihm mit einem einzigen Schlag der Schwanzflosse entwischt war, als er sie zu packen versuchte. Die Forelle war die Wahrheit, denn sie war wirklich, und er hatte danebengegriffen, weil ihm ihr Abbild infolge der Lichtbrechung an der Wasseroberfläche am falschen Ort erschienen war. Heute, Jahrzehnte später, vermutete er, dieses Erlebnis habe ihn bewogen, Fotograf statt, wie sein Vater es gewünscht hätte, Lehrer zu werden.

Er hatte das Sichtbarwerden der Konturen, dann der Binnenzeichnung und endlich der Schattierungen der Gesichter im Entwicklerbad als Wegheben dieses Schleiers empfunden und jedesmal etwas wie Lampenfieber verspürt, einen leisen Zweifel, ob sich der Vorgang auch diesmal wiederholen würde. So hatte er jahrelang die Fotografie als wahres Abbild der Wirklichkeit betrieben.

Doch dann war diese Wahrheit ins Wanken geraten. Zum einen störte ihn plötzlich die Zweidimensionalität der Fotografie, obwohl diese ästhetisch ein Vorteil war, tat sie doch sozusagen den ersten Schritt in die Abstraktion. Immerhin blieb das unwiderlegbare Vorhandengewesensein einer Konstellation von Gegenständen oder Menschen, eines Lichteinfalls auf der Landschaft oder auf einer Maschine in einem irgendwo durch die Zeit sich entfernenden Moment. Doch genau aus dieser Augenblicksecke fielen ihn Zweifel an: Er, Lanz, war es ja, der den Moment, den Blickwinkel, den Lichteinfall wählte und die Stellungen vorgab.

Je besser er sein Metier beherrschte, je selbstverständlicher er mit Emulsionen, Glasplatten, Retuschierpinseln, Kameras, Stativen, Scheinwerfern, Requisiten, gemalten Hintergründen und Blumenarrangements hantierte, je sicherer er vorauswußte, daß das Bild im Sinne des Auftraggebers gut wurde, desto stärker war sein Eindruck, sich von der Wahrheit zu entfernen, eine Scheinwelt zu inszenieren und zu produzieren, zu lügen, desto hilfloser fühlte er sich dem Material ausgeliefert. Wie konnte er dem Hochzeitspaar Paula und Leonz Küng aus B., einem Kleinbauern und seiner angetrauten Kleinbauerntochter, deren Lebenslauf klar zwischen Saat und Ernte, Heuet und Emd, Stall und Garten, Kinder und Küche und Torfstich vorgezeichnet war, wie konnte er den jungen Leuten den heißen Wunsch verwehren, sich vor Eiger, Mönch und Jungfrau – einem seiner Staffageparavents – ablichten zu lassen? Ins Berner Oberland würden sie es ihr Leben lang nicht bringen. Lanz wäre lieber zu ihnen nach Hause gegangen und hätte sie unter der niedrigen Stalltür fotografiert, in deren Sturz der Erbauer die Buchstaben I+N+P&F&S+S (Im Namen des Vaters und des Sohnes und des Heiligen Geistes) eingekerbt hatte.

Die schlimmste Enttäuschung hatte Lanz in der neuen Bally-Fabrik in Dottikon eingesteckt. Ein ehrenvoller Auftrag. Doch woraus bestand die Ehre? Daß er während mehrerer Schönwettersonntage die gewischten Säle, die blankgeputzten Maschinen, die leeren Stuhlreihen, Tischchen, Nähmaschinen, Körbe, Fließbänder und Pulte fotografieren durfte. Mit Ausnahme des in seiner Sonntagsruhe gestörten Abwarts, der ihm mürrisch aufschloß und das Fotoprogramm, eingezeichnet auf einem Plan der Fabrik, in die Hand drückte und ihn drei Stunden später mürrisch abholen kam, hatte er niemanden gesehen. Noch während er die Maschinen ins schönste Scheinwerferlicht rückte und erst recht während er zu Hause jedes störende Pünktchen mit dem Haarpinsel wegretuschierte, hatte er sich geschworen, einen derartigen Auftrag, und mochte er noch so hoch bezahlt sein, nie mehr anzunehmen, es sei denn, er selbst würde bestimmen, was aufs Bild kam. Solche Fotografiererei war ein schleichender Verrat an den Menschen, die den Maschinen zuliebe in den Sonntag, die Nichtexistenz, geschickt worden waren. Doch an ihnen hing die ganze Produktion. Dann lieber noch ein Musterbuch für einen Strohindustriellen zusammenstellen, auf schwarzem Samt fein ausgelegt die ganze Vielfalt der Plateaus, Spreuer, Uhrfedern, Knöpfchen, Schilten, Perlen, Birnen, Grelots, Bordüren, Spitzen, Dentelles, Hutfonds, Pferdehaarblonden, Ajourgeflechte, Ringe, Entredeux, Knüpf- und Strickarbeiten aus Stroh, Pferdehaar, Hanf oder Raffiabast.

Lanz hatte gut verdient, sein Geschäft hatte, vor allem in den späten Jahren, als Spitzenadresse gegolten; sein Kundenrayon reichte von Brugg über Lenzburg, Hochdorf, Muri bis Affoltern. Auch ein Sortiment Witze hatte er auf Lager, mit denen er die Leute zum Lachen brachte, er verfügte über Puppen, Kissen, Polsterstühlchen, dank deren Zuspruch und Kuscheligkeit die weinenden Kinder sich allmählich beruhigten, und er hatte sein sogenanntes Hinterzimmer für heikle Aufträge, einen Raum mit Oberlicht, das jede Einsicht verwehrte und zu dem er allein die Schlüssel besaß.

Dann hatte er verkauft, gut verkauft – die Gunst des Standorts, die Hand des Meisters, die Größe und Exklusivität der Kundschaft. Er hatte sich in sein kleines Haus unweit des Waldrands über W. zurückgezogen, entschlossen, nunmehr endlich *die Wahrheit* zu suchen. Die Wahrheit, die hinter Schleiern verborgen war, Schleiern der Konvention und Prätention, Schleiern der Wünsche und Sehnsüchte, des selbstgefälligen Egoismus, der Lust, der Naivität oder seichten Nettigkeit, Schleiern des Lichts, der Einstellungen, der Requisiten und des Arrangements. Daß die Wahrheit nackt sei, hatte er nie gefunden; die nackte Wahrheit oder die Wahrheit in der Nacktheit war im Gegenteil die größte Lüge.

Die liebsten Aufträge waren ihm – weit vor Täuflingen, Erstkommunikanten und Konfirmanden, Hochzeiten, Fahnenweihen, Turn-, Schützen- und andern Vereinsfesten, Dorftheateraufführungen, Grundsteinlegungen, Un- und Brandfällen, Zeppelinlandungen, Truppendefilees, Offiziers- und Fritzenvereinen (er selbst hieß gottlob Jakob), Examensklassen, Fabrikbelegschaften auf der Freitreppe, Kinder- und Erwachsenenporträts –, er wagte es sich kaum einzugestehen: es waren die Toten gewesen, die verunfallten und wieder hergerichteten Männer und Buben, die vom Schlag Getroffenen, in hohem Alter Eingeschlafenen, die mit acht Jahren von der Diphtherie, mit zwanzig von Tuberkulose oder Typhus Dahingerafften, auf dem Totenbett umkränzt mit Kunstblumen, den Öldruck mit dem Guten Hirten oder Christus in Gethsemane an der Wand über sich, die zu ausgezehrten Fabrikmädchen verblühten, abgemagerten Bauerntöchter, denen man zum Abschied das weiße Jungfernkränzlein ins Haar gedrückt hatte, die von den Brauenbogen herabfallenden schweren Schatten auf den tiefliegenden, fest zugedrückten Lidern, die sich nie mehr öffnen würden, denen auf immer jeder Blick in die lebenserfüllte Welt erloschen war. Vielleicht hatte er hier *Wahrheit* ohne bestimmten Artikel abgelichtet.

Doch es mußte auch eine Wahrheit der Lebenden oder des Lebens geben, eine Wahrheit, die kein Regen verwischte und keine Sonne hinwegblendete, weil Regenstriemen und Sonnenglast und Nebel – der Hauptfeind des Architektur- und Landschaftsfotografen – dazugehörten. Und jetzt hatte er sich aufgemacht, sie zu suchen. Den Anspruch, Kunst zu machen, hatte er nie erhoben, er war ein gewissenhafter Handwerker. Er würde den Blick ändern müssen, das perfekte Bild konnte er vergessen, er mußte eine neue Lehre antreten, er mußte lernen, ein Bild schön zu finden, das von seinen ehemaligen Kunden und Kollegen als häßlich oder mißlungen abgelehnt würde. Er mußte das Kind werden, das er gewesen, als seine Mutter gestorben war und er durch sie und einen Tränenschleier hindurch *das andere,* sagen wir's weniger pathetisch: etwas anderes zu erkennen geglaubt hatte. Er mußte mit fast sechzig Jahren erwachen zu dem Menschen, der er wohl auch war und den er oft hatte verleugnen müssen.

Und Jakob Lanz war, ihm selbst unbegreiflich, voller Zuversicht. Als erstes Bild nahm er sich das Armenhaus am staubigen Ende des Dorfs vor.

Die S.A. Thorwaldt-Gesellschaft 1:
Die Gründung

Zu Frühlingsbeginn auf den 21. März 1910 lud der Berliner Verlag Ullstein aus Anlaß des bevorstehenden Abschlusses der sechsbändigen *Weltgeschichte* unter Federführung von Professor Julius von Pflugk-Harttung die 28 Autoren sowie eine Anzahl Gäste zu einer kleinen Feier ins Hotel »Kaiserhof«. Immerhin hätten sich 19 Autoren, so die Professoren Karl Brandi, August Conrady, Ernst Haeckel und Felix von Luschan, eingefunden, stellte Louis Ullstein fest, was angesichts der weit zerstreuten Gelehrtengemeinde fast an ein Wunder grenze und womit die Meister das Werk lobten, um Sirachs geflügeltes Wort umzudrehen. Anschließend verlas der Herausgeber die von Professor Julius Beloch in Rom telegrafierten kollegialen Grüße und Glückwünsche der Abwesenden.

Nach Worten des Danks und Gedenkens für den verstorbenen Professor Wilhelm Oncken – mit seiner *Allgemeinen Geschichte in Einzeldarstellungen* einer der geistigen Väter des Werkes – begrüßte Herr Ullstein einige Gäste: so die Professoren Ernst Cassirer, Hans Delbrück, den Nobelpreisträger Rudolf Eucken, Max Scheler, Max Weber, Ulrich von Wilamowitz-Moellendorf sowie den rüstigen Felix Dahn, weiter einen Vertreter der Akademie der Wissenschaften zu Berlin und den Herausgeber der *Preußischen Jahrbücher.*

Während eine Kleinigkeit gereicht wurde, betrat der

umstrittene Schilderer sozialer Mißstände, Gerhart Hauptmann, vertieft ins Gespräch mit dem glutvollen Dichter Carl Dehmel und seiner Gattin Ida, den Dinner-Salon; ihm folgte der Kirchenhistoriker und Theologe Adolf von Harnack mit seinem Freund, dem Kulturphilosophen Houston Stewart Chamberlain. Als letzter führte Arthur Moeller van den Bruck, der notorische Autor des Werkes *Die Deutschen. Unsere Menschengeschichte,* dessen 8. und letzter Band für den Herbst angekündigt war, den Privatgelehrten Dr. Oswald Spengler herein. Als gegen sieben Uhr abends noch der Staatssekretär im Reichsamt des Innern, Dr. Clemens Delbrück, und Friedrich Althoff vom preußischen Kultusministerium, ja sogar der Bankier Hans von Bleichröder eintraten und, aufs herzlichste empfangen, sich zu den Gesprächsrunden gesellten, die sich gebildet hatten, mußte auch Uneingeweihten klar sein, daß der Anlaß weiterreichende Gründe hatte. Als allerletzter betrat ein älterer Mann mit Kurzbart und starkem, nach hinten gekämmten Haupthaar den Saal. Louis Ullstein eilte ihm entgegen, schüttelte ihm herzlich die Hand und flüsterte einige Worte. Ein paar Gäste hatten sich, gelindes Erstaunen im Gesicht, umgedreht, doch auch von der Antwort des Ankömmlings war wenig zu verstehen: »... von Klara ... Benz direkt von Radebeul ... Totempfahl für Bärenfett ... Tlingit ... sattsam, sattsam ... Freund und Kameraden im Abenteuer die Ehre ... zweifelsohne dichthalten ...« So blieb auch während des kleinen Dinners ein Geheimnis, welcher Art die Überraschung sein würde.

Endlich erhob der eigens aus Breslau angereiste Professor Dahn sein volles Champagnerglas zu einem Toast und gab seiner Freude darüber Ausdruck, daß er den Versammelten Ihrer Majestät des Kaisers allerhöchsten Gruß und Glückwunsch für ein neues, bedeutsames Unternehmen auszurichten befugt und zur Bekanntgabe des nächsten editorischen Wagestücks des Ullstein Verlags ermächtigt sei.

Im Schoße der nach Leibniz' großartigem Plane gestifteten und im kommenden Jahr ihr zweihundertjähriges Bestehen feiernden Berliner Akademie der Wissenschaften sei ein neues Kind gewachsen, dessen Name und Statuten heute morgen Rechtskraft erlangt hätten: die S. A. Thorwaldt-Gesellschaft. Von namhafter Unterstützung aus der kaiserlichen Privatschatulle und durch das Bankhaus Bleichröder ermutigt, plane sie in Zusammenarbeit mit dem Ullstein Verlag die historisch-kritische Gesamtausgabe des Werkes von Siegbert Armin Thorwaldt (Hameln 1819 bis Detmold 1899), dessen Schriften, abgesehen von einigen Aufsätzen in den *Preußischen Jahrbüchern* und in kleineren wissenschaftlichen Publikationsorganen, als ungehobener Schatz noch immer in der Fürstlich Lippischen Bibliothek zu Detmold lagerten, woselbst Thorwaldt die letzten Jahre seines Lebens als Hüter der lippischen Bücherschätze und Freund des Fürsten Woldemar, nach dessen Ableben im Nachfolgestreit als Anwalt des Fürsten Adolf zu Schaumburg-Lippe, verbracht und sich, wenn auch vergeblich, weil gegen die Stimmen sämtlicher Herzogtümer und Fürstentümer, um die Erhebung der Lippischen Lande in den Stand eines Herzogtums bemüht habe. Thorwaldts Forschungen auf den Wissensgebieten der Geschichte, Völkerpsychologie, Philosophie und Völkerkunde seien die Frucht jahrelanger Wanderschaft um den Globus und innerhalb des deutschen Vaterlandes, von Jahren des Wirkens als Kaufmann in Malabar und Nordaustralien – aus Thorwaldts Feder stamme die erste Darstellung des sogenannten »Kargo-Kultes« der eingeborenen Primitivstämme, publiziert in der *Zeitschrift für Ethnologie* – sowie als Generalkonsul in Kairo und Konstantinopel.

Noch könne, führte Professor Dahn aus, der Umfang wie auch die thematische Vielfalt des an verschiedensten Orten und unter oft widrigen Umständen Niedergeschriebenen nicht genau erfaßt werden. Die Scheu des deutschen Biedermannes habe Thorwaldt zeit seines Lebens daran gehindert, einen größeren Kreis mit dem Reichtum und der Erkenntnistiefe seiner Gedanken vertraut zu machen. Nur ein Dutzend Aufsätze seien ans Licht getreten. Sehe man ab von der Ethnographie, in welcher Thorwaldt dem unvergeßlichen Professor Rudolf Virchow Freund und Weggenosse gewesen, sei ihr Schwerpunkt grob gesagt die Lebens-, Wirtschafts- und Denkart des Deutschen Volkes aus der Sicht eines Weltkenners sowie Deutschlands zivilisatorische Rolle an fremden Küsten.

Nach Einsicht des designierten Herausgebers in der Fürstlich Lippischen Bibliothek zu Detmold dürfte das Gesamtwerk Thorwaldts um die vierzig gedruckte Bände beanspruchen. Der weite Horizont der Erfahrungen und die Originalität der Gedanken des Verfassers legten es nahe, von einer, ja, von einer älteren Version der *Grundlagen des 19. Jahrhunderts* zu sprechen, deren Autor sich glücklicherweise unter den Geladenen befinde. Es mute geradezu tragisch an, daß Thorwaldt das Erscheinen von Herrn Chamberlains epochalem Werk nicht mehr habe erleben dürfen. Gefragt sei also ein editorisches Vorgehen, welches sich an thematischen Kristallisationskernen orientiere und entsprechend kommentiere. Dadurch gewinne die »Thorwaldt-Gedenkausgabe« an Aktualität und Prägnanz in hohem Maße.

Als Fernziel nach Abschluß der Werkausgabe habe man

bereits an eine Publikation der wichtigsten Briefwechsel Thorwaldts gedacht, unter denen der Korrespondenz mit Paul de Lagarde große Bedeutung zukomme. Von Kairo und Konstantinopel aus habe Thorwaldt oft fast wöchentlich Briefe mit Lagarde gewechselt; die Freunde hätten allerdings weniger Fragen der Orientalistik als die ethische und religiös-nationale Erneuerung des deutschen Volkes verhandelt.

Die Gründungsmitglieder der Gesellschaft und der Herausgeber, die sich in diesem Augenblick noch unerkannt unter den im »Kaiserhof« Anwesenden befänden, hätten sich nach Beratschlagung an Ort und Stelle entschlossen, den drängenden Forderungen der Zeit entsprechend in einer ersten Abteilung von vier bis fünf Bänden Thorwaldts Schriften über die kulturelle, moralische und wissenschaftliche Mission des Deutschtums in der Welt und im europäischen Osten herauszugeben. Hier wäre der Essay über »Deutsche Vorposten in Galizien, Wolhynien und an der Wolga« hervorzuheben. Beim heutigen Stand maschinenschriftlicher Texterfassung nach System Adler, meinte Professor Dahn, dürfte die Herausgabe dieser ersten Bände in rund sechs Jahren abgeschlossen sein. Der Fortgang der Edition und die Wahl der Themen richteten sich nach der Reaktion des kritischen Publikums und den Bedürfnissen der Zeit.

Zum Schluß gab Professor Dahn die Namen der Mitglieder des wissenschaftlichen Beirats sowie des Herausgebers bekannt. Es ist dies Dr. Oswald Spengler. Aus Blankenburg stammend und – durch den dunklen Harz und die eichenstarken Ith und Hils getrennt – fast ein Landsmann auf Distanz Thorwaldts, des in Hameln im Hause des Münster-Hauptpastors Geborenen, werfe Dr. Spengler alle wissenschaftlichen Voraussetzungen, gepaart mit einer besonnenen Verehrung für den bis heute verkannten Kulturphilosophen und Historiker, in die Waagschale. Thorwaldt habe sein Werk unter das nietzschesche Motto »Der Übermensch ist der Sinn der Erde« gestellt, womit dessen Wurzel in der Praxis aufs schönste ausgesprochen sei. Als epigraphischer Experte bei der Entzifferung von Thorwaldts schwer lesbarer Handschrift habe Gymnasialdirektor i. R. Dr. Thassilo Unmüßig aus Bayreuth gewonnen werden können. Die Gesellschaft werde, wann immer möglich, ihre Jahrestagung auf den Frühlingsanfang legen.

Somit, umsichtig vorbereitet und unter der Schirmherrschaft des Kaisers und der Akademie der Wissenschaften zu Berlin, könne die Arbeit an der historisch-kritischen Ausgabe der Werke dieses deutschen Denkers und Praktikers schon Mitte Jahr aufgenommen werden, sobald Dr. Spengler seine Stelle in Hamburg verlassen habe. Ihm, dem Präsidenten, bleibe nur noch, dem Bergmann, welcher demnächst seine Stollen in dieses Gebirge deutschen Urgesteins – womit gleich ein Lieblingsbegriff Thorwaldts angesprochen sei –, deutschen Wesens, Seins und Denkens vortreibe und in dessen Kuxen die goldhaltigen Erzadern aufschließe, ein herzliches »Glück auf!« zuzurufen. Warmer Beifall verdankte die Ausführungen Professor Dahns, und eine lebhafte Diskussion über die Dringlichkeit des Vorhabens und die Notwendigkeit, deutschem Geist und deutscher Wissenschaft mehr Nachachtung zu verschaffen, bahnte sich unter den Gelehrten an.

Da klopfte Professor Wilamowitz, der Nestor der klassischen Philologie, vernehmlich an sein Glas, und Stille trat ein. Er sprach leise, doch um so hörbarer. Er habe den Eindruck, daß er entweder der einzige sei, der die publizierten

Aufsätze wirklich gelesen habe, oder dann, was er nicht hoffe, ihm als einzigem unter den Geladenen vieles in Thorwaldts Geschichtskonstrukt und Gedankenwelt fremd sei, vor allem dessen deutsch-nationales Sendungsbewußtsein. Fern sei es ihm, Wilamowitz, dem Herausgeber oder dem wissenschaftlichen Beirat dreinzureden. Er möchte nur die ihn störende Tatsache anmahnen, daß Thorwaldt den Alldeutschen von Schönerers sowie der Deutschsozialen Reformpartei unheimlich nahe gestanden habe, und das von Treitschke in den *Preußischen Jahrbüchern* Publizierte zeuge von einer deprimierenden Vorurteilsbehaftetheit in der Rassenfrage. Ebenso von einer im Alter zunehmenden Einengung des Blickfeldes auf Kaiser, Reich und Vaterland, beides Krankheiten, die er in den letzten Jahren immer unheilbarer habe um sich fressen sehen. Ein Krebs, der ständig neue Metastasen bilde. Ihm, Wilamowitz, sei daran gelegen, daß zumindest *ein* Geladener hier und heute mit seiner freien Meinung nicht hinterm Berg gehalten habe.

Die Reaktion auf Wilamowitz' Wortmeldung war geteilt, ein gewisses Mißfallen auf vielen Gesichtern unübersehbar. Professor Dahn dankte kurz und versicherte, daß der Herausgeber, so wie er ihn kenne, den Bedenken des Herrn Wilamowitz in den Kommentaren zweifellos Rechnung tragen werde. Spengler selbst verwahrte sich nicht ohne Heftigkeit gegen Wilamowitz' »Unterstellungen«. Thorwaldts tragisches Geschichtsbild sei eines Nietzsche würdig. Hans Delbrück wiederum trat zu Wilamowitz und drückte ihm herzlich die Hand: Was der Mann an den *Europäischen Geschichtskalender* eingesandt, habe er ausnahmslos zurückweisen müssen, und was er, Delbrück, im *Lippischen Arminius* und im *Braunschweiger Dankwart* von Thorwaldt gelesen, sei um kein Haar besser gewesen. Auch die Herren Cassirer, Conrady, Eucken, Haeckel, Scheler und Weber hoben ihre Gläser auf die klaren Worte, und Eucken bemerkte, der Philosoph müsse in jedem Fall das Falsche vom Verschiedenen zu unterscheiden wissen. Herr Karl May versicherte, Thorwaldts Ehrenhaftigkeit und ethische Größe stünden über jedem Zweifel. Herr Dehmel wiederum gab der Hoffnung Ausdruck, daß der glühende Denker Thorwaldt sicher nur im gut vaterländischen Sinn und Geist habe irren können; er selbst habe allerdings kein Wort gelesen; dies wiederum entlockte Gerhart Hauptmann ein beifälliges Nicken und das Schiller-Zitat »Du sprichst ein großes Wort gelassen aus«. Geteilt in zwei lebhaft diskutierende Gruppen, verweilte man noch eine Weile und ging dann auseinander.

»Im Winkel«, 1. Stimme:

Paula

Haben Sie noch eine Schiefertafel gesehen? Auf der Vorderseite ist sie liniert, dort durften wir schreiben; drehten wir sie um, mußten wir uns durch die Häuschen rechnen. Der lange dünne Schiefergriffel ist mir beim ersten Nachspitzen zerbrochen, da ich ihn am Hinterende gehalten hatte, das ist mir eine kleine Lehre gewesen, dann der Schwamm und das Schwammtöpfchen. Zur Schule gehen dürfen, selbständig, die Tür hinter sich schließen, für einige Stunden nicht zu Hause: Mir war's, ein Tor sei aufgestoßen, ich trat ins Helle, es gab so viel zu lernen und zu begreifen, Schönes und Schwieriges, und mir wurde geholfen dabei. Ich habe Herrn Winiger verehrt. Wie er gelacht hat, wenn wir Dummheiten machten. So haben wir sie ihm zuliebe bleibenlassen. Er hat spannend erzählt, und wir durften alles fragen. Manchmal sagte er: »Das weiß ich auch nicht, das muß ich zu Hause nachsehen, ich sag's euch morgen. Merkt es euch: Kein Mensch weiß alles.« Ich malte Buchstaben, wischte sie weg, und wieder füllte sich die Tafel mit diesen runden und eckigen Tieren. Sie kratzten, doch jedes wußte seinen Laut. Das S war ein Sauschwänzchen, doch hörte ich sein Sausen in mir drin. Mein Staunen hat sich nie ganz verloren. Ich habe die Tafel am Holzrahmen festgehalten, damit sie nicht von der Kippschräge des Pults rutschte oder davonflog. War sie rauh gekratzt, so daß sie nur noch hustete, wenn sie etwas sagen wollte, der gespitzte Griffel in Kerben steckenblieb und die Buchstaben am falschen Ort Ecken ansetzten, bekamen wir eine neue. Herr Winiger hat nicht geknausert. Auch später, in der dritten Klasse, als wir wie die Großen in Hefte schrieben, ist's mir gewesen, in den weißen Seiten versteckte Sätze tauchten an die Oberfläche und begännen zu reden. Ich schrieb fürs Leben gern.

»Paula wäre eine ausgezeichnete Lehrerin«, hat Herr Winiger zu meinem Vater gesagt, »sie sollte die Bezirksschule und das Seminar besuchen.« – »Und die Kosten?« Der Vater schüttelte den Kopf. Ich war traurig, und ich glaube, Herr Winiger nicht weniger. »Es gäbe doch Stipendien.« – »Stipendien? Ich will keine Almosen. – Rückzahlbar? Das wär mir das Rechte, wenn Paula mit Schulden anfinge.« Zu Hause hatten wir nur den *Christlichen Hauskalender* abonniert, und ich habe die kurzen Erzählungen fast auswendig gewußt, die Heiligenlegenden, die seltsamen Begebenheiten aus aller Welt und hie und da ein Gedicht, über die Kirschenlese vielleicht oder einen Bauern, der sich weigerte, den Stall sauber auszumisten. Einfältiges Zeug, doch da es geschrieben stand, war es mir heilig. Die Eltern haben mich machen lassen, weil ich meine Hauspflichten erledigte, und je mehr ihrer wurden, desto weniger Zeit hatte ich. In den letzten Schuljahren hat mich dies oft bedrückt. Wie gerne hätte ich mehr gelernt. Von Afrika, vom Nordpol oder von Kaiser Napoleon.

Als ich zu Leonz in den »Winkel« gezogen bin, hab ich mir von meinem Haushaltsgeld jedes Jahr so viel zurückgelegt, daß ich mir auf Weihnachten ein Buch kaufen konnte. Ich bin dann nach W. oder B. in die Papeterie gegangen, erst mit Leonz, der das Rad neben sich herschob, später in Begleitung eines größeren Kindes, das mir die Einkäufe tragen half, und habe mir die Bücher in ihrem schmalen Gestell angeschaut. Was einen schön oder fremd klingenden Titel hatte, habe ich herausgezogen und angeblättert. Das meiste hat mir wenig gesagt, vielleicht hab ich's nicht begriffen, oder dann war es mir zu fromm und langweilig. Das nächstemal bin ich in die andere Papeterie gegangen. So habe ich das *Schatzkästlein* von Hebel gekauft und herausgefunden, daß viele seiner Geschichten in unserem Kalender gestanden hatten, dann Erzählungen von Gottfried Keller, das *Juramareili* von Paul Haller.

S het einischt ame lange Summersundig
Am Himel no kes Stärndli vüre welle…

Als ich den *Bauernspiegel* von Gotthelf las, habe ich mich gefragt, wie Menschen so böse sein können. *Johannes* von Jakob Schaffner und Hesses *Demian* hat mir der Papeterist empfohlen. Auch Stücke von Gerhart Hauptmann habe ich mir gekauft. Dann wieder fielen Jahre, wo es nicht gereicht hat: die Kinder krank, neue Kleider und Schuhe, denn immer kann man nicht nachtragen, einmal lohnt das Flicken nicht mehr, oder die Kartoffeln verregnet, das Obst verhagelt. Die Hostert (Baumgarten), der Hühnerhof und der Garten sind meine Verantwortung gewesen. Oder die Zeitläufte waren nicht danach wie im Ersten Weltkrieg, da Leonz monatelang im Militärdienst gewesen ist und mir jede Woche geschrieben hat – die Postkarten habe ich noch und ich mit den Kindern den Hof habe besorgen müssen.

Jetzt erzähle ich Ihnen etwas, das Sie mir vielleicht nicht glauben werden. Ich wollte nicht nur, daß meine Kinder hübsch angezogen und gesund waren; ich habe sie immer angehalten, ihre Zähne zu putzen, und habe ihnen daher alle

Vierteljahre eine Zahnbürste gekauft. Sie müssen das wörtlich nehmen. Hans, Greti, Leni und Willi haben diese eine Zahnbürste miteinander benutzt, und Ende der Woche habe ich sie jeweils ausgekocht; statt der Zahnpasta haben wir Holzasche gebraucht. Am Samstagabend oft bis Mitternacht habe ich die Kleider für alle gerichtet, jedem seine Unterwäsche, Hemd, Socken, Taschentuch, ein kleiner Stapel. Am Sonntag bin ich ins Hochamt gegangen, und die beiden Mädchen haben das Mittagessen gekocht. Der Sonntagnachmittag hat mir gehört, ich habe eine oder zwei Stunden in der Stube oder im Garten gelesen. Verstanden hat dies niemand; Leonz hat es gutmütig auf sich beruhen lassen. Andre sagten: »Die will offenbar hoch hinaus, aber gereicht hat's doch nicht. Was das kostet!« Ich habe mich um das Geschwätz nicht gekümmert. Schon den Samstag durch ist mir feierlich zumute gewesen auf den Moment, da ich mein Buch aufschlagen würde: Wie geht es weiter? Mit welcher Stimme spricht es? Und wenn etwas Unnötiges dazwischenkam, irgendein dummer Besuch hereingeschneit ist und losgeschnattert hat, bin ich richtig böse geworden.

Vielleicht denken Sie, wir hätten wenig vom Leben gehabt. Mir ist es nie so vorgekommen. Sicher habe ich mir dies und jenes gewünscht, zum Beispiel ins Theater zu gehen, *Rose Bernd* von Gerhart Hauptmann, aber ich hätte vielleicht geweint und die Leute gestört. Also ist es wohl besser unterblieben, auch hatte ich zuviel zu tun. Es war aber nicht nur eine Last. Wie soll ich es Ihnen klarmachen? Die Tage waren randvoll, und das war vielleicht gut. Den Schrecken vor den Gewittern hier im »Winkel« habe ich nie verloren.

Natürlich habe ich mir auch ganz andere Leben vorgestellt: daß ich Lehrerin geworden wäre oder als Fürstin von

Stadt zu Stadt, von Schloß zu Schloß reisen würde wie im Märchen, in einer goldenen Kutsche mit Schellenpferden und nicht nur auf dem Ladewagen mit unserer »Fanny«; sie ist ein gutes Pferd gewesen, starkknochig, langsam, wie Gäule sein müssen. Als ich mit acht oder neun Jahren zum erstenmal in ein protestantisches Dorf gekommen bin und gehört habe, daß die Falschgläubigen – unser Pfarrer hat sie so genannt – genau gleich redeten wie unsereiner und die Nase wie wir mitten im Gesicht und keine Hörner hatten, ist mir auch das eine Lehre gewesen. Vielleicht gibt es Ihnen eine Vorstellung, wie *ab dr Wält* wir damals waren. – Gewiß, es gab viel Plackerei; an gewissen Abenden im Heuet, zur Ernte oder im Herbst, wenn die Rüben geputzt werden mußten, bin ich mir wie eine zerschlagene Puppe vorgekommen. Und doch denke ich, wir haben ein reiches Leben geführt. Ich meine: Der Ort im Waldwinkel, das Haus und die Felder, die Bäume, der Garten, die Tiere und das entfernte Dorf sind so etwas wie unser Eigen gewesen, erfüllt mit unserem Gehen und Kommen, unserer Arbeit und Sorge, den Gesprächen mit den Menschen, dem Meßgang, dem Turnverein. Am liebsten sind mir die Morgenfrühen im Frühling und Sommer gewesen, wenn es blau oder grau oder rötlich über den Wald hereindämmert und die Vögel erwachen, und es im Gras plötzlich blitzt und flimmert. Das hat mir geholfen, Mut zu haben und weiterzumachen. Ich denke, es ist wichtiger gewesen, als an irgendeinen Satz aus dem Katechismus zu glauben. Aber Leonz hat das Kreuz immer in der Ecke des Ackers gezogen, die Jerusalem am nächsten liegt.

Jakob Lanz 2:
Das Armenhaus

Noch immer hob, schob, rückte und schraubte Lanz am Stativ, das schwarze Tuch schlenkerte zwischen den drei Holzbeinen und erschlaffte. Irgend etwas *stank herüber,* über das blendend weiße Staubsträßchen und ein verunkrautetes Dreieck Garten hinter einem schief eingebrochenen Bretterzaun. Nun, es war Hochsommer, im August stanken die Dörfer immer, nach Mist, Gülle, nach in ranzigem Fett gewendeten Bratkartoffeln, nach Küchen- und, was das schlimmste war, Fleischabfällen, die einfachheitshalber hinter die Zäune und Hecken geworfen wurden, den Füchsen, Katzen und Krähen zum Fraß und dem Nachbarn zum Ärger.

Lanz schwitzte, nahm seinen Hut ab und hängte ihn an einen Knopf des Wamses, an dem auch die goldene Uhrkette befestigt war. *»Ii au! Ii au!«* – Für eine heiße ratlose Minute hatte er die Schar barfüßiger Jungen vergessen gehabt, die um ihn herum stöberte, fuchtelte, schrie, verschorfte Knie und Beine, nicht abzukratzende Schmutzkrusten, und eine Sekunde lang sank ihm der Mut, er sah den Dreck an Kinderbeinen und zwischen geschwollenen Zehen wandern bis in die fernste Zukunft. Alle, wohl ein Dutzend, wollten unter das schwarze Tuch, alle wollten aufs Bild. Einzig ein vielleicht zehnjähriges Mädchen in einer groben Schürze mit einem Hemdenmatz auf den Armen hielt sich still im Hintergrund, ihr verschmiertes, hilflos staunendes Gesicht, des Kleinen Rotznase.

Bereits hatten sich die meisten Fenster des dreistöckigen Strohdachhauses geöffnet, grauhaarige alte Frauen in Überwürfen aus verwaschener blauer Baumwolle, Männer in lumpig ausgebeulten Kitteln, einer hielt ein langes Messer gegen die Sonne, ein Blitz fiel ins Objektiv, eine jüngere Frau, deren roter Haarschopf wie Feuerflammen abstand, stillte ihr Kind. Bestes Nachmittagslicht, die Schatten der Pfosten, der Fensterstürze und der Dachschrägen fielen nicht zu lang; hart und genau gliederten sie das Haus, und Lanz dachte, in besserem Zustand wäre es ein vornehmer Bau. Das Weib beugte sich vor wie aus einem Weihnachtskalender, sie wäre Maria mit dem Jesuskind, denn zufällig schien die Giebelkammer ihr zugewiesen zu sein. Plötzlich hatte er den Eindruck, der Frau schon anderswo und vor nicht allzu langer Zeit begegnet zu sein; es war einer der letzten Aufträge fürs Oberlichtzimmer gewesen, kein Isler oder Bruggisser, sondern irgendein liebestoller Großbauer. Und jetzt stand sie dort. Das war rasch gegangen; er schüttelte den Kopf.

Lanz warf sich das schwarze Tuch über, das Atmen in der staubigen Hitze kam ihn schwer an, und beim letzten Richten und Rücken des Objektivs merkte er plötzlich, daß eine Senkrechte zu finden *unmöglich* war. Das Haus stand schief, das wußte er, doch war es derart zur Seite gesunken, eher nach allen Seiten am Auseinanderbersten, daß eine Senkrechte plötzlich als Beleidigung erschien. Fragt sich nur für wen, brummte er; eine Beleidigung oder eher eine Anklage. Er entschloß sich, die eine Sonnenblume im Unkrautgarten als Senkrechte zu wählen, mochten dann die Wände schief stehen. Dies war die Wahrheit, nach der er sein Fotografenleben lang unterwegs gewesen war, die er nie gefunden hatte und jetzt, mit sechzig, noch zu fassen hoffte.

In diesem Moment wußte er auch, was da *vor sich hin stank,* säuerlich-krautig, schal-faulig, feucht-gruftig, schimmlig und nach kaltem Ruß: es war die Armut; schließlich war dies das Armenhaus des großen Dorfes W., wo er sein Lebtag einen zweifenstrigen Laden geführt hatte, von dem er recht gut lebte, dank der Privatkundschaft, der Industrie, ihrer Herren und einem Hinterzimmer für heikle Aufträge. Er drückte ab und schob eine zweite Glasplatte nach. Da fuhr eine Kinderhand groß und unscharf ins Bild. Er wurde nicht mal wütend, er war wohl zu erschöpft; er sagte nur: *»Bliib grad so schtoo, wie d'bisch«,* drehte am Objektiv, bis die Hand scharf zeichnete – vier Warzen, dem Kleinfinger fehlte das vorderste Glied. Er drückte nochmals ab.

Die Fürstin 1:
Der Dobrotsch

Wien, 13. Jänner 1909

Nach Neujahr war ich am Ende meiner Nerven. Die Weihnachtstage hatte ich auf Max' westungarischen Gütern auf Schloß Körmend verbracht und unter dem Porträt des 1849 erschossenen Lajos Batthyány mit den Armen gefeiert, etliche hundert Kinder und alte Leute. Der Geistliche sprach einige Worte, Weihnachtslieder auf Ungarisch, Deutsch und Kroatisch, dann ging ich herum und verschenkte Tücher, Unterröcke, Strümpfe, Schokolade (!), was weiß ich. Mein Cashmere-Schal hatte mehr gekostet. Sie küßten mir alle die Hand und segneten mich, anschließend stapften sie durch Nacht und Schnee nach Hause in ihre Hütten aus Strohlehm und Brettern, einige zwei Stunden weit. Max war zufrieden, ich schämte mich. Statt daß man ihnen fünf Joch eigenes Land überlassen und an jeder Ecke einen Apfel- und einen Birnbaum pflanzen würde! Max sieht das anders; er meint es nicht böse, doch er liebt die ausgetretenen Pfade. Ich hasse sie und habe das Gefühl, ich müsse ihn ›bessern‹. Daß er nichts dafür kann, vermindert das Stoßende nicht. Warum kann ich *üser Lüt* im Bernbiet nicht vergessen? Ich bin doch schon sechs Jahre verheiratet.

Und an Silvester war Kaiserdîner in Schönbrunn, wenige Frauen, zwei Erzherzoginnen, Fürstin Lilly Kinsky, die alte Fürstin Pauline Metternich, Fürstin Fürstenberg, Betka Potocka und neben mir gottlob Daisy Pless mit ihrem stattlichen Mann – »Gotha«-Typ, auch in den steifen Umgangsformen. Daisy leise: *We are the two beauties.* Das hat mir wohlgetan. Dann tauschten wir unsere Erfahrungen als Weihnachtsengel aus, sie in Fürstenstein und Waldenburg, ich in Körmend und Steinamanger. Wir aßen von goldenen Tellern, am Fuß der Portieren, in den Ecken des Speisesalons, und auf den Tischen blühten die Orchideen weiß, rosa, violett. Majestät erhoben sich um elf, und damit waren wir aus der Pflicht dieses Jahres entlassen. Nein; im Stadtpalais erwarteten uns die zwölf Lakaien und ebenso viele Mägde auf der Haupttreppe, jene in blauweißen Livreen, diese in Tiroler Dirndln, um uns ein gutes Neujahr zu wünschen. Erneute Bescherung. Im Salon sprachen Max und ich bis morgens um zwei über die militärischen Hotzenplotze, die auf einen Präventivkrieg gegen Serbien versessen scheinen. Mir kommt dies vor, als ob die Blinden die Lahmen in den Krieg führten. Max' Kommentar: »Der Conrad ist halt nicht von altem Adel.« Und als ich unwillig lache: *»Esch doch woa!«* – »Natürlich stimmt's, doch du könntest genausogut sagen: Seine Haarbürste hat keinen silbernen Griff.« Darauf Max, der immer für Überraschungen gut ist: »Hat sie nicht, nur Hirschhorn mit eingraviertem Monogramm, ärarisch, obligatorisch für alle Offiziere im Generalsrang, ebenso das gesamte Haarbesteck.« Was läßt sich dazu sagen?

Für unsern Urlaub von Wien hatte Seidl, unser Wiener Generaldirektor, bereits vorgesorgt. Die K.K. österreichische und die Königl. Ungarische Staatsbahn erwiesen uns ihre alte Gewogenheit, unsern kleinen heizbaren Salonwagen an die Züge anzuhängen. Am 3. Januar bereits fuhren wir ostwärts, hinaus in die weiße Wüste, wie Max es nennt, das weite Land in Eis und flockigem Tiefschnee, der unsern Wagen am Zugschluß in sausende Pulverstaubwolken hüllte. Eine Jahreszeit, die mich beglückt.

Die Kinder wußte ich aufgehoben in der Obhut von Fräulein Courvoisier und Herrn Waser; der Abschied von Klein-Eduard ging allerdings nicht ohne Tränen ab, Mári war zu klein, um unsere Abwesenheit zu bemerken. Im Wagen konnte ich wieder aufatmen: zwei von der Wiener Werkstätte den Bedürfnissen angepaßt möblierte Gastzimmer auf Rädern. Jedes Ding steht am richtigen Platz, keines scheint – wie das bei vielen Menschen der Fall ist – das Gefühl zu haben, es werde nicht gebührend beachtet und müsse auf sich aufmerksam machen. Die Seifenschale erwartet die Hand, wo man ohne hinzusehen nach der Seife greift, die Vertiefungen im Klapptisch unter dem doppelten Fenster finden sich dort, wo ein Trinkglas zu stehen kommt; die Kommoden, Stühle und Schränke sind schlank und einfach, der hellbraune Parkettboden wärmt.

Pips Schey hatte uns für eine Nacht auf sein Gut Kövecsespuszta eingeladen; wir wären am Bahnhof Szered mit dem Wagen abgeholt worden. Doch ich war zu müde, und Max, der gerne einen Abend mit Pips über Anekdoten verplaudert hätte, tat mir die Liebe, abzusagen. Was er allerdings nicht begriff, doch geschehen ließ: daß ich meine Adele für die paar Tage in den Urlaub bei den Eltern in Schwaz entlassen hatte. Nun, wofür haben wir gelernt, uns selbst zu waschen, anzuziehen und zu frisieren?

So wurden wir in Neuhäusel für die Nacht auf ein Abstellgleis geschoben, ließen uns das Paprikagulasch aus dem Bahnrestaurant in den warmen Wagen bringen und schliefen in unseren eigenen Betten. Zum zweitenmal umrangiert wurden wir am folgenden Vormittag in Altsohl, und es war mir ein Vergnügen, vom Band 5 des *Kronprinzenwerks*[1], den ich mit auf die Reise genommen hatte, für eine Weile aufzuschauen und das Treiben auf den bescheidenen Bahnhöfen zu beobachten: das Kommen und Wegfahren der Bauernschlitten, die dampfschnaubenden Pferde, die Eile der Kaufleute in Pelzmänteln, der frierenden Handlungsreisenden, die gewichtig weisenden Gesten der ihrer Bedeutung bewußten Bahnhofsvorstände, dann schweifte der Blick über rauchende Hochkamine, die bald zurückblieben, an die allmählich höher steigenden, eisgrau verschneiten Waldflanken des Gran-Tals. Nach Altsohl wand sich der Zug langsamer, auf holprigen Gleisen tiefer und höher ins Gebirge hinein: mir eine Herzlandschaft, obwohl ich sie erst nach der Heirat kennengelernt habe.

Auch Max freute sich ohne viele Worte auf das Ziel unserer Reise, das kleine Jagdschloß im oberen Schwarzwassertal hinter Bries oder Brschezno, wie die slowakischen Bauern und Köhler es nennen. Vom Dobrotsch aus würde er mit Janko Husak, dem Oberjäger, nach Lust und Laune durch den Urwald hinter Wild und Wolf herstapfen und, selbst ein Luchs, äugen, lauschen, ansitzen und am Abend Jankos Frau mit den Komplimenten des Bärenhungrigen glücklich machen. Ich hatte bereits am Neujahrstag ein Telegramm an den Gutsverwalter Silber geschickt. So würde uns das Jagdschlößchen für einige Tage in der Wärme seiner Holzwände

1 Der genaue Titel lautet: «Die österreichisch-ungarische Monarchie in Wort und Bild«; der Anstoß zu dem 24bändigen Werk (Wien 1886–1902) kam vom Kronprinzen Rudolf, der 1889 in Mayerling ermordet wurde; einige naturwissenschaftliche Beiträge stammen von ihm selbst; Band 5 behandelt die sog. Oberungarischen Komitate, die der heutigen Slowakei entsprechen.

beherbergen. Heimann Silber müßte Gold heißen, dieser getreuste Johannes aller Schaffner, er wäre der beste Freund unseres Fritz Friedli auf Gerzensee. Was man seiner Sorge anvertraut: keiner könnte es besser betreuen und ausführen. Max sagt, die Pacht des Krugs und der Branntweinbrennerei sei ein einträgliches Geschäft. So lieb ich ihn habe: Max und seine Adelsclique verstehen von Menschen, die nicht ›dazugehören‹, weniger als vom Schwarzwild. Und das Schlimme: Es fällt ihnen nicht auf, daß sie auf einem Auge blind sind. Wie lange noch? Ein Tanz auf dem Vulkan, wie Daisy Pless sagt – und sie wohnt immerhin in Schlesien. Allerdings scheint das Elend der Bergarbeiter dort jedes Maß zu übersteigen; sie erzählte mir von Familien, die selbst nach zwanzig Jahren eine Schuld von 150 Mark, eingegangen, um die Aussteuer zu kaufen, nicht zurückzahlen können und aus den Hütten geworfen werden. Wir beide kommen von außen.

Mir ging es weniger um Pirschgang und Schlittenfahrt als um das Dorf Tschierny Balog, das einige Meilen talauswärts vom Dobrotsch liegt. Dort sollte das Fest der Epiphanie Christi, also der Dreikönigstag am 6., noch mit der Einholung und Weihe des Wassers begangen werden, unter Anteilnahme der ganzen Bevölkerung und in tiefster Andacht. So das »Kronprinzenwerk«, eine der Anschaffungen, deren Nutzen ich (im Gegensatz zu Kutschen, Pferden und Roben) dem guten Max nie habe klarmachen können. Wann immer er mich bei der Lektüre überrascht, nötigt ihm dies einen mitleidigen Liebesblick ab. Adolf Pechány, der Autor des Kapitels über die oberungarischen Slowaken, vermutet orthodoxen Einfluß aus Gyetva im oberen Szalatna-Tal über den Kriváner Paß hinweg; hatte König Matthias Corvinus am Südfuß des Polana-Gebirges doch Serben aus Bosnien angesiedelt. Wahrscheinlich habe sich diese ostkirchliche Zeremonie, vermittelt von eingeheirateten Frauen, im abgelegenen Schwarzwassertal eingebürgert. Seit langem war es mein Wunsch, Epiphanias unter meinen Leuten aus dem Dorf und den außenliegenden Wald-Puszten zu feiern. So vertiefte ich mich während der Fahrt immer neu in die Schilderungen dieses unvergleichlichen Werkes; Max dagegen schlief oder plauderte im andern Abteil mit dem Leibdiener Franz beim Schmieren und Einölen seiner Jagdausrüstung und unterzog diese auch gleich der ersten Probe, indem er den einen oder andern Schuß zum Wagenfenster hinaus in die Wälder jagte.

Hinter Neusohl verengt sich das Tal; die Gegend erinnert ans Gurnigelgebiet und den Schwefelberg; weniger schroff als Gantrisch und Nünenen, doch einsamer, wilder. Die Dörfer versanken unter Schneekappen, so wie ich mir als kleines Mädchen den Stall des Christkinds vorgestellt hatte, die Schornsteine rauchten, zwischen den Schneewällen der Talstraße konnte ich hie und da Pferdeschlitten ausmachen. Sonst war das Land ausgestorben, und die kleinen hölzernen Bahnhöfe im Tirolerstil schienen zu schlafen, wenn nicht ein Reisender tief vermummt ausgestiegen und der Vorstand an unsern Wagen getreten wäre und ein gutes neues Jahr gewünscht hätte; offenbar waren wir von Station zu Station telegraphisch vorangemeldet worden. In Brschezová rauchte das lang an der Gran hingestreckte ärarische Eisenwerk aus allen Schloten. In Bries erwartete uns Heimann Silber mit dem Schlittengespann, sein kluger Kopf wuchs aus dem Pelzkragen über dem rot gestickten Lodenmantel, es wurde umgepackt, der Salonwagen in seine Remise geschoben. Reine Kälte. Es war drei Uhr und eine funkelnde Lust, unter dicken Pelzen hinter Schellenpferden kutschiert zu werden. Zunächst auf den Hügelrücken hoch, der das Schwarzwasser- vom Gran-Tal trennt; ich drehte mich um und winkte dem Djumbir, dem Herrn dieser Gebirgslandschaft; an diesem Tag blendete sein Zackenkamm wolkenfrei über den grauweißen Bärenwäldern. Dann zum Schwarzwasser hinab; über dessen sich verengender Waldschlucht hingen, weit im Nordwesten, die Rauchschwaden des Guß- und Emaillierwerks von Hronec rotbraun in der Sonne.

Die Wälder gingen gegen die Grate in höckrige Felsmassive über, segelgroße Fahnen glitzernden Schnees, wenn sich einer der Fichtenfittiche unter der späten Sonne seiner Überlast entledigte. Ein Glück. Und wieder schmerzte mich, daß ich nicht hatte studieren dürfen. *»Il ne te faut pas étudier,* du bist mehr als hübsch und reich genug«, sagte Papa, der doch ein verständnisvoller Vater gewesen ist. Den Doppelsinn seines Ukasses bemerkte nur ich. Sicher *brauchte* ich nicht. Hätte ich *gedurft!* – »Und dann?« – *»U de hesch e liebe Maa u gfröiti Ching.«* Archäologie, Geschichte und Ethnographie. Bei Dörpfeld in Troja oder in Pergamon …! Statt dessen habe ich Klavierspielen, Zeichnen, Singen, Tanzen und französische Konversation gelernt und daß der Herr Gemahl zweimal am Tag Fleisch und zum Frühstück hartgekochte Eier oder Rührei, zur Jagdzeit Würste und gebratenen Speck vorgesetzt bekommen müsse.

Wir fuhren nun im Tal des Schwarzwassers entlang der Holzfällerbahn und zwischen den kilometerlangen Stapeln unserer Sägereien in Tschierny Balog; die kleinen Lokomotiven mit den riesigen Funkenfängertöpfen lagen still und kalt, die niedrigen Kamine qualmten braun in den tiefblauen

Himmel, und Max begann mir auseinanderzusetzen, warum er das herrschende, ideale Wetter für die Pirsch auf Schwarzwild und Wölfe geradezu prophetisch vorausgesagt habe. Nach einer Viertelstunde der Schwarzen Gran entlang tauchten die pseudogotischen Holzzinnen des Jagdschlosses aus dem Tann, und wir bogen ins Rondell ein, wo der Schnee so tief lag, daß der freie Platz vom Wild gemieden wurde. Endlich, nach achtzehn Stunden Fahrt und einer Übernachtung, waren wir wieder zu Hause.

Am 6. Januar fuhr mich noch vor Sonnenaufgang Janko Husak im einfachen Schlitten, da ich nicht auffallen mochte, nach Tschierny Balog hinunter. Aus den zwischen die Tannen getunnelten Waldpfaden schnaubten Gefährte von den benachbarten Puszten, und ich stellte fest, daß wir uns nicht unterschieden, hatten die Bauern den Pferden doch das beste Geschirr angelegt und trugen ihre Festtagskleider: Pelzmützen, feste dunkelblaue Lodenmäntel mit Pelzbesatz und Lederstickerei, Handschuhe; die Frauen hatten sich dunkelblaue, mit Pelz verbrämte Wämser um die Schultern geworfen und weiße gestickte Kopftücher umgeschlungen; sie waren überlang, und ihre Enden schleiften im Schnee. Ich hatte mit Janko vereinbart, daß er mich um die Mittagszeit bei der Sägerei des Hrabovsky erwarten solle. Selbst trug ich einen dunkelblauen Lodenmantel, dessen Pelzkragen und pelzverbrämte Säume wie auch meine Pelzmütze mit roter Lederstickerei gefaßt waren; meine Füße steckten in schwarzen pelzgefütterten Stiefeln. Max hatte darüber gewacht, daß mir nicht allzu kalt würde, da ich lange werde im Schnee stehen müssen. Ich kam mir abenteuerlustig vor wie vor zehn Jahren, als ich mit ihm den ersten Besuch auf dem Dobrotsch abstattete. Ich stieg aus und schwenkte das Steingutkrüglein kräftig wie als Mädchen beim Milchholen im Fankhauser-Hof.

Diesmal schwiegen die Sägeblätter, kein Rauch quoll aus den untersetzten Schornsteinen der Heizhäuser, deren Dampfmaschinen im Winter, wenn das Schwarzwasser unter Eis schläft, mit der Energie von Spänen, Sägemehl und Strünken die Kraft für die Wellenbäume liefern. In der Kirche waren die Frauen noch am Beichten, andere knieten und murmelten ihre Bußgebete. Voran prunkten Silberstickereien auf Blau und getriebener Silberschmuck, blankgewichste, mit rotem Leder verzierte Stiefel, wohl Frauen oder Töchter von kleineren Sägereibesitzern oder großen Viehbauern. Weiter hinten stand anderen die Armut im Gewand und die Sorge im Gesicht. Reinliche Wäsche, Filzstiefel, doch meist verdunkelte Mienen, frühzeitig uralte Züge oder dann die Versunkenheit im Gebet. In der Kirche kein Mann.

Draußen war der Küster mit dem Ordnen der Prozession beschäftigt, Fahnen, auf die Christi Leiden, die Muttergottes, die Anbetung der drei Könige und Christus als Weltenherrscher gestickt waren, Tragkreuze mit dem Leib des Gemarterten; zwischen Kopf und Schultern, Armen und Brust schossen vergoldete, sich schlängelnde Strahlenblitze heraus. Die Monstranz, getragen vom Kirchenvorsteher, führte den Zug an, die Frauen und Mädchen mit den Wassergefäßen, kleineren Deckelkesseln meist, hielten sich im Hintergrund. Ich ging zu ihnen hinüber; mir war unbehaglich: Bin ich doch nicht im katholischen Glauben erzogen und spreche nur Küchenslowakisch. Einige Frauen hatten sich Pelzmützen übergestülpt, die jungen trugen mit Pelz besetzte Tiaren aus Stickerei und Klöppelspitzen: Königinnen von achtzehn Jahren, die auf den Prinzen warteten. So war ich nicht die vornehmste. Wir älteren würden, in Umhängen und Pelerinen, das demütig stapfende Fußvolk am Schwanz der Prozession bilden.

Nun erschien der Priester in seiner mächtigen dunklen Pelerine und Glockenkappe mit Pompon, und die Prozession stolperte über den unter dem Schnee gefrorenen Schlamm der Gasse dorfauswärts nach der wundertätigen Quelle, wie Janko mir erzählt hatte, die am westlichen Talhang austrat und, Wunderwirksamkeit halber, weder versiegte noch gefror. Wieder fühlte ich mich auf unsicheren Füßen fern und fremd. Vielleicht hatte ich zu viele Bücher unseres Dr. Freud gelesen; Pechány im *Kronprinzenwerk* hatte nicht gelogen, wenn er schrieb, das Dreikönigsfest werde unter größter Anteilnahme und Andacht der Bevölkerung begangen. Die Frauen sangen, sogar einige Männer fielen ein, die Litanei hing gleich einer klingenden klagenden Wolke über dem Zug. Ich blickte hinter mich: Noch immer schlängelte er sich unter den Schneelasten der weit über die Gasse auskragenden Dächer hervor. Auch aus den Häusern traten von allen Seiten alte Frauen, die den Prozessionsbeginn an der Wärme abgewartet hatten. Ein Nornenzug.

Mir fehlt jede religiöse Erziehung; mein Vater hat mir und sich selbst die Teilnahme am selbstgenügsamen und selbstgerechten Berner Staatskirchenwesen erspart. Was ich unterscheiden konnte, war ein unzählige Male wiederholtes *»cor Ihesu«* (nicht mal Latein kann ich!), und Max, der's gelernt, doch über Keiler und Bache vergessen hat, übersetzte mir nachher stockend aus Franz' Missale die Litanei vom Heiligsten Herzen Jesu, die an Epiphanias gesungen wird. »... Herz Jesu, König und Kern aller Herzen ... Herr, erbarme dich, Christ, erbarme dich ...«

Ach, wär dem so! Doch die Militärs möchten endlich wissen, wie viele Serben und Russen die neuen Kanonen und Mörser in Fetzen reißen können, sie sind wie verhext, verflucht sind sie; dieser ahnungslose Flachkopf Conrad von Hötzendorf. Und der Kaiser markiert den Steinernen Gast.

An der Quelle, in einer Einsenkung der ringsum bewaldeten Bergflanke versammelten sich die Wasserträgerinnen zu einem mächtigen Ring, und der Priester, der dem Küster die Lodenpelerine übergeben hatte, begann mit der Segnung der Schöpfenden und ihrer vollen Krüge. Ein Glück, daß die Quelle in einen Steintrog gefaßt ist, so konnten wir zu viert und fünft unsere Gefäße eintauchen, andernfalls wären wir noch am Abend angestanden. Darüber die Fahnen und Kreuze. Auch so ging es eine Stunde. Was ich gelernt habe: Welche Würde dem Quellwasser genommen wird, wenn man es durch Leitungen in die Häuser preßt. Es verliert eine Eigenschaft, die es mit andern ersterschaffenen Dingen gemeinsam zu haben scheint, mit dem Schnee, in dem wir fast bis an die Knie standen und froren, mit der eisigen stillen Luft, mit den goldenen Funken, welche die schon etwas höher gestiegene Sonne von den Fichtenästen sprühte. Als ich vor dem Priester stand, schwitzte er, und Erstaunen huschte über sein feistes Gesicht; den Segensspruch sprach er gleichgültig und müde. Ich schlotterte als einzige und war herzlich froh, als wir hinter Monstranz, Fahnen und Tragkreuzen her mit vollen Wasserkesseln den Rückweg antraten. Vom Talhang gesehen, schienen die Häuser begraben unter Schnee.

Auch in der Kirche war die Trennung der Männer und Frauen (links) die allerstrengste, und wiederum war ich beeindruckt von der Versunkenheit meiner Nachbarinnen, wann immer ich unmerklich den Kopf bewegte und vorsichtig den Blick schweifen ließ: von harten Falten gespaltene, auch finstere Bäuerinnengesichter, die Augen meist geschlossen und beim »Gloria patri« und »Credo« fast lautlos die Lippen mitbewegend. Zahnlose Kiefer, zu viele Kinder. Dann wieder die Lebenslust auf den rundlichen Gesichtern der jungen Weiber. Mir schien, die Größe der Köpfe stehe oft in einem Mißverhältnis zu den gedrungenen Körpern und auch mich treffe die Schuld daran, daß der ärmlichen Verhältnisse wegen, die eine Frau ihr Leben lang von Erschöpfung zu Erschöpfung treiben, etwas groß Angelegtes nicht hatte heranwachsen können, und ich sehnte mich schmerzlich nach der trotz aller Sündenpredigten unseres Pfarrers Liechti absolut *mangelnden* Glaubensinbrunst unserer Bäuerinnen. Zumindest waren sie ganze Menschen und verstanden von Grund auf ihr Werk von Tag zu Tag, und ich freute mich wie ein Kind auf meinen Osterbesuch zu Hause in Gerzensee.

Plötzlich fühlte ich mich ausgehungert, verzweifelt und sah unwillkürlich auf die Uhr – und die Frau links in der Kirchenbank rückte von mir weg. Zum zweitenmal erkannt als Betrügerin. Die Messe mahlte fort, und ich schalt mich, daß ich das goldene Ding abzulegen vergessen hatte – und konnte nicht mehr. Ich stand auf und verließ die Kirche; sogar das am Fuß der Kirchenmauer unter Hundert Kesselchen stehende Steingutkrüglein vergaß ich, vorsätzlich. Janko holte es am folgenden Morgen. Noch stand es dort, das längst erstarrte Wasser hatte es in Stücke gesprengt. Er brachte mir die Scherben – und einen kleinen bauchigen Krug aus Eis. Übrigens hatte er bereits bei Hrabovskys Sägerei zwischen den haushohen, eingeschneiten Bretterstapeln gewartet, selbst der Holzduft schien eingefroren. »Kommen'S, Durchlaucht, dacht mir's doch«, und er half mir in den Schlitten. Ich brachte nicht mal einen Dank heraus, sank zähneklappernd in die Pelze und Felle und fand – einer von Max' rührenden und vorsorglichen Einfällen (erfuhr ich später) – zwei Wärmflaschen.

Als Max mir beim *high tea* erzählte, daß er einem Zwölfender auf der Fährte sei und ihn morgen zu erlegen hoffe, spaltete sich meine Empfindung erneut: Erleichterung, der Dorfwelt entronnen zu sein, dieser täglich wiederkehrenden, aussichtslosen, dem Glauben ausgelieferten Plackerei – und zugleich Blutleere im Herzen, als stürzte ich im freien Fall durch einen Angsttraum.

Bohr – Rutherford, fiktiv.
Kopenhagen 1913

Lieber Ernest,

am Anfang steht der Glaube, mein Glaube an Dein Planetenmodell des Atoms. Zur Strafe bleibt mir nun die Theorie. Thomsons positiver Napfkuchen mit negativen Rosinen läßt keinen Raum, ist bürgerliche Statik. Doch die Linien im Spektrum der Elemente müssen wir als Bild von Energie in Stufen deuten: Elektronen kreisen auf verschieden fernen Bahnen um den Kern in fast unendlicher Leere. Er hält sie am langen Zaum, und die Stärke seiner positiven Ladung bestimmt ihre Zahl und weist ihnen den Ort. Im nicht geladenen Teil des Kerns vermute ich den Anfang des Betazerfalls, wie Du ihn nachweist. Ein Neutron baut sich ab zu Proton und Elektron; dieses zwingt – wie, weiß ich noch nicht – einen Kollegen zum Sprung von Schale zu Schale nach außen – oder es tut ihn selbst, und diese Strahlung sehen wir als Linie im Spektrum. Warum sie nur auf wenigen Frequenzen auftritt, darfst Du mich noch nicht fragen.

Wahrscheinlich gilt für solche Übergänge von Term zu Term keine uns bekannte Mechanik und Elektrodynamik; ihre Größe und die freigesetzte Energie könnte das Plancksche Wirkungsquant bestimmen. Nennen wir's Wechselwirkung zwischen Kern und Schale. Ernest, die Chemie wird sich erklären lassen – als Mikrophysik. Newton und Maxwell haben ihre Gesetze für den Normalfall gemacht, das

Vakuum, die stationären Atommodelle. Doch leider schläft die Materie nicht immer wie der Bär im Winter, irgendwo ist immer Frühling.

Wir müssen erweitern, wir brauchen ein Raum- und Zeitkonzept der Physik, das nicht beim ersten Quantensprung in Brüche geht. Ach Gott, wir Wasserspinnen sollten von der Tiefsee erzählen! Tiefsee ist (noch) meine konsistente physikalische Theorie des Periodensystems der Chemie. Doch möglicherweise wird sie uns unter den Händen lichter. Du hast Dein Labor in Manchester, Ernest, du bist ein Bauernsohn. Also muß wohl ich den Gedanken spinnen. Deine Experimente können später vielleicht die Richtigkeit des hier und heute abend um elf von mir Assoziierten beweisen. Vorbehalten bleibt – und *vorenthalten, immer –, die Wahrheit.*

Mit freundschaftlichem Gruß
Niels Bohr

PS. Mein *ceterum censeo:* Kommst Du einmal nach Kopenhagen?

Die Zahl 1:
Zahlen zu Menschen

Eine der Volkszählungen, in denen ich mit ungeteilter Anteilnahme lese, ist im alten Königreich Ungarn durchgeführt worden, die letzte vor dem Zusammenbruch der Donaumonarchie, veranstaltet im Jahre 1910; die Veröffentlichung der fünf Bände hat sich bis gegen Ende des Ersten Weltkrieges hingezogen. Der Zensus war damals bereits Geschichte, fern wie das Römische Reich, eine Flaschenpost von Gestrandeten über ein gesunkenes Flaggschiff im Ozean der Zeit. Als hätten die Statistiker in Budapest geahnt, daß die Tage der Glorie der Stephanskrone gezählt waren und diese bald schon ins Schattenkabinett der Musealien und schmerzlichen Erinnerungen verbannt sein würde, strebten sie eine Genauigkeit und Tiefe des Details an, wie sie sich normalerweise nur Kleinstaaten wie Sachsen oder die Schweiz leisteten. Der zweite Bruch in der ungarischen Geschichte. Hier wurde er ein letztes Mal rückgängig gemacht.

Die über 12500 Klein- und Großgemeinden und Städte sind nach oft ungewöhnlichen Kriterien erfaßt und durchleuchtet worden. Unüblich (und ein Verdienst in einem auf weite Strecken noch schlecht erschlossenen und in den Urwaldgebieten bestenfalls provisorisch vermessenen Land) ist der Ausweis der katastralen Fläche nach Ungarischen Jochen für jede einzelne Gemeinde. Die Kolumnen Einwohnerzahl und Geschlecht bieten das Übliche. Doch schon die

Feststellung der Religionsbekenntnisse muß die Zähler zur Verzweiflung getrieben haben, da fast alle Konfessionen des Balkans zerstreut in Weilern und Puszten oder in geschlossenen Neuansiedlungen aus theresianischer und josephinischer Epoche vertreten waren. Welch hartnäckiger Nachfrage hat es bedurft, um herauszufinden, ob ein Landstreicher, ein Zigeuner, ein Wanderhirt, ein Holzfäller oder ein sprachloser, irgendwoher zugewanderter Kohleschipper in den Weissschen Maschinenfabriken und Rüstungswerken von Csepel nun lutheranisch oder zwinglianisch war, oder ob er armenisch –, wenn nicht griechisch-orthodox oder -uniert, möglicherweise gar rumänisch-orthodox respektive -uniert ›glaubte‹ – an einen Gott in beliebigem Gewand, da kaum einer der Befragten sich darüber je Gedanken gemacht und an Feiertagen seine Stiefel gewohnheitsmäßig in irgendeinen Kirchweg gesetzt hatte. Am leichtesten dürften die Juden, Katholiken und strengen Kalvinisten zu eruieren gewesen sein.

Für jede Gemeinde erfaßt und publiziert wurden auch die Muttersprachen. Im Karpatenbogen stößt man auf Orte, wo vier Sprachen im Alltagsgebrauch waren, etwa Slowakisch, Deutsch (oft als Jiddisch zu denken), Ungarisch und Ruthenisch oder Rumänisch, Ungarisch, Krassovanisch und Deutsch. Das Krassovanische, das in einigen Dörfern und Flecken des Krassóer Komitats noch lebte, war das Idiom der im 18. Jahrhundert aus dem Osmanischen Reich nach Südostungarn entronnenen katholischen Bulgaren. Im urwaldigen Slawonien sowie in der Batschka (der späteren Vojvodina) und im südlichen Banat finden sich Großgemeinden, deren Bauern und Handwerker Ungarisch, Serbisch, Deutsch sowie Bunjevatzisch redeten. Letzteres war das

Idiom der im 17. Jahrhundert nach Kroatien und Slavonien geflohenen, als Wehrbauern in der Wildnis angesiedelten und nach 1701 in die beinahe menschenleere Tiefebene weiter östlich eingesickerten orthodoxen Serben aus dem Gebiet des Flusses Buna in der Herzegowina. Sprichwörtlich war der Reichtum und Protz dieser Pferde- und Schweinebarone um und in Maria-Theresiopel, Groß-Betschkerek und Zombor. Das Idiom muß sich im Laufe von zweihundert Jahren im Alltagsgebrauch neben andern Kolonistensprachen eigenständig entwickelt haben, da es seit 1880 ausgewiesen wird.

Statistiken können wie Texte in Büchern gelesen werden und rufen nicht weniger starken Bildern und Gefühlen; ein komplexer Vorgang, da Zahlen ja nicht sachbezogene Begriffe, sondern abstrakte, mit beliebigen Botschaften befrachtete Symbole sind. Sie geben ihren Informations- und Vorstellungsgehalt nur im darübergestellten Kolumnentitel und im Vergleich der den verschiedenen Kolumnen zugeordneten und nebeneinandergedruckten Mengen frei. Die größten, teils betrübenden, teils unglaublichen Überraschungen bereitet meist die waagrechte, dem Buchlesen also vergleichbare Lektüre. Sie beginnt links mit dem Namen der Gemeinde und schreitet auf deren Höhe von Kolumne zu Kolumne, von Zahl zu Zahl, wobei der Blick im Weiterrücken von Zeit zu Zeit zum Kopf der Kolumne hüpft, um sich des Wechsels der Botschaften zu versichern. Der dadurch ausgelöste Fluß von Bildern und Gedanken ist vom Vorgang der Lektüre eines Romans kaum mehr zu unterscheiden.

Auch im statistischen Werk muß eine Grundvoraussetzung erfüllt sein: die Umsetzung der Kolumnentitel durch den Leser in konkrete Vorstellung. Weiß man zum Beispiel nicht, welche Eigenschaften mit Lehm beworfenes Weidenflechtwerk hat oder welche Aura ein vermoostes, moderndes Bretterdach ausstrahlt, wird man sich schwerlich ein Bild von Hunderttausenden solcher Häuser im Königreich Ungarn machen können. Der Romancier wird dem Leser mit einer genaueren Beschreibung der äußeren Erscheinung solchen Flechtmauerwerks und des hinfälligen Aussehens eines Dorfs mit Bretterdächern über schiefgesunkenen Lehmwänden zu Hilfe kommen. Wissend um derartige Schwierigkeiten, bemüht sich der Statistiker, die Dekodierung seiner Botschaft über ausführliche Anmerkungen zu erleichtern. In einem Roman wird der Schriftsteller dem Leser mit Dutzenden von Sachbegriffen und Adjektiven der Umgangssprache (warm, dumpfig, feucht, finster, bröckelnd, stinkend usw.) zu Hilfe kommen, der Statistiker dagegen muß seine Erzählung in eine sehr beschränkte Anzahl Begriffe fassen, die zum Teil der Erläuterung bedürfen; diese wenigen Begriffe jedoch erscheinen innerhalb der Kolumnen in tausendfacher Variation. Die ungarischen Volkszähler von 1910 haben sich gewissenhaft darum bemüht, ihre Botschaft so zu differenzieren, als ob sie selbst in abgelegenen Dörfern Menschen und nicht nur verwaltete Nummern vor sich gesehen hätten.

»Bitte, hören Sie auf«, wird ein Leser protestieren, »eine Lektüre vermittelt Stimmung, Gefühle, Bilder; Statistik dagegen hinterläßt bestenfalls einen quantitativen Eindruck.« Er täuscht sich. Ist es doch immer die Menge einer Information, die überhaupt ein Wie ermöglicht, genauso wie es die Zweihunderttausend sich voneinander unterscheidenden, jedoch im Aufbau ähnlichen Blätter einer Sommerlinde braucht, um den Eindruck von Schwere und die gewittrige Schattenfinsternis des Wortes »Sommerlinde« hervorzurufen. Ohne diesen irgendeinmal erlebten atmosphärisch-quantitativen Eindruck wird jede Sommerlinde der Literatur dem Leser ein blankes Lexem, ein Wörterbuch-Eintrag ohne inneren Nachvollzug, bleiben. »Was stellen Sie sich unter einer Dampflokomotive vor«, frage ich zurück, »wenn Sie nie eine gesehen, nie gehört haben, mit welchem Zischen der Dampf ausfährt, wenn die Zylinder zu arbeiten beginnen, die Treibstangen anstoßen und die zwei Meter hohen Treibräder in Drehung versetzen – bis Meilen weiter ein schwarzes Ungetüm flirrend über die Prärie oder die Vororte von Paris donnert? Bestenfalls ein Schwarzweißfoto.« Der Unterschied zwischen Literatur und Statistik liegt in der *Art,* wie das *Quale* erschaffen wird: dort durch Reichtum und Variation der vom Leser bereits mit gewissen Vorstellungen gesättigten Begriffe, hier durch die Fülle genau vergleichbarer Angaben zu wenigen Begriffen.

Die Lektüre der Konfessions- und Sprachstatistik Ungarns vermittelt den Eindruck des selbstverständlichen, täglich gelebten Neben- und Miteinanders. Es muß eine Zeit gegeben haben, da in weiten ländlichen Gebieten ein Mensch den *andern,* der in einer Sprache flüsterte und fluchte, die nicht seine eigene war, und sonntags in einer Kirche oder Kapelle betete, die der Nachbar nie von innen gesehen hatte, und in einer Tracht zum Tanz ging, die reicher als die seine war, *gelten lassen* konnte, da die Väter und Ahnen es so gehalten hatten und er dieses andern bedurfte, wo in gewissen Dörfern auch der Bauer, Holzfäller und Flößerknecht in zwei oder drei Sprachen mit seinen Nachbarn redete, also *code-switching* über den Lattenzaun hinweg pflegte, ohne daß er der Meinung gewesen wäre, einen Verrat zu begehen. Eine aus heutiger Sicht kostbare, gefährdete und zwei Generationen später zerstörte sogenannt multikulturelle Lebensform. Trug doch im dörflichen Internet jede Sprache etwas zur Verständigung bei, das die andern so nicht ausdrücken konnten. Des Lesens *und* Schreibens kundig ist etwas mehr als die Hälfte der Bevölkerung, im Komitat Máramaros, Ungarns Schlußlicht, etwas mehr als ein Fünftel, im Komitat Kolozs – wenn wir die *Universitätsstadt* Klausenburg/Kolozsvár/Cluj in Abzug bringen – ein Siebentel.

Langsam lese ich mich durch die Gebäudestatistik. Abgesehen von Budapest, einigen deutschen Bergbaustädten in der Slowakei, der Zips und Siebenbürgen und den Stadtzentren des 19. Jahrhunderts wohnte das Volk ebenerdig. Achtzig Prozent der Menschen im Königreich brauchten keine Treppe, und sehr viele begnügten sich mit einem gestampften Lehmboden. Städte wie Kecskemét und Hódmezővásárhely (»Biberwiesenmarktplatz«) mit fünfunddreißigtausend Einwohnern im kontinuierlich überbauten Zentrum sind ebenerdige oder einstöckige, kaisergelbe, rosa, weiße oder graue Bauernstädte, fast unabsehbar in die Tiefebene gebreitet, betürmt von einigen Kirchen, in Gärten, Baumgärten und Scheunen ausfransend unter einem heißen Himmel.

Die Zählungsbeauftragten haben, wie bereits angedeutet, selbst die Konstruktion der Häuser gewissenhaft in ihre Formulare übertragen, mit blauer Tinte und in schnörkeliger Schönschrift: Holzwände, mit Lehm beworfene Flechtwände, Lehmziegel, Stein und Backstein, dann Schilf-, Stroh-, Bretter-, Schindel-, Blechdächer. Ziegelbedachung kennen nur die Zentren der größeren städtischen Orte. Die Wohnungen sind meist klein, ein bis drei Zimmer, und überbelegt. Sechs bis zwölf Personen in einem Zimmer bedeutet auf den Puszten: drei Generationen in einem Einraumhaus mit Lehmwänden und Stroh- oder Schilfdach. Vor allem in Westungarn häufen sich diese Katendörfer der recht- und landlosen Tagelöhner und Hirten, denen Gyula Illyés ihr Denkmal gesetzt hat. Im Karpatenbogen wiederum finden sich Siedlungen, die sich nach statistisch relevanten Kriterien kaum mehr erfassen lassen. Die hohe Zahl leerstehender ›Häuser‹ läßt auf Zigeuner schließen, die ihre Hütten monatelang sich selbst überließen. Oder sind es die Unterkünfte der Säger am Ende der gewundenen Holzfällerbahnen in den karpatischen Urwaldkomitaten? Müssen wir uns die bereits wieder verlassenen Außensiedlungen von überzähligen Bauernsöhnen vorstellen, die sich allmählich tiefer ins Urwaldgebiet fressen, wo sich die Menschen unter immer unwirtlicheren Bedingungen auf immer magereren Böden eine Weile vor dem Verhungern retten, bis sie unterliegen, aufgeben, auswandern, zu Fuß, mit einem Bündel am Stock ins goldene Budapest, das dieses Landproletariat verdaut und damit die Mietskasernen am Stadtrand vollpfropft.

> Am Rand der Stadt, wo ich hause,
> treibt bei eingestürzter naher Nacht
> der Ruß wie winzige Fledermäuse,
> weichgeflügelt, eine ganze Tracht,
> und setzt sich dann wie *Guano,*
> hart und dick wie hingebracht. (Attila József)[1]

Die Statistik der Berufe liest sich so deprimierend-idyllisch wie die Armut selbst: in nichtstädtischen Gebieten fast aus-

1 Attila József: »Am Rand der Stadt«, übersetzt von Daniel Muth; in: Ein wilder Apfelbaum will ich werden, Gedichte 1916–1937, Ammann Verlag, Zürich 2005, S. 201, erste Strophe.

schließlich Land- und Forstwirtschaft und Fischerei, im Slowakischen Erzgebirge Bergbau – und Budapest ein Wasserkopf der Industrie.

Einsicht in eine lautlose Agonie erlaubt eine Lektüre der Bevölkerungsentwicklung der westungarischen Winzerdörfer im Bakony- und Balatongebiet. Zwischen 1880 und 1910 entleeren sich die Kleingemeinden; die von der Reblaus und von Hypotheken aus besseren Zeiten ruinierten Bauern werden ausgestoßen. Es gibt den langsamen, bitteren Grundwasserstrom der an den Bettelstab Gebrachten: Sie sickern in die Vororte von Budapest ein, sie füllen die Holzklasse der Züge nach Triest und Fiume und dort die Auswandererschiffe.

Wir haben gelernt, lautlos zu lesen. Lautlos gleitet der Blick von Kolumne zu Kolumne, und vor die stehenden, rennenden, gleitenden Ziffern schieben sich Landschaften, Vorortszüge voller Arbeiter, Krüppel, Prozessionen, strahlende Hochzeiter, Hungernde, Begräbnisse, Nachtasyle, eine Phalanx von Schnitterinnen und Schnittern auf einer Ebene ohne sichtbaren Horizont, überschwemmtes Land, gesehen vom Turm einer Kirche, ein Eisenwerk mit Weichzerrennfeuer in einem unbewohnten Waldgebiet, gelber Staub bis in den hoffnungslosen Zenit, Brände, die Wolken der Schafe, die Flüsse der Rinder, die Wogen der Pferde, Frost, weißer Sturm.

Wenn zwischen schneeverwehten Saaten
in großer weißer Winterpracht
der Dampfzug rollt und wiegt mich sacht,
schlafen die Katen.
[...]

Und wie durch die verschneiten Saaten
ich gleite, fühl ich: Wir sind tot
und träumen traumlos tief in Not,
ich und die Katen. (Endre Ady)[1]

So verwandeln sich die Zahlen einer Kolumne, die von den Augen aufgesogen werden, in Botschaften vom Lebendigen, so wechseln Inhalt, Bild, Aussage, ein Flüstern, ein Rufen, ein Schreien. Stille. Und ich reise, bis ich irgendeinmal atemlos und erschöpft aufblicke, übersättigt und verdüstert von der Vergeblichkeit und Sinnlosigkeit der Zeit und doch in einem Aberwinkel des Gemüts beglückt über die Hartnäckigkeit und das Wunder des menschlichen Lebens.

1 Endre Ady: »Das winterliche Ungarn«, übersetzt von Franz Fühmann; in: Endre Ady, Gedichte, Corvina Verlag, Budapest 1977, S. 57 (erste und letzte Strophe).

ZEIT

Kinder, das dürfte die berühmte Königsstadt Tigranokerta gewesen sein«, sagte der Althistoriker und Altphilologe, der seiner väterlich pädagogischen Fähigkeiten wegen von uns studierenden Jungs Altvater genannt wurde, und wies auf einen Schafpferch... Die Erinnerung ist so alt, so schmerzend überbelichtet von der trotz dunkler Brille blendenden, durch unsere weißen Baumwollhüte auf die Köpfe hämmernden Sonne, daß wenig mehr als ein ausgedörrtes Hellgrün zurückgeblieben ist.

Wir waren unterwegs ins ehemals armenische Hochland des Van-Sees und fuhren gegen Abend durch die knallroten, lackvioletten, talkgrünen und schwefelgelben, wie mit Anilin übergossenen Felsschluchten des Bitlis Su nordwärts nach Bitlis, wo uns in der Dämmerung ein überlebender Armenier unsere Unterkunft wies.

Auf diesen staubigen, bedrückenden Umweg jedoch hatten wir es ankommen lassen. Es war Mittag. Der Bus holperte und schlingerte über die Kreten und um die nackten Rippen des ostanatolischen Gebirgsvorlands nördlich des Tigris irgendwo zwischen Batman und Siirt. Wir starrten aus den Fenstern auf den zu Stein gebrannten, von zähen gelben Sommergrasstacheln bestockten, an steileren Stellen, wo die Straße sich einschnitt, auch von Gesträuch überhangenen Grund, der schaukelnd an uns vorüberzog; dann wieder dösten wir, von Erschöpfung und Hitze übermannt, vor uns hin.

Plötzlich rief eine Stimme: Halt! Der Busführer aus Istanbul brachte das Gefährt auf wenigen Metern zum Stehen. Die Staubwolke, die uns hinterhergerollt war, überholte uns wallend im Luftzug, wehte vorbei und legte sich langsam, Staub zu Staub. Wir hatten zunächst geglaubt, jemand müsse ultradringend seine Notdurft verrichten, da viele von uns durch die in Ostanatolien endemische Diarrhö schon derart mitgenommen waren, daß sie den dünnflüssigen Darminhalt kaum länger als eine Stunde bei sich zu behalten vermochten. Ich selbst hatte zudem Fieber, und die niederbrandende Augusthitze setzte mir weniger zu als den Fieberfreien, zuweilen fror ich.

Nein, es war kein Kackestopp, sondern der Ort, den wir suchten. Wir stiegen leicht taumelig aus dem Bus, Altvater ging, einen beschriebenen Zettel schwenkend, voran, das heißt die Straße zurück zu einem kalkbraunen Mauereck, etwas über hüfthoch, das einen niedrigen, grünlich begrasten, von Geröll übersäten Hügel zum Straßenbord hin abschloß. Es war kein Schafpferch aus übereinandergeschichteten Rollsteinen; es waren genau behauene, leicht bossierte Steinblöcke. Einige Schritt weiter verloren sich die Schenkel des Ecks unter Schutt und Unkraut.

Altvater las vom Blatt: »Tigranokerta, die zweite Hauptstadt Großarmeniens nach Artaxata, dem heutigen Artaschat in der Armenischen Sowjetrepublik, ein Zentrum der hellenistisch-iranischen Mischkultur, wurde erbaut von Tigranes II., Schwiegersohn von Mithridates VI. von Pontos, aus der Dynastie der Artaxiden, die sich von einem seleukidischen Satrapen namens Artaxes herleitete.

Tigranes hatte sich mit militärischer Unterstützung seines Schwiegervaters auf Kosten des morschen Seleukidenreichs und gegen den Willen der durch Bürgerkriege absorbierten Römer ein Großreich zusammengeräubert. Für kurze Zeit – Tigranes' Regierungsantritt fällt ins Jahr 94, gestorben ist er um 54 vor Christus –, vor allem in den achtziger und siebziger Jahren des ersten Jahrhunderts, eroberte und hielt dieser auch ›der Große‹ genannte Condottiere nebst seinem armenischen Königreich Kappadokien und Kilikien sowie große Stücke des Seleukidenreichs, so die Sophene, die Melitene, die Gordyene, die Osrhoëne, die Kommagene und sogar Mygdonien, die Landschaft um Nisibis östlich von Dara. Daras von Ziegen bevölkerte Reste am ausgetrockneten Fluß haben wir gestern kennengelernt. Doch bereits im Jahre 69 ist Tigranes von Lucullus ebenhier geschlagen und ins armenische Kerngebiet zurückgeworfen worden. – Eine Zwischenbemerkung zu Lucullus. Guter Stratege und sprichwörtlicher Schlemmer, hat er uns aus der Stadt Kerasus (mit langem u) westlich von Trapezunt am Schwarzen Meer die Kirsche gebracht.

Da Mithridates VI. und Tigranes keine Ruhe gaben, wurden ihre Reiche ab 66, diesmal von Pompejus, erneut mit Krieg (dem dritten Mithridatischen) überzogen. Im Bündnis mit den Parthern besiegte der Römer den ewigen Unruhestifter Mithridates am Lykos und verfolgte ihn bis zum Phasis in der Kolchis, womit das Pontische Reich praktisch endet. Die Niederlage des Mithridates-Sohns Pharnakes gegen Caesar in Zela ist Nachspiel. Tigranes mußte im Jahre 65, also vor genau 2024 Jahren, in den Mauern von Artaxata kapitulieren und sechstausend Talente Gold als Tribut abliefern, blieb jedoch König von Roms Gnaden. Das also war Tigranokerta.« Altvater legte das Blättchen aufs Mauereck und strich nicht ohne Ehrfurcht über die Bossen der Steine:

»Geschichtet im Blendverband mit rhythmischem Fugenwechsel; eine makellose Arbeit.« Er legte seine Hand in eine Vertiefung, von der aus eine Spinne von Rissen den Stein gespalten hatte: »Könnte die Spur vom Aufprall einer römischen Katapultkugel sein.« Plötzlich zog er die Hand weg; eine kleine kupferbraune Schlange verschwand unter einem bossierten Steinblock, der durchs Geröll noch ins Licht ragte.

II
Die Katastrophe

»The lamps are going out all over Europe; we shall not see them lit again in our lifetime.«
Sir Edward Grey, englischer Außenminister (1914)

»Der gegenwärtige Krieg ist das schönste futuristische Gedicht, das bis heute erschienen ist.«
F. T. Marinetti, »In quest'anno futurista« (1915)

»... Die ungeborenen Enkel.«
Georg Trakl, »Grodek« (1914)

Chiffre 2:
Kinder Himmelfahrt

In regelmäßigen Abständen fielen Schüsse. Schuß – Stille – Schuß, kleine schwarze Löcher in der Luft, zuweilen zwei oder drei nebeneinander. Draußen gingen Buben mit ernsten Gesichtern vorüber, dunkelgrüne oder dunkelrote Anoraks, auf den Schultern die Kalaschnikow. Die Chefin im Büro – wenn ich richtig verstanden hatte, hieß sie Madame Beng – sah kurz von den Militärpflichtdossiers auf, die sie vor mich hingelegt hatte: »Das sind unsere Rekruten, sie haben alle Live-Erfahrung.« – »Sie sind beim Töten dabeigewesen?« – »Mehr als das!« – »Und Sie sagen das so?« – »Klar.«

Es knallte in ruhigem Rhythmus weiter, gezielt, genau, wir wandten uns wieder den Ausweisen zu. Da ich selbst sie nicht zur Hand nehmen durfte, blätterte Madame Beng sie für mich auf. Die Seiten, selbst die Vorsatzblätter und der hintere Einbanddeckel quollen über von schwarzen und roten Zahlen. »Das sind die Resultate der obligatorischen Pensen; das hier die freiwilligen Übungen *vor Ort,* das hier...« – »Vor Ort?« – »Gewiß, unsere Ausbildung ist welteinzig in ihrer Praxisbezogenheit.« Die Buchstaben und Zahlen auf einer Doppelseite, die Madame Beng aufgeschlagen hielt, begannen zu wandern, durcheinanderzuwirren, die Seiten waren nun ein unangenehm flimmernder Bildschirm; in den Tabellen wurden ununterbrochen Ziffern eingeschoben, andere gelöscht, ältere Eintragungen nach unten gedrängt. »Sehn Sie?« Madame Beng wedelte die aufgeschlagene Militärpflichtakte wie einen Fächer durch die Luft: »Der Jungmann absolviert grad jetzt sein *Freiwilliges.* Die Schüsse, die Sie hören, werden hier drin telematisch nachgeführt.« Sie schaute genau hin: »Schwarz, rot, rot, rot. Nicht schlecht, der trifft voll ins Lebendige.« Plötzlich wurden sämtliche Einträge gelöscht. »Duks, du hast mit uns gegessen und getrunken und bist hopsgegangen«, Madame Beng ließ die Akte in den Papierkorb fallen. »Gute Reise.«

Draußen marschierten die Elf-, Zwölf-, Dreizehnjährigen in dunkelgrünen oder dunkelroten Anoraks vorüber, geschultert die Kalaschnikow; auf den schönen Gesichtern, wie nur Buben in diesem Alter sie haben, Trauer oder Müdigkeit, doch immer noch ein Schatten ihrer Träume, über die sie nie sprachen. Plötzlich drehte sich einer zweimal um die eigene Achse, getroffen von *drüben,* und fiel, genauer, er versackte senkrecht im Boden, und jetzt erst bemerkte ich, daß die Kinder über Wolken gingen.

24. Januar 1915, 13 Uhr

Auf den ersten Blick ein ungeheurer grauer Wal. Über die ganze Breite der oberen Bildhälfte hebt sich sein Leib aus dem Meer, links emportauchend, rechts angeschnitten, und das Wasser stürzt in Güssen von seinen Flanken. Doch es ist keine organische, lebendige Form; an die Oberfläche gestiegen ist, grau und glanzlos, das Segment einer Kreisscheibe aus Stahl. Ein Schiff. Oberhalb eines etwas helleren, vielleicht anderthalb Meter breiten Stahlgürtels muß das Eisen der Panzerung angestrichen und blank geschrubbt sein, so daß es wie ein Spiegel wirkt. Somit ist klar, daß der dunkle Rumpf und der Panzergürtel unter der Wasserlinie liegen sollten, sich jetzt aber heraufgedreht haben. Das Schiff krängt bedrohlich, um es seemännisch zu sagen; die Schotten auf der vom Fotografen abgewendeten Backbordseite müssen leck und mit Wasser vollgelaufen sein.

Über dem Schiffskörper ragen vier Langgeschützrohre aus zwei knapp noch sichtbaren, mit Schildkrötenhelmen gepanzerten Geschütztürmen wie Schwurfinger in den weißen Hintergrund, ein fünftes Rohr muß zu einem weiteren Turm gehören; somit sind wohl vier Artillerietürme zu je zwei Geschützen vorhanden. Vom Kommandoturm, der sich irgendwo zwischen dem fragmentarisch aus Rauchschwaden auftauchenden Fockmast und dem hinteren Geschützturm befinden müßte, ist nichts zu sehen; vermutlich von einer Granate wegrasiert. Das ganze oberste Bildviertel ist im übrigen erfüllt von hellem Rauch – für den Fotografen ein ideal kontrastierender Hintergrund. Rechts im Bild ragen schwarz durch Rauchwirbel die knickebeinigen Reste des zersplitterten Großmasts. Darunter oder dahinter lodern die Flammen heftig wütender Brände im Vorderschiff, also Öl oder Kautschuk oder Munition; jedenfalls verdreht sich eine knollige schwarze Qualmsäule am Großmast und wird achtern abgetrieben.

Ein derart zusammengeschossenes Wrack ist nicht mehr zu retten. Wahrscheinlich wird es nur Minuten dauern, bis der riesige Stahlkörper sich unaufhaltsam um seine Längsachse zu drehen beginnt, kentert und kieloben eine kurze Weile noch treibt, bis das eindringende Wasser auch die andern Hohlräume gefüllt haben wird. Die Brände unter Deck werden erstickt sein, dagegen werden die glühenden Tonnen Kohle in den Brennkammern der Dampfmaschinen explodieren und unter Umständen den lecken Schiffsrumpf entzweireißen.

Im Vordergrund, die untere Bildhälfte füllend, die in kleinen Wellen anlaufende See, schwarz gepunktet von Schwimmern, vielleicht fünfunddreißig an der Zahl. Meist sind Kopf und Schultern über Wasser, demnach müssen die Matrosen in Rettungswesten stecken; exakt im Bildmittelpunkt hebt einer einen Arm hoch. Offensichtlich hoffen die Schiffbrüchigen das Boot zu erreichen, von dessen Bord das Foto geschossen worden ist, bevor der Sog des absaufenden Schiffs sie in die Tiefe zieht.

Hinter den Schwimmern dann die vom Schiffsrumpf oder aus Lecks stürzenden Wasserfälle. Anschließend heftet sich der Blick erneut auf das Wrack selbst. Auf dem Panzergürtel, der einmal die Unterwasserlinie markiert hat und sehr dick sein muß, hängen, sitzen oder kauern vielleicht fünfzehn Menschen; im Absprung begriffen, knapp über dem Wasser, ist ein halbes Dutzend Leute auszumachen, schwarz in schwarz. Am Horizont, genauer gesagt auf der Höhe der Reling, die vor dem dichten Rauch als Horizont erscheint, und auf dem darunter ansetzenden, spiegelnd geschrubbten Seiten- und Kasemattenpanzer, welcher fast schon waagrecht liegt, drängen sich ungefähr hundertundsiebzig winzige schwarze Figürchen in verschiedensten Stellungen, Rennende, Einknickende, Schlitternde, Stolpernde, sich Festkrallende, Gebückte, einander Stützende, die Arme Verwerfende, Zusammengesunkene, nach vorn oder rücklings Hinfallende, einander Aufhelfende oder einfach dicht aneinander gepreßt im Stehen oder Hocken den Tod Erwartende.

Und vor dem Geschützturm hinter dem Großmast in der Mitte der rechten Bildhälfte hält sich eine schlanke Gestalt, die keine Schwimmweste trägt, ruhig an der dort unversehrten Reling fest und scheint, in sich versunken, den Blick über die Szene schweifen zu lassen, als ob sie den auf sie zurasenden Exitus gar nicht sähe oder bereits die Zeit und den Raum danach und dahinter ins Auge gefaßt hätte. Zählt der Mann die Minuten, um zumindest mit der genauen Uhrzeit im Kopf zu ertrinken? Oder sieht er sein ganzes Leben, abgespult gleich einem dröhnenden Farbtonfilm, so daß er eigentlich schon gar nicht mehr dort steht? Wie auch immer. Jeder muß einmal sterben. Ob in zehn Minuten oder in zehn Jahren, ob im warmen Bett oder im vier Grad kalten Nordseewasser, mag in solchen Momenten möglicherweise dem einen oder andern gleichgültig sein. Hinter dieser Figur das lichterloh brennende Schiff, vor ihr gleich einem kühlen Asyl das Meer. Ein Überlebender berichtete später, er habe einen Fähnrich nackt springen sehen.

Das Bild vom 24. Januar 1915 (Seegefecht vor der Doggerbank) könnte von einem Torpedo- oder Rettungsboot aus gemacht worden sein. Der im Kentern begriffene Panzerkreuzer »Blücher« ging kurz nach 13 Uhr – darum das außergewöhnlich gute Licht – mit etwa 600 Mann unter; die wenigen Überlebenden wurden von englischen Schiffen aufgenommen und kriegsgefangen. Laut einem zeitgenössischen Bericht soll die »Blücher« »bis zum letzten bittern Ende« aus allen noch funktionsfähigen Rohren gefeuert haben. Nach der Lage des Schiffsrumpfs zu urteilen bestenfalls in den leeren Himmel oder ins Meer. Das Seegefecht fand fünfzehn Monate vor der Schlacht im Skagerrak statt, wo auf deutscher Seite 2551, auf englischer Seite 6261 Menschen verbrannten oder ertranken.

Abbildung in: Christian Zentner, Illustrierte Geschichte des Ersten Weltkriegs. München 1980, S. 212/13, keine Quellenangabe.

CASTLEGAR

Den kleinen Landsitz unweit des Dorfs oder *Town* Ahascragh, sieben Meilen von Ballinasloe im Ostteil der Grafschaft Galway, findet man in keinem Reiseführer, nur auf Bartholomew's *Quarter-inch contoured Ireland*-Karte, Blatt 2 aus dem Jahre 1966. Ich hatte sie anläßlich meiner zweiten Irland-Reise gekauft. Kostbar ist sie mir, da die Grenzen der alten Schloßgüter, die schon in den 1920er Jahren von der jungen Republik zerschlagen und unter die darbenden *crofters* verteilt wurden, noch immer mit haarfeinen Grabstichelstrichen eingetragen und die Domänen mit Bleistaub grau gepudert sind.

Im Jahre 1915 steigt eine etwa zweiundzwanzigjährige Dame, ernsthaft bebrillt, in Ballinasloe aus dem Expreß der Great Western Railway, der Dublin mit Galway, der heruntergekommenen Hauptstadt der Provinz Connaught, verbindet. Einige Koffer, eine Hutschachtel. Ein livrierter Chauffeur hat auf sie gewartet, nimmt ihr die Sachen ab und verstaut sie im Fonds eines lang und lässig gestreckten Lanchester- oder Wolseley-Zwanzigpferders. Der Expreßzug setzt sich in Bewegung, vielleicht hat die junge Dame noch einen Augenblick gezögert und sich entschlossen Mut zugesprochen, Auspuffstampfen und Ventilgezisch der »Atlantic«-Lokomotive, eine Dampfschwade weht über die zierliche Gestalt. Das Geräusch der in die Schienenstöße schlagenden Räder wird leiser und verliert sich in der regenverhängten grünen Ebene. Trostlos schön. Einige Gassenjungen und Mädchen, barfuß, in zu langen Kitteln und schmutzigen Schürzen, haben sich um das Gefährt versammelt, ein Junge preßt den Gummibalg der außen angebrachten Hupe, sie quäkt, der Chauffeur schlägt ihm die Finger weg. Doch möglicherweise hat sich die Ankunft ganz anders angelassen, vielleicht saßen Kinder im Wagen, und *Her Ladyship* höchstpersönlich hatte die Fahrt nach Ballinasloe benutzt, um Einkäufe zu machen.

Allein. Schwer vorstellbar die Einsamkeit der jungen Frau, als sie sich jetzt sehr aufrecht in die gelben Lederpolster setzt, nachdem sie nochmals einen prüfenden Blick aufs Gepäck geworfen hat. Immerhin ist dies ihre erste Stelle nicht; sie ist von der Lady persönlich in London als *governess* für die vier Kinder Ursula, George und die Zwillinge Mary und Luc engagiert worden; sie weiß ungefähr, was von ihr erwartet wird, und sie hat Erfahrungen gesammelt. Die Herrschaft: Sir William und Lady Mahon aus der Familie Dillon, ein spleeniger jüngerer Bruder von Sir William, der in einem Außengebäude allein mit seiner Schmetterlingssammlung haust. *You mustn't be afraid of him.*

Die junge Frau wird drei Jahre des Ersten Weltkrieges sowie zwei Nachkriegsjahre auf Castlegar ausharren, eins der Zwillingskinder wird in ihren Armen an Hirnhautentzündung sterben (eine Gelegenheit, dessen Mutter zur Einsicht zu bringen, sich endlich persönlich um ihre Kinder zu kümmern). Sie wird sich bei der Herrschaft durchsetzen, klarmachen, daß sie keine Magd ist und keine Dienstbotenbehandlung akzeptiert, sie wird sich die Achtung nicht nur der Mahons, sondern all der mehr oder weniger versippten umliegenden anglo-irischen Familien, der Crofton, Tighe und weiterer Dillon, erwerben, die meist in größeren Schlössern wie Clonbrock, Castleffrench und Mote Park wohnen.

Was empfand sie im Frühjahr 1916 während des Osteraufstands in Dublin, als bekannt wurde, daß die Rebellen deutsche Hilfe gesucht und gefunden hatten? Sie, die einen Teil ihrer Ausbildung in Deutschland erhalten hatte und deren Vater kaiserlich gesinnt war? Wie lange benötigte diese Lokalnachricht, um über den Shannon zu gelangen? Oder ließ man in Castlegar House den Aufruhr der *underdogs* vornehm schweigend auf sich beruhen? Wichen die Meinungen über die Hinrichtungen in Dublin von der allgemein geltenden *anglo*-irischen Meinung ab? Waren Padraig Pearse und James Connolly Vaterlandsverräter im Salon und Helden in der Küche?

Sie wird die Zeit des Terrors erleben, die maskierten Freiheitskämpfer, die nachts anklopfen, ihren ehemaligen Herren eine oder zwei Stunden Zeit geben, das Schloß zu räumen, und sich dann mit der Benzinkanne an die Arbeit machen. Sie wird sich ihr Leben lang an die Nacht erinnern, da in Castlegar angepoltert wurde und Lady Mahon, die Herrin des Hauses, allein hinaustrat und nach einer längeren Verhandlung, etwas bleicher als sonst, doch ruhig wieder eintritt: Die Sache sei im Guten gerichtet, die Pachtzinsen allerdings habe sie vollumfänglich zurückerstatten müssen. Lady Mahon hat die Verschonung von Castlegar House ihrer Mildtätigkeit und ihrem sozialen Wirken im Dorf zu verdanken. Die Kluft allerdings bleibt vorläufig unüberbrückbar: Hier die Herrschaft, dort die Armen, und von denen heißt es: *They are so funny.*

Die junge Frau lernt reiten, kutschieren, sie fungiert als Führerin der lokalen Pfadfinderinnen, sie bewährt sich rundum, ist sie doch, noch vor dem Krieg, in Karlsruhe im Großherzoglich Badischen Mädcheninternat in allen häuslichen Künsten ausgebildet worden und hat anschließend das Lehrerinnenseminar in Aarau absolviert. Die gegenseitige Achtung wächst. Der Krieg schleppt sich hin, der totale U-Boot-Krieg Deutschlands ist zusammengebrochen, eine Million amerikanischer Soldaten steht im Feld, die Militärs benutzen die letzte Galgenfrist, noch einige hunderttausend junge Männer abzuschlachten. Waffenstillstand. Fauler Frieden.

1920, wohl im Frühsommer, reist die junge Frau mit dem Great Western Express, möglicherweise aber in dem langen Zwanzigpferder, nach Dublin oder Kingstown zurück, Abschied am Hafen, von den Kindern mit Tränen, da Kinder halt unvernünftig sind, von der Herrschaft ohne Tränen, aber mit Händedruck und kurzer Umarmung der Frauen und dem von allen Anwesenden geteilten Gefühl, einen wertvollen Menschen für immer zu verlieren. Einstieg, Ablegen, Winken. Southampton – Le Havre – Paris – Basel – Rheinfelden. Dortselbst und in Muri im Schwarzen Amt, wo der Vater der jungen Frau, Arzt, eine Kur- und Heilanstalt für Gallensteinkranke eingerichtet hat, wird nun die Hochzeit mit einem Sohn des christkatholischen Rheinfelder Stadtpfarrers vorbereitet. Walter Burkart ist aus Südamerika zurückgekehrt, wo er erst als Goldgräber in Minas Gerais, dann als Gummizapfer in der Region von Manaos und schließlich als Reiherjäger in den Urwäldern des Gran Pantanal im Niemandsland zwischen Brasilien, Bolivien und Paraguay gelebt hat. Achtzehn Jahre. Die Post hat funktioniert; die beiden haben sich geschrieben, Walter Burkart, wenn er wieder mal für einige Tage in die Zivilisation zurückgekehrt war, Miggi

Glaser in ihrem Zimmer in Castlegar. Die Frage des Wohnorts ist noch nicht entschieden. Das Paar zieht schließlich in ein halb ruiniertes Turmhaus bei Muri, das Walter mit dem Erlös seiner Reiherfedern billig gekauft hat und als Gastwirtschaft zu führen gedenkt.

Fünfzig Jahre später fahren Eva und ich langsam suchend durch das Dorf Ahascragh. Wir sind bei der jetzigen Besitzerin von Castlegar, Mrs. Ursula Crofton – das älteste Kind, das Miggi Glaser erzogen hatte –, angemeldet. Noch immer bedrückt die Ärmlichkeit dieser *Towns,* die kaum mehr sind als halbleere, staubgraue Straßendörfer von einigen hundert Einwohnern. Ungefähr in der Mitte, nach links, der kleine Wegweiser, Kies knirscht unter den Reifen, das Gelände schwach wellig, eingezäunte Weiden, einige Kühe in der Ferne, grüne Ödnis, noch immer kommt das Haus nicht in Sicht. Der zerstreute, efeubewachsene Baumbestand verdichtet sich, und da liegt es, querrechteckig wie ein braungrauer Ziegelstein, zweistöckig, niedriger, als wir's uns vorgestellt hatten, unscheinbar; unter dem als Achtelkreis vorspringenden Säulengiebelchen die Tür. Kein gotischer Firlefanz aus dem 19. Jahrhundert wie Zinnen, Türmchen, Söller, Schießscharten: zurückhaltender Klassizismus, ein verwaschenes Gebrauchthaus. Ich parke auf dem Vorplatz, Eva bricht in Tränen aus: Das Land ihrer Mutter, das Land der ins beinahe Unendliche der Depression sich hinziehenden Sturmherbste und Regenwinter, der Theateraufführungen mit Kindern der umliegenden Herrensitze (»Die Prinzessin auf der Erbse«, »Fingerhütchen«), der bescheidenen Picknicks in den Sommern, als junge Männer Mangelware waren, das Land des Heimwehs und tapferen

Ausharrens, der Spiele, des Lernens, der einsamen Abende, der Hoffnungen, der Briefe nach Hause und nach Südamerika, postlagernd Fuerte Olimpo, Paraguay, der Angst, ob Walter drüben noch lebe, der Todesbotschaften aus Frankreich in Herrenhäusern und Katen.

»Happy are men who yet before they are killed
Can let their veins run cold.
Whom no compassions fleers
Or makes their feet
Sore on the alleys cobbled with their brothers.
The front line withers,
But they are troops who fade, not flowers
For poet's tearful fooling:
Men, gaps for filling:
Losses, who might have fought
Longer; but no one bothers.«[1]

Eine Frau mittleren Alters im Rock mit Tartanmuster, darüber eine Strickjacke, tritt heraus, wir gehen auf sie zu, die Frauen umarmen sich, ich werde mit Händedruck begrüßt. Ursula Crofton. Sie geleitet uns ins Haus, wo sie allein wohnt; jemand aus dem Dorf hilft im Haushalt. Wir wer-

1 Wilfred Owen: »Insensibility«, I. »Gefühllosigkeit«:
»Glücklich sind Männer, denen vor dem Tod/ noch kalt die Adern rinnen,
die kein Mitleid zum Hohn macht,/ noch die Füße ihnen wund schürft
auf den Straßen, gepflastert mit ihren Brüdern./ Die Gefechtsfront welkt;
doch dies sind Truppen, die verblühn, nicht Blumen/ für Dichters Tränennarrheit.
Männer – jetzt Lücken, aufzufüllen,/ Verluste; sie hätten länger
kämpfen können. Doch keinen kümmert's.«
Wilfred Owen fiel, 25jährig, eine Woche vor Inkrafttreten des Waffenstillstands, am 4. November 1918 bei Landrecies an der Sambre.

den in zwei Gastzimmern einquartiert, da wir noch nicht verheiratet sind, anschließend wird uns Tee serviert, es folgt die Besichtigung. Zartester Klassizismus, Blumenstukkaturen über den Türen, Pflanzengirlanden an den Wänden, hie und da eine Figur, einfache Leuchter, stille Tapeten. Die Grundfarben sind Pompejanisch-Rot und Blau. Mir gefällt die in irischen Häusern des 18. Jahrhunderts häufige Lösung des zentral gelegenen Treppenhauses unter ovaler Glaskuppel, von dem aus die Geschosse über Korridore im gedämpften Tageslicht leicht erreichbar sind.

»That was her room«, sagt Ursa, ein einfaches, doch kein schlechtes Zimmer. *»And here we slept all four of us, and this was the school-room.«* Sie lacht leise: *»George was very cute – and he still is –, I was only keen.«*[1] Ihr Bruder, Banker in Dublin und im Verwaltungsrat des berühmten Shelburne Hotels, ermöglicht ihr hier ihr einsames, jedoch würdiges Witwenleben.

In den folgenden zwei Tagen machen wir die Besuchsrunde auf den umliegenden Herrensitzen, lernen im viel größeren Clonbrock Castle (Viersäulengiebel über dem Portal, zwei kleine Seitenflügel) Aunt Mobby, die letzte lebende Schwester von Lady Mahon und Nichte der berühmten Fotografin Lady Augusta Crofton, kennen. Sie dirigiert uns von ihrem Elektromobilstuhl aus durch den Park. Neue Telefonanrufe und Anmeldungen, weitere Teerunden mit *sconces* und Kuchen, auf Schloß Castleffrench ist die gläserne Eingangstür unter dem Säulengiebel von oben bis unten in zwei Hälften zersplittert. Eva, die seit Tagen von Magenschmerzen geplagt war, geht es wieder gut: Die Ankunft im Land ihrer Mutter ist gelungen; der Empfang hätte nicht lie-

1 »George war sehr gescheit, und er ist es noch, ich war nur lerneifrig.«

bevoller sein können. Also war es doch richtig, den Schritt fünfzig Jahre zurück zu wagen.

Die Zeit ist auch hier nicht stehengeblieben. Das Dorf Ahascragh zählt halb so viele Einwohner wie damals; doch die noch da sind, hungern nicht mehr, die *crofters* wirtschaften heute als selbständige Farmer – Milch und Rindermast für den Export –, die Kartoffeln, von deren Gedeihen vor hundert Jahren Verhungern oder Sattheit, Bleiben oder Auswandern abhingen, gibt es noch, doch sind sie nur mehr *eines* der Grundnahrungsmittel.

Eva und ich fahren und wandern durch ein doppeltes Land. Jene Festungstürme und Mauerreste stehen für ein Schloß, das in den zwanziger Jahren niedergebrannt worden ist. In einem Buch mit alten Fotografien (darunter ein gutes Dutzend von Augusta Crofton aus einem Album auf Clonbrock), das mir Ursa in die Hand drückt, finde ich unter einem Bild aus dem Jahre 1888, das zwei Mädchen vor einem zerstörten Cottage zeigt, folgende Legende des Fotografen Robert Banks: *»Rose McGinley and Grace McGee... Described as two criminals... aged nine and twelve respectively they were arrested for giving bread to an evicted man aged seventy five.«*[1] Lange Stunden, *high* und *late teas* mit Ursa in den Fauteuils am Kaminfeuer, Erzählungen münden in Fragen, Fragen weiten sich aus zu Erzählungen, Zauberwort Miggy oder Migoy (Evas Mutter): *»How good she was, how brave, how I loved her, I used to say to her I wished a lion would eat Walter, to whom she wrote all these letters.«*[2] Besuch beim Grab des an Hirnhautentzündung

1 »Als zwei Verbrecherinnen bezeichnet, neun- und zwölfjährig, wurden sie verhaftet, da sie einem aus seiner Hütte gejagten, fünfundsiebzigjährigen Mann Brot gegeben hatten.«

2 »... wenn doch ein Löwe Walter fressen würde, an den sie all die Briefe schrieb!«

verstorbenen Schwesterchens, an den Gräbern der Eltern, des kauzigen Onkels, Besuche im Garten mit den großen Dahlien und kostbaren Rosen, viel Gemüse, teilweise Selbstversorgung, hinüber in die leeren Stallungen und ins Nebengebäude, das in schiefgesunkenen Kästen noch die vermoderten Reste der Schmetterlingssammlung beherbergt. Viel mehr erinnere ich nicht.

Unsere Zeit läuft ab, letzte Umarmungen, Grüße, Wünsche und die leise Frage, ob wir wohl wiederkämen. In Augenblicken der Bewegtheit sagt man immer ja. Auf halbem Weg zum Flughafen, in der Nähe von Mullingar, fahren wir an einem granitenen Torkastell vorbei. Wir haben noch Zeit und steigen aus. Geschwungene gekieste Auffahrt zwischen alten Bäumen; ein mindestens zehnmal größerer kastellierter Schloßbau rückt in Sicht, eine Bleibe für die Ewigkeit, meterdicke Granitmauern, hohe Fenster, die hochmütige Selbstsicherheit des 19. Jahrhunderts, als die britische und angloirische Aristokratie die halbe Welt regierte: Knockdrin Castle. Wir kommen näher, darauf gefaßt, davongejagt oder willkommen geheißen zu werden. Das Schloß ist mit weißen Brettern vernagelt bis zur letzten Pseudoschießscharte unter den Zinnen des Donjons, dessen Blöcke seinerzeit auf den Rücken der *crofters* hochgebuckelt und mit ihrem Schweiß einzementiert wurden.

Jakob Lanz 3:
Bild Torfabbau

Wie oft war Lanz an den Mösern und Torffeldern vorbeigewandert oder hatte sich seinen Pfad zwischen Sumpf- und Torfstrecken, Weihern und Gehölz gesucht; lagen sie doch zu Fuß nur anderthalb Stunden von seinem Haus entfernt. Er pflegte Zwiesprache mit dieser Landschaft der Kiebitze, Quakfrösche und flirrenden Libellen, die den meisten Zeitgenossen als Inbegriff der Häßlichkeit galt und nur die Ausbeutung lohnte. In regnerischen Wintern dehnten sich die Stiche und die zum Stechen vorbereiteten Strekken stumm, verquollen und schwarz, und jeder Schritt seufzte im klebrigen Grund; die Entwässerungsgräben standen halbvoll einer schwarzen, zwar nicht stinkenden, doch blasenwerfenden, sauren Brühe, auf der Torf- und Pflanzenreste, das Laub der verstreuten Birken und Erlen, von Hartriegel, Weide und Pfaffenhütchen schwamm und in der die langen Lanzen der Blätter und die zum Platzen gefüllten Samenschoten der Teichlilien im Abfaulen versanken. Abgestorbener Weiderich hing über die Borde, geknicktes Schilf starrte in die Kreuz und Quer; nur die torfbraunen Rohrkolben, bereits in die Baumwolle der Samenfäden ausfransend gleich Scharpie, hielten sich stramm. Dutzende verwetterter Torfhütten standen schief und zufällig gestreut herum. Kaum ein Mensch war zu sehen, im Frühjahr vielleicht ein Naturforscher (Botaniker oder Zoologe, da in gewissen Weihern neben Blutegeln und Salamandern auch Posthornschnecken und Muscheln lebten), vielleicht noch ein Jäger auf Entenpirsch, der eine oder andere Landstreicher im Militärkittel. Oder ein Bauer aus einem der umliegenden Dörfer karrte aus einer Hütte die Turben für seine Ofenkunst nach Hause. Einziger permanenter Bewohner der Möser war der sogenannte Moor-Sefi, der, sozial nicht einzuordnen, jedoch nicht armengenössig, auf einem flachen, verbuschten Moränenbuckel, der wenige Meter aus den Torfstrecken ragte, eine Hütte zum Wohnen und Schlafen eingerichtet hatte und daselbst seine Sonntagsfreundinnen mit Froschschenkeln verpflegte. Im Frühjahr überzog unkrautiges Grün das Unland, dann wurde es abgehäutet und aufgebrochen, im Sommer dann der Torf als Brennmaterial abgestochen oder zu Mull gefräst. An den ruhigeren Weihern blühten, aus reinem Gold gewaschen, die Butterblumen, später die Teichlilien. Die Frühjahrsarbeiten, vor allem das Ausheben und Abteufen der Entwässerungsgräben, wurden von den Bauern, die eine Torfstrecke ersteigert oder ererbt hatten, als Gelegenheitsarbeit und oft in die Nacht hinein erledigt.

Im Sommer aber, zwischen Juni und September, wimmelte die unübersichtlich gedehnte Fläche von Arbeitenden. Während der hundstäglichen Trockenperioden lagerte gleich der Fata Morgana einer Sommerhexe eine bräunliche Staubglocke über den ausgebeuteten Feldern, da das Abfräsen oder Wegharken der abgetrockneten obersten Torfschicht Wolken von Faserfetzchen zum Himmel steigen ließ, die in der simmerigen Hitze erst mit dem Taufall zu Boden sanken und am folgenden Morgen jeden Grashalm, jedes liegengebliebene Werkzeug mit einer tabakbräunlichen, die Haut reizenden Schicht überzogen hatten.

Männer mit und ohne Kittel, Frauen in Röcken und groben Schürzen, Hauben oder Kopftüchern und, in den Schulferien, Kinder gruben, stachen, warfen, fingen, buckelten, karrten, pflasterten, schichteten, türmten die Torfsoden, *Tuurbe,* und die eine oder andere Maschine knatterte den Takt; die nassen Torfmesser blitzten bei jedem Wurf aus den Gräben, als wäre Krieg an der Westfront (und es *war* Krieg) oder ein tödlicher Zweikampf im Gang. Und ein- oder zweimal pro Generation *gab* es Racheakte, Fälle vermuteten Verschwindenlassens von Ehemännern oder Liebhabern in einem der grundlosen Moorlöcher. Jetzt aber wurde gelacht, gerufen, gesungen oder stumpf und dumpf gearbeitet.

Lanz hatte die Zeit mit Bedacht gewählt, ein heißer später Augustnachmittag, die Sonne stand nicht mehr allzu hoch, sie würde schon längere Schatten werfen, wenn man nach 18 Uhr fotografierte, Menschen und Geräte hätten ihre dunklen, lang hinschlagenden Doppelgänger, die sklavisch jede Bewegung nachäfften. Er hörte die Stimmen schon von weitem, auch Kinderstimmen, viele mußten auf dem Feld arbeiten, das zu fotografieren er sich vorgenommen hatte; erst hörte er ein Gezwitscher, näher tönte es bereits wie Volksauflauf, als ob ein lange Vermißter als gegerbte Torfleiche gefunden worden wäre. Er zögerte, plötzliche Scheu oder Hemmungen, Unbehagen beschlich ihn, er trete mit seiner Hobbyfotografiererei (denn das war sie, seit er sein Geschäft verkauft hatte) der Würde der bis zur Erschöpfung Arbeitenden zu nahe. Er ging weiter; das Fahrrad mit dem breiten Korb zur Aufnahme von Stativ und Fotoutensilien auf dem Gepäckträger neben sich herstoßend; er hatte die Stelle, wo er sich postieren würde, am Sonntag erkundet: ein knapp mannshoher Buckel, bewachsen mit dichtem Kurzgras, der

Grund federnd, doch nicht bröcklig, ein Torfsockel, der überdauert hatte, wohl weil bis vor kurzem eine Hütte dort gestanden. Von diesem kleinen Wiesenbühl aus konnte er das etwa drei Hektar große Feld quer zu den Schatten Richtung Ostsüdost fotografieren. Er lehnte sein Rad an die Böschung, nahm die Sachen zur Hand und stieg hinauf.

Lanz richtete noch das Stativ, als ihn die ersten Zurufe erreichten. *»Hescht nüüt Gschiiders z'tue?«* Ohne den Blick von der Arbeit zu heben, winkte er mit der freien Hand unbestimmt ins heiße Blau hinauf. Nun schraubte er die Kamera fest und prüfte nochmals die Wasserwaage. *»Chönntisch is au cho hälfe böckle!«* Das war eine Frauenstimme. Nun richtete er sich auf und überblickte das Bild. Er war zufrieden; jetzt erst fiel ihm das kurzatmige Tacken eines Motors auf, ein Förderband an der tiefsten Abbaustelle. *»Doo git's auso Lüüt, die vermöged's, am Liebgott d'Ziit abzschtääle!«* Das kam aus der Nähe, er mußte lächeln.

Seit seinem Besuch hatte das Torffeld das Aussehen verändert. Am Sonntag war es noch eine stiebend braune Ödnis gewesen, an einem Weiher hatte ein Fröschner gesessen. Jetzt schien die Strecke zu seinen Füßen bis hin zu den ihm am nächsten arbeitenden Frauen fugengenau mit länglichen braunen Steinen gepflastert. Turben im Antrocknen. Er begann, die Menschen zu zählen. Er kam mit den Köpfen, die von Zeit zu Zeit aus der abgeteuften Abbaustrecke auftauchten, auf gut vierzig; dort ruckte auch das Förderband. Ein Dutzend Kinder, etliche Mädchen, einige jüngere Frauen, braun bestäubte Tücher um den Kopf gebunden, fingen die Turben auf, die im Schwung aus der Tiefe ans Licht flogen, oder nahmen sie vom Förderband und stapelten sie auf hölzerne Schubkarren. Sobald diese vollgeladen waren, packten eine Frau in rotkarierter Schürze oder ein kräftiger Mann die Deichseln und schoben die Karretten leicht schwankend über einen behelfsmäßigen Bretterlaufsteg zur Entladestelle, wo Kinder, meist Mädchen, in wenigen Minuten einen weiteren Quadratmeter Torfpflaster legten. Ihre Gesichter waren verschmiert vom Abwischen des Schweißes, das sah Lanz auf Distanz. Linker Hand waren Jungen am Böckeln. Je zwei und zwei Turben, vermutlich am Vortag abgestochen, wurden im rechten Winkel übereinandergelegt und wuchsen zu brusthohen kaminähnlichen Türmchen auf, und bereits wurde am nächsten *Böckli* geschichtet.

Er erkannte niemanden. Dies lag nicht an der Distanz. Diese Leute waren nie über die Schwelle seines Ateliers getreten. Das mußte nicht heißen, daß sie fremd waren, obwohl es wandernde Gelegenheitsarbeiter unter ihnen gab. Jedoch: sie waren arm. Er war sicher, daß nicht wenige vor seinen Augen ihr heutiges Abendbrot und das ihrer Familie verdienten, und wieder befiel ihn Unbehagen.

Einzig in vielleicht hundertfünfzig Meter Distanz, jenseits des Abbaus, schien sich wenig verändert zu haben. Dort standen gleich einem Heer schwarzer Kindersoldaten noch die Torfböcke der Vorwoche, zu Hunderten, ein Regiment. Doch ein Blitzen auf einer provisorisch sozusagen um alle Ecken herum auf den gewachsenen Boden verlegten Gleiskurve und ein halber Zug leerer Kipploren, noch ohne Dampflokomotive, ließen vermuten, daß der Torf in Kürze weggeführt und am Bahnhof in Muri auf Hochbordwagen der SBB verladen würde. Wieder mußte er an ein Schlachtfeld an der Somme in Nordfrankreich denken. Dem Moor wurde die Haut abgezogen und das Fleisch vom Bein geschnitten. Unser Schlachtfeld. Ihn fröstelte.

Jetzt hob er die Hände zu einem Trichter: »*Grüezi mitenand*«, er wolle nur einige Bilder schießen. ›Schießen‹, dachte er. Er stieg vom Grasbühl hinab und ging auf die Leute zu. Es war immer besser, die Kunden vor der Aufnahme versöhnlich zu stimmen oder zu beruhigen. Vorsichtig, um keine Turbensoden zu zertreten, suchte er sich den Weg. In jeder einzelnen, ging ihm durch den Kopf, steckte Schwerarbeit: das Einstechen und Abheben des Torfmessers, der Schwung mit einem leichten Ächzen hoch über den Grabenrand, das Auffangen, Aufbeigen, Wegkarren und sorgfältige Hinlegen. Links und rechts grüßend, selbst die Kinder, ging er zur Abbaugrube und blieb dort stehen. Drei Männer in durchgeschwitzten Leibchen stachen ein, hoben ab, warfen, Frauen fingen auf. Ihre Bewegungen, wie immer, wenn sie lange eingeübt sind, waren rund und rhythmisch, ohne Unterbruch oder kräftezehrende Rucke, wenn man vom Abwerfen der Sode von den Messern absah. Aus der Höhe des Schwungs senkte sich das um die vierzig Zentimeter lange Instrument in Form eines umgedrehten L an seinem langen Holzstiel wieder auf Arbeitshöhe, fuhr mit einem saftenden Geräusch, als ob man eine teige Birne zerschneiden würde, in die Torfwand, ein Druck auf den Stiel hob schmatzend die Sode ab, ein Schwung, und sie flog ins Blau auf das für die Arbeitenden nicht einsehbare Feld in die auffangbereiten Hände. Als die Männer ihn über sich stehen sahen, hielten sie inne, streckten sich, eine Hand am Stiel des in den Grund gesteckten Messers, die andere ins Kreuz gestützt, und sahen zu ihm auf. Er kannte immerhin einen, einen jüngeren Bauern aus einem Nachbardorf, dem er zuweilen auf den Feldern begegnete.

Er grüßte ihn, wurde wieder gegrüßt; gleich entstand ein

Gespräch, denn die Laune war trotz aller Müdigkeit nicht schlecht; das Wetter, von dem die Höhe des Verdiensts abhing, war stabil, und die Aussichten waren gut. *»Hüür händer Glück«,* sagte er. *»Schwitzen im Summer git warm im Winter.«* Zwei pflichteten bei und blinzelten in die bereits tiefer stehende Sonne. Einer bemerkte, er habe noch selten an einem Tag so viel vor sich gebracht; sein Gesicht war rot von der Anstrengung, die nunmehr bereits gute zehn Stunden gedauert haben mochte. Er hustete und spuckte aus. Nun erklärte Lanz kurz sein Vorhaben und bat sie, mit der Arbeit für eine Minute aufzuhören, wenn er dreimal in die Hände klatsche. Zwei nickten, der dritte brummte etwas wie einen Fluch, hob drohend sein Torfmesser gegen den Besucher, ließ es aber präzis in die schwarze Wand einfahren. Nun ging Lanz langsam von einem zum andern: *»Wen i drüümool chlatsche …«,* vor allem die Kinder begrüßten die Abwechslung und bettelten um ein Bild. Wieder auf dem Grasbühl, letzte Kontrolle, die Schatten lagen scharf und wundervoll tief, beinahe schon länger als die Menschen und Torfböcke. Er klatschte dreimal, ging unters Tuch und belichtete drei Platten. Noch unter dem Tuch hob er beide Hände und winkte ab wie ein Dirigent das Orchester.

Die S. A. Thorwaldt-Gesellschaft 2:
KAPITAL ...!

Angesichts der grundstürzenden Ereignisse in Rußland, der Abdankung des Zaren Nikolaus am 16., der Desintegration der russischen Armee und des sich abzeichnenden Zusammenbruchs des militärischen Widerstands ging am 21. März 1917 die 5. Jahrestagung der erlauchten Gesellschaft in hoffnungsfreudiger und zunächst von Einmütigkeit geprägter Atmosphäre vonstatten.

Erst ein Blick zurück. Zur 1. Jahrestagung, noch unter dem Vorsitz des Präsidenten Professor Dahn, traf man sich 1911 im Gästehaus des Berghotels »Roßtrappe« in Thale; mit einem Extrazug wurde die Gesellschaft auf den noch tief verschneiten Brocken gefahren, dessen Gipfel leider im dicksten Nebel steckte; das erhoffte Brockengespenst blieb aus. Die 2. Jahrestagung – nach dem überraschenden Tod des Präsidenten am 9. Januar – fand 1912 im fürstlichen Palais zu Detmold statt und bot den Mitgliedern beeindruckenden Einblick in diese Schatzkammer deutschen Geistesschaffens (Erscheinen von Band 1). Die 3. Jahrestagung unter dem neuen Präsidenten und nunmehrigen Nobelpreisträger Gerhart Hauptmann wurde 1913 für zwei Tage nach Salzbrunn in Schlesien einberufen und gestattete einen Besuch bei Gerhart Hauptmann auf dem »Wiesenstein« und bei der Fürstin Pleß auf dem »Fürstenstein« (Erscheinen von Band 2; im Jahresbericht wurde ein fürstliches Legat des inzwischen verstorbenen Karl May verdankt). Die 4. Jahrestagung, 1914, unter dem Motto ›Zweimal Wilhelm‹ (gemeint waren Raabe und Busch), tagte in der Herzog-August-Bibliothek zu Wolfenbüttel (Erscheinen von Band 3). 1915 und 1916 nahm die S. A. Thorwaldt-Gesellschaft angesichts der heroischen Kriegsanstrengung des deutschen Volkes und eingedenk des blutigen Ringens im Osten wie im Westen einstimmig von einer Jahrestagung Abstand. Man übersandte 1915 zugunsten der Sanitätstruppen und Armeespitäler dem OKH, 1916 (Erscheinen von Band 4) dem Kriegsinvalidenfonds eine großzügige Spende.

Erst 1917 war das Bedürfnis aller, sich in schicksalsdüsterer Zeit in froher Runde für eine kurze Weile erneut zu treffen, so drängend geworden, daß man beschloß, sich am Ort der Gründungsversammlung, im »Kaiserhof« zu Berlin, wiederzubegegnen. Und die Zeit- und Kriegsläufte lächelten in der Tat, wie oben bemerkt, solchem Beginnen. Der Präsident beschwor bei der Begrüßung, indem er eine Hand hoch über sein mächtiges Haupt hob, mit sonorer Stimme den Engel der Eintracht und des Friedens, doch für diesen einen lichten Moment zu verweilen, die schweren Gedanken der Versammelten aufzuhellen und auf Flügeln der Hoffnung in eine lichte Zukunft zu tragen. Und keinen gab es, der ihm nicht aus tiefstem Herzen beigestimmt hätte.

Danach gab er den Abschluß der ersten, fünf Bände umfassenden Lieferung der Thorwaldt-Gedenkausgabe bekannt und gratulierte Dr. Spengler für diese angesichts langer Abwesenheit im Einsatz fürs Vaterland bewundernswerte Leistung. Über den weiteren Fortgang der Edition werde der Herausgeber selbst berichten. Ihm, Gerhart Hauptmann, bleibe nur, mit Genugtuung auf den Erfolg der bisher erschienenen Bände hinzuweisen, von denen der erste bereits in 2. Auflage nachgedruckt worden sei, was zeige, daß Thorwaldts Gedankengut als Beitrag zum Ringen des deutschen Volkes um sein tieferes Selbst und seinen Platz an der Sonne geschätzt werde. Die Verlesung der Namen der verstorbenen und der im Krieg gebliebenen Mitglieder der Gesellschaft, so Norbert von Hellingrath und Hermann Löns, sowie eine Gedenkminute – Gerhart Hauptmann bat die Anwesenden, sich, und sei es nur so lange, das Donnern der Geschütze und das Krachen der Bomben und Granaten vorzustellen – beschlossen seine Grußadresse. Erneut schwoll der Schmerz in jedem biedermännischen Herzen. Dann gab der Nobelpreisträger das Wort an Dr. Spengler weiter, denn man müsse und wolle vorausblicken.

Dr. Spengler, gezeichnet von den Anstrengungen der letzten Dienstmonate und der geleisteten Gedankenarbeit, so auch an einem grundlegenden historisch-philosophischen Werk, dessen Erscheinen in Kürze er bereits in Aussicht gestellt hatte, stakte mit steifen Schritten ans Pult. »Die Würfel sind gefallen.« Einige Mitglieder sahen sich betreten an. »Die Reiche wanken, denn es ist für jeden Betrachter der Geschichte klar lesbar wie die Feuerschrift über Belsazars Bankett, daß dem Zusammenbruch im Osten ein vergleichbarer Sturz im Westen wie im Süden folgen muß.« Und damit werde die welthistorische Bedeutung wie auch das Gewicht des germanischen Kraft- und Kulturraums, werde zudem die Aufgabe, welche diesem Stamme gestellt, ins Gigantische anwachsen. Die Neuordnung Europas und die Wahrung des endlich errungenen Friedens würden die Kräfte in den kommenden Jahrzehnten in nicht minderem Maße in Anspruch nehmen als jetzt der Krieg oder vor vierhundert Jahren die

Reformation und die Abschüttelung der Ketten der Scholastik oder noch früher die Schaffung des Heiligen Römischen Reiches deutscher Nation. »Eine ungeheure Bürde wartet auf unsere lastgewohnten Schultern«, referierte Spengler, als ob er ein Kochrezept herunterläse. »Nur schon die Tatsache, daß wir bei der Reorganisation, dem Wiederaufbau und der Modernisierung des slawischen Raumes niemals abseits stehen können und dürfen, wird in jedem denkenden Menschen Energien wecken, welche in kulturschaffende Tat zu verwandeln nur einem heimatlich verankerten und zugleich kühn ausgreifenden Geist gelingen kann. Denn im Kriege erweist sich zwar unter Opfern eines Volkes Kraft, im Frieden aber das Genie der Erneuerung, welche erst wahre Größe schafft. In der Besinnung auf die hohen Werte abendländischer Gesittung, Philosophie, Kunst, Literatur und Kultur, denen uns die letzten blutigen Jahre zu entfremden gedroht, sowie in der Wahrung von deren Vorbildlichkeit und in deren Vertiefung und Verbreitung warten die kolossalsten Aufgaben, vor die das deutsche Volks sich je gestellt gesehen hat.« Spengler griff nach dem Wasserglas.

Denn unbestreitbar sei es nunmehr dieser Rasse übertragen, mehr noch, werde nur sie imstande sein, den Untergang des Abendlandes aufzuhalten und, nachdem slawischer Furor und welsche List das Unterste zuoberst gewälzt, in Ordnung und Neubeginn münden zu lassen. Jedoch liege es – dies sei die Janusköpfigkeit jeglicher historischen Wende – genauso in germanischen Händen, den Untergang des Abendlandes zu besiegeln und aus dem Orkus der Mächte der Finsternis unnennbare Barbarei heraufzubeschwören und in grauenvollen Riten zu zelebrieren. Globalstrategisch zeichne sich eine germanische Friedens- und Machtachse von

Berlin über London nach Washington ab; im Grunde gelte es nur noch, den britischen Löwen mit Hilfe des Sternenbanners zur Vernunft zu zwingen.

Ein kurzer Zwischenapplaus von Houston Stewart Chamberlain unterbrach die Ausführungen des Referenten. Dr. Spengler lockerte die Krawatte. Solche Überlegungen hätten ihn als Herausgeber veranlaßt, als nächste Lieferung in vier Bänden Siegbert Armin Thorwaldts Schriften über das Erneuerungspotential und die unerschöpfliche kulturbildende Kraft der Germanen zu versammeln. Aus nunmehr genauer Kenntnis des Detmolder Archives könne er Thorwaldts Werk nicht anders als mit dem Stechlinschen Ausruf »Kapital ...!« charakterisieren. – »Na, *lossen'S* bitte die Zigarren beiseit, die kommen nach dem Essen«, rief jemand. »*Un' a Czako is a Tschako,* der wird kein Stechlin«, fügte eine andere Stimme bei. Die österreichische Dialektfärbung verriet, daß es sich bei den Zwischenrufern um Fritz Ritter von Herzmanovsky-Orlando, den Original-Schriftsteller, und Professor Heinrich Ritter von Srbik, den hervorragenden Historiker, handeln mußte. Fröhliches Gelächter. Der Herausgeber wirkte irritiert: Czako oder Stechlin, jedenfalls könnte er die Titel der 25 Aufsätze in ihrer Reihenfolge bereits heute bekanntgeben. Er begnüge sich damit, die sieben markantesten zu nennen, Titel, die schon in ihrer symbolhaltigen Wucht jedes fühlenden Deutschen Herz höher schlagen ließen: »Urgestein« – »Ägir oder Kraftzentrum Nordatlantik« – »Deutsche Zukunft in Ost und West« – »Schnee von gestern? Saat von Morgen!« – »Deutsche Seele im Kampf um sich selbst« – »Die Milde des Siegers ist der Lohn des Besiegten« – »Germanisches Naturrecht und semitisches Rachedenken«.

Beifall. Dr. Spengler kippte leicht übers Pult. Noch obliege ihm die Bekanntgabe der bereits beschlossenen Änderung des Formats von Groß-Oktav zu Oktav. Aus wirtschaftlichen Gründen – vor allem weil Papier guter Vorkriegsqualität rar geworden sei, man aber genau an diesem Punkte keine Abstriche machen wolle – habe man das Format und den Satzspiegel verkleinert sowie die Größe der Lettern um zwei auf zwölf Punkte reduziert; die Bände würden damit handlicher.

Beim anschließenden, angesichts der Kriegsläufte bescheiden gehaltenen Dinner für die dreiundzwanzig Anwesenden, bei dem deutsche Weine und deutscher Sekt kredenzt wurden, sprang eines der Neumitglieder, Dr. Carl Schmitt, spontan vom Sitz, dankte Dr. Spengler überschwenglich für seinen ungeheuren Einsatz, gab seiner Vorfreude auf dessen eigenes Werk Ausdruck und gelobte im Namen aller Anwesenden, seine ganze Kraft in den Dienst der, wie er es nannte, »Idee vom Neuen Reich und Neuen Recht« zu stellen, für die Thorwaldt zeit seines Lebens gekämpft habe. Noch während des Beifalls erhoben sich Rudolf Eucken, Karl Brandi und Helmuth Plessner. Schmitt habe durchaus nicht im Namen *aller* die Idee vom neuen Recht und Reich angelobt – so Plessners Worte: »In Kenntnis der Bände 1–4 erklären wir hiermit unsern Austritt aus diesem Verein.« – »Wo *blääbt* da die Nibelungentreue?« rief, nach der Stimme zu schließen, wieder der Schalk Herzmanovsky. »Aber *net woa,* die Zigarren gönnen wir den Herren noch?« – »Sapristi«, bemerkte der Präsident mit massiger Stimme, »doch nur, wenn sie sich auch schriftlich von Bord unserer ›Lusitania‹ abmelden. Einfach ins Meer springen ist verboten. Für die treusten der Getreuen habe ich einen Wacholder vom Hohen Iser-

Kamm im Koffer, selbstgebrannt, einundfünfzigprozentig.« Aufkommendes Lachen und Beifall halfen über den peinlichen Moment hinweg.

Der Maschinengott:
Rathenau – Ludendorff, 1917[1]

Dazu kommt, daß die Frage nach der Kriegsentstehung aufgerollt werden wird. Man könne nicht über den Krieg hinaus die Legende erhalten, daß Deutschland von vier Mächten meuchlings überfallen worden sei. Es liege vor aller Augen die Tatsache des überscharfen österreichischen Ultimatums an Serbien, der unglaubliche Glücksfall, daß dieses Ultimatum unverdientermaßen zu 90% angenommen wurde, und die noch unglaublichere Verblendung, daß dieser Annahme die österreichische Kriegserklärung folgte.« (Tagebuch, S. 218; vgl. Schriften, S. 291)

»Ich ging nun zur Lage des Auslandes über und entwikkelte die bisher noch unerschütterte Verbindung der Entente, die durch den Zutritt von Amerika die Gewalt einer gemeinschaftlichen Idee erhalten habe, nämlich die des Kreuzzuges gegen die Autokratie. Ich insistierte auf der Gefahr des amerikanischen Zutritts, die ich nicht nur in Truppensendungen, sondern auch in wirtschaftlicher Leistung erblickte, und stellte sie dem Werte des U-Boot-Krieges ge-

1 Auszüge aus Walther Rathenau: Tagebuch 1907–1922. Hrsg. Hartmut Pogge-v. Strandmann. Droste, Düsseldorf 1967 [= Tagebuch], und Walther Rathenau: Schriften. Ausgew. und eingel. v. Arnold Harttung, Günther Jenne et al. Spitz, Berlin 1965 [= Schriften]. Die Textausschnitte beziehen sich auf das zweite Gespräch mit Erich Ludendorff am 10. Juli 1917 in Kreuznach. Ludendorff hatte ab 1916 als 1. Generalquartiermeister neben Hindenburg faktisch die Gesamtleitung des Krieges inne; er hatte 1917 den unbeschränkten U-Boot-Krieg durchgesetzt.

genüber, den ich weiterhin erörtern wollte. Abzuweisen sei der Gedanke, daß irgendein Glied der Entente – etwa England – sich loslösen würde infolge ökonomischer Erwägungen, wie z. B. Gefahren künftigen Tonnagemangels, denn in diesem Kriege habe jeder die Wirtschaftsbedenken gegenüber den Existenzfragen zurücktreten lassen.« (Schriften, S. 291f.; vgl. Tagebuch, S. 219f.)

»Ludendorff erklärte nun, daß er überhaupt nicht gegen einen Verständigungsfrieden sei, auch nie gewesen sei, daß er lediglich Wert auf die Stimmung im Lande lege und daß man ihm nur den Verhändler bringen sollte; er hätte dies ein Jahr lang von Bethmann verlangt, aber dieser hatte ihm niemand bringen können. Ich antwortete, daß ich die Stimmungstheorie nicht für richtig halte; ich hielt die englische Art für besser, dem Volke jederzeit die Schwere der Situation vor Augen zu führen; wir hätten die Stimmung verweichlicht durch dreijährige Irreführungen, mindestens dreißig Illusionen seien im Laufe dieser Zeit entstanden und restlos geglaubt worden. Dies sei einer der Gründe, daß jetzt Rückschläge eintreten. Ein Unglück sei es, daß das Volk zwischen militärischen Siegen und politischem Sieg keinen Unterschied zu machen verstehe und daß man nun einmal nicht begreifen könne, daß, wenn man dauernd gesiegt habe, man nun nicht endlich den Frieden diktiere.« (Tagebuch, S. 222f.; vgl. Schriften, S. 293)

»Am Nachmittag empfing mich Ludendorff nochmals.

Er sagte, daß er nur in einem Punkte meinen Darlegungen widersprechen müsse. Das sei die Frage des U-Boot-Krieges. Ich fragte, was ihn dazu bestimme, und er antwortete, Gründe könne er mir nicht angeben, es sei sein inneres Gefühl, dasjenige Gefühl, das ihm auch für seine strategischen Maßnahmen entscheidend sei. ›Wäre dies eine strategische Maßnahme‹, sagte ich, ›so wäre hierdurch die Frage für mich entschieden. Doch da es eine Frage der Wirtschaft und der Technik ist, so wage ich, meine Rechnung[1] und mein Gefühl dem Ihren entgegenzustellen.‹ – ›Das respektiere ich‹, antwortete Ludendorff, ›doch werden Sie zugeben, daß ich meinem Gefühl zu folgen habe.‹

Unser Schicksal stand auf einem Gefühlsurteil. Noch bevor die Mittel der Rechnung und Beobachtung erschöpft waren. [...]

Eine schuldhafte Handlung gab es nicht, sondern einen schuldhaften Zustand. Es fehlte die zentrale Einsicht, Handlung, Verantwortung.

Es ist paradox, jedoch begreiflich, daß ein Feldherr, der am 23. Dezember 1916 erklärt hat, er könne mit seiner Armee nicht entscheidend siegen, dennoch sagt: Ich kämpfe auf Sieg. Ich gehe aufs Ganze. Die amerikanische Vermittlung will ich nicht, denn sie bringt einen anderen Frieden, als man von mir erwartet. Der Maschinengott des U-Bootes muß heran. Ich setze auf diese Karte. Eine andere habe ich nicht. Ich lasse sie nicht bemäkeln. Alles oder nichts ...« (Schriften, S. 293f.; vgl. Tagebuch, S. 225)

1 Rathenau hatte Ludendorff vorgerechnet, daß die deutsche U-Boot-Flotte das versprochene Ziel, England in Kürze von seinem Nahrungs- und Waffennachschub abzuschneiden, niemals erreichen werde. »Hierdurch sei von neuem alles auf die eine Spitze getrieben ...« (Tagebuch, S. 220)

Jakob Lanz 4: Bild Generalstreik

Im Jahr des ›Panthersprungs nach Agadir‹ (1911) war Jakob Lanz vom Industriellen Traugott Bruggisser im Auftrag des Verbands aargauischer Hutgeflechtsfabrikanten angefragt worden, ob er für eine Publikation den künstlerischen Fototeil übernehmen würde, auch wenn er sich, wie er, Bruggisser, wisse, vom Geschäft zurückgezogen habe. Lanz, sich erinnernd an den Auftrag der Bally-Schuhfabriken, hatte erst ablehnen wollen, es sich jedoch anders überlegt; hatte er doch selbst eine kleine Sammlung kostbarer Stücke zusammengetragen. Es lockte ihn, der Erfindungsgabe der »Hütler« ein kleines Denkmal zu setzen. Übrigens war eine Bildserie von Karl Bührer bereits 1896 in einem großformatigen Werk eines Dr. Hans Lehmann zum selben Thema reproduziert worden – grau in grau, ein Jammer. Unter einer Bedingung würde er mitmachen, schrieb Lanz zurück: daß er nach seinem Gutdünken auch Bilder von Flechterinnen und Flechtern als »belebendes Element« einstreuen dürfe. Bruggisser hatte sich nicht an den ironischen Anführungszeichen gestoßen und sofort zugesagt. Der Kontakt hatte sich zu einer Freundschaft entwickelt, wobei Lanz, obwohl gut zwanzig Jahre älter, sich immer ein wenig als jüngerer Bruder vorgekommen war. Bruggisser hatte ihm viel voraus: Bildung, parlamentarische und militärische Erfahrung, vor allem aber die Souveränität seiner Persönlichkeit. So bewunderte er ihn ein bißchen und genoß gelegentliche Ausfahrten zu Ausstellungen oder Veranstaltungen, die dieser ihm offerierte.

Im November 1918 wäre es beinahe zum Bruch gekommen; beide waren sie zu aufgewühlt gewesen, über dieselben Ereignisse, doch aus konträren Gründen. Als am Sonntag, 10. November, auf dem Zürcher Münsterhof geschossen wurde, wußte Lanz, daß die Wahrheit, ›seine‹ Wahrheit, der er seit etlichen Jahren auf der Spur war, ihm befahl, nicht zu kneifen. Nur wie? Da die Züge nicht mehr verkehrten und er selbst sich mit siebzig zu alt fühlte, mit dem Rad hinzufahren, blieb ihm nichts andres übrig, als den Freund zu belästigen. Tags darauf rief er Bruggisser an, ob er oder der Firmenchauffeur ihn im Wagen nach Zürich kutschieren würde. Er besitze leider keinen fliegenden Teppich. »Bist du total übergeschnappt? Ich habe wahrhaftig andere Sorgen!« hatte Bruggisser in den Apparat geschnaubt. – »Aber ich muß.« – »Das ist deine Sache. Mach ich nicht; zudem... zudem bearbeiten die Roten hier in unsern Betrieben die Belegschaften; da klopf ich nicht die Finken.« – »Begreif doch, wenn die Züge noch verkehren würden ... Auch muß es nicht Zürich sein; in Bellinzona und Olten ...« – »... und in Berlin und in Chemnitz und in München und ich weiß nicht wo. Du kannst diesen Streik ja im Garten mit deinen Nachbarn inszenieren, falls sie mitmachen. Weiß ich denn, ob meine Truppe nicht aufgeboten wird?«

Lanz war wütend und niedergeschlagen vors Haus gegangen und hatte Laub geharkt und auf die reichen Säcke geschimpft. Plötzlich hatte er den Eindruck – Unsinn natürlich –, daß er all die Jahre auf dieses eine Foto hingegangen sei und ohne das Bild für die Katz gelebt haben würde. Am

Abend holte er eine Flasche Châteauneuf-du-Pape aus dem Keller und betrank sich grollend und hilflos, das erstemal in seinem Leben. Doch kaum war es soweit, daß die Wanduhr, sein Diplom und zwei Goldmedaillen an der Wand mit ihrem Double zu tanzen begannen, wurde ihm sterbenselend. Er mußte sich erbrechen und schwor sich, dies sei das einzige Mal gewesen.

Am Dienstagmorgen ein Anruf von Bruggisser. Zunächst entschuldigte er sich, er habe sich unmöglich benommen, seine Nerven seien am Ende gewesen, inzwischen sei die Lage in ihren Betrieben gedeichselt, niemand habe streiken wollen, man habe die Agitprop-Leute ausgeladen. »So hab ich mir überlegt, was wir jetzt tun könnten, denn daß du das Bild haben möchtest, versteh ich; nach Zürich allerdings fahre ich nicht, wir kämen kaum durch, die Einfallstraßen und Hauptplätze sind vermutlich abgeriegelt, und die Kavallerie mit gezogenem Säbel im Nieselregen auf dem Paradeplatz, die wird mit Freuden Foto Ganz Modell stehen. Nach Olten will ich nicht, da sitzt das Bolschewikenkomitee, und ich gehöre zur andern Seite; also Solothurn oder Grenchen oder Biel.« – »Freut mich, daß du dich meldest«, meinte Lanz, »Grenchen oder Biel oder beides; ich war wütend über dich und betrübt und hatte am Abend einen sitzen, daß mir der Schädel jetzt noch brummt.« – »Sehr achtbar, Kobi«, Bruggisser lachte, »also Grenchen und Biel; in einer halben Stunde bin ich bei dir.«

Es hatte aufgehört zu regnen, Wolkendecke auf Sonnenstelzen, weiter im Westen war es wohl bereits gut Wetter. Um halb elf fuhren sie weg. »Nur daß du's weißt«, brummte Bruggisser, »wegen dieser Krawallanten mach ich keine Umwege. Und nochmals Entschuldigung, Kobi, es soll nicht mehr vorkommen.« – »In Ordnung. Aber es sind keine Krawallanten; die Leute wollen mehr Gerechtigkeit. Warum versteht ihr das nicht?« – »Wir verstehn vielleicht mehr, als ihr denkt – und über soziale Gerechtigkeit kann man miteinander reden – aber anders.« – »In Zürich *hat* man ›anders‹ geredet: mit Gewehrkugeln.« – »Da sind jemandem die Nerven durchgegangen; ein böser Fehler, ganz deiner Meinung.«

Der Tag war hell geworden. Sonne fingerte über die braunen, rostfarbenen und gelben Waldhügel, einzelne Häuser und die Dächer der Höfe leuchteten auf, weiß und naß dunkelrot, erneute Verfinsterung, von Licht und Regen gewalktes Land. Lenzburg schien still, einige Frauen mit Kindern beim Einkauf, in den düsteren Safenwiler Fabriken brannten die Lampen, also wurde gearbeitet. In der »Kaltenherberge« stiegen sie aus, die Gäste waren an zwei Händen abzuzählen, der Kellner entschuldigte sich für das bescheidene Menü: eine Bernerplatte für zwei. Lanz mochte nicht essen, noch immer quälte ihn der Kater. Blut und Leberwurst? Vom Hinschauen wurde ihm fast übel. Bruggisser spachtelte. »Was genau erhoffst du dir?« – »Wenn möglich weder Mord noch Totschlag.« – »Noch einmal, Kobi, es war ein Fehler.« – »Vier Jahre lang ist jenseits unserer Grenzen gemordet worden, Millionen, Traugott, daran gewöhnt sich auch der Friedliche, und der Finger sitzt locker am Abzugshahn. Wir haben bis dato einfach Glück gehabt. Du bist doch Artillerist. Wozu habt ihr denn eure Kanonen? Um auf Spatzen und den Mond zu schießen?« – »Die sind doch für den Kriegsfall! Landsleute erschießt man nicht...« – »Nun, haben wir vielleicht den Friedensfall? Du unterschätzt die Armut und Entbehrung. Was zahlt nur schon ihr vom Verband aargauischer Hutgeflechtsfabrikanten für Hungerlöhne!« Bruggisser zog die Brauen zusammen und zahlte, sie fuhren weiter.

Hinter Aarwangen überquerten sie den Fluß, Militärposten. In Solothurn am Bahnhof Militär, auf den Bahnsteigen herumstehend, genau wie die Streikenden, Buben balancierten über Balken, die auf den Gleisen lagen; ein Korporal zündete einem Streiker den Stumpen an. »Weiter«, sagte Lanz. In Grenchen zusätzlich Betonblöcke, wieder Soldaten, die wie die Streiker das Werk zu bewundern schienen, einer prüfte sogar, ob die Blöcke mit vollem Gewicht gegen die Gleise lehnten. Bruggisser begann zu lachen: »Die schweizerische Leidenschaft für Qualitätsarbeit, der Hüter der Ordnung prüft, ob die Revolutionäre ihre Sache gut gemacht haben.« Ein Mann in dunklem Hut und Wintermantel trat auf ihn zu: »Max Rüdt, Streikführer.« – »Traugott Bruggisser, Ausbeuter, freut mich.« – »Welche Branche?« – »Stroh.« – »Berüchtigt«, sagte Rüdt. »Hier kommt keiner durch, die wiegen hundertfünfzig Kilo.« – »Ist denn ein Zug unterwegs?« – »Kaum; in Biel ist Sperre.« Bruggisser wandte sich um: »Ausgezeichnet, Kobi, auf nach Biel.« Lanz hatte unterdessen ein ziemlich spannungsloses Bild gemacht: bescheidener Güterschuppen, dazu zwei, drei Häuser, zwei Güterwagen unter einem Bockkran, hinter einem der Betonbrocken ein Genosse, der wie auf dem Sonntagsspaziergang in die Kamera lächelte und einen Fuß sichernd auf den Block gestellt hatte. »Nichts los«, sagte Lanz. »Worauf warten die eigentlich?« – »Keine Ahnung, warten ist auch eine Arbeit, die Basler Züge erwischen sie nur in Biel.« Man wünschte einander einen schönen Nachmittag. »Und es ist Generalstreik!« sagte Lanz. Es war inzwischen strahlend schön geworden; das lang fallende Licht der bereits tiefer stehenden Sonne schien jeden Gegenstand einzeln aufzuheben und vor die Augen zu halten und blies im Südosten einen leuchtenden Dunst über die Wälder der langgezogenen Hügelkette des Bucheggbergs.

Biel war anders, das kündigte sich in Bözingen an; dort herrschte Sonntag, die Stadt hatte Fieber. Bruggisser parkte in einer Seitenstraße zwischen Güter- und Hauptbahnhof und blühenden Astern hinter Staketenzäunen. Jetzt müsse es sich zeigen – plötzlich schien eine Entschlossenheit ihn befallen zu haben –, oder dann sei's eine Metzgerfahrt gewesen. »Oder der Generalstreik war ein Hornberger Schießen«, fügte Lanz hinzu. – »Das will ich hoffen.« – »Ich nicht.« – »Sei's. Bern und Delsberg oder nur Neuenburg, Kobi?« Lanz befiel etwas wie Zorn oder Hoffnungslosigkeit. Wie konnten sie trotz unversöhnlicher Standpunkte freundschaftlich miteinander reden? »Egal, der Nase nach.« Deren Witterung führte sie an die richtige Stelle. »Aha«, sagte Bruggisser, und Lanz spürte, daß er den Ernstfall genoß, der hierzulande eigentlich nie der Fall war. Oder doch? Ein Kordon von vielleicht hundertfünfzig meist dunkel, fast festlich gekleideten Menschen sperrte einem Zug aus Bern und einem zweiten aus Delsberg die Einfahrt in den Bahnhof. Der Berner Zug mußte vor kurzem erst eingetroffen sein, die Lokomotive zischte fotogene Dampfwolken aus den Ventilen und fauchte durch den Kamin; die Lok des Delsberger Zuges keuchte nur noch, und über dem Kamin flimmerte Heißluft: Militärtransportzüge, die Soldaten waren ausgestiegen und diskutierten mit den streikenden SBB-Arbeitern, hier welsch, dort deutsch.

»Bis nachher«, Bruggisser trat zu den Streikenden, Lanz

ging auf das Stellwerk zu. Er stieß die Tür auf und stieg mit seinem länglichen Besteckkoffer, wie er's nannte, die Treppe hoch. Er war noch nie in einem Stellwerk gewesen und empfand es als Bergwerksschacht voller Finsternis. Zum Glück stand die Tür zum Raum mit den Weichen- und Signalhebeln offen. *»Vous permettez?«*, sagte er laut und trat ein. – *»Chömid nume, ig hanech scho gsee, dir weit fotografiere.«* Der Mann hieß Berger. Lanz begann seine Geräte aufzustellen, Berger öffnete ein Fenster. In vielleicht hundert Meter Distanz röchelte die eine und dampfte die andere Lokomotive und wisperten die Menschen, hie und da spritzte ein Ruf, ein Lachen. Lanz richtete sein Stativ und schraubte an der Kamera, dann kroch er unter's Tuch.

Eins der besten Bilder, fand er. Fast genau in der Mitte, die Gleisstränge teilend, rechts die zwei nach Bern, links die drei nach Olten und Delsberg, stand ein Telegrafenmast, die etwa dreißig Porzellanisolatoren glichen weißen Zugvögeln, die sich während des Rückflugs in die wärmeren Zonen für eine Rast auf den Querstangen niedergelassen hatten, weitere Masten, kleiner werdend, entfernten sich im Gleisbogen links. Im Dreieck dazwischen glänzten durch Gebüsch einige Schienen und endeten vor einem niedrigen Lok- und Reparaturschuppen. Das weiche helle Nachmittagslicht fiel von rechts ein, im Vordergrund abgeschirmt durch ein zweistöckiges Haus. In der linken unteren Bildecke wartete eine dritte Lokomotive auf Ausfahrt. Den Mittelgrund sperrten als düsterer Querriegel, auf den die beiden Züge aufgefahren waren, Streikende und Soldaten. Die Stimmung, schien Lanz, war erregt und festlich. Er belichtete zwei Platten.

»Sit der zfride?« Lanz nickte: »Und wie soll's weitergehen?« Berger zuckte die Achseln. Wahrscheinlich gäbe es

jetzt mal Tee, dann werde man weitersehen. Plötzlich mußten beide lachen. *»Mir si eifach nid di rächte Lüt für sottigs«,* sagte Berger, *»u we mer no rächt hei.* Immerhin«, er wies auf zwei Hebel, »die stehen auf Zusammenstoß.« Doch irgendwie fühle er sich elend dabei. Er schüttelte Lanz die Hand: *»Lueget guet zuenech u göit nid z'naach.* Was meinen Sie? Ich glaube, ich stelle sie zurück.«

Als der Fotograf wieder ins Freie trat, fand er Bruggisser im Schotter wartend. Sie sahen einander an, Bruggisser nickte langsam, als ob ihm etwas aufgegangen wäre. Auf dem Rückweg zum Wagen sagte er: »Irgendwie, weißt du... Die Leute wollen durchaus nicht die Hölle für uns einrichten, nur anständige Wahlen, Achtundvierzigstundenwoche und eine Altersversicherung. Zwar müssen wir zur Tagesordnung übergehen, weil wir sie nötig haben, die Wirtschaftslage ist schlecht. Doch es damit bewenden zu lassen, als hätte es diese Tage nicht gegeben, wäre ein unverzeihlicher Fehler. Gut, daß du das Bild gemacht hast.«

Die echte Revolution: Der Hadeszug

Die folgende, stark gekürzte Episode findet sich in Konstantin Paustowskijs Erinnerungen[1] und spielt im Herbst 1920 auf der Station Pomoschnaja rund 70 km südwestlich der Stadt Jelissawetgrad (heute Kirowohrad) im Dnjeprbogen während der Kämpfe zwischen Weißen, Roten und ukrainischen Bauernanarchisten unter Führung von Nestor Machno. Machno, bei Golta (heute Perwomajsk) geschlagen, dampft in drei Zügen zurück in sein Machtzentrum Alexandrija. Zur Dimension der Vorgänge: Das Gebiet hat eine Fläche von rund 100 000 Quadratkilometer.

Vermutlich hat Paustowskij sich für das Detail bei später erschienenen, tendenziösen Darstellungen bedient. Um all das gesehen zu haben und zu erinnern, was er erzählt, müßte er eine Videokamera mit Zoom besessen haben.

Nestor Iwanowitsch Machno (im Text durchgehend als abscheulicher Paranoiker geschildert), geboren 1884 im Gouvernement Jekaterinosslaw, gestorben 1935 in Paris, begraben auf dem Père Lachaise, Landarbeiter, Lehrer, wurde 1908 als Anarchist zu langjähriger Zwangsarbeit verurteilt. 1917 trat er an die Spitze einer revolutionären Bauernbewegung in der Ukraine (nach ihm Machnówschtschina *genannt); er kämpfte mit seinen Freischaren erfolgreich gegen die weißgardistischen Generale Denikin und Wrangel. Zeitweilig verbündete er sich mit den Bolschewiki, geriet jedoch we-*

1 Band 2: *Beginn eines unbekannten Zeitalters.* Deutsche Ausgabe: Nymphenburger Verlagshandlung, München 1962, S. 214–221.

gen seiner Gründung freier, selbstverwalteter Bauernkommunen im Dnjeprgebiet in offenen Gegensatz zu ihnen und mußte 1921 ins Ausland fliehen. Als Mann vom Fach schrieb er »Das ABC des revolutionären Anarchisten«.

Die Machnówschtschina *ist ein schlecht oder einseitig erforschtes Kapitel der russischen Revolutionswirren. Sicher ist, daß Nestor Machno alles andre als ein Engel war, seine Taten die Worte Lügen straften und er damit in der Tradition der russischen (und kosakischen) Machthaber handelte.*

Aus dem Keller kam ein rotgefleckter grauer Kater. Der sah uns flüchtig an, stieg über alle Tische und die leere Theke, sprang auf das Fensterbrett, setzte sich, uns den Rücken zuwendend, und schaute ebenfalls auf die leeren Gleise hinaus. [...] Nun spitzte er die Ohren, und auch wir hörten den herausfordernden Pfiff einer Lokomotive. [...]

Dampfwolken in den Himmel puffend, raste die Lokomotive vorbei, und hinter sich her zog sie abwechselnd Rungen- und geschlossene Güterwagen. Was auf den Rungenwagen an uns vorüberglitt, erschien mir wie Bilder aus einem Fiebertraum. Ich sah Burschen mit lachenden Visagen, die über und über mit Waffen behängt waren: mit krummen Säbeln, Marinepallaschen, silberbeschlagenen Dolchen, Colts, Gewehren und Patronengurten aus Segeltuch. Auf Schirmmützen, steifen Hüten und allen möglichen Pelzmützen flatterten riesige schwarz-rote Schleifen im Winde. Die größte bemerkte ich auf einem verbeulten Zylinder. Sein Besitzer, in einen der Bequemlichkeit halber unten abgeschnittenen Pelz gekleidet, schoß in die Luft – wahrscheinlich erwies er damit der Station Pomoschnaja, die vor Schreck den Atem anhielt, eine Ehrenbezeigung. [...]

Danach fiel uns ein dicker Grusinier in grünsamtenen Reithosen mit einer Damenpelzboa um den Hals auf. Er balancierte auf einer Tatschanka[1], und neben ihm erblickten wir zwei Maschinengewehrmündungen, die direkt auf uns gerichtet waren. Der Kater wandte kein Auge von diesem Mummenschanz, er bebte vor Entzücken und streckte die Krallen bald aus, bald zog er sie ein. Hinter einem betrunkenen weißblonden Burschen in einem Meßgewand, der eine gebratene Gans in den Händen hielt, rollte triumphierend ein Greis vorbei, der auf seinem Silberhaar, das eigentlich Ehrfurcht erwecken sollte, eine Gymnasiastenmütze mit herausgebrochenem Wappen trug. Er hielt eine Kosakenlanze in der Hand, an der ein aufgetrennter schwarzer Frauenrock festgebunden war, auf den mit weißer Farbe die aufgehende Sonne gemalt war.

Jeder dieser offenen Waggons sandte im Vorbeifahren verschiedene abgerissene Laute über den Bahnsteig – bald den schluchzenden Schrei einer Harmonika, bald ein übermütiges Pfeifen oder die Worte eines Liedes. Die Lieder vermischten sich miteinander. »Erhebt euch, ihr Burschen«, dröhnte der eine Waggon. »Folgt Pataschons Ruf«, fiel der nächste ein, und der dritte grölte: »In Frieden möge ruhen der Leib, der Leib, der Leib / von Rabinowitsch und seinem Weib – ja!« Und dann klang das traurige Ende des ersten Liedes auf: »Ach, wer liegt dort unterm grünen Hügel?« Und der Nachbarwaggon antwortete wehmütig: »Einer von Machnos Helden, in grobe Decken gehüllt.«

1 Maschinengewehrwagen.

Der erste Zug war vorüber, und gleich hinter ihm brauste der zweite heran. Ein Wald von hochgestellten Tatschankadeichseln hüpfte und schwankte auf den vorbeirollenden Rungenwagen. Zottige Pferde standen auf beiden Seiten [...] und nickten mit den Köpfen. Anstelle von Pferdedecken trugen sie jüdische Gebetsdecken – Tallis – auf den Rücken. Die Fahrer hockten auf dem Boden und ließen die Beine aus den Wagen baumeln. Gelbe Schaftstiefel, verschiedenartige Filzstiefel, Stiefel, die bis ans Knie zugeschnürt waren, Stiefel mit silbernen Sporen, kleine Husarenstiefel mit Offizierskokarden am Schaft, Stiefelhosen, abgetragene orangefarbene Halbschuhe, rote und schwielige nackte Füße, Wickelgamaschen, die aus rotem Plüsch oder grünem Billardtuch geschnitten waren, huschten vorüber.

Unerwartet verlangsamte der Zug die Fahrt. Der Stationsvorsteher blickte sich hilflos um, doch plötzlich riß er sich zusammen und erstarrte. [...] Aber der Zug hielt nicht an. Gleichmäßig und langsam rollte er am Bahnhofsgebäude vorüber, und dann erblickten wir einen Rungenwagen, auf dem sich ein luxuriöser, lackierter Landauer mit vergoldetem fürstlichen Wappen am Wagenschlag befand. Die eine Deichsel war aufgestellt, und daran wehte eine schwarze Flagge mit der Aufschrift: »Die Anarchie ist die Mutter der Ordnung!« Vier Männer in tabakfarbenen englischen Uniformmänteln saßen an den Ecken des Güterwagens hinter Maschinengewehren.

In dem mit rotem Saffianleder bezogenen Fond lümmelte ein schmächtiger kleiner Mann mit grünlich-fahlem Gesicht, der einen schwarzen Hut und einen aufgeknöpften Kasack trug. Er hatte die Beine auf den Kutschbock gelegt, und seine ganze Haltung drückte Trägheit und schlaffe, satte Ruhe aus.

In der herabhängenden Hand hielt der Mann eine Mauserpistole, mit der er spielte, indem er sie leicht hochwarf und wieder auffing. [...]

Das war Nestor Machno. [...]

Machno warf die Pistole lässig in die Höhe und schoß sie dann ab, ohne den Stationsvorsteher auch nur eines Blickes zu würdigen und ohne zu zielen. [...] Der Stationsvorsteher warf die Arme ungeschickt hoch, torkelte zurück, fiel auf die Seite und schlug auf dem Bahnsteig krampfhaft um sich, wobei er sich an den Hals griff und mit Blut verschmierte. Machno machte eine Handbewegung. Sofort fegte aus einem der Maschinengewehre ein Feuerstoß über den Asphalt und traf den Stationsvorsteher, der noch ein paarmal zuckte und dann still lag.

Die Zahl 2:
Die tot, aber nicht gestorben sind

Zu gewissen Zeiten leide ich an einer für niemanden außer für mich lästigen Schizophrenie: Ich begegne den Menschen doppelt, als gegenwärtige, lebendige, mit Sprache, Willen und einer gewissen Handlungskapazität begabte Wesen – und als Zahl derer, *die nicht mehr sind.* Dann machen die Lebenden mir angst, obwohl ich von etlichen zu wissen glaube, ich könnte mich auf sie verlassen, wenn ich praktische Hilfe brauchte. Doch unter ihnen fällt ein Schatten über mich, ich bin der Ausgestoßene, die andern könnten auf mich verzichten und fühlten sich freier. Ich bin das fünfte Rad. Ich komme aus der falschen Richtung und aus der falschen Zeit, hinke hinterdrein und nebenher. Ich habe in mehreren Ländern enge Kontakte pflegen müssen, alles in allem kenne ich vielleicht dreihundert Personen ziemlich gut, denn Bücher ohne Menschen gibt es nicht. Bücher machen Menschen zu dem, was sie sein können, wie drei Tropfen Rahm einen Espresso und zerlassene Schokolade eine Coupe Danemarck.

Mein ältester Wunsch wird sich nie erfüllen: das »Buch der Toten«, der Bericht einer Reise im Kopf eines Statistikers. Er umgibt sich statt mit der Gegenwart mit Zahlen und alten Landkarten, schwimmt und atmet wie der Fisch im Wasser in Zahlen und reist durch Karten. Er findet sein kühles Glück und die Tiefe der Seen und das Murmeln der Bäche und den Wind in den Weiden zwischen Null und Neun angesiedelt; an Material würde es nicht mangeln. Doch mir hat die Zeit gefehlt für dieses Buch über die »Verzifferung der Welt«, wie Ernst Jünger es genannt hat.

Mein Leben lang habe ich Landkarten und Millionen von Zahlen gesammelt, Sprachen-, Berufs-, Einwohner-, Kilometer- und Quadratkilometerzahlen von Inseln, Staaten und Flüssen, Städten, Dörfern und Verwaltungsbezirken. Vor meinen Rollwagen voller Hängeregistraturen voller Zahlenkolonnen und fremdklingenden Namen wird mir bewußt, welch ungeheure, sinnlose Arbeit ein Mensch während seines Lebens zu leisten fähig ist. Besser, ich wäre im Kreis herumgelaufen, im Joch neben den Eseln, die am Nil ein Wasserschöpfrad in Gang halten. Und ich beneide den Architekten, der durch seine Straßenzüge, und den Ingenieur, der über seine Brücken fährt, Balzac, der gegenüber seinem Sterbebett seine sämtlichen Werke in sämtlichen Ausgaben aufstellen ließ. Letzteres ist erfunden. Ich bin nicht erfunden. Aber mein Lebenszahlenwerk geht, außer für mich selbst, über jede Fiktion.

All die gestohlenen Rand- oder Sonntagsstunden, langen Nächte, da mir die Zahlen – jede von ihnen Hunderte, Hunderttausende von Menschen – durch den Kopf auf das Schreibpapier, in die Schreibmaschine, in den Laptop gerieselt und gewuselt sind! Zahlen stehen am Beginn meiner Bücher. Was hätte ich ohne Zahlen und topographische Karten schreiben können?

Zahlen sind Schicksale, die mir selbst verschlossen sind, Landkarten orten Lebensmöglichkeiten, die mir unerreichbar blieben, Menschen, die längst unter der Erde liegen oder sich in Rauch aufgelöst haben. Zahlen sind Tapferkeit oder Bosheit oder Güte, sind Langmut, Verzweiflung, Freude, Ergebung der in ihnen Enthaltenen. Zahlen sind Grabreden, die nie gehalten wurden, weil keiner da war, die Stimme zu erheben, und keiner der damals Lebenden ahnte, wen – und daß er die *Zeit* verabschiedete. Zahlen sind Erinnerungen, die ich aus millionenfach gelebten Vergangenheiten zurückzuholen versuche, Zahlen über landwirtschaftlich Berufstätige im östlichen Mitteleuropa der Vor- und Zwischenkriegszeit etwa sind waldige, sumpfige, einsame Landschaften, die ich nur auf diesem Wege besucht haben werde. Zahlen sind Sonnenuntergänge, sind Nebel, in denen die Menschen sich mit leise knackenden Tritten vorantasten wie Tiere im Wald und plötzlich auf einer Lichtung, dampfend voll Sonne, stehen. Zahlen sind Erzählungen, mir, während ich sie niederschreibe, ins Ohr geflüstert. Zahlen sind Schlösser und Katen, sind die Tiefe der Zeit. Sie stehen für meine eigene Schuld an dieser Welt.

Meine Vorliebe für historische Bevölkerungsstatistiken, für Zählungen von Sprachen etwa, die heute am Aussterben sind, doch innerhalb Menschengedenken noch lebendig waren wie das Bretonische, Irische, Sorbische, Gälische. Mir ist klar, daß mein Versuch gescheitert ist, durch die Anhäufung historischer Statistiken Zeit zurückzuholen, gegen das Vergessen zu kämpfen, das Rad anzuhalten und rückwärts zu drehen, Vergangenes zum Leben zu erwecken, mir eine Welt aufzuschließen, mich durch eine Zeit zu bewegen und unter Menschen zu mischen, *die es längst nicht mehr gibt.* Ich erkenne die Schizophrenie dieses Unternehmens. Sollen meine Erben später einmal den Wust in einen Sonderabfallcontainer entsorgen! Statistik ist mein persönlicher Kampf gegen den

Tod, den ich rückgängig machen will, weil jedes zweite Zeitungsbild mit Soldaten, die ihre Kalaschnikow im Anschlag halten, mich an ihn erinnert. Er heuet und erntet und emdet rings um mich herum.

Ich führe Krieg gegen den mächtigsten aller Staaten, mit welchem verglichen die Streitkräfte der USA das Polizeikorps von Andorra sind: Hades heißt er. In meinem Kopf sind die 21420 im Jahre 1851 noch (und trotz des *great famine*) Irisch sprechenden Kleinpächter, Frauen und Kinder im Süden der Grafschaft Kilkenny *nicht gestorben,* sind die paar Millionen Baumwoll- und Wollweber Nordenglands *nicht gestorben,* sind die analphabetischen Hunderttausende von Tagelöhnern der Terra di Lavoro hinter Neapel *nicht gestorben,* gibt es die paar Tausend Gottscheer noch immer in ihren längst vom Wald überwucherten Dörfern. Die 12 966 im Jahre 1890 gezählten lemkisch sprechenden Holzfäller, Waldbauern, Köhler, Flößer und Wanderhirten des Gerichtsbezirks Muszyna südöstlich von Neu-Sandez in den Beskiden leben in mir *wirklicher als sämtliche virtuellen Angebote des Internet,* obwohl ihre Nachkommen nach dem Zweiten Weltkrieg vertrieben wurden und die Schindelkuppeln ihrer kleinen Holzkirchen wie Spielzeug auf den Unkrautwiesen vermorschen. So lebe ich zerrissen zwischen den Lebenden, zu denen ich noch gehöre, und denjenigen, die *zwar tot, aber nicht gestorben sind* – und kann nur *schreiben.*

III
Die Latenz

»Für eine arme und fruchtbare Nation ist der Krieg eine Notwendigkeit; mit dem Überfluß des eigenen Blutes die Erde erobern, die ihr mangelt.«

F. T. Marinetti, »In quest'anno futurista«, 1915

Chiffre 3:
Der Besucher

Als im Haus die Vorgänge einsetzten, die sich nicht mehr natürlich erklären ließen, glaubte ich mich plötzlich zu erinnern, daß das Unwesen schon vor längerer Zeit begonnen habe. Denn erst waren es Kleinigkeiten, welche jemandem, der nicht bereits seit Jahren hier gewohnt hatte, nicht aufgefallen wären. Ein koboldischer Helfer schien am Werk. Plötzlich lagen die Gabeln verkehrt, Zinken gegen den Tischrand, neben den Tellern, und die Gläser standen auf dem Kopf; ein Besucher mußte sich einen Scherz erlaubt haben. Dann tauchten Gegenstände, die man mit Sicherheit, da schon seit Jahren, an ihrem bestimmten Ort aufbewahrt hatte, an einer *absurden* Stelle im Hause auf. Erinnerlich ist mir die Verlegung der Polster unserer Gartenstühle. Ich hatte sie immer in der Wein- und Jägerstube im Erdgeschoß über eine alte Nähmaschine in einer Fensternische gebreitet. Eines Tages fand ich die Polster im zweiten Obergeschoß als Bettvorleger. Lästig, allenfalls lächerlich; wahrscheinlich hatte die Putzfrau sie heraufgeholt, mit Bürste und Staubsauger gereinigt und vergessen; denn auch dieser stand noch im Gästezimmer. Unerklärlich, ein Vorwurf an mich, war, daß ich dies erst drei Tage später bemerkt hatte.

Was mich zum erstenmal unheimlich berührte, war eine Veränderung in einer billigen alten Tür im Erdgeschoß. Vorausschicken muß ich, daß ich den »Gesichterblick« besitze. Nicht nur lese ich Gesichter sehr leicht und oft zu meinem Leidwesen (über so viel unverhülltes Dunkle) oder Ärger (über mein Mißtrauen), um später festzustellen, daß die Diagnose stimmte, sondern ich begegne Gesichtern und Tierköpfen in Schattenwürfen, Verputzflecken, Baumkronen, eingetreten in hölzerne Treppenstufen, geritzt in Klinkerböden, angeschnitten in Maserierungen. So hängt auf der Rückwand eines roh belassenen Tannenholzschranks unvergeßlich das Gesicht des toten Christus mit halbgeschlossenen Augen. In der erwähnten Tür war mir die tragische Miene eines Astauges wohlbekannt. Nun steckte an seiner Stelle ein Korkzapfen. Ein Scherz? Wer war der Urheber?

Unser Haus ist durchgehend mit Vorfenstern versehen; sie allein halten gegen die stundenlang prasselnden Regenböen so dicht, daß kein Wasser hereinsickert und an den Wänden herabrinnt. Es ging gegen Mitternacht, ich trat noch einmal in mein Arbeitszimmer und machte Licht. Am *inneren* Nordfenster fehlten die Fensterstege. Die zwei mal drei Scheiben hingen nur noch in den Rahmen der geschlossenen Fensterflügel. Das Vorfenster war intakt. Ich trat näher, ich *begriff* nicht. Da tauchte draußen im Finsteren etwas Flaches, Gelbes über dem Sims ins künstliche Licht, als ob jemand eine Leiter angestellt hätte und mir drohen oder eine Warnung zukommen lassen wolle. Als langsam eine schwarze Hand in Sicht kam, sah ich, daß es ein beschriebener Papierfetzen war.

Jetzt fror mich das Grauen, weniger ob des unsichtbaren Handwerkers als ob der unaufhaltsamen Gemächlichkeit des Vorgangs. Mich streifte eine böse Macht, der man nicht widersteht. Ich drehte mich um und floh aus dem Zimmer zwei Treppenläufe hoch ins zweite Obergeschoß und weiter über die nächste Treppe – und prallte zurück; wallende Hitze schlug mir den Atem weg. Die Treppenstufen und das Geländer hinauf wie auch dem obersten Fenstersims entlang waberten über dunkelroten, gemächlich sich voranfressenden Glutsäumen unzählige blaue Flämmchen und krochen an den dort aufbewahrten Gegenständen hoch, Tartschen, Speeren, Pfeilen, Schlangenhäuten, Gewändern und ausgestopften Tieren, die Glut hatte bereits den Verputz der Wände ergriffen. Minuten nur, und der Brand würde mit einer aufprasselnden Stichflamme explodieren. Ich machte auf der Treppe kehrt im Gefühl, daß damit *das Ende* eingetreten sei und ich es mit Eva in ihrem Zimmer erwarten müsse.

Ich hatte ihre Tür noch nicht erreicht, da ging im Erdgeschoß das doppelflüglige Haustor, das ich vor drei Stunden selbst mit dem schweren eichenen Querbalken zugesperrt hatte. Jemand stieg langsam und schlurfend hoch. Ich schlotterte und lehnte mich gegen eine Kommode. Von unten begann es heraufzurufen. Ich verstand nichts, erkannte aber die Stimme eines Bekannten, der sich alle Schaltjahre einmal blicken läßt. Offenbar hatte er sich entschlossen, uns diesmal zur Stunde der bösen Geister seinen seltenen Besuch abzustatten. Es war niemand, und die Tür, als ich eine halbe Stunde später hinunterstieg, verschlossen. Auch von den Glimmbränden fand ich keine Spur.

Tags darauf erreichte uns die Nachricht, daß in der vergangenen Nacht Diebe durch ein Fenster in das Haus des Betreffenden eingestiegen, es ausgeraubt und angezündet hatten. Da selbst das Astauge wieder in der Türfüllung saß und die Fensterscheiben wie zuvor von den Querstegen gehalten waren, begann ich mich zu fragen, ob ich alles nur geträumt hatte oder ob es eine Art Halbwegsexistenz der Dinge zwischen Raum und Zeit, Physik und Vorstellung gibt, die es ihnen ermöglicht, kurzzeitig aus dem Rahmen der Naturgesetze zu springen. Oder ob nicht eher wir es sind, die sich zuweilen der allgemeinen Feldtheorie versagen; ob nicht eine paraphysikalische Kraft unseres Inneren Wirkungen zeitigen kann, die nicht sein dürften.

Jakob Lanz 5:
Bild Freaks

Seit Wochen treibt sich eine üble Gauklerbande im Schweizerlande herum und bedroht die rechtschaffene Glaubensfestigkeit unserer wackeren Bauern und Handwerker. Leider ist es trotz Protesten und Gebeten nicht gelungen, diese Rotte Kora aus unsern Grenzen zu verbannen. Einmal mehr wird das Seelenheil unserer arglosen Kinder und das erbauliche Vertrauen des Christen in die Güte Gottes infolge eines nachgerade diabolisch anmutenden Laissez-faire unserer mehrheitlich liberalen Regierungsvögte aufs Spiel gesetzt.

Bei dem fraglichen Gesindel handelt es sich um die amerikanische (!) Monstre-Schau *Rickey & Roth,* die uns Hinterwäldlern offenbar die Überlegenheit der transatlantischen Kultur vor Augen führen soll. Die sog. Monstres oder *freaks* posieren mit einer Schamlosigkeit, die nur noch, wie uns Missionare berichten, von den Eingeborenen Afrikas und Neuguineas übertroffen wird: der dickste Mann der Welt *(The Elephant Man),* der Fellmensch, der Schlangenmensch und *Mrs. Gorilla,* der Mann mit der Gummihaut, der Menschenfresser (ein Hottentotte) und eine wasserköpfige Zwergenfamilie, die ihre niedlichen Intimitäten zur Schau stellt, undsofort. Untermalt wird der Greuel von abscheulicher Opern- und Negermusik.

Hier also, wo Gott für jeden sichtbar die Laster dieser Verlorenen oder ihrer Eltern und Voreltern durch widernatürliche, verwachsene und kranke Leiber gestraft hat, hier strömen Gläubige wie Falschgläubige in Scharen hin und sperren Augen, Mäuler und Ohren auf und den Geldbeutel obendrein, um sich an diesen Mißgeburten zu erlaben. Jeder Seelsorger in unserer Diözese sollte von der Kanzel den Besuch dieser Monstre-Schau verbieten und auf die bei Widerhandlung unvermeidlichen Hauptsünden des Zweifels an der Güte Gottes sowie der Unkeuschheit nachdrücklich hinweisen. Nehmet der Gemeinde das Versprechen ab, dieses Teufelswerk zu meiden, fragt nach in der hl. Beichte und verhänget bei Bruch desselben Kirchenbußen.

Pater Seraphicus«

Noch während Lanz auf dem Fahrrad mit dem breiten Korb für die Fotoausrüstung zur Zirkuswiese, weit vom Dorf bünzabwärts gelegen, unterwegs war, hätte er nicht zu sagen gewußt, warum er und was genau er denn fotografieren wollte. Vielleicht den Elefantenmann; denn in einem der wenigen Bilderbücher, die er als Junge besessen hatte, fand sich die Zeichnung eines Kentaurs, und dem Buben war dieser aus dem Bild auf ihn zusprengende Pferdemensch lange Zeit als das vollkommenste Wesen erschienen, als die makellose Vereinigung der Kraft und Ausdauer des Tiers und der Schönheit und Klugheit des Menschen. Natürlich war der Elefantenmensch kein chimärisch zusammengesetztes Wesen; er stellte ihn sich monströs dick und abstoßend plump vor. Und dieser Häßlichkeit wegen gingen die Leute hin. Wollte er ihn überhaupt sehen? Die Menschen, so seine stille Meinung, hatten es zu schwer, als daß man sich an ihrem Leiden vergnügen sollte. Was trieb ihn denn?

Er stellte sich die Frage nicht, weil er im Pfarrblatt die

Kapuzinerpredigt gelesen hatte oder gar glaubte, mit seinem Besuch nehme er leichtfertig zwei Hauptsünden in Kauf, denn umzukehren wäre ihm leichtgefallen. Die Leichtigkeit des Nicht-Begehens der Sünde ließ den Schluß zu, daß sie schwer nicht sein konnte. Denn schwere Sünden werden gegen ein schweres Gewissen begangen. Das zumindest glaubte Lanz. Etwas andres mußte im Spiel sein. Was ihm keine Ruhe ließ, war das Gegenteil: seine Pflicht als Gesunder gegenüber den Kranken. Sünde war (und Unmenschlichkeit), die Behinderten, Verwachsenen einfach aus dem Leben zu radieren und ihnen Hilfe wie Verständnis unter Hinweis auf die Sünden ihrer Ahnen und die gerechte Vergeltung Gottes zu versagen. Er wurde den Verdacht nicht los, die Attacke des Pater Seraphicus versuche irgend etwas zu vertuschen, eine Erkenntnis oder Wahrheit, die dem Menschen gebührte und die ihm offenbar vorenthalten werden sollte.

Mittlerer Vormittag, einförmig grauer Himmel, es nieselte leicht, die erste Vorstellung noch fern. Auf einem Kiesweg und durch tiefe Wasserlachen fuhr er näher. Die Wagen- und Zeltburg von *Rickey & Roth* war denkbar bescheiden und wirkte heruntergekommen, der Anstrich war, von weitem schon sichtbar, abgeblättert. Über dem mit einigen Fratzen knallbunt bemalten Eingangstor las er:

THE WORLD'S BIGGEST FREAK SHOW!
YOU WON'T FORGET IT!
GROESTE MONSTRE-SHOW VON WELT!

Darunter aufgeführt, was zu begaffen war, etliche Wunderwesen, die im Pfarrblatt keine Erwähnung gefunden hatten: die »Dicke Berta«, der Mann, der Flügel statt Arme hatte, der Riese aus Sibirien, die Frau mit den zwölf Fingern und zwölf Zehen, der Mann mit dem Knochenkamm von der Nase bis in den Nacken, Siamesische Zwillinge und ein Wolfsmensch. Er senkte den Blick und ging, das Rad neben sich herstoßend, durchs Tor; jeder Wagen war angeschrieben; offenbar fanden gewisse Vorführungen an Ort und Stelle statt. Wie nicht? Ihr Leiden fesselte einige der Monstren an ihr Bett oder den Stuhl.

Eine Männerstimme sang eine italienische Arie, Lanz schien sie bekannt. »Rigoletto«? Er ging quer über das nasse Gras dem Gesang entgegen. Er tönte aus dem Fenster eines Wagens, das mit einem leichten schwarzen Tuch verhängt war, Aufschrift *The Elephant Man.* Er war am richtigen Ort, und das Monster sang; Bariton. Lanz stand eingeschüchtert still. Der Sänger im Wohnwagen mußte ihn bemerkt haben; eine Hand, groß und rot wie ein Kürbis, daran die Finger wenig mehr als Warzen bildeten, teilte den Vorhang und winkte. Lanz erwachte aus seiner Käferstarre, trat näher, ergriff nicht ohne Grausen eine der Fingerwarzen, schüttelte sie, und da er nicht wußte, welche Sprache der andere redete, bediente er sich des Infinitivs, des Hochdeutschen und der Zeichen: »Du singen«, er wies auf den Vorhang, dann auf seinen zu einem O verzogenen Mund, »ich fotografieren, du schön singen, ich schönes Bild machen. Klick! Ja?« Und er hatte keine Ahnung, was er überhaupt fotografieren sollte! Die Hand im Fenster schien zu nicken, und das Monster stimmte die Arie des Escamillo aus »Carmen« an. Welch ein Stolz und Ausdruck, dachte Lanz und richtete sein Stativ. Das also war der Elefantenmann.

Vor der letzten Ajustierung – eigentlich war das Bild sinnlos, es zeigte ein Zirkuswagenfenster, den Fleischbaum eines Unterarms, eine kürbisgroße rote Hand, deren Fingerwarzen stolz auf irgend etwas hinzuweisen schienen, den Teil einer Aufschrift *The Eleph...* – sah Lanz hinter sich und stellte erschreckt fest, daß er in einem Halbkreis von Monstern stand; die gehfähigen Krüppel schienen sich eingefunden zu haben, sogar der vielleicht zweieinhalb Meter große Riese, gestützt auf Krücken. Doch nicht ihn starrten sie an, den Normalen, Gesunden, sie sahen zum Fenster des kleinen Zirkuswagens hin und lauschten. Der Gesang brach ab. Die mächtige melodische Stimme setzte im Piano ein, die Auswüchse der Hand deuteten mit Wellenbewegungen sanft den Takt an, und die Ausgestoßenen, Verwachsenen, Behinderten in Lumpenuniformen, der Wasserkopf, der Riese, der Wolfsrachen, die Bepelzte, einer, wohl der Armlose, mit seinem Flickenmantel auf den Schultern gleich einem absurden Paradiesvogel flatternd, stimmten ein: *Va pensiero sull'ali dorate...*

Lanz belichtete blindlings zwei Platten, drehte die Kamera den Gesichtern der Singenden zu, die sich um seine Hantierungen nicht zu kümmern schienen, und belichtete nochmals. Dann befiel ihn ein krampfhaftes Zittern, er stellte sich neben das Dreibein und verbeugte sich tief, erst zum Wagen hin, und schlug sich links zum Zeichen seines Dankes auf die Brust, dann, zu den Sängern gewendet, tat er dasselbe noch einmal, nun aber über die Sünde, die er begangen, weil er in einem Winkel, wo die Angst des Beichtkindes überlebte, es für möglich gehalten hatte, eine Sünde zu begehen, wenn er die Monster besuchte. Deren Blicke waren nunmehr auf ihn gerichtet; ihm schien, sie lächelten, obwohl man im Singen doch gar nicht lächeln kann. Er stand da und blinzelte gegen die Tränen an. Ja, der Pater Seraphicus wollte den Beichtkindern vorenthalten, was Menschen *trotz allem* und trotz einem für Priester reservierten Gott und Glauben noch sein konnten.

Die Fürstin 2:

Der Abschied

Wien, Oktober 1921

Daisy Pleß und ich haben in den letzten Septembertagen den Dobrotsch geräumt. Daisy ist mit dem Wagen von Oberschlesien, wo ihr Mann sich mit den polnischen Enteignungs- und Verstaatlichungsbehörden herumschlägt, über den Jablunka-Paß, Rosenberg, den Sturec und Altgebirg hergefahren. In den Beskiden sei alles ruhig, die Zerstörungen in den größeren Orten hielten sich in Grenzen oder seien schon weitgehend beseitigt, rotweiße Flaggen überall.

We must stick together, sagt sie, denn auch sie steht vor einem Wendepunkt, will sich von ihrem Hans Heinrich scheiden lassen, der Krieg habe sie einander entfremdet, die große Liebe sei es nie gewesen, und von der steifleinenen Verwandtschaft habe sie genug. Sie sehnt sich nach England zurück und wird in Zukunft wohl nur für einen oder zwei Monate auf dem Fürstenstein Wohnsitz nehmen. *»My poor dear gardens need me.«*

Max weigerte sich, noch einmal zu den ›Haidamaken‹, wie er seine Leute jetzt nennt, zurückzufahren. Er findet, sie hätten ihn verraten; ich nicht. Heimann Silber hatte die Räumung vorbereitet. Ihm steht der Kummer im Gesicht, die Ungewißheit, wie alles weitergehen soll, denn auch hier sind Enteignungen angesagt. Aber er hat nichts verlauten lassen, schont mich. Alles Unbrauchbare haben wir dem Feuer übergeben, gräßliches Mobiliar aus dem letzten Jahrhundert für Dracula oder nordische Riesen, einen ganzen Estrich voller Gerümpel. Einzig die Spinnen, die mitverbrannten, haben mir leid getan. Ein Glück, daß der Dobrotsch nie übermöbliert gewesen ist wie unsere andern Schlösser. Also eher ein Frühlingsputz, und doch hat es mich unsäglich getroffen. Am Schluß dieses kleinen Autodafés haben wir uns im Rondell zu dritt Hirschkeulen über der Holzglut gebraten und Heimanns Zwetschkenschnaps getrunken und dem roten Licht der sinkenden Sonne nachgesehen, das an den Waldschroffen höhergestiegen ist.

Daisy findet unsern Plan, in die Mandschurei auszuwandern, so tapfer wie unvernünftig; ich begreif's; wer nicht den totalen Zusammenbruch erlebt hat, kann nicht anders. Hier oder in Ungarn oder gar in Wien sehe ich keine Zukunft; nach Hause mag ich schon gar nicht, ich bin noch nicht mal 40! Die Kinder sind begeistert, schlagen mir nach, das wird uns in der sogenannten Fremde ein Trost sein. Wir haben hier abgewirtschaftet und können abtreten. In England sieht die Sache anders aus.

Um mir den Abschied zu erleichtern, ist Daisy voraus nach Brschezno gefahren, wie Bries jetzt heißt. Ach ja, die leeren Schränke und Kommoden. Zuletzt bin ich ganz allein durchs leere Schlößchen gegangen: Schrank um Schrank aufgeschlossen, leer, Papier auf den Regalen, zugeschlagen, Schlüssel herausgezogen, Schublade um Schublade der Kommoden herausgezogen, leer, zugestoßen, Zimmer um Zimmer betreten, ein letzter Blick durch die Fenster, aufs Rondell hinunter, zum Wald hinauf, über die Remisen, kehrtgemacht, Tür ins Schloß gezogen, Schlüssel gedreht und in die Manteltasche gesteckt. Vieles ist zurückgeblieben, Max' Hirschgeweihe, Bären- und Löwenfelle, Elefantenstoßzähne, Riesenschlangen, was weiß ich. Doch das Schlößchen ist traurig; die Trophäen sind seine Seele nicht gewesen. Heimann Silber hat draußen an der Auffahrt auf dem Bock der angeschirrten Kutsche gewartet, ich hab ihm die Schlüssel eingehändigt. »Sein S' so lieb, Heimann, und geben S' die Schlüssel, wenn sie kommen.« – »Wer denn, Durchlaucht?« – »Ach Heimann, sie kommen immer. Und schließen S' die Läden erst Ende Oktober zu, nicht?« – »Ja, Durchlaucht.« Auf der Rückfahrt zum Bahnhof haben wir, glaube ich, keine zehn Worte gewechselt, nur die Wälder sind ein großes grünes Leuchten in der späten Sonne gewesen, der Djumbir hat, grau und braun verbrannt, den Himmel angesägt, kein Rauch über der Talschlucht, Krieg und Krise haben die Öfen der Gießerei in Hronec erkalten lassen.

Auch in Daisys Bugatti hat jedes still mit sich selbst geredet. Wir haben beide gespürt, daß der Zufall unserer Lebensläufe, der uns befreundet hatte, sein Buch nun zuschlug. Ihre Gedanken gehen nach England, klar und sicher, meine in eine grünlich-dunstige Ferne. Was ich sicher weiß, ist nur, daß die Schiffspassage ab Triest bis Port Arthur mit dem Lloyd Triestino (wie der Österreichische Lloyd jetzt heißt) für kommenden März gebucht ist. Daisys Abschiedsworte in Neusohl, nachdem ich in den Drittklaßwagen gestiegen war: *»O dear, I fear that* was *it.«*

Die S. A. Thorwaldt-Gesellschaft 1: Ums Kap Hoorn

Die trotz des Austritts von drei Mitgliedern, darunter ein Nobelpreisträger, zukunftsfrohe Stimmung der 5. Jahrestagung der Siegbert Armin Thorwaldt-Gesellschaft 1917 sollte sich nur allzu rasch verflüchtigen; keiner unter den Anwesenden ahnte, in welch stürmischen, klippenreichen Gewässern die Gesellschaft in den kommenden Jahren zu navigieren gezwungen sein würde. »Mit Gott, Kaiser und Reich!«, »Auf Sieg und Frieden!«, »Bis heut übers Jahr« – so war man auseinandergegangen. Doch 1918 war Deutschland am Verhungern, die Stimmung im Lande kriegsmüde und das Ringen in den Schützengräben derart festgefahren, daß Ende Januar auf dem Postwege eine Verschiebung auf 1919 vorgenommen wurde. Übrigens war just am 21./22. März 1918 die deutsche Großoffensive, der sogenannte Michaelangriff, an der Somme ausgelöst worden, die letzte und trotz Geländegewinnen sinnlose Schlächterei wie immer. Auch der Versuch, eine Stiftung zugunsten der Kriegswitwen einzurichten, scheiterte, da ein Großteil des Ersparten und der Vermögenswerte der Mitglieder in die Sammlung »Gold für Eisen« abgeflossen war. Ein Mitglied – natürlich Herzmanovsky-Orlando – hatte die Unverfrorenheit, zurückzuschreiben, der stolzen Heldenwitwen seien inzwischen so viele, daß er erst dann die »Österreichische Krone« einzahle, wenn ihm der Herr Nobel-Präsident Hauptmann das millionste Mitglied der ehrwürdigen Gesellschaft melden könnte. Vorläufig seien es aber, wenn er die »Kriegs- und Gewissensabgänge« rechne, genau 17.

Auch die folgenden Jahrestage standen unter einem Unstern. So mußte das Jahresbott der Gesellschaft Mitte März 1919 per Telegramm verschoben werden. Die Niederschlagung des Spartakisten-Aufstands und die Ermordung von Karl Liebknecht und Rosa Luxemburg im Jahre 1919, 1920 dann der am 13. März in Berlin losbrechende Kapp-Putsch, 1921 im März das Scheitern der Reparationsverhandlungen mit der Entente und die Besetzung rechtsrheinischer Städte im Ruhrgebiet, 1922 und 23 der Währungszusammenbruch, die Turbulenzen um die Schaffung der Rentenmark und die Steuer-Notverordnung im Februar 1924, die viele Mittelständler in die Armut riß, sowie 1925 die nicht unbegründete Weigerung der Entente, sich aus dem Rheinland zurückzuziehen, entmutigten die langjährigen Mitglieder, und die Verfolgung des Gründungszwecks rückte in dunstige Ferne.

Als zweite Bürde erwies sich die Tatsache, daß die Gesellschaft zu einem Sammelbecken und Tummelplatz rechtsnationaler und rechtsradikaler Kräfte zu werden drohte. Anhänger Kapps und von Lüttwitz', Mitglieder des ›Stahlhelms‹ und andrer nationalkonservativer Freikorps und rechtsextremer Kampfverbände, vaterländische Hetzer, Kriegsverseschmiede, christliche Proto-Nazis wie Dr. Ludwig Wessel von der Berliner Nicolai-Kirche, Revanchisten, Rassekundler, Vulgär- und Sozialdarwinisten auf Rittmeisters- und Studienratsstufe, einäugige Antisemiten und Wotanspriester wollten Thorwaldts Nachfolge antreten. Mitte 1924 war die Zahl der Mitglieder auf 83 gestiegen, eine an sich erfreuliche Stärkung des Bestandes, deren Tendenz jedoch, wie Dr. Spengler am 11. Oktober dem Präsidenten mitteilte, ihm nach dem Austritt unter Protest von Professor von Harnack unerträglich geworden sei. Er trete als Herausgeber zurück und verzichte zugleich auf seine Mitgliedschaft. Er lege dem Präsidenten noch den Band 6 in die Hände und bestätige ihm das Gut zum Druck der Bände 7 und 8.

Alle diese Wirren, Enttäuschungen, das beleidigte, verbohrte, böswillige Hüst und Hott der selbsternannten Erlöser auf Ab- und Widerruf hatten das Wohlbefinden von Gerhart Hauptmann schwer erschüttert. Am 28. Februar 1925 gab er seinerseits den Rücktritt und schlug als seinen Nachfolger und starke Hand das Neumitglied Ernst Jünger vor. Kaum dreißig und bereits von hohem Ruf, habe er dem Vaterland an der Front und in der Literatur treu gedient. – Wie sich herausstellte, eine glückliche Berufung. Mit der ihm eigenen rücksichtslosen Energie säuberte Jünger die Reihen der Gesellschaft (auch mit Hilfe der natürlichen Selektion durch Gefängnis, Festungshaft, Irrenhaus oder Wiedereingliederung ins kleinbürgerliche Erwerbsleben) innert weniger Monate, berief seinen Freund Carl Schmitt zum Herausgeber und präsentierte an der nach achtjährigem Unterbruch im Juli 1926 nach Erfurt ins Hotel ›Bären‹ einberufenen Jahrestagung eine verschlankte, viele der Besten (und erstmals *endlich* Frauen) vereinigende, den Herausforderungen der Zeit die Stirn bietende Thorwaldt-Gesellschaft, welche 24 Mitglieder zählte: Gottfried Benn, Johannes R. Becher, Bertolt Brecht, Arnolt Bronnen, Hans Carossa, Houston Stewart Chamberlain, Ludwig Derleth, Gustav Frenssen, Fritz Herzmanovsky-Orlando, Ricarda Huch, Annette Kolb, Agnes Miegel, Alfred Mombert, Josef Nadler, Erich Maria Remarque, Heinrich von Srbik, Hermann Stehr, Jakob

Wassermann, Josef Weinheber und Carl Zuckmayer sowie die Philosophen Heinrich Rickert und Martin Heidegger. Jünger hatte zudem seinen Freund Spengler zum Wiedereintritt zu bewegen vermocht.

Der berühmt-berüchtigte Autor von »In Stahlgewittern«, »Feuer und Blut«, »Der Kampf als inneres Erlebnis« gestand bei seiner Begrüßungsansprache freimütig, daß es ihm nicht gelungen sei, Ernst Cassirer, Hermann Hesse, Edmund Husserl, Karl Jaspers, Ernst Kantorowicz, Rudolf Kassner, Siegfried Kracauer, Karl Kraus, die Gebrüder Mann, Robert Musil, Joseph Roth und Arthur Schnitzler zu gewinnen. Dieser betrübliche Befund lege die schwärende Wunde der Gesellschaft bloß, die nationalistisch-rassistische Schweißspur. Diese führe ins Schlachthaus der Geschichte. Mit der Franzosenhasserei müsse es ein Ende haben; vielleicht sei er, der ihnen vier Jahre lang gegenübergelegen habe, unter allen Anwesenden der Berechtigtste, dies zu fordern. Nicht minder schädlich finde er die Juden- und Polenhetze; niemand verliere sein Menschenantlitz, wenn er eine andere Sprache spreche oder einer andern Religion angehöre. Starker Beifall belohnte dies offene Wort.

Der Präsident verschwieg nicht, welch rauhe Meere die Gesellschaft in den letzten Jahren durchschifft habe, wie der Kreuzer ›S.A. Thorwaldt‹ oft nur mit knapper Not den Sturzseen und Torpedos standgehalten. Nunmehr seien die Lecks repariert und die gebrochenen Masten wiederaufgerichtet. »Wir haben wahrhaftig das Kap Hoorn umschifft«, sagte er mit seiner hohen, etwas schrillen Stimme. »Doch nun, in der Obhut des Humboldtstroms, dampfen wir wieder der Sonne entgegen.« Es gelte, die Raserei und Geistesverdunkelung der letzten acht Jahre abzuschütteln und sich ehrlich dem Hauptzweck der Gesellschaft zu widmen: der Publikation des zwar erratischen, doch in vielem bedenkenswerten Werkes von Siegbert Armin Thorwaldt. Sein Freund Carl Schmitt sei willens, diese zu betreuen.

Noch zur Verschiebung auf den 2. Juli und zur Wahl des Tagungsortes. Unweit Erfurt sei Martin Luther am 2. Juli 1505 von einem »Schrecken vom Himmel« getroffen worden, wie er schreibe, und am 17. desselben Monats ins Augustiner-Eremitenkloster eingetreten. Es gebe wenige Orte, wo sich deutsche und Weltgeschichte im Keim- oder Knospenzustand tiefster Stille so stark verdichteten. »Nun sind Sie am Wort, Schmitt.«

Carl Schmitt dankte Oswald Spengler für dessen Arbeit, skizzierte kurz den Plan der Edition, die bei Band 8 steckengeblieben war. Er habe sich entschlossen, nunmehr, den Umwälzungen und Irrtümern der Zeit die staatspolitischen und rechtsphilosophischen Aufsätze entgegenzustellen. Es gehe nicht mehr an, kapitale Stücke wie die Essays »Demokratie und Schwindsucht«, »Sackgasse Liberalismus«, »Kollaps und Kapitalismus« oder »Wie verläßlich trägt die sozialistische Idee?« dem Publikum vorzuenthalten. Angesichts seiner Lehrverpflichtungen und auch des Mangels an Mitteln sei es ihm nicht möglich, eine hohe Publikationskadenz einzuhalten. Er hoffe, bis in drei Jahren Bände 9 und 10 zum Druck vorbereitet zu haben. Dann werde man weitersehen. Illusion sei eine historisch-kritische Gesamtausgabe; man müsse das Wesentliche auswählen. Selbst Goethe seien nicht nur Meisterwerke aus der Feder geflossen; der Tageskram des politischen Kämpen Thorwaldt und die lippischen Erbfolgewirren 1895–99 interessierten heute nicht die Bohne; immer hafte Spreu am Weizen und löse sich nur unter der Hand des kräftigen Worflers. Sobald er, Schmitt, die Archivbestände genauer gesichtet, vielleicht übers Jahr, werde er Bericht erstatten und im angedeuteten Sinn einen konkreten Editionsplan vorlegen. Siegbert Armin Thorwaldts Bedeutung würde dadurch nur gesteigert.

Dom, Severikirche, Augustinerkirche und -kloster sowie eine Besteigung des Petersbergs bildeten den Ausklang der Jahrestagung, bei welcher auch der oberdeutsche Humor kurz aufblühte. Annette Kolb bemerkte auf dem Petersberg, München sei doch viel viel schöner als Erfurt, und in einer Stadt ohne Hofgarten könnte sie unmöglich leben. »Und mir reicht der Prater, meine Beste«, antwortete Herzmanovsky, »und stellen Sie sich vor, ich habe den Thorwaldt noch gekannt.« – »Nicht möglich!« rief Annette Kolb, »der ist doch 1899 mit seinen sämtlichen Werken unter den Wasen.« – »Da war ich 22 und hab bereits lesen können«, sagte Herzmanovsky. »Aber leider hieß *mein* Thorwaldt mit Nachnamen Freund und war Knopffabrikant in Floridsdorf, Annette; doch reich war er, denn seine Knöpfe liegen auf sämtlichen Schlachtfeldern Galiziens und der Karpaten. Die Abrahamssöhne sind nicht unterzu*kriegen.*« – »Was hat denn diese Tagung mit ihnen zu tun?« – »Gar nichts – und leider alles.« – »Sagen S' mal, haben denn die unsrigen mit Knöpfen geschossen?« wollte Annette wissen. – »Freilich, Verehrteste«, seufzte Herzmanovsky. »Nur die Uniformen waren aus Stahl; doch Skoda will nicht liefern, Oberschlesien ist abgezwackt, das Ruhrgebiet erst am Anlaufen. Darum stehn wir auch mit abgesägten Hosen da.« – »Aber Sie sind doch der Eleganteste aller!« rief Annette. – »*No,* die stammen vom Vater, der war noch Ritter auf einem Adelstitel.« – »Und was hat der Schreck eigentlich geschrieben, Herz-

Orlando?« erkundigte sich Annette. – »Mein Vater?« – »Ach, der hat sogar schreiben können?« Annette schien verwundert. »Ich dachte, Ritter hätten sich mit drei Kreuzen begnügt. Nein, ich meine unsern Wauwau von den vierzig Bänden.« – »So was wie ›Deutschland, erwache!‹« – »Prophetisch; und als es erwachte, waren die Fürsten im Pfefferland. ›Doch wenn der König-Kaiser kommt, da kehren sie wieder um um um, und wenn der König-Kaiser kommt, da kehren sie wieder um.‹«

»Im Winkel«, 2. Stimme:
WILLI

Meine Eltern und Großeltern sind einfache Bauern gewesen wie jedermann, auf einigen Nastuchäckern mit einem Stück Wald oder Turbenboden für die Heizung im Winter. Wir hatten Wald. Uns vieren hat es eigentlich an nichts gefehlt; aus dem wenigen haben die Eltern das Beste gemacht. Doch weder Hans noch ich wollten den Hof weiter bewirtschaften, und Greti und Leni haben sich auswärts verheiratet, in Zürich und im Luzernbiet. So haben wir das Land heute verpachtet und nur Haus und Garten behalten, der »Winkel« ist ja schön, wenn auch ein bißchen abgelegen. Vater und Mutter wohnen noch dort, und wenn sie einmal nicht mehr da sind, wird wohl einer von uns einziehen. Oder dann wird verkauft oder vermietet.

Bauer? Nein danke! Von fünf in der Frühe bis acht oder neun Uhr abends krampfen, und dies an acht von sieben Tagen in der Woche, und doch nie ein Stümpchen Geld in der Tasche? Immer fehlt's am Flüssigen. Was es heißt, einen Hof, und wenn er nur zwölf Juchart groß ist, zu bewirtschaften, das haben wir während des Krieges zu spüren bekommen, Hans war siebzehn, ich vierzehn und der Vater meist im Militärdienst. Ich könnte Ihnen heute noch an einem Vormittag eine halbe Juchart Gras mähen. Das hat uns gereicht. Zumindest haben wir nicht gehungert wie die Arbeiter in der Stadt. Für den Vater ist's eine schlimme Enttäuschung gewesen, daß keiner von uns Buben hat einsteigen wollen, er trägt es uns heute noch nach. Mag sein, daß wir in zwanzig Jahren anders denken, aber man sieht halt immer nur so weit, wie man sieht.

Hans hat eine Lehre als Webereitechniker gemacht, wir andern drei sind in die Fabrik gegangen. Strohhüte braucht es immer und Schuhe ebenfalls. Mich haben die Maschinen angezogen. Was im Haus und auf dem Hof kaputt war, und wär's nur die Nabe des Ladewagens oder ein Wasserhahn oder eine Heugabel gewesen, hab ich repariert. Ich wollte um Maschinen herum sein. Das haben die in der Fabrik gemerkt und mich angelernt. Heute besorge ich bei Isler alle Reparaturen und habe, das darf ich wohl sagen, schon einige Verbesserungen und eine kleine Erfindung gemacht und eine Extraprämie erhalten.

Wir können nicht klagen, Haus und Garten, schuldenfrei, und im Dorf läuft auch etwas. Ich gehe gerne mit der Frau ins Kino, sie, um zu weinen, ich der schönen Frauen und der Spione wegen. Im »Gelben Heft« habe ich letzthin gelesen, daß es jetzt in Amerika sogenannte Tonfilme geben soll, wo die Schauspieler nicht nur die Mäuler verziehen und Grimassen machen, sondern sogar Worte und Musik zu hören sind. Man sagt dem Tonspur, die ist mit auf dem Film.

Zuweilen denke ich mich weit fort. Ich habe dann keine Frau, Evelyne und Elias sind nicht geboren; ich denke mich in ein Land, wo alles größer ist als hier, Südamerika oder Sibirien vielleicht; die Bünz ist so groß wie die Aare, der Kirchturm ist ein Wolkenkratzer, die Felder gehen bis zum Horizont. Vielleicht wär ich dort dann zufriedener und Bauer geblieben. In Sibirien haben sie ja Revolution gemacht, alles Land, sagt man, gehöre nun den Bauern. Ich will nicht klagen, ich bin nicht unzufrieden, die Arbeit ist in Ordnung, doch irgendwas fehlt mir. Oft ertrage ich dieses Kaff nicht mehr, und das Sträßchen, an dem unser Haus steht, und die Maschinen, an denen ich herumschleife und -löte. Und zu wissen, was ich heute mittag übers Jahr tun oder essen werde und daß jeden Samstag die Leintücher gewechselt werden, das geht mir, weiß Gott warum, auf die Nerven. Das also soll's gewesen sein? Ich möchte alles stehen- und liegenlassen, doch das kannst du natürlich nicht, wenn du Familie hast. – Und der Pfarrer will uns einfach mit Himmel und Hölle bei der Stange halten. Meine Mutter ist immer in den Rosenkranz gegangen. Wozu? Doch auch was die Roten erzählen, ist nicht das Gelbe vom Ei, immerhin Revolution. Doch wie man durch Revolution glücklich werden soll, das können sie auch nicht sagen. Das Glück liegt sicher nicht darin, daß alle gleich wenig haben. Warum sind wir überhaupt da? Einfach, weil uns die Alten seinerzeit gemacht haben? Was soll's mit uns?

Das kommt zuweilen so über mich, meist, wenn alles rund läuft. Dann geh ich weg, manchmal ins »Rütli«, und hör mir die Besserwisser und seh mir die roten Köpfe an. Doch wer das beste Bier ausschenkt und wo der Zweier einen Fünfer billiger ist, interessiert mich nicht. Also marschiere ich die sechs Kilometer bis in den »Winkel«, setze mich an den Waldrand und sehe auf unser Haus hinab, sehe, wie der Vater oder die Mutter aus der Tür treten, sich im Garten zu schaffen machen oder Äpfel pflücken oder einfach stehenbleiben und etwas zueinander sagen, hie und da gehen sie Hand in Hand ins Haus zurück. Wie gut sie's eigentlich haben, denke ich und frage mich, warum ich das Gefühl nicht los werde, es nicht gut zu haben, obwohl unser Badezimmer heizbar ist und es auch am Geld nicht fehlt. Vielleicht hätte ich zur Bahn gehen sollen. Als Lokführer durchs Land fahren, pfeifen, rangieren, Dampf ablassen, das würd mir passen. Doch jetzt ist's zu spät. Und so noch dreißig Jahre weiter? Mir wird fast übel.

Was ist Glück? Wie wird man glücklich? Natürlich Blödsinn. Aber mir fehlt was, und vielleicht wäre das, was mir fehlt, irgendwo zu haben, ich meine nun nicht ein Auto oder mehr Geld, sondern, wie soll ich sagen, eine Freude, von der ich noch nie gehört habe und die die Leere in meinem Kopf ausfüllen würde. Die Familie ist recht, die Arbeit ist recht, das Haus ist in Ordnung, alles ist so *huere* verdammt in Ordnung, daß ich's am liebsten hochgehen lassen würde. Doch natürlich kann ich das nicht. Also ...? Sie schweigen ...

Brecht – Canetti, fiktiv

Berlin, 2. August 1932[1]

– Grüß Gott.

– Guten Tag.

– Die Massen wachsen, Herr Brecht; gestern abend hat mich Panik ergriffen, ich bin froh über meinen österreichischen Paß. Sie werden uns hinwegspülen.

– Nein, Herr Canetti, mit den Massen wachsen unsere Chancen. Ich vertraue auf die nächsten Wahlen; sie werden die Wahrheit an den Tag bringen.

– Sie überschätzen Ihre Chancen und Ihre Macht, Herr Brecht; letztere erschöpft sich im Gehorsam. Diese Massen werden Sie über kurz oder lang aus dem Lande jagen oder ins Konzentrationslager stecken.

– Ich beobachte ihren Führer, Herr Canetti. Seine primitive Botschaft und sein brünstiges Geschrei locken einige hunderttausend Unzufriedene auf die Straße. Und basta.

– Einige Millionen, wollen Sie sagen, und die Straßen sind hier in Berlin, wo die Politik gemacht wird. Haben Sie »Mein Kampf« gelesen, Herr Brecht? Ich versichere Sie, es ist *die* Botschaft. Sie hat seit Jahren Meuten mobilisiert; jetzt setzt sie Massen in Bewegung. Das Unheimliche ist, daß etliche Punkte in diesem Mischmasch von Haß und Irrwitz wunde Punkte sind.

1 Bei der Reichstagswahl vom 31. Juli 1932 war die NSDAP mit 37,3 Prozent Stimmenanteil die stärkste Partei in Deutschland geworden.

– Sie haben zuviel Phantasie, Herr Canetti. Was nicht Hand und Fuß und innere Schlüssigkeit hat wie der Kommunismus, wird niemals Massen bewegen.

– Und ich bin der Meinung, Herr Brecht, daß der Mensch zu wenig Phantasie hat, um sich über den Moment einer gewissen Wunscherfüllung und Selbstbestätigung hinaus vorzustellen, worauf er sich einläßt.

– Wir sind durchorganisiert, Herr Canetti, in ständigem Kontakt mit der Moskauer Komintern-Zentrale, wir erwarten die letzten Direktiven, uns führt die Weitsicht Stalins.

– Ach, Ihr Gehorsam, Herr Brecht. Weitsicht nennen Sie das? Es ist vorsichtiger machtpolitischer Kalkül. Stalin wird zu spät kommen, die Krakeeler werden Sie von den Straßen fegen, denn auch sie sind hervorragend organisiert, – und ihre Zentrale ist hier. Hier. Auch ihnen geht es um Macht, ihr Sultan kennt keine Hemmungen. Und welcher Art würde Stalins Hilfe sein? Haben Sie von den Straflagern in Rußland gehört?

– Verleumdungen des kapitalistischen Auslands! Es sind wirtschaftlich hochproduktive, für die Gesellschaft wie den betroffenen Einzelnen wohltätige Umerziehungseinrichtungen. So reinigt sich ein gesunder Organismus. Ich hoffe, Sie sind nicht ein heimlicher Anhänger Hitlers.

– Sie belieben zu scherzen, Herr Brecht. Wie könnte ich als Jude dies sein? Es wäre meine Vernichtung. Lesen Sie das Buch. Und wohltätig scheinen die Straflager nur den vorsätzlich Blinden. Glauben Sie im Ernst, vor den Lagern gefeit zu sein? Ironie und Aufsässigkeit sind schlechte Ratgeber in Stalins Reich. Es kursieren Zahlen von Ermordeten auf Solowki und am Weißmeerkanal. Wollen Sie sie wissen?

– Lieber Canetti, nein. Suppen werden weniger heiß gegessen als gekocht.

– Lieber Brecht, dies ist keine Suppe, es ist die Paranoia des kleinen Mannes hier und des großen Mannes dort, beide werden sich vollfressen. Ich werde dannzumal dieses Land verlassen haben.

– Warum schließen Sie sich nicht uns an, Herr Canetti? Mit Ihrer gnadenlosen Intelligenz, Ihrer messerscharfen Schreibe und Ihrer Rücksichtslosigkeit beim Verfolgen einer Konsequenz bis in die äußersten Verästelungen und Möglichkeiten wären Sie ein Gewinn für unsere Partei. Die Partei kann denken, und Sie können mitdenken.

– Darum, Herr Brecht, weil Mitdenken mir gnädig erlaubt würde, werde ich niemals Partei sein. Mich beschäftigt der einzelne Mensch, der mit seinem Tod alleinsteht und ihm mit allen Mitteln zu entrinnen sucht. Mein persönlicher Kampf gegen den Tod ist nicht ein Kampf für eine Ideologie.

– Aber der Tod ist doch eine Banalität, Herr Canetti. Wir müssen hier auf Erden eine bessere Welt errichten. Dazu brauchen wir zündende Ideen.

– Der Tod ist keine Banalität, Herr Brecht, sondern das absolute Skandalon. Daher gibt es keine Ideologie, die mir nicht zuwider wäre, auch die kommunistische. Ideologie ist immer Zwang. Der Idealismus vergißt, daß Menschen nicht gedrechselte Holzpuppen von Oskar Schlemmer, sondern lebendig sind. Die Zeit der Scholastik ist vorbei, Herr Brecht.

– Sie tun mir leid, Canetti. Meine Stücke zeigen, daß der Mensch erst ganz Mensch und lebendig sein kann, wenn die größere Gemeinschaft, nennen Sie sie, wie Sie wollen, ihm seine Freiheit und volle Entfaltungsmöglichkeit gewährleistet.

– Das Theater ist nicht die Welt, Herr Brecht, es ist eine Behauptung. Und ich zweifle, daß Sie mich bemitleiden. Ist mir und meinesgleichen in Ihrem marxistischen Heim doch ein exakt numeriertes Kämmerchen angewiesen: bei denen, die hegelsch gesprochen ›vernichtet‹ werden müssen, bevor der Kommunismus seine ganze segensreichen Wirkung entfalten kann; mit ›vernichtet‹ meine ich nicht unbedingt hingerichtet oder ins Straflager verschickt wie die Kulaken, sondern – dank der bereits erfolgten Synthese – aufgehoben, unnötig geworden, überholt, zur besseren Einsicht gebracht. Ich passe in kein System, Herr Brecht.

– Ihr schrankenloser Individualismus und Subjektivismus ärgern mich, Herr Canetti. Bin ich vielleicht das System? Man muß flexibel sein. Ich werde mit Kälte, List und Tücke meine künstlerische Freiheit zu wahren wissen. Unsereiner muß schwimmen können!

– Wie unheimlich mir dies klingt, Herr Brecht, ›Kälte, List und Tücke‹. Soll das ein guter Mensch sein? Wenn Ihr Kommunismus das wäre, wofür er sich ausgibt, eine unendlich perfektible Gemeinschaft von Erkennenden und das Gute aufrichtig Suchenden, dann sollte ein Schwimmkurs unnötig sein.

– Canetti, Sie gehören zu den Unersättlichen, die den Lachs, kaum gefangen, bereits pochiert auf dem Teller haben wollen. Die Einführung des Kommunismus wird ein schwieriger, von Rückfällen und schmerzlichen Erziehungsmaßnahmen begleiteter Prozeß sein. Ohne Kälte, List und Tücke wird's nicht abgehen. Es braucht die Anstrengung, den positiven Willen und den Einsatz aller im Dienst an allen.

– Brecht, Sie gehören trotz Ihrer Kaltschnäuzigkeit zu den Erlösungsbedürftigen, die ohne Paradiesgärtlein offenbar nicht leben können. Ich lehne jedes, selbst ein auf letztlich platonischen Staatsideen fußende System *a priori* ab. Herr Brecht, ich werde nie im Namen der Massen sprechen, ich werde sie nie herumkommandieren noch ihrem Willen, wenn sie denn einen haben, Folge leisten. Ich analysiere. Und ich verabscheue jegliche ›Maßnahme‹, auch die Ihrige; Sie entschuldigen.

– Das ist doch nur ein Lehrstück, weil die Massen Führer brauchen, Herr Canetti, aber es müssen die richtigen sein, die in gelassener Weitsicht das Mögliche möglich machen. Und sie haben Taten nötig, um selbst historisch wirksam zu werden.

– Ich kann nur für mich einstehen, Herr Brecht. In mir drin wie um mich herum finde ich die Massen hinreichend gegenwärtig. Taten, sagen Sie? *Un*taten, sage ich. Somit werde ich über meine Person und durch ihre Augen über die Untaten der Massen schreiben. Das genügt. Und Sie werden es möglicherweise noch erleben, daß ich recht habe.

– Wir wirken im Dienst der Massen. Wir müssen am Klassenbewußtsein des Mannes von der Straße arbeiten, Canetti. Und warum eigentlich müssen Juden immer recht haben?

– Interessant. Und Sie?

– Wir *haben* recht.

– Ach so. Demnach wären auch Sie Jude. Darum Ihr Agitprop... Mach ich nicht. Ich lasse mich nicht in Dienst stellen. Es gibt kein Klassenbewußtsein. Der Sultan allerdings, so mein Eindruck, arbeitet in Ihrer Richtung weit wirkungsvoller an einem *Rassen*bewußtsein, so daß in zwei, drei Jahren, vermute ich, wir beide, Sie wegen Ihres Klassenbewußtseins, ich wegen meiner Rasse, nicht mehr in diesem Land weilen werden. Ich werde nach England exilieren, Sie wohl eher zu Ihren Klassengenossen in die Sowjetunion.

– Canetti, Sie machen mich melancholisch und wütend. Es sind Defätisten wie Sie, welche die Krakeeler an die Macht putschen. Nur die materielle Aktion kann es bringen, Materie, welche Materie anschiebt und in Bewegung setzt. Doch ich wiederhole mich. Im übrigen ziehe ich die USA vor.

– Tatsächlich, Herr Brecht? Was ist's mit Stalins Weitsicht und seinen wohltätigen Umerziehungsinstitutionen? Nun, Ihre Sache. Nein, wir Juden müssen durchaus nicht recht haben. Wir haben nur gelernt, vorausschauend zu leben und unseren Einflußmöglichkeiten zu mißtrauen. Und in der Tat, Herr Brecht, Ihre Partei – verbohrt und komintern-verseucht, wie sie ist – hat seit zwölf Jahren daran gearbeitet, die Republik der Sozialisten in Deutschland kaputtzumachen – und hat damit das bewirkt, was Sie mir als sogenanntem Defätisten anlasten.

– Sie wollen mich verhöhnen. Der Kommunist soll dem Nazi zur Macht verholfen haben?

– Hat er, planmäßig, weil er die Macht wollte.

– Herr Canetti, seien Sie vorsichtig. Sie hören noch von mir.

– Schön wär's, wenn wir beide überlebten und voneinander hörten, Brecht.

– Ich würd's wünschen, Canetti, doch welche Maßnahmen dannzumal die Partei, Sie und Ihresgleichen betreffend, beschließen wird, vermag ich nicht zu sagen.

– Es interessiert mich auch nicht, Herr Brecht, da ich es

längst weiß. Wir Juden sind es gewohnt, auf der Flucht vor ›Maßnahmen‹ zu leben. Auf Wiedersehen im Exil, Herr Brecht, sicher nicht im Sowjet-Paradies.

– Mahlzeit.

– Mit Gott. Gepfeffert und gesalzen.

Der Landverbesserer

Renold hatte den Sonntag über die Meliorationspläne verfeinert, Querschnitt, Tiefe und Nivellierung der Vorfluter geprüft, das Gefälle des Netzes aus unterirdischen Saug- und Sammeldrains nachgerechnet, einige Abstände von Drainzügen von 15 auf 20 Meter vergrößert und somit zwei der Einstiegs- und Luftschächte leicht verlegen müssen. Er liebte diese Arbeit; in seiner Vorstellung sah er sich selbst sowohl über wie auch unter der Erde am Werk. Dies hatte etwas Heimliches: Er spielte Maulwurf. Schon als kleiner Junge hatte er am Sandhaufen Irrigation und Entwässerung gespielt, Wasserkännchen um Kännchen oben auf dem Berg ausgegossen und in ein Kanalsystem geleitet, das Löwenzahn und Primeln versorgte. Als Zwerg kroch er durch rieselnde Dunkelheit, hörte das Tröpfeln und Rinnen in den Saugröhren, wo sie, gleich den Haargefäßen in eine Vene, in den Sammeldrain mündeten, der sich in den Vorfluterkanal ergoß. Was mochte sich dort in zweieinhalb Metern Tiefe in ewiger Finsternis abspielen? Welche lichtscheuen Würmer und Krebschen herumwimmeln? Der Grottenolm mußte es wissen, doch der kam nur im slowenischen Karst vor.

Bereits nahm der Plan die neue Landschaft voraus: in blauen, braunen und grünen Schattierungen, in durchgezogenen und gestrichelten Linien, Schraffuren und den wenigen bereits rot eingezeichneten Bauten der Arbeitskolonie. Diese würden leider auf schwankenden Grund zu stehen kommen, da es bis jetzt nicht gelungen war, festen Moränenboden zu erwerben. Spätere statische Probleme waren unvermeidbar: das Verwalterhaus als schiefer Turm zu Pisa. »Einmal muß man den Anfang wagen«, so der Verwalter. Das grüne Land.

Montagmittag. Renold hatte sich mit einem Schinkenbrot, einer Thermosflasche Pfefferminztee und einem runzligen Glockenapfel auf den mit Stockausschlägen von Hainbuchen bewaldeten Moränenbühl auf der Westseite des Moors zurückgezogen und blickte aus dem Schatten eines riesigen Wildkirschbaums über das Torfland. In der geheimnislosen Mittagshelle empfand er es als Zumutung, beinahe als Beleidigung; nicht das Moor selbst, das nichts dafür konnte, nass, dunkel und verkrautet zu sein. Entwürdigend war der Umgang der Bauern mit dieser rund zwei Quadratkilometer großen Ebene, ihre gedankenlose Art, sie auszubeuten, ohne ihr etwas außer Abfall zurückzugeben. Eine Nutzung ohne Zukunft, eine Mondlandschaft, übersät mit Tümpeln fauligen braunen Torfwassers und grauweißen Flecken, wo man bereits den Seelehm freigelegt hatte.

Brauntöne von Falb bis Anthrazit, windschiefe Hütten gleich Streichholzschachteln, einzelne krüppelige Baumgruppen aus Birken und Weiden, als ob man sich im hohen Norden befände, schwarze, mit Wasser vollgesogene Moraststrecken und lange, aufklaffende Wunden dort, wo man in den Torfstichen für den Abbau im Hochsommer frische Entwässerungsgräben ausgehoben hatte, hie und da gespiegelte Himmelshelle. *Après nous le déluge.* Renold hatte kurz nach Beginn seiner Arbeit im letzten Spätsommer an einem stürmischen Sciroccotag erlebt, wie graue Windhosen über die Ebene gewandert waren und den Faserstaub in alle Richtungen verfrachtet hatten, unsicher, so sein Eindruck, wohin ihre Lieferung bestellt war. Nach einer Weile waren sie ins Taumeln geraten, ein drolliger Schlangentanz, und endlich in sich zusammengefallen.

Das grüne Land. Noch war wenig davon zu sehen außer auf dem Planpapier; doch immerhin war es an die Hand genommen. Maschinen standen herum, ein Löffelbagger, zwei Traktoren, Röhrenstapel, Stoßkarren. Auf Brettern notdürftig verlegte Gleise durchzogen das nunmehr heillos zerwühlte Moorgebiet, Lorenzüge ohne Lokomotiven warteten. Gruppen von Erdarbeitern waren beim Mittagsbrot im Schatten der verwetterten Torfschuppen, an denen Schaufeln lehnten. In zwei Jahren, schätzte Renold, waren die Landlose, welche die Arbeitskolonie hatte erwerben können, sowie die Anteile der anderen Eigner entwässert, humusiert, bepflanzt, begrünt, und den Kanälen entlang reihten sich kanadische Pappeln, Salweiden und Eichen aus der Baumschule. Urbarer Boden für sechs Höfe; diesmal allerdings war's die Kolonie; die Heimatlosen und Herumtreiber mußten untergebracht und so verpflegt und beschäftigt werden, daß sie nicht gleich wieder davonliefen.

Renold blickte beim Trinken über den Rand des metallenen Bechers in die teils braunschwarze, teils grasgrüne Öde mit den stellenweise noch wolkenleicht über ihr schwebenden Birken- und Weidenkronen und freute sich. Gab es eine sinnvollere Arbeit für einen Menschen, als die Erde zu verbessern, fruchtbar und schön zu machen und andern ihr Brot sozusagen unter den Pflug zu legen? Am Fuß des Hanges linker Hand quirlte eine Lerche, weiter draußen rüttelte ein Falke. Wer eigentlich kannte die Grenze zwischen Verbesserung und Vergewaltigung? »›Kein Fußbreit deutschen Bodens ohne Frucht.‹ Das sicher nicht«, sagte er vernehmlich in die erhitzte Luft. Der Nutzen war nur *ein* Ziel. Man soll es nicht allzu gut meinen.

Der Verwalter der Kolonie gehörte zu dieser Art Menschen. Renold bewunderte sein soziales Denken, die Kraft, die von ihm ausging, seinen Glauben an die Verwirklichung des Guten. Landwirtschaft sowie Melioration der Erde und des sie bebauenden Nährstands waren sein Evangelium, was Renold von sich nicht sagen konnte, stammte er doch aus einer städtisch-bürgerlichen Familie. Auch der Verwalter trug ein Bild in sich, aus dem er Energie schöpfte; also durfte man es ihm nicht aus dem Kopf schlagen; Menschen leben von inneren Bildern. Der Mann sah eine ›blühende Landschaft‹, übersät von fetten Höfen, bestellt von glücklichen und zufriedenen Bauersleuten. Renold würde es ihm überlassen müssen, wie er das Neuland behandelte; er hoffte, er werde sanft mit ihm umgehen, es nicht bis zur Erschöpfung ausbeuten. Er, Renold, suchte auch die Schönheit einer Landschaft wiederzufinden, wo sie zerstört, entfremdet, häßlich war. Darum hatte er darauf bestanden, mehrere Windschutzhecken anzulegen und eine quer laufende Hauptentwässerung offen als Kanal mit begleitendem Waldstreifen zu führen, obwohl dadurch drei Hektar verlorengingen. In seiner Begründung war selbstverständlich von einer dank der Hecken zu erzielenden Steigerung des Holzeinschlags und des Nutzens infolge Verminderung des Humusabtrags durch den Wind die Rede gewesen, sonst hätte man sie unter den Besprechungstisch gewischt: Da träumt der angegraute Romantiker. Doch für sich sah er die grüne Weite des ehemaligen Moors durchzogen von mächtigen Baumreihen, die aus dichtem Unterholz aufragten, er sah sie als kahle Gespinste unter grauem Himmel gleich Rippengewölben, er sah sie als sommerschwere Laubkuppeln.

Er erinnerte sich, wie ihm der Verwalter, von der Höhe des Wagenrains am Fuß eines Wegkreuzes über das Reußtal blickend, kurz und bündig beschieden hatte, wie dort unten die Zukunft aussehen würde, in jener Sumpf- und Streuelandschaft aus Wiesen, Schilffeldern und Altwasserläufen: Fünfzig Bauernstellen würden entstehen, ein Raster von Feldern, eine Totalurbarmachung, die ihm, Renold, mit so viel Stimmaufwand auf zwei Schritt Distanz verkündet, wie Totalmobilmachung geklungen hatte. Er war zur Seite getreten und hatte eine Weile geschwiegen und sich das Ideal des Verwalters vergegenwärtigt: Futterrüben an Kartoffeln an Weizen an Mais an Raps an Kleesaaten an Kohl-, Kabis-, Sellerie- und Lauchfeldern, er sah blitzende Traktoren und schwappende Kühe und gekrauste Rinder, er sah die Milch fließen und die Körner rieseln und so weiter. Das Stereotyp von der gesunden, *gschaffigen,* freiheitsliebenden, wehrhaft wackeren Bauernsame mit rauher Schale und goldenem Kern, der reine Laur-Belart. »Schweizer Art ist Bauernart.« Hübsche Ideologie. Die Städte hatten mehr und Wichtigeres zum Werden dieses Staats beigetragen.

»Fünfzig Höfe? Nicht schlecht, wenn auch nicht immer gut«, hatte er im Gesprächston geantwortet. »Haben Sie sich schon mal in der Oberrheinischen Tiefebene umgesehen, sagen wir, unterhalb Breisach?« Der Verwalter verneinte; er kenne eher das ostelbische Deutschland, wo er einige Zeit als Gutsverwalter gewirkt habe, eine hügelige Glaziallandschaft, kleine Seen, dem Schwarzen Amt nicht unähnlich, nur sanfter. »Sehr interessant«, sagte Renold. »Also in der Oberrheinischen Tiefebene hat vor hundert Jahren der bis heute in

Fachkreisen berühmte Johann Gottfried Tulla gewirkt, einer der ersten professionellen Kulturingenieure Europas im großen Stil. Ab 1817 hat er als Leiter des Flußbauwesens im Auftrag des Großherzogs von Baden die ›Rectification‹ des Oberrheins, wie er's nannte, geplant und durchgeführt. Und das hieß zunächst Flußbegradigung; um wieviel er den Rhein verkürzt hat, weiß ich nicht genau, ich schätze um die achtzig Kilometer. Nebenarme, stille Läufe und Auenwälder wurden vom Strom abgeschnitten, das Wasser floß rascher ab, die katastrophalen Hochwasser in der oberrheinischen Tiefebene waren nun Geschichte, die landwirtschaftlichen Erträge stiegen; sogar die Malaria ist mit der Zeit ausgerottet worden. Die Überschwemmungen verlagerten sich stromabwärts, wo im schlimmsten Fall größere Polder in den mäandernden Altläufen geflutet werden konnten. Gleichzeitig vertiefte der eiliger gewordene Strom nun sein Bett und hatte in einigen Jahren die stabilisierende Grundsedimentschicht ausgewaschen.

Nun, ich habe mir Tullas Leistung aus der Nähe besehen. Ich bin erschrocken; ein Schlüsselerlebnis, das mir vieles in einem unguten Licht gezeigt hat. Der Rhein frißt sich immer tiefer ein, streckenweise liegt er bereits mehrere Meter unter der alten Sohle – und ihm nach sinkt der Grundwasserspiegel; die Ebene ist am Versteppen; bald wird man an gewissen Streckenabschnitten stauen müssen, will man die Landwirte nicht auf Sand und Lehm sitzen lassen. Die Leute haben kein Oberflächenwasser mehr. Wo es früher in Fülle da war, muß heute teuer mit Pumpen bewässert werden; doch auch so sind gewisse Kulturen nicht mehr möglich.« – »Statt ihrer immerhin kostbaren Spargeln«, warf der Verwalter ein. – »Richtig, Spargeln. Ich denke, man sollte

Negativlehrgänge berücksichtigen, bevor man frisch drauflos baggert. Die Längsentwässerung, die Sie sich im Reußtal, wenn ich Sie richtig verstanden habe, vorstellen, wird ähnlich gravierende Folgen zeitigen, wenn auch in kleinerem Maßstab. Sich Zeit lassen und nachdenken ist heute noch besser als handeln. Wir wissen zuwenig. Im Bünzermoos sind die Verhältnisse glücklicherweise überschaubar, die Wasserstände und Pegel mit wenig Aufwand und dauerhaft zu regulieren, die Niveauunterschiede sind klein; und die Sohlen der Vorfluter werden wir mit Brettern stabilisieren. Doch auch so: Ich gehe übers Wochenende meine Berechnungen immer wieder bis auf den Zentimeter durch. Hier darf nichts schieflaufen.«

Der Verwalter hatte ihn angeschaut. »Ein weites Feld, Herr Renold, ich könnte gegen ihre Argumente das Oderbruch anführen. ›Hier hab' ich im Frieden eine Provinz erobert.‹« – »Hat das der Alte Fritz gesagt?« – »Ja; auch dort haben wir es mit einem starken Fluß zu tun.« – »Doch mit sehr geringem Gefälle, zehn Meter von Küstrin bis in die Ostsee. Von Basel bis Mannheim auf einer knapp doppelt so langen Strecke sind es hundertsechzig Meter, das Achtfache, und von Mühlau bis Mellingen, um unsern kleinen Disput vorläufig abzuschließen, auf weniger als einem Zehntel der Rheinstrecke über vierzig Meter, das Zwanzigfache an Gefälle.« Renold spürte, daß Widerspruch ungelegen kam; zwar wußte der Verwalter damit umzugehen, indes vor allem weil er überzeugt war, daß er recht hatte. Schweizer Art ist nicht Bauernart, dachte der Kulturingenieur und empfand eine jungenhafte Lust an diesem Widerspruch. Schweizer Art ist, seine Meinung frei von der Leber weg zu äußern. »Ich glaube, wir sollten«, hatte der Verwalter gesagt.

Renold blickte auf die Uhr; halb zwei, Mittagszeit abgelaufen. Heute mußte er die ungefähren Zeitpunkte der Humuslieferungen festlegen. Torf allein tut's nicht. Er kippte den letzten Becher Pfefferminztee.

Das Tor[1]

Schwarzweißaufnahme; Bildstruktur wirkt konstruktivistisch; vorherrschend ist Grau in Abstufungen bis Anthrazit, Emulsion grobkörnig; das Bildsujet besteht fast ausschließlich aus Eisen (25 bis 30 Teile aus Stahlblech, Schmiede- und Gußeisen), mit Ausnahme eines senkrechten Holzpfostens am linken Bildrand, welcher Teil des im übrigen nicht ganz überblickbaren Tors ist. Auf halber Höhe des Pfostens eine Türangel, die im linken Torflügel durch ein zugespitztes geschmiedetes Trägerband horizontal verankert ist.

Großformen: zwei unten und oben angeschnittene, parallel angeordnete, senkrechte Eisenbänder, etwas rechts der Mitte sind die mit Eisenblech beschlagenen Außenkanten der beiden Torflügel; ein ebenfalls senkrecht vom unteren bis zum oberen Bildrand aufsteigendes drittes Eisenband unmittelbar neben dem Pfosten verstärkt die Innenkante des linken Torflügels. Darunter hervor wachsen zwei Beschläge, an die Äste eines abstrakten Baums erinnernd, in spitzem Winkel zum oberen Bildrand, ein drittes Band läuft nach rechts unten und taucht unter die stählerne Fassung der Türflügelaußenkante. Den Blick auf sich zieht im linken Torflügel auf etwa zwei Drittel der Bildhöhe eine hochrechteckige, mit Eisenbändern eingefaßte Luke. Ein Gesicht füllt sie aus. Der Blick weicht davor zurück und irrt weiter.

1 Zwei Aufnahmen aus: Roman Vishniac: Verschwundene Welt. München 1983 (New York 1947), Abb. 178 und 179: Pogrom in Warschau, 1938.

Eingelassen ins Türgerüst ist zudem ein starker Bolzenring mit Eisenstange, vermutlich könnte sie über beide Türflügel hinweg als Vorlegestange in einen korrespondierenden, allerdings nicht sichtbaren Bolzenring im rechten Flügel eingehakt werden. Demselben Zweck dient auch ein kurzes, breites, geschmiedetes Eisenteil mit einem länglichen Loch am Unterende; es hängt an einem Ringbolzen neben der Luke und läßt sich, die stählernen Türaußenkanten übergreifend, über einen ungefähr auf gleicher Höhe angebrachten Halbring stülpen und dort mit einem Vorhängeschloß sichern. Dieses fehlt. Zwei Schlüssellöcher in einem mächtigen längsovalen Türschloßbeschlag des linken Flügels sind leer.

All diese Sicherheitsvorkehrungen in der Senkrechten, in der Kreuz und Quere sind um das mit Stahlbändern eingefaßte Guckloch angeordnet. Um so verwunderlicher, daß dieses nicht vergittert ist; nun, das Gitter dürfte soeben nach innen geklappt worden sein, denn der Mann mit der breiten Tatarennase, Schnurr- und Backenbart unter charakteristischer russischer Arbeitermütze – weicher Deckelteller, breites schwarzes Mützenband, Mützenschirm – braucht freie Sicht; seine dunklen Augen blicken scharf nach rechts unten – in das Bild auf der gegenüberliegenden Buchseite. Dort winkt mit dem Zeigefinger der rechten Hand ein kleiner Bub um eine Mauerecke, lumpiges hüftlanges Pulloverchen mit vier Knöpfen und Brusttäschchen, kurze Höschen, nackte Waden, Schuhlatschen geschnürt, das bleiche Gesicht unter einer für ihn viel zu großen, vorne enger genähten Baskenmütze, deren Schirm zu einem dreieckigen Dächlein geknickt ist. Noch kann er die Tränen zurückhalten, er wird später weinen; im linken Händchen hält er möglicherweise etwas Eßbares. Hinter ihm eine klassizistisch gegliederte, bürgerlich wirkende Haustür. Dem Winken des Kleinen – Sie kommen! – gilt der Blick des Mannes.

Die Zahl 3:
Grenzen oder Menschen zu Zahlen

Das 18. Jahrhundert brachte uns die Aufklärung und die Revolution, das 19. Jahrhundert bescherte dem Bürgertum Industrialisierung, Imperialismus und das abstrakte Geld. Und was ist mit dem 20. Jahrhundert? Gott weiß, wie vielen Etikettierungen ich begegnet bin. Das Jahrhundert der Weltkriege, der Kernspaltung respektive der Atombombe, des Holocaust, der Flüchtlingsströme, der Totalitarismen, der zum Mittel der Politik erhobenen Unmenschlichkeit, des Kalten Krieges zwischen Ka & Ko, der Blöcke und Blockfreien, der Nationalismen, der Dekolonisierung, des Siegeszuges der Elektrotechnik, des Arbeiters (Ernst Jünger), der Ideologien und der Ideologiedämmerung. Weiteres Nachdenken bringt weitere Schlagworte: Gleichgewicht des Schreckens, Masse und Massenkultur, Herrschaft des Fernsehens, Massenverdummung und so fort.

Hier sei eine weitere Definition vorgeschlagen: *das 20. Jahrhundert als Epoche der Grenzen.* Vier Generationen werden den Götzen Angst und Abschottung geopfert, hinüber und herüber vertrieben, umgesiedelt, zwangsverschickt, zusammengepfercht, umgebracht – schlimmer als die Rinder in den Schlachthöfen von Chicago. Die Grenze als letzte Konsequenz und reale Manifestation der allumfassenden Angst, ideologisch abgesegnet, von oben eingepeitscht, von unten bejubelt, verinnerlicht, zum Klassen- oder Rassenwahn gesteigert, zur Existenzvoraussetzung des Vaterlands deklariert. Angst und ihre Kehrseite Gewalt. Generationen müssen lernen, vor dem, der nicht ist wie sie – andersdenkend, -gläubig, -redend, -farbig –, Angst zu entwickeln, diese fremde Laus aus dem Fell zu kämmen und notfalls zu zerquetschen, um ihr wahres Selbst zu entdecken. Wie schön ist's, zu dürfen, das Erlaubte zu denken und das Verbotene zu denunzieren! Und wie strafbar, sich zu erinnern, daß man früher mehr oder weniger friedlich neben- und miteinander gelebt hatte und auch der andere ein Gesicht trug. Nun genügt Punkt – Punkt – Komma – Strich. Mißtrauen ist Bürgerpflicht, Wachsamkeit wird eingeübt: der Feind hört mit. Nur sichere Grenzen garantieren Schutz. Duden (Auswahl): »Grenzausgleich, Grenzbahnhof, Grenzbaum, Grenzbeamte, Grenzbefestigung, Grenzbereich, Grenzer, Grenzformalität, Grenzgänger, Grenzkontrolle, Grenzland, Grenzposten, Grenzschutz, Grenzstreitigkeit, Grenztruppen, Grenzübergang, Grenzverletzung, Grenzwall, Grenzzwischenfall«, in der Schweiz: »Grenzwachtkorps«. Dazu treten inoffizielle Begriffe wie »Mauer«, »Todesstreifen«/»Antifaschistischer Schutzwall«, »Eiserner Vorhang« usw. Eines der bestbesetzten Wortfelder. Man vergleiche »Arbeit« oder »Liebe«.

Grenzen teilen die Welt ein, machen sie überschaubar und ihre unfaßliche Vielfalt und Wuseligkeit weniger bedrohlich. Grenzen behindern die freie Bewegung, sie lähmen die Oszillation des Lebendigen. Endlich kann man es festnageln, durchleuchten, vermessen, fichieren, beurteilen, verurteilen, verfolgen oder annehmen: der gläserne Mensch. Grenzen schaffen genau definierbare, gut zu überwachende

Zellen. Wer dazugehört, darf zu den andern sagen: Wir. Und von den andern sagt er: Die Juden, die Gelbe Gefahr, die Schwarzen, die Rothäute, Eingeborenen, Ungläubigen, die Ko und die Ka: Sollen sie bleiben, wo sie sind, hier haben sie nichts verloren. Oder: Soll er doch gehen, wenn es ihm hier nicht paßt. Oder: Soll er verrecken.

Erst klare Grenzen haben die Statistik ermöglicht. Keine Epoche ist derart von Statistik besessen gewesen wie die letzten fünfviertel Jahrhunderte. Grenzen und Statistik in erster Linie als Mittel der Ausscheidung – nicht der Aneignung. Statistik beweist schlüssig, daß der Jude Jude ist, so wie der Bauer eben Bauer und sonst nichts ist. Statistik verhindert, daß Juden Bauern und Bauern Juden werden oder sein dürfen. In der Statistik des Deutschen Reiches, Band 451, »Ergebnisse der Volkszählung 1933«, Heft 5, »Die Glaubensjuden im Deutschen Reich«, werden diese nach sieben Haupt- und zwölf Unterkriterien erfaßt, und elf Graphiken veranschaulichen die Verhältnisse. So lesen wir, daß genau 4167 unter ihnen in ›Landwirtschaft, Gärtnerei, Tierzucht, Forstwirtschaft und Fischerei‹ ihr Auskommen fanden. Was haben diese 4167 unter den Millionen ehrlicher deutscher Bauern, blumenliebender Gärtner, kernfester Förster und sturmerprobter Fischer zu suchen? Da stimmt was nicht. Dagegen ist klar ersichtlich, wo die Juden sich in Massen herumtreiben: 137048 im ›Handelsgewerbe und Hilfsgewerbe des Handels‹ (Wirtschaftsgruppe 41), wovon 2196 im ›Hausier- und Straßenhandel‹ (Wirtschaftszweig 412), und 17100 in ›Immobilienhandel, Vermittlung und Auskunft‹ (414). Weiter unten finden sich 4085 Glaubensjuden im Bank- und Börsenwesen (421). Aha, war mir's doch, denkt sich der Mann der Straße. Und das sind nur diejenigen, die sich nicht verstecken. Gefährlicher und subversiv ist die Dunkelziffer derer, die sich nicht zu ihrem Judentum bekennen, sowie das Mischblut. Und erst noch nähren wir 5996 Juden in Irren-, Siechen-, Strafanstalten und Armenhäusern. Alles Parasiten!

Erst eine dichte Grenze ermöglicht die Totalerfassung, Totalverwaltung und lückenlose Einteilung der Gezählten in Gute und Schlechte, Töpfchen und Kröpfchen. In seinen Grenzen, in der Zahl seiner, nach drei, vier Hauptmerkmalen erfaßten und klassifizierten oder deklassierten Einwohner (Kulak, Proletarier, Kapitalist, Arier usw.) gründet die Macht des totalitären Staates. Wiederum gibt dieser den von ihm, wenn auch unter Verdacht, Aufgenommenen das tröstliche Bewußtsein, erwählt zu sein. Der als dazugehörig Rubrizierte tritt jegliches Anderssein, das gleich einem latenten Virus als schlechtes Gewissen und Ansatz zu subversivem Denken noch in ihm stecken könnte, an die Gesamtheit ab, damit es dort vernichtet und er davon befreit wird.

Nunmehr konzentriert der totalitäre Staat das Angstpotential und das akkumulierte Wir der Erfaßten als Aggression. Allmählich wächst die Lust der im Kollektiv Geeinten, alle in ihrer Zelle, die anders sind oder scheinen oder werden könnten, auszustoßen und hinter ihnen her in die Nachbarzelle einzubrechen, diese zu entleeren, in Besitz zu nehmen, mit Volks- oder Parteigenossen neu zu bevölkern. Ist doch die Nachbarzelle nur deswegen noch nicht zur eigenen Zelle gestoßen, weil sie von einer andersartigen, also minderwertigen Menschensorte verseucht ist. Mit deren Vernichtung oder Austreibung ist man zugleich eine Bedrohung los. Mit jeder absorbierten Zelle wächst die Gemeinschaft der Eigentlichen, ihr kollektiver Mut und die Macht des

Staates. Nun wird technisch (mit Waffen) und genetisch (mittels Müttern, die »unsereinen« klonen) aufgerüstet. Die Expansion in weitere Zellen und potentielle Herde der Angst und Bedrohung wird Pflicht.

Somit wäre die kriegslüsterne erste Hälfte des 20. Jahrhunderts die Epoche der Grenzeinverleibungen, die scheinfriedliche zweite Hälfte die Zeit der Grenzverfestigungen. Mit der Folge einer zuvor noch nie beobachteten Einigelung in Minengürtel und Stacheldraht von einigen tausend Volt Spannung, einer Sanktionierung des Begriffs Grenze als Säule von Verfassung, Staat und politischem System, als erhabenster Sinn menschlicher Existenz. In der zweiten Hälfte des 20. Jahrhunderts gefriert die Erde zu zwei riesigen Eisbergen, die während vierzig Jahren aneinander vorbeinavigieren und die Probe für den Ernstfall den Bewohnern des Treibeises in ihrem Kielwasser überlassen.

Im tiefgefrorenen Zentrum dagegen beobachten wir die Entstehung eines staatstreuen, dankbaren Gettopatriotismus: Endlich sind wir sicher hinter Schloß und Riegel wir selbst. Uns kann nichts mehr geschehen, wir dürfen die Freuden unserer Gewöhnlichkeit auskosten. Staatlich sanktionierte, mit Selbstschußanlagen, Scheinwerfern, Suchhunden usw. gesicherte Grenzen als positive Erfahrung des eigenen Ichs im Schoß des Über-Ichs. Da innerhalb ihrer alles geboten wird, was den Bewohnern der Zelle zu wünschen erlaubt ist, entwickelt sich warme Zufriedenheit über die endliche Abschaffung der Unterschiede, die dadurch hervorgerufen werden könnten, daß gewisse Leute Lust bekommen, eine Grenze zu überschreiten und mit andern als unsereinem Umgang zu pflegen. Besteht ein Unbelehrbarer trotz philosophisch und ideologisch hinreichend nachgewiesenen Nichtvorhandenseins irgendeines Bedürfnisses doch auf der Überschreitung der Grenze, kann er nur krank oder ein Verräter sein, ein Spion.

Besaßen die Menschen vor dem Ersten Weltkrieg aufgrund der beinahe symbolischen Grenzen eine fast weltweite Reisefreiheit (falls sie sich die Bahn- und Schiffsfahrkarten leisten konnten), war den Nachkriegsbürgern der zweiten Jahrhunderthälfte trotz teilweiser Ausstattung mit Paßdokumenten nur eine blockpolitisch begrenzte Reisefreiheit gegeben. Der Sprung von Eisberg zu Eisberg konnte jemanden im Westen zum »Pilger« stempeln, im Osten zu seiner Ausbürgerung oder ins Arbeitslager führen. Die einfachste Lösung allerdings war, den Bürgern jegliches Identitätsdokument vorzuenthalten, den Zaun um ihre Stadt oder ihren Rayon zu ziehen und sie am Ortswechsel innerhalb des eigenen Landes zu hindern. –

Dahin alles! Die Globisierung, sorry, Globalisierung greift um sich. Auf der Bahnhofstraße die Russen mit Pelzmütze und tatarischer Boxernase, auf dem Titlis die Japaner (Schlitzaugen und Kamera) zum Heiraten, auf dem Strich die Moldawierinnen, erkennbar an ihrer Schamlosigkeit, am Genfersee die Ölscheiche samt Harem, an der Costa del Sol die Schweizer in der Fonduepfanne. Der Weltmeister im Karate ist (oder war) ein Berner, der Weltmeister im Alphornblasen ein Börsenjobber aus Hongkong (O-Ton: *»Lelax blowing the alpenholn«*), und die Buchhaltung der SBB wird im südindischen Bangalore geführt. Höchste Zeit, sich jeden Abend neu den Sinnspruch »Süd, Ost, Nord und West: Daheim ist das Best'« einzuprägen.

Bald, vermute ich, wird uns angst und bange genug sein, daß wir die Erde entlang der Breiten- und Längengrade erneut in Zellen aufteilen. Bereits werden eiserne Kehrbesen im Großversuch getestet. Wann werden alle wieder sein wie unsereiner, denken und essen wie unsereiner, über dieselben Witze lachen wie unsereiner, einen Schmerbauch haben wie unsereiner, nichtrauchen, sich besaufen und prügeln wie unsereiner und – an den Staat glauben, der uns auf Seinen Händen trägt? Keine Schlitzaugen, keine schwarze Haut, keine Tatarennasen, keine Schamlosigkeit, kein Harem (oder nur, wo es niemand sieht). In jedem werden wir stolz und bescheiden uns selbst erkennen. Dann werden wir überm Fondue einen sauren Weißen, über der Rösti ein Bier trinken, genau wie früher.

Die S. A. »Thorwaldt« 4: Umbenennung – Deutscher Stahl

Während einiger Jahre schien die Hoffnung zu lächeln, die SATG dürfe endlich fruchten, wie sie zu Beginn geblüht hatte. Die Jahrestagungen waren mehr ein Fest der Eintracht als ein politisches Ereignis. Vor allem die 8., 1928, und die 11., 1931, beide in München, als Band 9 und 10, schön gestaltet, in klarer Type auf bestem Papier gedruckt, in den Händen der beglückten Mitglieder lagen. Annette Kolb führte durch den Hofgarten und wies diskret an besonders verwunschenen Orten auf das Wirken ihres Vaters, des königlichen Gartendirektors, hin. Solch neuen Schwung hatte dem Unternehmen die Annahme des Editionsplans an der 7. Jahrestagung, 1927, verliehen: Nun war die Vollendung absehbar geworden. Professor Carl Schmitts strenge und qualitätsbewußte Auswahlkriterien begeisterten auf Anhieb die Beitragszahler und reduzierten die Bände von den ursprünglich geschätzten vierzig auf genau neunzehn. »Eh zuviel«, sagte Annette zu Herzmanovsky, »aber sei's.« – »Nun, ein Bücherwurm dürfte sie im Lauf seines staubigen Lebens knapp durchfressen, Verehrteste«, bemerkte Herz-Orlando. »Doch ob er g'scheiter hinten rauskommt?« Mit dem Abschluß rechnete man für 1950.

Mitglieder stiegen ein, fuhren einen Band lang mit und verabschiedeten sich auf französisch oder mit einem Leiderbriefchen, doch der Sockelbestand erhöhte sich langsam bis auf 39 Wackere Ende 1931, bedeutende Namen, die hier nicht alle aufgezählt werden können, allerdings immer wieder auch Schwarmgeister, die von einer für Nichtdeutsche schwer begreiflichen politischen Hysterie, Rankünc, wenn nicht Rassenschizophrenie besessen oder ganz einfach mit angeborener Blindheit geschlagen waren. Denken wir an die ausgezeichneten Schriftsteller Emil Strauß und Jakob Schaffner, an Heinrich Anacker (Schweizer wie Schaffner), Rehlein- und Mäusleindichter und später Panegyriker der ›braunen Flut‹, an das Kleinbürgertalent Hermann Burte oder den fruchtbaren Alleskönner Erwin Guido Kolbenheyer; ein humanistisches Gegengewicht warf Werner Bergengruen, baltische Sinnsuche Hermann Graf Keyserling und eine Klage ostpreußischen Winternebels Ernst Wiechert in die Waagschale. Kurz: Es ging »heute *mouche,* morgen *manqué*«, wie der Präsident, Liebhaber des Französischen sowie militärischer Ausdrucksweise, anmerkte.

Darum traf die Versammelten der Blitz aus heiterem Himmel, als Jünger am 21. März 1932, in Berlin, seinen Rücktritt vom Präsidentenamt bekanntgab und seine Mitgliedschaft aufkündigte. Allgemeine Erregung: Wie nur können Sie dem deutschen Geist und Thorwaldt dies antun? Diskussion, Fragen, Lamenti von Im-Stich-Gelassenen: Noch nie haben wir so gut dagestanden. Jünger versiegelte in Ruhe sein Austrittsschreiben und ließ der Empörung den Lauf. »Dies ist Verrat!« rief jemand. »Noch einmal und immer wieder der deutsche Dolchstoß! Wann endlich hören wir Deutschen auf, einander im Endkampf um unsere lichte Zukunft in den Rücken zu fallen?« Nun blickte der Ex-Präsident auf und fixierte den kleinen, etwas verwachsenen

Dichter und Journalisten, Herausgeber der Zeitung »Der Angriff«. Niemand hatte den Mann mit dem irgendwie mißglückten George-Profil je gemocht. Annette nannte ihn *le diable boiteux.* Er hatte sich 1929 nach Erscheinen seines Romans »Michael« ein- oder aufgedrängt, und da er von Carl Schmitt willkommen geheißen worden war, hatte Jünger, der in Dalmatien Sandlaufkäfer (Cicindelen) und Feuerwanzen (Pyrrhocoriden) jagte, auf eine Intervention verzichtet.

Jetzt klopfte er mit der Füllfeder aufs Rednerpult: »Die Schweißspur, von der ich in meiner Antrittsadresse 1926 gesprochen habe – die damals Anwesenden unter Ihnen werden sich sehr wohl erinnern –, die Schweißspur wird immer breiter. Fünfzehn braune Neuzugänge seit Anfang Jahr. Und Sie werden auch nicht vergessen haben, wohin sie führt: ins Schlachthaus. Ich persönlich werde diesen Holzweg nicht weitergehen. Vier Jahre in der Knochenmühle haben mir genügt. Leider kann ich Ihnen nicht einmal Gutes wünschen; und den Untergang wünscht man niemandem, zumindest nicht ins Gesicht.« Ein kurzer Tumult folgte, Wut- und Beifallsbekundungen, Hurra-Rufe, ob aufrichtig oder ironisch, an die richtige oder falsche Adresse, war schwer zu entscheiden und schwerer noch, welche diese und welche jene war. Wie weiter? »Wir müssen erst was in den Magen kriegen«, war die das Präsidialproblem kulinarisch aufschiebende Resolution. Zum Glück hatte das »Adlon« bereits aufgetragen; jedoch mußte die zu einem langen Bankett zusammengeschobene Tafel getrennt und die Teile mußten an die beiden Schmalenden des Saals geschoben werden. Und damit ist klar, daß am Ende der 12. Jahrestagung ein Drittel der Mitglieder, wenn auch noch nicht schriftlich, den Austritt gegeben hatte. Übrig blieb ein harter Kern von Propheten, Trümmelköpfen und noch Gläubigen.

So präzedenz- wie präsidentenlos ging man auseinander. Die Wahl sollte an der kommenden Jahrestagung vorgenommen werden. 1933 aber fiel unter den Tisch, weil SA-Männer den Saal dekorierten. 1934 dann brachte den Triumph (mit Handmehr) des Mitglieds Dr. Joseph Goebbels. Frenetisch beklatscht hinkte er ans Pult, verbeugte sich vor brechend vollem Saal. Denn die Gesellschaft hatte sich nach dem 1932er Austrittstief durch Ernennungen und Zulauf aus sämtlichen deutschen Stämmen (inklusive der Schweiz), vom Rassenhygieniker Fritz Abegglen aus Stallupönen (Nachfahre von Berner Käsern, Hauptwerk: *Stallrein, stubenrein, rassenrein,* Insterburg 1932) bis zum unverwüstlichen ›Augustin‹-Waggerl, »wie die Bisamratten« (Karl Kraus) auf 253 Stramme vermehrt.

Dr. Goebbels sprach über deutschen Stahl. Durchgeglüht im Kampf, im eisigen Wasser abgeschreckt und geschweißt zum Geschoß, eine Waffe erster Güte, mit welcher jeder Feind der großen völkischen Erneuerung aus dem Weg geräumt werde. Dies sei die Gesellschaft heute: revolutionär, unwiderstehlich in Einigkeit, ein Schöpferborn, der asphaltliterarisch-jüdischen Kaffeehaushefe ein drohendes Fanal mit Signalwirkung. Endlich seien die Maulhelden und Duckmäuser, die Kleckser und Sudler und vaterlandslosen Gesellen mundtot, das ſette bürgerliche Fliegengeschmeiß von der Klatsche getroffen, auf dem Misthaufen der Geschichte. Nunmehr: harter deutscher Schrot, altes deutsches Korn.

Mit dem Herausgeber, Parteigenossen Professor Schmitt, habe er im Vorfeld der Tagung bereits die neue Editionslinie abgesteckt. Nun endlich werde nicht mehr mit Kalendergeschichtlein Heißluft herumgewedelt, nun gehe es um die Wurst, nämlich darum, Thorwaldts politischen Kraftakt im Deutschland des 19. Jahrhunderts, Thorwaldts Kampfschriften also – Kern und schlagendes Herz seines Schaffens – ans Licht zu heben. Die Mittel stünden reichlich zur Verfügung, ein Assistent, ein gewisser Dr. Hans Ernst Schneider, sei ernannt. Somit könne die Kadenz der Bände erhöht werden. »Wer unter uns wollte«, rief der neue Präsident in den Saal, »wer wollte auf die inspirierende Lektüre von Aufsätzen wie ›Aus reinem Blut sollt ihr zeugen‹, ›Volk ohne Erde – Volk ohne Seele‹, ›Aufbruch zur Sonne‹, ›Kultur – was soll denn das?‹, ›Urgewalten der Gemeinschaft‹, ›Deutsches Herz – welsche List – slawische Dumpfheit‹ verzichten? Ein sprudelnder Kraftquell.

In diesem Zusammenhang darf ich eine vom Führer mit Begeisterung gutgeheißene Namensänderung bekanntgeben. Anstelle der stinkbürgerlichen S.A. Thorwaldt-Gesellschaft tritt ab sofort die S.A. ›Thorwaldt‹. Eine literarische Sturmabteilung, Speerspitze arischen Dichtens und Denkens im Dienste des neuen Menschen, hat in der Reichsschrifttumskammer bisher gefehlt.« Der Kampfruf der neuen S.A. »Thorwaldt« laute: »Des walte Thor.« Zögerliches Klatschen steigerte sich nach einigen Sekunden, welche die überrumpelten Mitglieder benötigten, um sich an den ihnen zugedachten Ehren und Pflichten grundsätzlich neu zu orientieren, zu starkem Beifall. Goebbels verbeugte sich leicht: »Entsprechende SA-Mützen mit Kampfruf Schwarz in Braun und neugestaltete Armbinden mit eingesticktem Namenszug können nach Tagungsschluß abgeholt werden.«

Bereits sei eine Thorwaldt-Volksausgabe beschlossene Sache. Sie werde am Reichserntedanktag auf dem Bückeberg, unweit Thorwaldts Geburtsstadt Hameln im Herzen der deutschen Eintracht, schon nächstes Jahr den schwer arbeitenden Bäuerinnen und Bauern in die schwieligen Hände gelegt. Aufklärung und politische Bildung für den blonden Nährstand. Auf eine weitere Diskussion könne verzichtet werden, da er, Dr. Goebbels, spüre und wisse, daß die Herzen aller Anwesenden mit dem seinigen einig schlügen.

Noch nie war das Bankett (wieder im »Adlon«) so üppig gewesen, die Trinksprüche so markig. Zuletzt erhob sich Hermann Burte und bat, ein Gedicht vortragen zu dürfen. Goebbels nickte, ehrfürchtiges Schweigen:

»– Wie sieht er aus? – Wie Unser Einer.
Groß oder stark, das weiß ich nicht...

– Was sagte er? – Was alle spüren
Und finden nur die Worte nicht...

– Und was verspricht er uns, der Retter?
Er fordert Opfer unbedingt...«

Drei Strophen zu acht Zeilen. Atemlos hörte man zu. Nach neun Sekunden tiefsten Schweigens brach ein Beifallssturm los, der den Führer vor Neid hätte erblassen lassen, wenn man die gemessene Phonstärke durch die Anzahl der Anwesenden dividieren würde. Börries von Münchhausen rief: »Der neue Hölderlin aus Maulburg!« – Goebbels klopfte ab und dem kurzen, etwas dicklichen Burte auf die Schulter: »Nicht übel, lieber Strübe, für Ihren Hebel-Preis und eine Großauflage des ewigen ›Wiltfeber‹ in Leder und Dünndruck ist gesorgt. Er ist zwar soso, also großartig und gut für den einfachen Mann, der sich den Deutschen ja ungefähr wie Sie vorstellt.«

Im Laufe des Monats April erfolgten auf schriftlichem Wege vier weitere Austritte, unter ihnen, trotz allem Antisemitismus, Fritz von Herzmanovsky-Orlando. Er schrieb, soviel Schneid und Standrecht sei selbst für ihn, Schlafmütze aus Halb-Asien und »Gaulschreck im Rosennetz«, zuviel des Guten gewesen. Nein, so habe er's nicht gemeint. Da tröste ihn selbst die »währende Anwesenheit von ›Sein und Zeit‹ in Janker und Stricksocken« nicht.

Beigelegt, dem »Dichter Joseph Goebbels gewidmet«, war eine kurze Parodie:

»– Und was verspricht er uns, der Retter?
Er fordert Opfer unbedingt...
Weh uns, wenn deutscher Seelenschmetter
Sein garstig Lied zu Ende singt.«

Das Nachtmahl des Diktators

»Keine Menschen – kein Problem.«
(Stalin zugeschrieben)

»Mit Lenin sitzt er abends auf der Bank,
Ernst Thälmann setzt sich nieder zu den beiden,
Und eine Ziehharmonika singt Dank,
Da lächeln sie, selbst dankbar und bescheiden.«
Johannes R. Becher, »Danksagung«, 5. Strophe

Stanford, Cal., 26. Juni 2004

»Sehr geehrter Autor, ich fühle mich verpflichtet, Ihnen eine kleine Lehre zu erteilen. Sie betrifft Ihr Vertrauen in die dokumentarische Aussagekraft der Fotografie. Sie haben einer Ihrer Figuren, Lanz mit Namen, den Glauben an die Wahrheit der Fotografie oder zumindest an die Möglichkeit, mit Hilfe der Fotografie der Wahrheit auf die Spur zu kommen, in die Seele geschrieben: eine Täuschung selbstverständlich; allerdings nehme ich nicht an, daß auch Sie selbst ihr aufsitzen. Fiktionale Figuren müssen klare Umrisse tragen und selbständig handeln dürfen (soweit der Autor es duldet und überblickt), und ohne Zweifel hat ein Autor das Recht, sie sich dementsprechend auch irren zu lassen. Aber täuscht mich mein Eindruck, Sie glaubten, *Sie* wüßten die Wahrheit?

Meine Warnung begründe ich mit den beiliegenden Kopien einer Fotografie, die über Jahrzehnte in den sowjetischen

Medien und Enzyklopädien publiziert worden ist und im Laufe ihres reproduktiven Lebens, wenn ich so sagen darf, erstaunliche Wandlungen durchgemacht hat. Es ist, wie Sie sicher bereits erkannt haben, ein Bild, das Sowjetgeschichte und auch ein Stück Weltgeschichte darstellt: Eine improvisierte Bretterbühne, von welcher herunter Lenin, umgeben von der altkommunistischen Avantgarde, zum Volk spricht.

Unter der versammelten Politprominenz auf und neben der Bühne erkennen Sie Bucharin, den ›liebsten Sohn der Partei‹, so Lenin, Trotzkij, Rykow, Kamenew, Sinowjew, Radek, Pjatakow, Stalin, Kirow und Molotow. Nun ja, mein Verehrter, ich habe leicht übertrieben. Auf dem Bild, dessen verschiedene Manipulationszustände mein ehemaliger Mitarbeiter Semion Lyandres für Sie gesammelt hat, kommen nicht alle erwähnten Persönlichkeiten vor. Es steht jedoch für eine Reihe thematisch ähnlicher Fotografien.

Im Lauf der Jahre nun entleert sich die Tribüne. Soweit möglich, hat Mr. Lyandres das genaue oder ungefähre Jahr der Nachdrucke auf der Rückseite notiert. Das Bild ist von den Retuscheuren buchstäblich kahlgefressen worden, um der historischen Lüge – und um diese geht es ja auch Ihnen – im Sinne des Genossen Diktators Stalin auf die Beine zu helfen. Ein eigentümlicher Vorgang, welchen man das Vordringen des neutralen oder unbelebten Hintergrunds nennen könnte. Als erster ist Trotzkij abgegangen, es folgt Kirow, dann fehlen Sinowjew, Kamenew, Pjatakow; an ihrer Stelle lächelt und winkt eine graue Mauer, die zur Lubjanka gehören könnte (in Tat und Wahrheit befinden wir uns vor dem Petersburger Maly Theater); nun verschwinden Rykow, Radek und Bucharin; zurückgeblieben sind Lenin, Stalin, Molotow und Mikojan. Die Parteiführung hat sich auch im

›Familienbild‹ gesäubert. So lauscht denn das Volk vor einer sich leerenden Tribüne einer Botschaft, die immer kürzer, lückenhafter und armseliger zu werden scheint. Zuletzt bleibt nur noch eine Stimme, die den Ausharrenden den Krebsgang der Geschichte ins neue Paradies verkündet.

›Das Nachtmahl des Diktators‹: eine heilsame Erfahrung, nicht wahr? In einem separaten Kuvert finden Sie eine letzte Überraschung, eine Postkarte aus dem Jahre 1999. Wieder ist dieselbe Brettertribüne voll besetzt: mit Raubtieren, deren Köpfe zwischen Hemd- und Blusenkragen hineinretuschiert worden sind. Lenin spricht mit dem Rachen eines Krokodils, und Stalin lächelt als Tyrannosaurus.

Mit freundlichen Grüßen Ihr Robert Conquest«

Entartete Kunst

Reichspropagandaleitung Amtsleitung
Kultur Reichskunstkammer

Fragebogen
(Nur genaue Beantwortung
schützt vor Strafe!)

Haben Sie am grauenhaften Schlußkapitel des Kulturzerfalles der letzten Jahrzehnte vor dem Beginn eines neuen Zeitalters für das Deutsche Volk aktiv mitgewirkt?
Ja □ Nein □

»Eine herrschaftliche Rasse kann nur aus fruchtbaren und gewaltsamen Anfängen emporwachsen. Problem: Wo sind die Barbaren des zwanzigsten Jahrhunderts?« (Nietzsche; Gottfried Benn an Klaus Mann)

Haben Sie sich am Geschwätz und Phrasendrusch jener Literaten- und Zunftcliquen, die heute noch bestreiten, daß wir eine Kunstentartung gehabt haben, beteiligt? Ja □ Nein □

»Es interessiert mich dabei auch nicht im geringsten, ob sich diese Auch-Künstler die von ihnen gelegten Eier dann gegenseitig begackern und damit begutachten oder nicht.« (Adolf Hitler, Eröffnungsrede Haus der Kunst)

Haben Sie eingesehen, daß Ihre Narrheiten, Torheiten oder allzu kühnen Experimente sich auch ohne die nationalsozialistische Revolution totgelaufen hätten? Ja □ Nein □

»... Holzgötzen, Verbrecher, Magenkranke, Südseeinsulaner, slawisch-russische Bauern, Dorfidioten, Schizophrene, ausgezogene Freibad-Indianer ...« (K. K. Eberlein: Was ist deutsch in der deutschen Kunst? 1934)

Bestätigen Sie, daß Sie früher oder später »auch anders gekonnt« haben und demnach in den Jahren des bolschewistisch-jüdischen Generalangriffs auf die deutsche Kunst in der Front der Zersetzung standen? Ja □ Nein □

»Sport-, Wett- und Kampfspiele stählen Millionen jugendlicher Körper und zeigen sie uns nun steigend in einer Form und Verfassung, wie sie vielleicht tausend Jahre lang nicht gesehen, ja kaum geahnt worden sind. Ein leuchtend schöner Menschentyp wächst heran ...« (Adolf Hitler, Eröffnungsrede Haus der Kunst)

Sind Sie führend oder sind Sie als Nachbeter gewissen-, charakter- oder instinktlos genug gewesen, den allgemeinen Juden- und Bolschewistenrummel mitzumachen?

Ja □ Nein □

Sehen Sie ein, daß Sie Mitläufer einer von ein paar jüdischen und politisch eindeutig bolschewistischen Wortführern gelenkten Entwicklung waren und daß Ihre Machwerke deren Zielen gedient haben? Ja □ Nein □

»Nicht Lehrsätze und Ideen seien die Regeln Eures Seins. Der Führer selbst und allein ist *die heutige und künftige deutsche Wirklichkeit und ihr Gesetz ...« (Martin Heidegger, Freiburger Studentenzeitung 1933)*

Bereuen Sie Ihren planmäßigen Anschlag auf das Wesen und den Fortbestand der Kunst überhaupt? Ja □ Nein □

Distanzieren Sie sich von den weltanschaulichen, politischen, rassischen und moralischen Zielen und Absichten, welche von den treibenden Kräften der Zersetzung verfolgt wurden? Ja □ Nein □

»Auf der Tenne der Welt ist wieder einmal das Korn geworfelt – was liegt daran, ob beim Auskehren der Spreu auch eine Handvoll goldener Körner verlorengeht, die heilige Ernte wird doch geborgen werden! Deutschland, das Herz der Völker, ist verschwenderisch wie alle echten Herzen, stürmisch und siegfriedhaft jagt sein Puls ...« (Börries von Münchhausen im »Börsenblatt für den deutschen Buchhandel«)

Weisen Sie trotz Handlangerdiensten für die Anarchobolschewiken ein parteipolitisches Bekenntnis zum Bolschewismus von sich? Ja □ Nein □

»Weder moralische, noch kulturelle, noch politische Maßstäbe reichen in die Verantwortung hinab, in die das Denken seinem Wesen nach gestellt ist.« (Martin Heidegger)

Geloben Sie, nun ehrlich zu ringen und zu kämpfen um eine Grundlage für ein neues, gesundes Schaffen? Ja □ Nein □

»Da flammt und grollt grimmig heißes, erlebtes Deutschtum, brodelt aus tiefem Born strömendes vaterländisches Gefühl.« (H. F. Blunck)

Sind Sie bereit, dem neuen Staat und seinem zukunftsstarken Volk aufrichtig und demütig zu dienen und sich dem gesunden Urteil des Volkes zu unterwerfen? Ja □ Nein □

Sind Sie deutschblütig? □

Sind Sie Mischling 1. Grades? □

Sind Sie Mischling 2. Grades? □

Der Präsident, gez. Adolf Ziegler

»Der einfache Gedanke daran, wer die Menschen sind, denen die erbärmliche äußerliche Zufallsmacht gegeben ist, mir mein Deutschtum abzusprechen, reicht hin, diesen Akt in seiner ganzen Lächerlichkeit erscheinen zu lassen. Das Reich, Deutschland soll ich beschimpft haben, indem ich mich gegen sie bekannte! Sie haben die unglaubliche Kühnheit, sich mit Deutschland zu verwechseln.« (Aus der Antwort Thomas Manns an den Dekan der Philosophischen Fakultät der Universität Bonn anläßlich der Aberkennung der Ehrendoktorwürde)

Jakob Lanz 6:
Bild Kristallnacht

»Ohne Kamera? Mit! Jetzt erst recht«, sagte Lanz. »Ihr könnt alles verkaufen oder wegwerfen, meine Möbel, die Sachen im Labor und sogar das Fahrrad; ich habe nie viel besessen, und Schwarz wird mir die Negative entwickeln, wie ich's wünsche. Aber das Archiv, den Apparat und das Stativ: nein. Das Archiv geht nach meinem Tod an Bruggisser. Ich bin noch richtig im Kopf. Ich bin froh, wenn ihr mir den Alltag abnehmt, den Haushalt, die Kocherei, das Heizen. Dafür bezahle ich ja. Doch die Kamera, die Platten, die Filme, das bin ich, auch wenn ich bald ins Neunzigste gehe.«

Der Verwalter des Bürgerheims hatte begriffen; er war nicht nur tüchtig. Lanz bezog sein Zimmer; es war hinreichend und solide eingerichtet: ein ordentlicher Tisch, drei Stühle, zwei Schränke, zwei Kommoden, vier Regale, eine Waschgelegenheit mit Spiegel und Ablage hinter der Tür. Aber er hatte Mühe, sich an den Linoleumgeruch der Böden zu gewöhnen, ein ölig-säuerlicher Brodem, dem nicht zu entrinnen war. So also stank die Keimfreiheit – und erinnerte ihn an Insassen, die beim Essen kleckerten und sich selbst nicht mehr sauberhalten konnten. Der Sauberkeitsbrodem überfiel einen bereits beim Betreten des Bürgerheims, und selbst der Teppich aus seinem Wohnzimmer, den Lanz hatte ausrollen lassen, brachte ihn nicht zum Verschwinden. Es war der Altersgeruch, so wie es vor Jahrzehnten den Armenhausgestank gegeben hatte. Dort wölkte er auf Distanz, saß in den Kleiderlumpen der Insassen: Schmutz, Schweiß, Brutzelschmalz, Rauch. Im Alter dagegen wurde man peinlich sauber gehalten, man bekam sogar ein anständiges Essen. Nur die Kohlgerichte machten Lanz zu schaffen, Blähungen und Wind, und statt der Kutteln aß er Brot und Salat. Aber man wurde gebadet. Doch den Tarif des Altersinstituts, wie er's nannte, gab der Linolgeruch durch. Wahrscheinlich wurde es den Bakterien und Milben bereits übel, wenn sie sich anschickten, über die Türschwelle zu kriechen; sie streckten sich aus und waren tot, oder dann kehrten sie sich zur Flucht. Um die Ritze zwischen Boden und Wand auszuschalten, in der sich Staub, Schmutz und Krankheitserreger sammeln konnten, war das Linoleum fußbreit hochgebogen.

Damit also galt es leben zu lernen. Bei gutem Wetter öffnete Lanz das Fenster. Es ging auf einen verwilderten Baumgarten, an dessen Südwestecke ein wetterschwarzer schiefer Geräteschuppen wohl seit Jahren leer und vergessen stand. Diesen Sommer und Herbst war er nie geöffnet worden, nicht mal vom Bauern, der im Oktober vorbeikam und pflückte, was die Dorfjungen nicht bereits heruntergeholt hatten. Überhaupt war kaum jemals ein erwachsener Mensch unter den Apfel- und Birnbäumen zu sehen, und dies gab dem Fotografen ein Gefühl von Weite und Freiheit, als ob das Land sein Garten wäre.

An den Buben hatte Lanz seine Freude; einige hatten sich auch mit ihm angefreundet. Sie warfen, wenn sie Verstecken spielten und er am Fenster saß, einen Blick nach oben und legten bedeutungsvoll den Finger auf die Lippen. Hie und da fragten sie ihn auch dies oder jenes, und er gab ihnen ernsthaft Antwort oder sagte, das wisse er auch nicht. Tröstlich waren ihr Eifer und ihre Drolligkeit, wenn sie zu viert auf den Händen gingen und mit den Beinen und Füßen gegeneinander fochten, wer zuerst umkippe, und schließlich alle übereinanderpurzelten, so daß er laut lachen mußte. Eines Nachmittags fragte ihn einer: *»Süi, Herr Lanz, isch es woor, daß's Chrieg git?«* Lanz hatte geschwiegen, nur die Schultern gehoben; er war zu erschrocken gewesen.

Am Abend und in der folgenden Nacht hatte er versucht, die letzten Jahre zu rekapitulieren, und festgestellt, daß die Ereignisse außerhalb seiner Dorfwelt an ihm vorbeigelaufen waren. Er hatte seine Wahrheit in der Nähe gesucht, und noch war er überzeugt, daß sie sozusagen um ihn herum versammelt wartete, nur sah sie kaum jemand. Und jetzt Krieg? Plötzlich hatte er ein schlechtes Gewissen. Da hatte er sein Hobby geritten, und was von außen bis zu ihm hereinhallte, über die Lokalzeitung und seltenerweise übers Radio, war kaum mehr als gut oder schlecht Wetter und ihm herzlich egal gewesen. Er hatte die Tatsache, daß er leben durfte, wie es ihm behagte, hingenommen, ohne zu denken und zu danken. Doch müßte es nicht genau so sein? Hatte der Staat seinen Bürgern nicht etwas wie einen Rahmen um ihre friedliche Arbeit zu zimmern und den Raum offen zu halten, in welchem sich das normale Gehen und Kommen des Alltags abspielte? »Du und deine Apolitie«, hatte Bruggisser kritisch angemerkt. »Man kann und darf nicht so leben, als ob die Welt vor der Haustür aufhörte.« Er fragte ihn, was Apolitie denn sei. Bruggisser hatte Jus studiert. Nicht einmal die Namen der sieben Bundesräte brachte Lanz zusammen. Einer hieß Minger, einer Motta. Oder war dieser bereits tot? Auf der Hinterseite eines Abreißkalenderzettels, wo jeden Tag eine Weisheit steht, hatte er einmal gelesen, der beste Kaiser sei der, von dem das Volk nicht einmal den Namen kenne (chinesisches Sprichwort). Hatte ihm eingeleuchtet. Doch das half nun nicht weiter.

»Ist es wahr, daß es Krieg gibt?« Vielleicht hatte er sich auch deshalb nicht darum gekümmert, weil er den billigen Jakob im Norden und das Gegröl, das nach dessen brünstigen Hetzreden losbrach, verabscheute. Wie konnte man einer solchen Kanaille zujubeln? Weil der Mann Erfolg hatte. Stück um Stück holte er heim ins Reich. Wer aber auf dem Erfolg reitet, der muß immer Erfolg haben, immer bejubelt sein, denn wenn's still wird, sehen alle, daß er eine Kanaille ist, und er verschwindet in der Versenkung.

Ach, was verstehst du davon! Mach lieber deine Bilder. Doch am nächsten Morgen las er in der »Freiämter Zeitung«, daß die Synagogen und jüdischen Geschäfte gebrannt hatten. Also darum hatte der Bub gefragt; er hatte es aus dem Radio. Plötzlich erinnerte er sich, beim Nachtessen einen Satz mitgehört zu haben: *»Wa mache die arme Sieche denn ietz? Si chönnd nidemol mee use!«* Im übrigen drehte sich das Gespräch wie immer ums Wetter, die Enkel, Begräbnisse, ums Essen und Schlafen. Als er den Jungen am Nachmittag wieder zwischen den Apfelbäumen spielen sah, winkte er ihm. Er lief herbei. *»Eh, was doo geschter gfrooget hesch...«* Der Kleine nickte. *»Joo, läider«,* sagte Lanz.

Gegen Abend fotografierte er im Aufenthaltsraum einige Frauen, die sich über das Aufhängen der Wäsche ereiferten. Sie waren sich in der Wahl der Wäscheleine uneinig, drei plädierten für Hanf, eine für Flachs, eine für Kokosfasern und die exzentrische Mamsell Idy für Bast, mit Abstand das Sauberste. Eine hatte geschwiegen und gestrickt. Jetzt hob sie das *Schlöttli* hoch, um Wolle vom Knäuel abzuwickeln, und zeigte es in die Runde: *»'S acht isch scho underwägs; 's goot wie gschmiert.«* In einem Anfall von Entsetzen trug Lanz das Stativ mit der aufgeschraubten Kamera aus dem Zimmer.

In der Tür stieß er auf den Verwalter. »Ich muß weg«, sagte er, »für zwei Tage dringend weg.« – »Das geht doch nicht. Wie wollen Sie denn weg?« – »Ich habe mich mit Traugott Bruggisser verabredet. Wir fahren in seinem Wagen.« – »Mit Herrn Bruggisser? Wohin denn?« – »Das werde ich Ihnen sagen, wenn ich wieder zurück bin.« – »Aber Sie sind doch ...« – »... neunzig, ja«, sagte Lanz. »Aber ich muß weg. Ich bin noch richtig im Kopf. Ich verstehe Sie durchaus, aber ich *muß,* und wenn Sie ganz sichergehen wollen, rufen Sie Herrn Bruggisser an.« – »Ja, wenn Herr Bruggisser dabei ist ... Brauchen Sie etwas für die Reise?« – »Ich habe, glaube ich, alles, das heißt, nein, der Paß, der ist auf der Verwaltung, den brauche ich.« – »Ja, wollen Sie denn ... Und dies jetzt?« Lanz winkte ab. Mit Bruggisser hatte er noch kein Wort gesprochen; doch hier hielt er's nicht mehr aus.

Es wurde eine Scherbenfahrt durch ein schwermütig schönes, sehr stilles, auf den Höhen des Schwarzwalds bereits angeschneites Vorwinterland unter Hochnebel. Traugott Bruggisser war sofort einverstanden gewesen. Die zwei Termine könne er verschieben. Lanz schien es, er habe auf seinen Anruf gewartet; vielleicht aber lag dem Politiker und seinerzeitigen Befürworter des Völkerbund-Beitritts der Schweiz auch daran, dem viel älteren Freund endlich die Augen zu öffnen und ihn aus seiner »Apolitie« herauszureißen.

Gähnende Löcher statt Schaufenster aller Orten. Das begann schon in Weil, wo in einer Ecke des Bahnhofsvorplatzes zusammengekehrt ein Haufen Schuhe lag. »Die wollen offenbar in Zukunft barfuß laufen«, bemerkte Lanz. »Gehört wohl zur Ertüchtigung des neuen Edel-Ariers«, antwortete Bruggisser. Hie und da Brandspuren, in Müllheim lag Ware auf der Straße herum, Kleider, Lumpen, zerschlagenes Geschirr. »Müll-Heim«, sagte Bruggisser, »merk's dir: großdeutscher Müll.« Aufräumequipen oder verhärmte Besitzer, hilflos mit dem Kehrbesen, teilweise Absperrungen, Umleitungen, Braunhemden, drohend-lächerlich-zackiger Befehlston. Dann wieder die unglaubhafte, alles Böse und Menschenunwürdige dementierende stille, grünbraun-weißgraue Landschaft, merkwürdig leere Straßen, in der Rheinebene und am Gebirgsfuß Dörfer, die von nichts zu wissen schienen, etliche Bauern mit Pferden noch am Pflügen, anderswo wurden die letzten Futterrüben eingebracht, in einigen Weinbergen unter gelbem Laub war man mit den Winterarbeiten beschäftigt. »Hast du etwas vom Volkszorn gespürt?« fragte Bruggisser beim Mittagessen im »Löwen« zu Staufen. – »Nein. Von welchem Volkszorn denn? Diese Scheußlichkeit ist doch inszeniert.« – »Ist sie; aber du bist wirklich hinter dem Mond zu Hause, Kobi. Goebbels hat ihn bemüht, den Volkszorn: über die Ermordung irgend so eines Nazi-Legationsrats namens vom Rath in Paris durch Herschel Grynspan.« – »Aha«, sagte Lanz. »Warum?« – »Ich glaube, Grynspans Eltern sind mit ein paar hundert anderen Juden an der deutsch-polnischen Grenze erfroren. Abgeschoben.« – Lanz schüttelte sich: »Schufte. Eher würde ich meinen, Bestürzung. *Die Lüüt sind tuuch.*« Wie zum Trotz machte Bruggisser noch einen Abstecher nach St. Trudpert und St. Ulrich, der Schauinsland steckte im Nebel.

In Freiburg sagte Lanz: »So, da wären wir«, und sie nahmen zwei Zimmer im »Roten Bären« an den Oberlinden. Mit Ausnahme der Empfangsdame war niemand an der Rezeption, sie war beflissen, blondiert und nicht mehr ganz jung. Als sie die Meldezettel im Empfang nahm, beugte sie sich plötzlich vor und flüsterte: *»Nadürlig, 's war mer doch. 'S isch e Toodsünd, me kaa keinem mee in d'Auge luege, un denne, wo mer's sott, die hen alli zwei Glasknöpf. Wie sott des e End finde?« – »Alls findt es Änd. Frooget si nuur, weles«,* sagte Bruggisser. Sie lachten beide.

»Du verstehst«, sagte Bruggisser beim Nachtessen, »daß ich dich morgen allein ziehen lasse. Ich kann dich nicht begleiten, mir ginge der Falke durch (Bruggisser hatte ein Falkenprofil mit schmalen Augen); ich steige indessen mal auf den Münsterturm, falls die dortige Aussicht nicht bereits zum Staatsgeheimnis avanciert ist. Denn lange *kann* es nicht mehr dauern.« – »Natürlich«, erwiderte Lanz, »für mich steh ich gerade; ein Wunder, daß du dich sofort darauf eingelassen hast, auf diese Schande, über die ich mich schäme, als ob ich selbst schuld wäre. Aber dieses Bild, ich muß es machen, bevor ich unter die Erde gehe. Du weißt ja, du bekommst mein ganzes Archiv, du bist der einzige ...« Bruggisser nickte; mehr wurde nicht darüber gesprochen; um so lauter redeten andere. Als sie sich auf dem Korridor trennten, bemerkte Lanz: »Es ist meine Pflicht, du verstehst.« Bruggisser: »Brauchst du noch was?«

Vor dem Hotel, um neun am folgenden Vormittag, trennten sich ihre Wege. »Bis elf denn«, sagte Bruggisser und ging gegen Norden die Herrenstraße entlang zum Münster, dessen filigrane Türme sie beide vom Zimmerfenster aus gesehen hatten. Lanz folgte der Salzstraße, dann der Bertoldstraße. Zu viele Leute unterwegs; er war es nicht mehr gewöhnt und fühlte sich mit neunzig unsicher. Doch die Gesichter waren freundlich, und jemand half ihm bereitwillig, über die Deichsel eines Handwagens hinwegzusteigen, aus dem Gemüse in einen Laden getragen wurde. Nun hatte er die Rotteckstraße erreicht, gegenüber in vornehmem Abstand das neubarocke Theater. Und jetzt sah er das Gesuchte, zu seiner Rechten, gleich nebenan. Er war derart entsetzt, daß er einfach dastand, leicht schwankend, und die Kamera an die Brust drückte. Bruggisser hatte sie ihm aufgedrängt, es war eine Voigtländer Spiegelreflex mit Ausziehbalg für Bilder im Format sechs mal neun. »Deinen Dreifuß läßt du schön zu Hause«, hatte er gesagt. »Du bist nicht die Pythia. Was stellst du dir eigentlich vor? Daß alle so naiv wie du sind? Das Bild ist jetzt wichtiger, auch wenn es vielleicht in Qualität und Belichtung nicht all deinen Ansprüchen genügt. Dafür ist es wahr.« Lanz hatte ihn fragen müssen, wer die Pythia sei. Nun erst wurde er sich der geisterhaften Stille um ihn herum bewußt. Zwar gingen Passanten vorbei, die einen lautlos, eingeschüchtert und beschämt, die andern schlacksten betont unbeschwert und blickten weg über die Straße. Er selbst stand allein, niemand trat zu ihm, leistete ihm vor der ausgebrannten Synagoge Gesellschaft. Doch er wußte: Alle fühlten und dachten wie er. Er überquerte die Rotteckstraße und postierte sich vor dem Theater.

Er drückte auf den winzigen Federknopf, und der Balg sprang hervor; er zog an der Bodenplatte, bis sie einrastete. Einige Sekunden lang bewunderte er wieder die Frontpartie der Kamera: Sie glich einer winzigen, schwarzstählernen, deutschen Spielzeugdampflokomotive von Märklin. Nichts fehlte. Die stolze Frontlampe (der Spiegelreflexsucher), die verschiedenen Brems- und Ventilgestänge (die Auslöser), das halbrunde Frontschild mit der Aufschrift der Eisenbahngesellschaft (der Einsteller der Belichtungszeiten), der runde Feuerbüchsendeckel (das glasklare Objektiv); dazu kamen die im Kreis angeordneten Aufschriften »Voigtländer · Anastigmat · Voitar 1:6,3 . Braunschweig«. Er preßte die Kamera gegen sich und sah durch den Sucher; er war erstaunt über dessen Lichtstärke: die neuromanischen Bogen, die Rußfahnen, das Dach des einfachen Gebäudes auf Kreuzgrundriß war eingestürzt, das Innere eine Brandleere. Die besten sind die schrecklichsten Brandbilder, doch diese Lust hatte ihn verlassen. Er drückte auf den Auslöser, drehte bis zum Anschlag, tat einige Schritte seitwärts und drückte nochmals, drehte an der Filmspule und preßte den Balg zurück in das längliche schwarze Gehäuse.

Jemand rempelte ihn gegen die Schulter, daß ihm die Kamera aus der Hand fiel und er sich knapp auf den Beinen hielt. »Hier gibt's nix abzulichten!« Ein Mann mittleren Alters, scharfes Hochdeutsch, braun in braun mit Hakenkreuzarmbinde; nicht von hier. Nun schlug Lanz' Entsetzen in ruhige Wut um. Er griff nach dem am Schulterband baumelnden Apparat: *»Lönd Si mich i Rue, Sii! Ich fotografiere nuur, was öii Züitige breitschlönd.«* Sie sahen einander in die Augen. »Kuhschweizer!« – »Merci. *Söiniggel.*« – »Was haben Sie gesagt?« – »Soviel wie Kuhschweizer auf hochdeutsch.« – »Und stimmt's vielleicht nicht?« – »Klar stimmt es, und wie!« Der Mann drehte sich weg und marschierte weiter.

Erneut überquerte Lanz die Rotteckstraße und stand vor der Ruine still, aus deren offen liegenden Mauerresten durchdringender Schmorgeruch sinterte. Wieder fuhr er den Balg aus, ließ ihn einrasten und fotografierte. Als er den Film weitertransportierte, erschien ein Mann im Türloch über den Stufen der Eingangstreppe, er trug ein Einkaufsnetz, aus dem es blinkerte. Lanz trat auf ihn zu. An der Art, wie jener die Frage stellte: »Was tun *Sie* hier?«, erkannte Lanz, daß er zu den Leidtragenden gehörte. »Ach«, antwortete er, »das Unrecht findet kein Ende, und niemand tut etwas dagegen.« – *»Sii derfe des sage«,* der Mann richtete sich auf. »Aus welchem Kanton sind Sie denn?« – »Aargau.« – »Kenne ich, und wie. Bin zwanzig Jahre lang mit Stoffen im Baselbiet und Fricktal bis Zurzach und Waldshut gereist. Ich bin der Schammes.« Lanz blickte in ein bleiches schmales Gesicht. Der Mann war viel jünger als er, Mitte fünfzig, schätzte er, zwischen mächtigen Falten große braune Augen. »Ja«, sagte der Mann, »unser Unglück ist bald so hoch wie der Berg Sinai.« Er hob das Einkaufsnetz. Lanz erkannte Namenplaketten, wahrscheinlich von den Rückenlehnen der Synagogenbänke. »Dieser Graben plötzlich«, sagte er, »hier haben sie dem Tod gerufen – mit Begeisterung. Keiner hat es gemerkt. Ich fasse es noch immer nicht. Verletzt es Sie, wenn ich ein Bild von Ihnen mache?« Der Mann lächelte schwach und schüttelte den Kopf: »Immerhin das.« Lanz trat einige Schritte zurück. Der Mann nestelte etwas unter dem Mantel hervor und hielt es ihm hin: »Mein Eisernes Kreuz; ich trage es jetzt sicherheitshalber immer auf mir.« Lanz nickte, erfaßte ihn im Sucher, in der einen Hand das blinkernde Netz, in der andern das Kriegskreuz, dahinter die zerstörte Pforte. Er drückte den Auslöser, drehte am herausgeklappten Filmtransportbügel, änderte die Belichtungszeit, drückte nochmals den Auslöser, drehte die Spule weiter.

IV

Terminator

»Daß wir das noch erleben durften!«
Nazistisches Plakat: älteres Bauernehepaar am Tisch in der guten Stube.

Chiffre 4:
Des Teufels Gefährt

Ich war im Wagen unterwegs von Bremgarten nach Mellingen. Ungefähr auf der Höhe von Fischbach, wo die Straße im Dorf auf der Schotterterrasse mit weiter Sicht über den Talboden geführt ist, schloß ein schwarzer Laster, dessen Scheinwerfer als Pupillen in feuerrot gemalten Augen saßen, drohend auf und scheuchte mich mit der Lichthupe. Ich wich nach rechts in den Straßengraben und bremste im Kies; dröhnend mit weit übersetzter Geschwindigkeit zog er an mir vorbei. Eine Langholzfuhre; geladen hatte sie einen einzigen, in weiße Gaze verpackten Stamm von der Größe eines Urwaldriesen. Das Gefährt entfernte sich mit wachsendem Tempo, und mich beschlich ein Gefühl, etwas sei nicht in Ordnung, ein Verrückter oder ein Toter sitze am Steuer und presse das Gaspedal in den Wagenboden.

In der Tat begann die Karre zu schlingern; sie überschlug sich jedoch nicht, sondern hob noch vor der Kirche von Göslikon von der Straße ab und flog, schwanzschlenkernd, gleich einem vierzig Meter langen Geschoß, über das Tal hinaus. Offensichtlich aber reichte der Schub des Motors nur für einen Gleitflug knapp über der Abrißgeschwindigkeit. Mein Eindruck, eine Katastrophe stehe bevor, wurde so stark, daß mir schien, die Luft vor mir habe sich vor Angst zu einem heißen Plasma verdichtet, darin mein Wagen steckengeblieben war. Ich stieg aus, im Schweiß. Das Teufelszeug, was immer es sein mochte, zog nun in ein oder zwei Kilometer Distanz und mittlerer Höhe über den Auenwäldern dahin, unsicher schwankend. Es begann zu taumeln, kippte nach vorn und stürzte senkrecht ab. Eine ungeheure Explosion jagte einen Pilz aus roten Flammen, Trümmern und schwarzem Rauch hoch.

Ich wendete mich zur Flucht. Das infernalische Feuer schien sich rasch auszubreiten; offenbar war der in Gaze verpackte Stamm (oder war es eine Superbombe?) mit einer Substanz gefüllt gewesen, welche selbst die Luft in Brand steckte. Ich hörte Geprassel, dann das sausende Dröhnen der näher rückenden Lohe gleich einem Sturm, schon war es über mir. Im Augenwinkel sah ich das Tal von peitschenden Flammen erfüllt, ich rannte in Panik, links und rechts hatte der Feuersturm Häuser und Bäume ergriffen. Ich begann zu schreien, meine Flucht war sinnlos, in wenigen Sekunden würde ich selbst eine Fackel sein.

Der Schloßherr 1:
Die Politik

In der Weihnachtszeit des Jahres 1942 ging der Schloßherr von Wildegg her, wo er bei Freunden den Nachmittag verbracht und Tee getrunken hatte, über den Kamm des Kestenbergs. Er hatte sich etwas verspätet, die Sonne war unter, der Himmel ein strahlendes Weißweingold, der windverfrachtete Schnee bildete zwischen den Wurzelrädern der Stämme und den kantigen, die dünne Humusschicht durchstoßenden Kalkfelsen winzige Dünen, die einen goldblauen Schimmer trugen. Der Gänger hatte den Kammweg schon so viele Male in beiden Richtungen, erst als Kind in den Ferien, später auf Spaziergängen oder unterwegs zu Besuchen, zurückgelegt, daß er die Stellen, wo die Malmkalkrippe gleich neben dem Fußweg nach Norden in die Tiefe abbricht, nicht zu fürchten brauchte, auch hielt die harte Bise den Höhenpfad beinahe schneefrei.

Klingenscharfes Winterwetter, der Nordwind schnitt ins Gesicht und die Ohren. Doch der Mann hatte sich vorgesehen; er trug Stiefel, einen Lodenmantel über einer bequemen wollenen Joppe und unter dem Jägerhut einen Ohrenschutz. Ihm war warm, und er freute sich auf die kommende Stunde mit sich selbst, die ihn aus der Dämmerung in die Nacht geleiten würde. Wenn es eine Erinnerungs- oder Bedenkzeit gibt, dann sind es die Übergangsstunden von den kürzesten Tagen in die längsten Nächte. Sie holen uns von Oktober bis

Februar mit ihrem frühen, aus der Klarheit sinkenden Dämmerlicht ein und zurück, als müßte das Frühjahr in uns einen neuen Menschen vorfinden.

In den letzten Monaten, als sich die Lage an den Kriegsfronten allmählich zugunsten der Alliierten wendete, als die ersten deutschen Großstädte zu Asche und Fensterhöhlen verbrannten und jetzt die deutsche 6. Armee in Stalingrad – das russische Verdun, dachte er plötzlich – verblutete und jede Entsetzung unmöglich war, hatte er ein wachsendes Bedürfnis empfunden, nicht nur übers Radio von der aktuellen Weltlage zu berichten, sondern *aus der Tiefe des vergangenen Jahrhunderts zu verstehen, was diese Zeit erschütterte.* Denn irgendeinmal, später, wenn das Andrängende durchgestanden, würde die Zeit der Begründung und Deutung gekommen sein. Dieser Gedanke verband sich für den Schloßherrn immer mit Rilke, der vor fast genau sechzehn Jahren gestorben war und dessen dem Preis des Geschaffenen verpflichtete Dichtung ihm in Momenten der Niedergeschlagenheit ein Trost unter wenigen war – einfach durch die Tatsache, daß *das andere* ausgesagt war, für jeden zu lesen und zu hören, und erst noch in deutscher Sprache von einer Menschlichkeit und Transzendenz (genauer: dem Glauben daran) zeugte, die verloren schienen. Ein Aufatmen, eine Wärme bei jeder Nennung von Rainer Maria Rilkes Namen.

Hinter den stumpfen Zacken des welschen Juras herauf reichte die glasgrüne Dämmerung bis in den Zenit, den Osten verschloß bereits die violette Kalotte der Vornacht, nur fern im Südosten trugen ein paar Schneefelder noch einen schwach rötlichen Abschein. Die Rauchsäulen einiger auf den Abend hin nachgeheizter Ofenkünste und in Gang gesetzter Zentralheizungen über den Häusern von Möriken und aus dem tief unten liegenden Birrfeld im Norden standen seltsam weiß und starr. Was sich nicht auflöste, sammelte sich in geringer Höhe zu kleinen nebelartigen Schwaden, die ganz allmählich in die Länge gezogen und dann verweht wurden. Zwar war das Verhältnis des Gängers zur Landschaft ein eher distanziertes, und die Pflege des Terrassengartens unterhalb seiner Burg überließ er während der Monate ihres Aufenthalts entweder seiner jungen Frau oder seinen Schwestern oder der Frau des Pächters. Dennoch liebte er das Land; war es doch Teil seiner Kindheit. Aber das Warten dieser Jahre auf ein Ende der Kriegskatastrophe, die jetzt wohl endgültig an den Landesgrenzen haltmachte, legte sich wie eine Krankheit auf viel Erlebtes und früher tief Empfundenes, man litt unter Staublunge, und hier oben verursachte die Aussicht *jetzt* zuweilen Klaustrophobie, da sie wohl weit, doch nie frei, weil umgeben von sämtlichen denkbaren und unausdenkbaren Greueln war. Es blieben vor allem die Nächsten und das Nächste: Elsie, seine junge Frau, ihr Frohsinn, ihre Vernunft, die sich der Panik verweigerte, ihr Mut, das Söhnchen, die Mutter in Bern, die Freunde in Zürich, Bern und Genf, die Vorlesungen an der ETH und die wöchentlichen Lageberichte übers Radio, deren militärische Aspekte er leider nicht mehr mit dem österreichischen Generalobersten i. R. Erwin Freiherr von Franz diskutieren konnte. Von Franz war gestorben.

Wann würde er Jules Thiercelin wiedersehen, den eine Generation älteren Freund in Paris? Aus der Erinnerung hörte er dessen klare, ironisch eingefärbte Stimme: »Wenn der Schlußstrich gezogen ist, werden wir versuchen zu verstehen«; es war das Postskriptum eines Briefs aus Nizza gewesen, den Thiercelin nach seiner Flucht aus Paris im Juni 1940 an ihn geschrieben hatte. Eine Schilderung von verstopften Straßen, mit Verzweifelten überfüllten Zügen, Panik und Chaos einer Massenflucht, die, in Belgien beginnend, halb Frankreich ergriffen und gegen Süden mitgerissen hatte. Auch für den Schloßherrn waren dies die schlimmsten Tage gewesen – die Dämmerung der europäischen Vernunft, der in Wochen erfolgte Zusammenbruch Frankreichs und dessen Anschluß an die Mittelmächte. Den Anfang dieses Endes hatte er selbst im Mai 1940 noch in Paris erlebt, als er, den Pfingsturlaub für eine Fahrt zu Freunden nutzend, den schweizerischen diplomatischen Kurier für die Gesandtschaft befördert und wenige Tage später die Schweiz nur noch auf Umwegen erreicht hatte. Kein Ort war ihm näher als Paris, wo er seine historischen Studien abgeschlossen hatte, in keiner Stadt war ihm so viel Urbanität und liberales Geltenlassen selbst kontroverser Auffassungen entgegengebracht worden, war er einer so selbstverständlichen Kultur des *anständigen* Umgangs unter Menschen (besser ließ es sich nicht ausdrücken) begegnet, die er als vorbildlich empfunden hatte. Wie viele Anregungen waren ihm zugeflogen, mit wie vielen Wissenschaftlern, Künstlern, Schriftstellern hatte er Freundschaft geschlossen. Der Krieg hatte sie in alle Richtungen vertrieben, zum Teil sogar in die Schweiz, nach Genf, nach Lausanne, ins Wallis. *Immerhin.*

Er blieb stehen und sah gegen Norden auf das grauweiß daliegende Birrfeld, die Siggenthaler Klus und den Geißberg, darüber sich tief verschneit der Schwarzwald hinzog, flach und kalt wie Inlandeis. Dann schüttelte er den Kopf und ging weiter. Der Krieg verdarb nicht nur die Menschen, ihre Städte und besten Werke und verseuchte die Seelen, er verdarb selbst die, die draußen oder eher drinnen, die umgeben von Krieg, also kriegsverschont dank der Willkür eines Paranoikers, ausharren mußten. Beim langsamen Blick über die Ebene war ihm plötzlich, ihre weite Einsamkeit wäre ein idealer Landungsplatz für Fallschirmoperationen. Überhaupt schienen ihm das Unheimlichste dieses Krieges nicht etwa die Kesselschlachten an der Ostfront oder jetzt das Verbluten von Paulus' 6. Armee in Stalingrad und die bereits voraussehbare Vernichtung von Rommels Afrikakorps: es war der Luftkrieg. Zum erstenmal, wenn man von Guernica und dem abscheulichen Gift-Luftkrieg der Italiener in Abessinien absah, hatte der Krieg seine Grenzen verwischt. Die Bombenfackel konnte Hunderte von Kilometern hinter der Front, die man wie im Ersten Weltkrieg noch mit Fähnchen auf der Wandkarte absteckte, mit Explosionen und Feuer auf eine Stadt regnen und sie gleich Sodom und Gomorrha verzehren; und der Schloßherr war beinahe sicher, daß sie sich auch in der kommenden klaren Nacht irgendwo entzünden würde. Er blickte vor sich in das wimmelnde Himmelsgrau. »Welche Unvorsichtigkeit, diese Bombardierung offener Städte!« Wieder Jules Thiercelin, im Mai 1940 im »Flore« nach der »Ausradierung« Rotterdams durch die deutsche Luftwaffe. »Es wird furchtbar sein, wenn Engländer und Amerikaner deutsche Städte aus der Luft angreifen werden.«

Ja, der Krieg war verloren, es galt noch das absehbare, mit jeder Kriegswoche grauenhafter sich hinschleppende Ende auszusitzen und den bereits gestrigen Herren der Welt ihren vollständigen Untergang beizubringen. *Unconditional surrender.* Es überstieg beinahe die Kräfte selbst der »Eingefriedeten«. Zum erstenmal hatte er das Ende kommen sehen, als im Frühjahr 41 die deutschen Truppen Jugoslawien besetzten, Griechenland eroberten und in den unglücklichen Krieg der Italiener in Nordafrika eingriffen. Gewißheit wurde es nach dem Überfall auf die Sowjetunion. Krieg war für Hitler zum Selbstzweck geworden, zum einzigen Mittel, ihm die absolute Macht zu sichern, solange er lebte. Er entzog sich jedem rationalen politischen Kalkül, das mit Ressourcen an Menschen und Kriegsmaterial, Nahrungsmitteln und Rohstoffen rechnete. Der Krieg war sozusagen zum negativen Schöpfungsprinzip erhoben, und er bewies dies mit einer noch nie dagewesenen Grausamkeit, Gemeinheit und Menschenverachtung. Ein solcher Krieg mochte zu Beginn reüssieren, die umwohnenden Nationen überrumpeln, die den Frieden mehr liebten als die Erniedrigung und Vernichtung des Nachbarn, er mochte, wie in Polen und Frankreich geschehen, die Staaten und Städte zertrümmern. Doch irgendeinmal – allerdings war dies jetzt, gestand sich der Schloßherr ein, leichter gesagt als vor anderthalb Jahren –, irgendeinmal wandte sich alles gegen ihn. Nicht nur die frontalen Gegner und im Inneren der besetzten Länder die Unterjochten, nicht nur die allmählich versiegenden Ressourcen, *sondern die gestörten internationalen Ordnungen,* die auch ein Paranoiker nicht über Nacht ins Gegenteil verkehrt, *und vor allem die mit Mühe aufrechterhaltenen, nunmehr vorsätzlich gebrochenen humanen Gesetze gesellschaftlichen Zusammenlebens,* und es lag im Wesen dieses wohl Schlimmsten aller Wahnsinnigen und Verbrecher der Geschichte, daß er beides beherrschte, zunächst die Überraschung, das »Schreiten« von Sieg zu Sieg, politisch wie militärisch, und dann – der Schloßherr blieb erneut stehen – die Beleidigung und Zerstörung all dessen, was die Menschen an Gutem, Wertvollem, Bedeutendem geschaffen haben.

Er war jetzt auf dem Ebnet angekommen, der bereits Teil des Schloßgutes war. Die Felder senkten sich leicht und breit gegen Süden, tief verschneit, stellenweise kippten sie, wie es schien, ins Leere, und nur das Gespinst der Äste und Zweige der am Abbruchrand aufragenden Ahorne und Buchen schien sie am Abgleiten zu hindern. Er ging jetzt rascher, da er hier selbst unter Schnee eigentlich jeden Schritt auswendig wußte. Pächter Hänny hatte den Acker umgebrochen – das Feld erinnerte ihn an verschneite Eisschollen –, und er sagte sich, daß er seine »Weltchronik« genauso wie die Vorlesungen in Zürich und am *Institut* in Genf nur dann zu einem plausiblen Ende führen und einen Erklärungsnotstand werde vermeiden können, wenn er sich dieser fundamentalen Differenz zu allen vorherigen Konflikten ständig bewußt blieb. Vernichtungslager, Sonderbehandlung, Endlösung, Ausrottung, Ausradierung, Ausräucherung und Dutzende andrer Begriffe zeigten, daß die deutsche Militär- und Vernichtungsmaschinerie sich längst weit außerhalb sämtlicher politischer und humaner Ordnungen gestellt, ja, sich entschlossen dorthin *vorgearbeitet* hatte. Zugleich aber war hierin das Grenzenlose dieses Konflikts beschlossen und definiert, die Furie der Vernichtung als Prinzip seiner Erhaltung. Sie würde erst dann erlöschen, wenn einer der Gegner zerstört, ausgebrannt, ausgeblutet und jeder Möglichkeit beraubt, sich weiter zu wehren, am Boden liegen würde. Heute war überklar, wer diesen Selbstmord in Raten wählen mußte. Und dann? Was sollte aus dem kaputten Deutschland werden? Weder in Versailles 1919, geschweige 1814 am Wiener Kongreß war die Lage des Unterlegenen vergleichbar gewesen.

Er schauderte, es war die Kälte und die Vorstellung von russischen und deutschen Soldaten, die sich an tief verschneiten und vereisten Frontlinien über Tausende von Kilometern gegenüberlagen und in Stalingrad mit Granaten und Flammenwerfern um jeden einzelnen Raum jedes zerschossenen Häuserblocks kämpften. Er betrat nun den alten, in den weißen Kalk gehauenen Hohlweg. »Meine Wissenschaft von der Unmenschlichkeit – ›eingefriedet‹«, sagte halblaut zusammenhanglos der Schloßherr. Haben wir's denn verdient? Weder die Armee, noch das Réduit, noch die Servilität der Pressezensur in Bern hat uns vor Hitler bewahrt. Was denn? Unsere dienstbare Produktion? Haben wir's gewählt? Er erinnerte sich an einen Eingriff der Zensurbehörde in sein Freitagsvortragsmanuskript; in einem Satz über die Sprach- und Geistesverwandtschaft zwischen den angelsächsischen Völkern und die ihnen gemeinsamen Ideale der Freiheit, der Demokratie und der Würde der menschlichen Persönlichkeit war »die Würde der menschlichen Persönlichkeit« gestrichen worden.

Der Schloßherr stieß das hohe hölzerne Gattertor zum Vorhof des Pächterhauses auf, der Hund trat winselnd vor seine Hütte neben dem Tenn, er kannte den Schritt, und der Mann begann an den Gartenterrassen vorbei die sechzig Steinstufen der Burgtreppe hochzusteigen. Als er mit seiner kleinen Familie im November ausgezogen war, hatte er ein Aktenstück vergessen, das er plötzlich dringend für seine Vorlesungen benötigte. So hatte er mit dem Pächter verabredet, sich, bevor er zu Fuß nach Othmarsingen an den Bahnhof zurückging, in seiner Stube aufzuwärmen, einen Eigenbrand zu trinken und gleich auch ein kleines Weihnachtsgeschenk zu überbringen.

Vor dem Burgtor drehte er sich um und sah in die Weite. Das Land war lichtlos, ein beinahe schwarzer See, im Westen zeichneten sich die weichen und etwas langweiligen Molassehügel des Mittellands zwischen Reuß- und Suhrental kohlig vor einem noch schwach grünlich-gelblich verglasten Himmel ab. Plötzlich, wie es vorkommen kann bei großer innerer Müdigkeit oder Erregung, stellte sich für den Bruchteil einer Sekunde das Bild in seinem Hirn auf den Kopf. Nun lastete die Finsternis der Erde schwer auf den ersten harten Bisensternen. Plötzlich freute er sich auf die Stube des Pächters, seine einfache Art zu reden. Zuviel Einsamkeit tut wie zuviel Welt nicht gut. Er schloß das Tor auf.

Macht

Jeder Grundsatz spricht einen Satz ohne zureichende Begründung. Jede Überzeugung erwartet uns als nickende Zeugen. Jede Ideologie gehorcht einer Idioten-Logik. Jeder Glaube ist eine Tat, und jeder Gläubige trägt in sich den Täter. Leicht ist Nichtwissen und Handeln; schwieriger Nichtwissen und Seinlassen; am schwierigsten, sich um Wissen zu bemühen und dann erst etwas zu tun.

Vor einigen Tagen fuhr ich nach Zürich, um in der Zentralbibliothek den weiter unten folgenden Text zu kopieren. Die Altstadt stand im Glanz. Ihre hellgrauen, pastellfarbenen und weißen Fassaden warfen sich auf die kleinen Wellen der bis auf die Kiesel durchsichtigen Limmat. Die klassizistischen und gotischen Formen zerfaserten im Gekräusel der Oberfläche, zitterten, hüpften, Türme legten sich längelang in die Strömung, schrumpften und richteten sich wieder auf. Eine Spiegelung, schöner als der Gegenstand selbst. In den Gassen sah man das glattgescheuerte Pflaster, Stein gefügt an Stein, und hörte die Schritte widerhallen. Die Städter feierten Weihnachten und Neujahr im Wallis, in den Bündner Skigebieten, auf den Malediven, im Toggenburg oder an der Miami Beach. Die Stadt feierte für sich allein. Am 6. Januar würden die Angestellten wieder Kunden bedienen oder gesenkten Kopfes hinterm Bildschirm sitzen und Geld und Güter verschieben.

Stille. Alle paar Minuten klenkte eine leere Straßenbahn

auf *sightseeing tour* zum eigenen Vergnügen den Fluß entlang. Die paar Passanten schienen auf der Suche nach Menschen, die Zunft- und Amtshäuser, die schummrig erleuchteten Ladengeschäfte, sogar die Versicherungs- und Bankpaläste und die Hochhäuser im Hintergrund waren in ruhigem Einklang mit sich selbst. Architektur ohne Inhalt, reine Ästhetik, gegliederte und umbaute Kubatur plus Weihnachtsdekoration. Der Himmel mineralwasserblau mit Föhnfischen. Mir ging durch den Kopf, die Erde des Menschen könnte auch so aussehen; die lässige Behaglichkeit des Lebens wurde für einmal sich selbst überlassen. Keiner prangerte an, nörgelte, zieh sie der Gedankenlosigkeit, sparte, wucherte, plante einen Anschlag oder ein Geschäft.

Studentinnen und Studenten im Lesesaal der Bibliothek saßen hinter ihren Laptops, andere lasen, exzerpierten, im Treppenhaus und in der Vorhalle unterhielt man sich über Half-pipes und Snowboards, in einem Nebenraum an einem Tischchen diskutierten zwei jüngere Leute, Theologen, über einen Brief des Apostels Paulus; die Frau, offenbar Tutorin, hob die Liberalität der Paulinischen Botschaft hervor; ich stand daneben, kopierte Text, und mir ging die Stelle aus dem Ersten Korintherbrief durch den Kopf: *mulieres in ecclesia taceant* (Die Frauen haben in der Gemeinde zu schweigen). Offenbar hatte hierzulande die Liberalität paradoxe Fortschritte gemacht. Ein paar Unverbesserliche standen auf der doppelläufigen Freitreppe und rauchten Muratti und Marlborough. Ich zündete mir eine R6 Ultra an und blickte über den Predigerplatz. Einige Wagen glitzerten zwischen den doggenfleckigen Stämmen der Platanen, ein Handlungsreisender mit schwarzem Musterkoffer trödelte vor dem Cinema Frosch.

War nun, was um mich herum vorging oder einfach vorhanden war und lebte, war's Anlaß zum Zorn oder zur Freude? Dieses Phänomen, daß für einmal *nichts passiert,* keiner die Welt auf den Kopf stellt, seine Mitbürger und die Zeit mit seinen Vögeln und Flöhen strapaziert, keiner mit einem Transparent für die Menschenrechte der Yetis demonstriert, sondern jeder seinem Studium, seiner Aufgabe, seinem Hobby, seiner Geliebten nachging oder -stieg, daß alte Herren in der Kartensammlung oder bei den Alten Drucken ihren Lokalstudien oblagen, sagen wir »Die Außenwachten Nussbaumen und Eschenmosen am Dättenberg bei Bülach in nachreformatorischer Zeit«, und zuvorkommend bedient oder beraten wurden oder daß einer einfach dasaß und nichts tat, den Vorübergehenden nachschaute, am Automatenkaffeebecher nippte und plötzlich leise und wunderbar töricht über etwas zu lachen begann, das in seinem Kopf laut oder sichtbar geworden war. Daß keiner im KZ hungerte oder im Gulag fror oder sichernd um sich schaute, bevor er den Mund auftat. Im Gegenteil. Ein untersetzter kraushaariger Student draußen auf der Treppe im Gespräch hob die linke Hand und wies mit dem Daumen insistierend über die Schulter nach Westen: *»Die sibe Gipschöpf z Bäärn obe!«*[1] Sogar die »Haifisch-Bar« döste hinter Vorhängen.

Doch die dunkle Unterströmung bleibt, kein Glück, keine Freude trocknet sie aus, noch immer sind wir auf Fausts Osterspaziergang unterwegs, und die Nacht bricht herein. Die Ungerechtigkeit bleibt, auch wenn Hunderte von Millionen Menschen sich aufrichtig bemühen, sie zu berichtigen oder doch möglichst wenig Anteil an ihr zu haben.

1 Gemeint: die 7 Bundesräte.

Die aus Osteuropa hierher verkauften Frauen warten am Fenster auf Freier, die Flüchtlinge aus Afrika am Bahnhof auf nichts. Auch die Bedrohung durch den Grundsatz ohne zureichende Begründung bleibt, er schlägt zu, wo er will, das Unrecht, das er schafft, brüstet sich mit höherer Gerechtigkeit. Die Stadt leuchtet, ihre Spiegelungen fließen an Ort, doch Finsternis unterströmt sie, Wasser des Todes flössen sie durch die Zeit. Die Ohnmacht bleibt, denn die Macht bleibt.

*

Joseph Goebbels, 30. Januar 1943, Berliner Sportpalast[1]

Meine deutschen Volksgenossen und Volksgenossinnen! Parteigenossen und Parteigenossinnen!

Seit der Machtergreifung am 30. Januar 1933 hat der Führer jedes Jahr persönlich, meistens vom Sportpalast aus, zum deutschen Volke gesprochen und ihm die Parole für das kommende Kampfjahr gegeben. Der Führer hat mich beauftragt, Ihnen mitzuteilen, daß es sein herzlichster Wunsch gewesen ist, auch heute zur deutschen Nation zu sprechen. Er bedauert ebenso tief wie wir, die uns allen zu einem inneren Bedürfnis gewordene Tradition der Begehung dieses Gedenktages dieses Jahr unterbrechen zu müssen. Aber die harten Notwendigkeiten der Kriegführung gestatten ihm augenblicklich nicht, sein Hauptquartier[2], von dem aus er die großen Abwehrschlachten im Osten führt, zu verlassen. [...]

1 Aus: Goebbels-Reden. Band 2: 1939–1945 (Hrsg. Helmut Heiber). Düsseldorf 1972, S. 158f, 164ff.

2 Die »Wolfsschanze« bei Rastenburg.

In der Stunde der augenblicklichen schweren Kämpfe im Osten[1] glaubt der Gegner wieder einmal, über uns triumphieren zu können. Die englischen und die USA-Blätter wiegen sich in diesen Tagen in einer selbstgefälligen Sicherheit, als ständen Plutokratie und Bolschewismus kurz vor der Erreichung ihres Zieles. Das internationale Judentum frohlockt, wie es so oft schon frohlockt hat! Die feindlichen Zeitungen lügen das Blaue vom Himmel herunter: In Deutschland sei der Ausnahmezustand proklamiert, die Nation falle auseinander und ähnliches. Ich kann dagegen nur feststehende Tatsachen konstatieren: Es herrscht in Deutschland der Zustand einer totalen Bereitschaft unseres Volkes zur Konzentration seiner Kräfte, einer Bereitschaft und einer Entschlossenheit zum Kriege wie zum Siege! Aus den Breiten und Tiefen unserer Nation dringt der Schrei nach totalster Kriegsanstrengung im weitesten Sinne des Wortes an unsere Ohren. Wie wir vor dem 30. Januar 1933 alle Kraft der Erringung der Macht widmeten und damit auch an die Macht kamen, so ist es heute unser harter Entschluß, alle Kraft der Nation der Erringung des Sieges zu weihen!

[...]

Mitten in den Riesenaufmarsch Stalins fuhr das deutsche Schwert hinein. Heute kämpfen unsere Truppen tief im Feindesland, ein ganzer Erdteil liegt drohend und lockend vor uns. Wir haben ihn in den triumphalen Siegen der vergangenen zwei Sommer zu einem bedeutenden Teil in unsere Hand gebracht. Wie im vergangenen Kriegswinter im Osten, so müssen wir das Eroberte in diesem zweiten Kriegs-

1 Heeresgruppe B zusammengebrochen, Heeresgruppe Don durchbrochen, Heeresgruppe A auf dem Rückzug aus dem Kaukasus.

winter im Osten elastisch und unter übermenschlichen Prüfungen verteidigen. Das brauche ich nicht zu bestreiten, das weiß das deutsche Volk! Ein zweites Mal also liegt das deutsche Soldatentum in seiner Widerstandskraft und in seinem Heroismus auf der Waage der Schicksalsgöttin. Unser Vertrauen zu unseren Soldaten ist unbegrenzt. Unser Vertrauen zum Führer kann überhaupt nicht mehr überboten werden! Unsere Truppen waren und sind, das muß ich hier feststellen, dem bolschewistischen Gegner überlegen. Sie verfechten die bessere Sache mit dem tieferen Glauben. [...] Die übermenschlichen Belastungen und Gefahren, denen sie ausgesetzt sind, haben die Heimat zu letzten Entschlüssen reif werden lassen. Es gibt niemanden mehr zu Hause, der nicht von dem fanatischen Willen beseelt wäre, durch seine Arbeit und durch seinen Siegesglauben dieser kämpfenden Heldenfront würdig zu sein!

Die deutsche Führung hat, wie ich schon betonte, die Härte und Schwere dieses Kampfes in aller Offenheit vor dem Volk und vor der Welt dargelegt. Wir haben nichts zu verheimlichen. Die Heimat antwortet darauf mit dem festen Willen zum höchsten Krafteinsatz. Jeder zu Hause fragt sich nur noch, was er tuen kann, um unseren Soldaten zu helfen, das Reich zu beschützen und den Sieg zu erkämpfen! In ungezählten Briefen aus allen Schichten unseres Volkes dringt der Schrei nach der totalsten Kriegsanstrengung an das Ohr der Führung. Millionen noch unausgeschöpfter oder nicht ganz ausgeschöpfter Energien stehen bereit, um sich in den riesigen Kriegsprozeß unseres zivilen Lebens einzuschalten. Sie mobil zu machen – das ist das Gebot der Stunde. Wenn der Feind glaubte, uns durch einige Schläge entmutigen zu können, so irrt er. Diese Schläge waren und sind für uns nur ein Alarmsignal zum totalen Krieg, zu dem wir nunmehr fest entschlossen sind. Es wird in Deutschland nicht mehr geredet werden von den verlorengegangenen Bequemlichkeiten, die uns wenigstens die letzten Reste aus dem Frieden erhalten wollten! Unser Volk opfert sich freudigen Herzens, um die bisher darauf verwandte Kraft in Panzer, Waffen, Munition und nationalen Widerstand umzusetzen!

Wir sind mehr noch als bisher eine kämpfende und arbeitende Gemeinschaft, die sich mit fanatischer Entschlossenheit für den Krieg und seine Erfordernisse einsetzt und mit Sehnsucht auf die Stunde wartet, da der Führer mit unseren neuen Waffen seinen Truppen wieder den Befehl zum Angriff geben kann. Viele haben bisher nur vom Volkskrieg geredet – jetzt werden wir ihn als Nation führen! Der totale Kriegseinsatz fordert Aufgabe aller bequemen bürgerlichen Gepflogenheiten. Eine restlose Einsatzbereitschaft dazu erfüllt unser ganzes Volk. Es wird nicht geduldet werden, daß auch nur einer den Versuch zur Drückebergerei macht. [...] Was sollte uns auch veranlassen, auch nur mit dem leisesten Gedanken an Nachgiebigkeit zu denken angesichts der Tatsache, daß die glänzenden Siege unserer Soldaten uns und unseren Achsenpartnern fast den ganzen europäischen Erdteil zu Füßen gelegt haben? Wir sind entschlossen, diese Siege auszunutzen! [...]

[Tags darauf und am 2. Februar 1943 kapitulierte die 6. Armee (Generalfeldmarschall Friedrich Paulus) in Stalingrad. 90 000 Gefangene, 34 000 ausgeflogene Verwundete, 146 000 Tote. Nicht ganz drei Wochen später, am 18. Februar, erfolgte – wiederum durch Goebbels, wieder im Berliner Sportpalast – die Proklamation (und Akklamation) des »totalen Kriegs«.]

Die Erzählung des Malers

Ich lernte ihn erst kurz vor seinem Tod infolge Leberzirrhose kennen – ein Hüne, ein Trinker, ein Arzt und ein bedeutender, finsterer Maler. Freund von Varlin. Er lebte seit Jahren in einem benachbarten Bergeller Dorf. Sein Werk hatte ich früher als ihn gekannt. Schon Varlin ist nicht heimelig; seine Mehrfigurenbilder hinterlassen oft den Eindruck eines außer Rand und Band geratenen Mummenschanzes; als Porträtist entlarvt er das Wesen des Modells mit wenig Nachsicht. Er liebt, die aus ihren Nähten platzen, denen ihr Körper, massig meist, zu wenig Freiheit läßt, um Würde zu mimen; dies bestätigt ihre rücksichtslose Ausstrahlung: ›Da bin ich! *Love me or leave me.*‹ Ein Maler der Dämonie, die sich zuweilen ironisch als Bonhomie maskiert.

Anders Bernhard Ribar. Bei ihm schlägt die Dämonie ins Böse um, in gequälte Finsternis, Verzerrung, abschreckende Aggression, Hans Lebert unter den Malern. Der Betrachter will es nicht wahrhaben, daß im Gesicht einer alten Bäuerin nur das Gewaltsame, Tückische, Finstere ihres schweren Lebens zurückgeblieben sein soll; alte Menschen können auch anders sein. Täuscht er sich? Oder hat sich der Maler getäuscht, der nicht das Modell, sondern seine eigene Gemütsverfassung abbildet? Auch Pinselführung und Farbgebung bezeugen eine gewaltbetonte Getriebenheit, viel breites Schwarz oder schmutziges Grün oder Braun, die Augen halluzinierend, nicht von hier, nicht im Moment des Gemaltwerdens anwesend; sie blicken aus der Tiefe des Schädels hinter den Horizont in den Greuel ihres Lebens. Die Körper sind geknickt, die Gesichter in Brüche gegangen, Krüppel. Ribar sah auf dem Sterbebett die Teufel. Er soll, habe ich später gehört, zu schreien begonnen und sich unter die Bettdecke verkrochen haben. Er hatte eine katholische Erziehung hinter sich. Man hätte ihn für einen Menschen halten können, der unaussprechliche Schuld auf sich geladen hatte, die er, ungebeichtet, ungesühnt, mit sich nehmen mußte.

Nun war er alt und zitterte und schüttete hintereinander Schnaps und Wein in gleich großen Gläsern in sich hinein. Warum er zu erzählen begann, weiß ich nicht mehr. Vielleicht spürte er meine Anteilnahme. Hinter seinem Kopf hing das Porträt einer jungen Frau. An den Pinselstrichen erkannte ich seine Hand; doch anders als alle Bilder, die ich von ihm gesehen hatte, strahlte es. Selbst die gewalttätige Malerhand hatte die Güte dieses Menschen nicht beeinträchtigt. Ein Wesen, dem nichts Böses nahezutreten vermochte.

Ribar erzählte mir von der Hölle, ein surreal wirklicher Ort, wo sich das Leben in einer von Kerzen, Taschenlampen, Bränden, Explosionen erhellten Unterwelt abspielte. Es war Januar 1943, Stalingrad. Maulwürfe alle, frierend in Mäntel, Jacken, Wollumhänge gehüllt; die steifgefrorenen Toten hatten es am besten. »Wir warteten, Handgranaten lagen um uns herum wie Kartoffeln«, sagte er, »man sah schon gar nicht mehr hin und stolperte darüber. Wir warteten in Kälte und Angst. Der letzte Flug für Schwerverletzte lag Tage zurück. Wir warteten auf Wundbrand, Erfrieren, Tod oder Gefangenschaft. Wir fluchten bereits nicht mehr. Im Stockdunkeln fluchen? Gott hört nichts in der Finsternis. Einige beteten den Rosenkranz. Ich sagte mir ›Max und Moritz‹ vor, dann den ›Struwwelpeter‹. Die Zigaretten waren ausgegangen. Die Angst wurde so mächtig, daß ich plötzlich den Mut fand, abzuhauen. Ich desertierte als ›Einmann-Spähtrupp‹ mit einer durchgeladenen Pistole und allem, was ich mir überziehen konnte, ohne behindert zu werden, durch die Kloaken. Drei Tage lang tastete, horchte und witterte ich mich durch die stinkenden Eingeweide einer Stadt, die noch als Schutt- und Ruinenlandschaft beeindruckte. Ich habe Fäkalien gefressen. Hunger ist der beste Koch, und wenn ich mich zuweilen durch das Eingestürzte an die Oberfläche arbeitete, wußte ich nie, wo ich war, ob noch auf unserer Seite oder schon bei den Russen, ob ich im Stollenlabyrinth überhaupt die Richtung gehalten hatte. Die Angst wurde nach wenigen Minuten so mächtig, daß ich wieder abtauchte. Einmal folgt mir jemand, ein Schrittgeräusch im Betonrohr. Ich bleibe stehen, entsichere die Pistole, das Herz im Hals, ich hätte ihn sofort getötet. Vermutlich habe ich viele Menschen getötet, ohne es zu wissen; die Russen sollen in Stalingrad ja anderthalb Millionen verloren haben. Aber töten auf Distanz oder auf Augenhöhe sind zwei Dinge. Dann höre ich ›Gut Freund‹. Ich gebe ihm eine gefütterte Jacke, er hat überhaupt nichts. Wir haben uns bald getrennt, er war mir zu langsam, zu schwach, ich *konnte* nicht auf ihn achtgeben. Wahrscheinlich liegen seine Knochen noch irgendwo verschwemmt in der untersten Kloake, oder er ist in die verkehrte Richtung gegangen und abgeknallt worden. Von wem immer.

Ich kroch weiter bis zum letzten Schacht. Nun mußte ich ans Licht, es war Nachmittag, eine Straße, das Skelett eines Rohbaus, blendend unberührter Schnee, am Horizont hinter mir im Nordosten die verkohlten Riffe und Finger von Stalingrad. Ich robbte, ich hatte Dysenterie und Fieber. Irgendeinmal unterscheide ich eine Hütte im Schnee, es geht bereits auf die Nacht zu, ich glaube ans Delirium, denn ein unversehrtes Haus mit einem lebenden Menschen drin kann es im Totenreich nicht geben. Egal, immerhin ein Dach. Eine starke Frau öffnet die Tür, ich blicke von der Schwelle hoch in ihr Gesicht. Die Entscheidung liegt bei ihr, ich hätte nicht auf sie geschossen.

Sie hieß Agafja und arbeitete in einem Reparaturwerk für Panzer und Kanonen, das die Russen hinter der Front bereits wieder in Gang gebracht hatten. Ihr Mann war verschollen, ihr Sohn war verschollen, wahrscheinlich hatten *wir* beide getötet. Sie nahm mich auf wie ihr Kind, ich war ein wimmernder Hautsack voll Knochen. Sie hat mich gefüttert, gewaschen, gewärmt, versteckt. Dies unbegreiflich wunderbare Volk der Russen. Tagsüber hat sie mich eingeschlossen, sie wäre auf der Stelle erschossen worden. Sie ist meine zweite, meine richtige Mutter geworden. Nach einigen Tagen sagte mir Agafja: ›Du nix *strach* (Angst), njemezki kapitulacija‹, die Front werde hier nicht mehr durchkommen, die sei schon hundert Kilometer weiter im Westen. Das Schlimmste an ihrer Arbeit sei, die Toten oder Verbrannten aus den Panzern herauszuklauben. Ich habe aus dem einen Fenster auf das über den Osthorizont ragende Mondgebirge von Stalingrad gestarrt und durchs andre Fenster den Geschützdonner der Winteroffensive gehört. Ende März, kurz vor Ostern, konnte ich weiter. Sie gab mir eine handgroße gerahmte Lenin-Fotografie aus dem Ikonenwinkel. Wir haben uns umarmt und geküßt und beide geweint. Das klingt wie ein Scheißroman, nicht? Das Leben *ist* ein Scheißroman. Und es ist der beste Augenblick meines Lebens gewesen.«

Ribar stand auf und holte die nächste Flasche Bergeller ›Henniez‹[1]. Er blieb am Fenster stehen und sah die finsteren Waldhänge empor – es war Sommer – und in die darüber hinauszackenden Saurierzähne der Sciora. »Acht Monate später, wieder im Winter, bin ich zu Hause im Vorarlberg angekommen. Als ob es in der Tat eine Vorsehung gäbe. Eins gegen tausend. Durch die russischen Linien, die deutschen, die italienischen, die rumänischen, immer nachts, durch die Partisanengebiete, als blinder Passagier auf Zügen, von denen ich keine Ahnung hatte, wohin sie fuhren und ob sie nicht einen Kilometer weiter in die Luft flogen. Ich besaß keine Karte, wußte nur ungefähr, wo wir durchmarschiert waren. Ich hielt mich möglichst südlich, zwischen dem Donezbecken und Rostow, Südukraine, Bessarabien, Walachei, Banat. Vor Flüssen hatte ich Angst. Wie kommst du da rüber, wenn die Übergänge zerstört oder schwer bewacht sind? Meist fand sich ein Boot, oder ein Fischer setzte mich über; kleinere Gewässer hab ich durchschwommen, es war jetzt warm. Ich war Bauernknecht und Bäuerinnentrost in Wams, Pluderhosen, Hut und Stiefeln. Für die Leute war ich nicht recht im Kopf, ich radebrechte alle Sprachen durcheinander und verstand keine und zeterte im Schlaf, bis sie mich wach rüttelten. Doch meine Geistesverwirrung und meine Anstelligkeit machten Eindruck, und sie haben mich weitergeschickt.

Im November, zu Hause, hatte die Alte Mühe, mich zu erkennen, die weiße Mähne, der Bart, kein Ausweis, nichts. Vielleicht noch die Stimme. Doch irgendein Nazi-Hundsfott hatte meine Schweißspur aufgenommen, so bin ich über

1 Mineralwasser, hier ironisch für Schnaps.

die Schweizer Grenze geflohen und interniert worden. Ende gut, alles gut. Nur mein Schreien und Winseln im Traum, das hört nie auf. Ich habe dann Medizin studiert, Psychologie: alles Lumperei, nur die Bilder nicht. Die will niemand, egal, mir reicht's fürs Grab. Ob ich meine Schwester antreffen werde?« Ribar wies mit dem Kopf auf das Bild der ihre Güte verstrahlenden jungen Frau. »Sie hat sich nach Stalingrad *ein*fliegen lassen, um Verletzte zu pflegen. Wahnsinn – der Güte. Sie ist geblieben, was weiß ich, tot natürlich. Sie und die Russin...«

Ribar drehte sich jäh um. »Raus!« brüllte er und schleuderte sein Glas in eine Ecke des gemauerten Gelasses, das ihm als Küche und Wohnraum diente. Scherben spritzten. Ich hatte nichts gesehen. Es roch kloakensüßlich nach Grappa.

Die Erzählung der Bauerntochter

Er pflegte sein Kommen per Postkarte »mit freundlichen Grüßen« anzukündigen: Am Freitag nach dem Vesperbrot zum Beispiel, dann wußte er die Bäuerin zu Hause. Wahrscheinlich galt dieser Modus für alle Haushaltungen, die noch keinen Telefonanschluß besaßen. Begriffe wie »Terminvorschlag« kannte man nicht. Das Jahr stand nicht im Terminkalender, sondern in den Köpfen der Bauern als eine Abfolge unumgänglicher Arbeiten, wenn man nicht an den Bettelstab kommen wollte: Pflügen, Aussaat, Eggen, Heuet, Ernte, Emd, Kartoffeln, Rüben und so weiter; es gab ein Lebenlang kein Austreten, die Erde kennt Urlaub nicht. Wann welche Arbeiten auf den Feldern oder im Garten zu erledigen waren, sagten einem die Erfahrung und der Stand von Gras und Frucht und Gemüse.

Merkwürdigerweise wurde kaum über die Weltlage gesprochen, wenn Wyler Max aus Bremgarten seine Musterkollektion auf dem rechteckigen Nußbaumtisch in der Stube aus den Lederdeckeln schlug, im Frühjahr für den Winter, im Herbst für den Sommer. So groß das Tischblatt für zwölf Personen, es reichte kaum aus fürs Geblümte, Karierte, Gestreifte und für die Phantasiestoffe; aufdringlich Grellbuntes, das wußte Wyler, konnte er im Koffer lassen. Er beklagte sich meist über den schlechten Geschäftsgang. Ob dies damals bei weichherzigen Bäuerinnen den Umsatz erhöhte?

Heute würde es den Versager bloßstellen. Vielleicht auch entsprach es der Wahrheit, denn vor den Grenzen wütete der Zweite Weltkrieg in der Endphase. Die Versorgungslage im untergehenden Großdeutschen Reich war derart schlecht, daß wir sämtliches Fallobst, selbst angefaultes, für den Export am Bahnhof in Benzenschwil abliefern konnten. Und es wurde sogar bezahlt. Ich war noch ein Kind, und doch stellte ich mir die Frage, wieviel von diesen Äpfeln und Birnen, einmal dort, wo man sie hätte verzehren sollen, noch eßbar, geschweige nach unsern Begriffen gut war.

Wyler Max äußerte sich nicht, obwohl wir damals bereits wußten, was seinen Glaubensbrüdern angetan wurde. Sind Entsetzen und Angst, wenn die eigene Vernichtung am Wink eines Wahnsinnigen in einem Bunker hängt, so groß, daß es dir andern gegenüber die Sprache verschlägt? Die erste Nachricht von den Vergasungen überbrachte uns eine Hausiererin, und wir weigerten uns vorerst und trotz aller Kriegsgreuel, daran zu glauben. War Wyler der Ansicht, mit Bauern könne man über Derartiges nicht sprechen? Mein Vater, dem er sich vielleicht anvertraut hätte, war auf den Feldern, sei's unten an der Reuss, sei's gegen den Wald hinauf. Traurigste Variante: Wyler hatte sich sein vermeintliches Ausgestoßensein so stark zu eigen gemacht, daß er es mit einem Gespräch über den Untergang der Juden nicht unnötig in Erinnerung rufen wollte.

Vor unserem Haus stand Wylers schweres englisches Rad. Stabil mußte es nicht seines Besitzers wegen sein, sondern weil der Musterkoffer auf dem Gepäckträger riesig war. In der Stube begutachtete die Mutter mit beklommenem Herzen und bangem Gesichtsausdruck die Stoffe. Wir brauchten sie für unsere Sonntagskleider. Doch uns fehlte es wie den meisten im Dorf an Flüssigem. Wir wurden satt – anders als viele Städter, doch jeder Franken, das Milchgeld vor allem, wurde sofort fürs Notwendige gebraucht. Wyler Maxens singender Stimme, geduldig zuredend, beschwichtigend, preisend, Schönheiten hervorhebend, war schwer zu widerstehen, vielleicht weil er ›Großstädtisch‹ sprach und das R nicht rollte, und in ihrem Klang eine Botschaft mitschwang, die besagte, das Geschäft, das wir hier abwickelten, sei das selbstverständlichste, in jeder Hinsicht unbedenklichste, er und seine Kundin seien sich ja schon zwanzigmal einig geworden, und was sie und ihre Familie betreffe, grundsolide Landwirte, da hätte er keine Bedenken, Kredit zu gewähren und den Zahlungstermin zu strecken. Doch genau das wollte meine Mutter nicht. Wir zahlten immer auf Rechnung. Ich erinnere mich an einen Großeinkauf von feinem rotgrün kariertem Wollstoff, ein vornehmes Schottenmuster, aus dem unsere Mutter fünf Mädchenkleider geschneidert hat. An Geschmack hat es ihr nicht gefehlt, nur an Geld.

Später fuhr Wyler Max in einer schwarzen Zitrone vor, und ich verspürte ein diffuses Begehren, auch mal so einen Schlitten zu besitzen. Zugleich wußte ich, daß mir als Bauerntochter die Erfüllung solchen Wunsches niemals blühen würde. Einmal durften wir gar einsteigen und wurden über die Reuß und wieder retour kutschiert. Wyler Max mußte also trotz des schleppenden Geschäftsganges dank seiner singenden Stimme, in der, weiß Gott warum, die Versicherung mitschwang, die bevorstehende Transaktion sei längst vom Landjäger abgesegnet, recht gut verdient haben. Oder war er doch nicht immer der durch und durch ehrliche Geschäftsmann, für den wir auf Geheiß der Mutter zweimal im Jahr die Stube besonders reinlich aufräumten?

Eines Nachmittags bei einem unangekündigten Besuch traf er sie beim Flicken eines meiner Jupes an. Er faßte den Stoff fachmännisch prüfend an: »Auch keine reine Wolle.« – »Aber Sie haben mir den Stoff seinerzeit als reine Wolle verkauft«, erwiderte, Entsetzen in der Stimme, die Mutter. Die Enttäuschung muß gewaltig gewesen sein, denn solche Antwort braucht Mut; ich hatte den Eindruck, daß *sie* sich schämte – für die Redlichkeit ihres Vertrauens, das sie ihm über Jahre geschenkt hatte, und leider auch für ihn.

Eher aber war's ein unglücklicher Zufall. Denn im übrigen war Wylers Ware untadelig. In dieser Zeit kamen Mischgewebe in Mode; die deutschen Soldaten an der Ostfront erfroren zu Tausenden in ihren Wintermänteln aus Kunstwolle, und es kann durchaus sein, daß Wyler seinerzeit beim Einkauf selbst getäuscht worden war. Vertrauen ist frostempfindlicher als Kapuzinerkresse und Dahlien, und ich glaube, dessen Verlust hat ihn wie uns geschmerzt. »Weiß ich's denn?« – um einen Satz von ihm zu brauchen, der »ich weiß es nicht« bedeutete. Wyler Max war einer der wenigen Menschen, die unsere Bauerndorfwelt mit einem freieren Umfeld verbanden. Er kam von draußen – zwar nicht besonders weit her, nicht aus der großen Welt –, doch wir sehnten uns nach diesem Draußen. Eigentlich fast unbegreiflich; bestand es doch aus Krieg, Tod, Elend, Feuer, Schwefel und Gas.

Die S. A. »Thorwaldt« 5:
Die Katastrophe

Am 23. Oktober 1943, auf dem Rückflug von der Bombardierung Kassels, entledigte sich eine amerikanische ›Fliegende Festung‹ über Detmold einer Luftmine. Diese traf den Westflügel des Detmolder ›Neuen Palais‹ und explodierte im Siegbert-Armin-Thorwaldt-Archiv. Ein kleiner Brand konnte rasch gelöscht werden; dagegen ist der Zustand der über Hunderte von Metern in die Runde geschleuderten, häufig in Fetzen gerissenen Manuskripte ein verzweifelter, da während des Terrorangriffs schwerer Regen niederging. Noch ist ungewiß, ob etwas und wieviel des für die deutsche Kultur unersetzlichen Schriftgutes dieses Vordenkers der deutschen Wiedergeburt gerettet werden kann.

Kaum minder bedauerlich ist der Totalverlust des praktisch druckreifen Manuskripts der ersten Siegbert-Armin-Thorwaldt-Biographie aus der Feder von Dr. Hans Ernst Schneider; denn die Bombe ist ausgerechnet in der Sekretariatskammer des Editionsassistenten explodiert. Ob das Buch neu geschrieben werden kann? Ein Anruf bei Dr. Schneider im Amt Ahnenerbe läßt Böses ahnen. Er habe sich auf zahlreiche Dokumente gestützt, die beim Brand des Kolonialarchivs in Bremen zerstört worden seien. Dennoch hoffe er, das Werk aus seinen Notizen und Exzerpten zumindest teilweise rekonstruieren zu können.

Die Jahrestagung am 21. März 1944 ist abgesagt worden.

Ausrottung[1]

Die Erinnerungen der 1932 als Hena Kuczer geborenen Krysia Budnicka sind verworren. Kann die Rückschau auf eine Kindheit vom 7. bis 12. Lebensjahr im Warschauer Getto, in steter Todesgefahr und Angst, ein Bunkerdasein ohne Tag und Nacht, in Hunger, Krankheit, schließlich auf der Flucht, anders sein? Hena überlebt als einzige einer zehnköpfigen Familie. Da die Erzählerin ihre verschiedenen Erinnerungsfäden nicht genau verknüpfen oder datieren kann, überträgt sich die Verstörung des Kindes auch auf diesen um zahlreiche Einzelheiten gekürzten Text.

Hena Kuczer ist das jüngste Kind des Warschauer Schreiners und Tischlers Jozef Lejzor Kuczer und der Cyrla Bzura. Ihre Geschwister Icie, Boruch, Sewek, Rafal, Perla und Chaim sind erwachsen, nur Jidl ist wenig älter. Die Werkstatt ist im Souterrain eines Hauses am Muranowski-Platz/Ecke Sierakowska-Straße eingerichtet, die Wohnung liegt im Hochparterre. Hena erinnert sich an eine Puppenstube, die ihr Vater für sie gedrechselt hatte. Bei Kriegsausbruch sucht die Familie während der deutschen

1 Auszug aus den Erinnerungen zu den Jahren 1939 bis 1946 (www.centropa.org). Krystyna Budnicka, von Beruf Sonderschul-Pädagogin, ist praktizierende Katholikin und Jüdin und war nach 1990 etliche Jahre Vizepräsidentin der »Children of the Holocaust Organization« in Polen.

Fliegerangriffe Schutz im Keller. Dann beginnen die Juden-Razzien; fürs erste wird auf die erwachsenen Männer Jagd gemacht. Die Familie kann sich jedoch in zwei Verstecke, eins in der Wohnung, eins im Keller, flüchten.

Nach der Errichtung des Warschauer Gettos ziehen Rafal und seine Frau in die elterliche Wohnung. Gegen Ende Juni 1942 muß auch dieses Domizil geräumt werden. Nun wohnt man an der Mila-Straße in einem leeren Zimmer mit Küche. Die Verbindungen zu Boruch und seiner Familie sind bereits abgebrochen, als die sogenannte Großaktion (Juli bis September 1942) ausgelöst wird. Aus dem Getto, darin um diese Zeit noch etwa 355 000 Menschen vegetieren[1], werden rund 265 000 direkt ins Gas nach Treblinka deportiert, weitere Tausende werden während der Aktion ermordet. Der Vernichtung fallen Boruch und seine Familie, Sewek und seine Frau sowie Rafals Frau zum Opfer. Rafal selbst gelingt die Flucht aus dem Deportationszug. Ein kräftiger, entschlossener Mann von 25 bis 27 Jahren, übernimmt er von nun an die Hauptverantwortung für die Familie.

Diese hat dank eines Entlüftungsschachts mehrere scharfe Hausdurchsuchungen durch jüdische Polizisten[2] überlebt, die »Fangquoten« zu erfüllen und die »Beute« am sogenannten Umschlagplatz (nach Treblinka) abzuliefern haben. Hena, damals 10, erinnert sich an Hunger – ihre Mutter verkauft für zwei Semmeln die Singer-Nähmaschine –, auch an schwere Krankheit, vor allem aber an die Angst im Luftschacht, das Hämmern der Herzschläge, wenn die Schritte

1 Rund 90 000 sind bereits dem Hunger, Seuchen und Infektionskrankheiten zum Opfer gefallen.

2 Das Getto, verwaltet vom sogenannten Judenrat, wurde auch von einer jüdischen Polizei kontrolliert.

der Suchenden durch die Wohnung polterten und jeder Moment Entdeckung und Tod bringen konnte.

Nach dem Abschluß der Großaktion beginnen Rafal, Icie und Chaim mit dem Bau eines Bunkers an der Zamenhofa-Straße. Er liegt ein Geschoß unter Kellerniveau, der Erdaushub dient der Verstärkung der Decke, dicke Balken und Bretter tragen diese Last. In einem vorderen Raum befinden sich die gehorteten Lebensmittelvorräte, das Wasser, die elektrische Kochgelegenheit, ein Radio; anschließend führt ein tunnelartiger zweiter Raum von gut 10 Meter Länge zur Kanalisation hinunter; hier stehen die Schlafpritschen. Beide Räume sind elektrisch beleuchtet. Die Familie bezieht den Bunker im Januar 1943 und harrt dort bis September aus, überlebt also den Getto-Aufstand zwischen dem 19. April und 15. Mai.[1] Als die Deutschen Haus für Haus sprengen und niederbrennen, wird die Hitze zwei Geschosse unter der Erdoberfläche trotz der zusätzlichen Aufschüttungen zuweilen so unerträglich, daß die Insassen in die Kanalisation ausweichen müssen, um nicht geröstet zu werden. Icie, Rafal und Chaim nehmen am Aufstand teil, Hena selbst ist nie oben gewesen.

Vom Bunker aus erkunden Henas Brüder die Fluchtwege durch die Kanalisation hinüber auf die »arische« Seite. Überhaupt dient der Bunker einer wechselnden Bewohnerschaft von zeitweise 30–40 Menschen als letzte Etappe vor der Flucht. Die Deutschen, wohl wissend, daß die Kanalisationsstollen und -schächte die Rettung bringen können, räuchern diese regelmäßig mit Handgranaten aus oder lassen

1 Der Getto-Aufstand kostete auf jüdischer Seite 13 000 Menschen das Leben, 50 000 wurden nach Treblinka deportiert; rund hundert Widerstandskämpfer entkamen durch die Kanalisation.

Gas einlaufen. Hena erkrankt schwer, genest jedoch trotz Unterernährung (Diät: dünne Graupelsuppe und Kartoffeln; Zwangsvorstellung: Ich kaue Brot), während ihre Eltern verfallen. Das Alter ihres Vaters schätzt sie auf rund sechzig; die Mutter ist vielleicht fünfzig.

Eines Tages bricht die Decke über dem Hauptraum ein und verschüttet bis auf zwei Säcke Gerste sämtliche Vorräte, das Frischwasser und die Kochgelegenheit. Längeres Bleiben ist unmöglich. Die Verschütteten haben seit einiger Zeit Kontakte zu einem Hausmeister namens Wasilewski im andern Warschau geknüpft. Er präpariert ein Ausstiegsloch und schickt einen Mittelsmann mit Nahrung. Um diese Zeit leben 13 Menschen im Bunker. Da erkrankt Rafal an Dysenterie oder Typhus und muß von Icie, Chaim und einem dritten Mann auf die polnische Seite transferiert werden.

Am Fluchttag werden alle Insassen durch die Kanalisation zum Ausstieg geführt. Erst klettern die drei Männer an die Oberfläche. Hena erinnert sich an Schüsse und gräßliche Schreie, dann stundenlanges Warten auf Brettern im Stollen. Jidl führt die Zurückgebliebenen zum Schachtdeckel weiter, über den bisher der Kontakt zu den Polen gelaufen ist. Nach Stunden gelingt es, eine Botschaft durchzureichen. Die Polen versprechen Evakuation in der kommenden Nacht, doch in der Zwischenzeit wird der Deckel von den Deutschen versiegelt. Den Eingeschlossenen bleibt nur noch, den Ausstieg durch einen dritten Schacht in einiger Distanz zu versuchen. Allerdings ist die Strömung im Stollen dorthin derart reißend, daß Henas Eltern und eine andere Frau, völlig entkräftet, verzichten müssen; zurück bleibt auch Henas Schwester Perla.

Die drei, die es wagen, Jidl, Hena und Icies Frau Anka,

entgehen knapp dem Ertrinken, sie erreichen das Ausstiegsloch, sind aber so erschöpft, daß die Polen sie wortwörtlich herausziehen müssen. Unter den Rettern erinnert Hena auch Mitglieder der *policja granatowa* (polnische Polizei in marineblauer Uniform). Die drei werden zu Wasilewski getragen und dort gewaschen. Hena ist so schwach, daß sie ständig das Bewußtsein verliert. Immerhin ist Rafal zur Stelle. Wo die Eltern geblieben seien? Sie harren noch unter dem versiegelten Schachtdeckel aus. Baldriantropfen werden durchgereicht. Dies ist die letzte Nachricht.

Nun beginnen die Fluchten, die nur auf einem Warschauer Stadtplan nachvollziehbar sind. Um die vier weitertransportieren zu können, werden sie in Säcke eingebunden wie Stückgut, da ihr elender Zustand sie sofort verraten würde. An einer der Stationen erkrankt Jidl und stirbt, 12- oder 13jährig. Ein vermutlich jüdischer Arzt verschreibt den drei Überlebenden eine Diät, die sie langsam ins Leben zurückführt. Ein erneuter Bunkerbau im Zusammenhang mit den Vorbereitungen für den Warschauer Aufstand wird von den Deutschen entdeckt. Kurz darauf wird Rafal verraten und erschossen. Endlich finden Anka und Hena Asyl beim kinderlosen Ehepaar Budnicki.

Inzwischen ist der Aufstand losgebrochen, die Stadt in Flammen. Am 6. September 1944 fliehen die Budnickis aus ihrer Wohnung. Im Außenbezirk Wola trennt sich Hena von Anka. Hena wird in einem Waisenhaus der Grauen Nonnen abgegeben. Auf die Frage der Mutter Oberin, wie sie heiße, antwortet sie: Krysia Budnicka. Dies wird ihr zweiter Name. Erneute Fluchten, diesmal in der Obhut der Nonnen (18 Waisen, davon 6 jüdische Mädchen), im Umland des total zerstörten Warschau auf der Suche nach Nahrung und Obdach. Hena wird kurz nach Kriegsende Christin. Zwar haben die Nonnen sie schon nach ihrer Einlieferung taufen wollen, was der zuständige Priester mit dem Hinweis verhindert, Nottaufen seien nur bei unmittelbarer Gefährdung des Lebens erlaubt, das Ende des Kriegs sei absehbar und Hena dann alt genug, um sich in Freiheit dafür oder dawider zu entscheiden.

1946 bereits Rückkehr nach Warschau. Krystyna lehnt Auswanderungsangebote (nach Israel) ab. Sie bleibt bis zum Abitur 1952 im Waisenhaus der Grauen Nonnen, das ihre zweite Heimat wird. Anschließend studiert sie an der katholischen Universität Lublin Pädagogik.

Radomin oder die Vertriebenen

Im Januar 1946 hatte »Express Ilustrowany« in Łódź dem Fotografen Jerzy Miller den Auftrag erteilt, einige Bilder von der ›Aussiedlung‹ der letzten Deutschen aus Ostpreußen zu machen. Die Fotos sollten auch im Westen veröffentlicht werden. Man wollte zeigen, daß die Abschiebung sich human und in geordneten Bahnen abspielte. Miller war nicht Parteimitglied, aber er kannte die Südwestecke Ostpreußens, wo etliche Trecks unterwegs zu sein schienen, seit seiner Kindheit – und er konnte Deutsch. Seine Eltern stammten aus dem Kirchdorf Muszaki, unweit der Kleinstadt Nidzica (Neidenburg); und dort war eine der Sammelstellen für Ausgesiedelte; dann im Viehwaggon der Schub Thorn – Posen – Berlin.

Jerzy Millers Eltern hatten zu den wenigen Masuren gehört, die nach der Völkerbundsabstimmung vom 11. Juli 1920, welche den Verbleib des Gebiets bei Ostpreußen bestätigte, die Grenze überquert und sich in Polen niedergelassen hatten, nicht aus politischer Überzeugung, eher war's Abenteuerlust der jungen Leute, waren es die Einsamkeit und Langeweile des Dorfs und die mageren Zukunftsaussichten für jemanden, der mit Kühen, Mist, Heu, Getreide und Kartoffeln nicht glücklich wurde. Ihr Sohn war bereits im ›neuen Land‹ zur Welt gekommen, im oberschlesischen Szopienice östlich von Kattowitz, wo der Vater in die »Jutrzenka«-(ehemals »Morgenrot«-)Grube einfuhr. In den

Schulferien jedoch war Jerzy zu den Großeltern ins ›alte Land‹ geschickt worden. Hier lernte er, daß die Nacht nicht brandrot, sondern finster wie im Märchen und still ist, nicht durchdröhnt von Kohlezügen. In Muszaki sollte er seine vom oberschlesischem Kohlenstaub geschwärzten Lungen mit »reiner Landluft und Harzduft« regenerieren und »nachfuttern«, wie die Eltern es ausdrückten. Denn kaum waren sie im Kohlenpott ansässig geworden, hatte sich in ihrem Sprachgebrauch ein seltsamer Wandel vollzogen: Im kleinen Bergarbeiterhaus mit dem Kohlgarten am Fuß der Abraumhalde wurde meist deutsch geredet. Ein Grund mochte sein, daß das Masurenpolnisch hier im Industrieschwerpunkt der wiedererstandenen Republik kaum verstanden oder verspottet wurde; zudem war man evangelisch. Jerzy hatte sich bemüht, den Rosenkranz und ein korrektes Polnisch zu erlernen. Den Hauptgrund hatte er erst später verstanden, und jetzt, nach dem Krieg und dem Aus für Deutschland, war darüber zu reden selbst in der Familie tabu. Es waren die wunderbare deutsche Ordnung, Reinlichkeit, Ehrlichkeit, Pünktlichkeit. Alles dies.

1938, mit sechzehn, hatte er eine Fotografenlehre in Kattowitz angetreten, der Überfall und Zweifrontenkrieg 1939 hatten ihn nicht betroffen. 1941 hatte er als einer der letzten sein Diplom mit Auszeichnung erworben und vom Lehrmeister eine gebrauchte Leica geschenkt bekommen. Gleich darauf war er untergetaucht, wörtlich, in derselben »Jutrzenka«-Grube wie sein Vater. Nun arbeitete er in einem kriegswichtigen Betrieb und war unabkömmlich; die Grube schützte ihn davor, als zwangsfreiwilliger Ostarbeiter verschleppt zu werden und in irgendeinem Stollen als Rüstungssklave zu verfaulen. Nach Kriegsende war er ins unversehrte Łódź gezogen, hatte an der Piotrkowska ein kleines Atelier gemietet und sich mit privaten und Industrieaufträgen sowie als Reportagefotograf für »Express Ilustrowany« durchgeschlagen.

Kurz, Jerzy Miller brachte alle Voraussetzungen für die Mission im sogenannten Neusiedlungsgebiet mit. Und wie stand es mit dem Dorf seiner Kindheit? War der Hof der Großeltern noch da? Hatten sie überlebt? Die letzten Nachrichten lagen Jahre zurück. Dies voraus: Muszaki, abseits der Hauptstraße, war unversehrt, die Bauern, Masuren, saßen unbehelligt auf ihren Höfen, hungernd zwar, da es an Vieh und Arbeitsgerät mangelte und Winter war, doch immerhin. Der Großvater war gestorben; die Großmutter aber empfing Jerzy wie einen vom Tod Auferstandenen. Da erst wurde ihm bewußt, daß er, wie man sagt, Schwein gehabt hatte.

Bis Warschau kam er mit der Eisenbahn; dort bestieg er einen Kohlekahn weichselabwärts; in Thorn stellte sich heraus, daß die Eisenbahnlinie nach Iława (Deutsch-Eylau) und Nidzica unterbrochen war, da die Brücke über die Drwęca oder Drewenz noch im Fluß lag. Nach längerem Herumfragen fand er auf dem Gelände der Kaserne einen Truppentransport, der in jene Gegend abgehen sollte. Er wurde bereitwillig mitgenommen und verpflegt unter der einzigen Bedingung, daß er von jedem Soldaten ein Porträt anfertigte. So erhielt er 35 meist provisorische Adressen und bekam genauso viele Schicksale zu hören. Etliche hatten keine Ahnung, wo ihre aus den polnischen Ostgebieten vertriebenen oder in die Sowjetunion deportierten Eltern und Geschwister waren und ob sie überhaupt lebten.

Auf Umwegen – es war bald Februar – näherte man sich der Sammelzone. In Nidzica stieg Miller aus, einige schlugen das Kreuz über ihm. Nun galt es, sich genauere Informationen zu verschaffen. Es gab noch keine zivile Verwaltung. In den wenigen intakten Häusern hinter dem riesigen Marktplatz mit dem Rathaus hausten die paar zurückgebliebenen Einheimischen und erste Familien aus Ostpolen. Sie wußten nichts; ihre Sorge war, sich irgendwie einzurichten und nach einem Fortkommen Ausschau zu halten. Im Rittersaal der Burg schließlich traf Miller den Umsiedlungsbeamten; dieser allerdings war nur für die Neuen zuständig. An einer Wand hing noch ein Plakat »Heilig ist uns jede Mutter guten Blutes«. Immerhin erfuhr er von dem verständigen, übermüdeten Mann, daß etliche Aussiedlerkolonnen, vor allem aus dem südlichen Ermland, hierher unterwegs seien. Das war auch alles.

So wählte Miller die nördliche Landstraße Richtung Olsztyn (Allenstein); die östliche sparte er für seinen Besuch im Dorf der Großeltern auf. Er marschiert zur Stadt hinaus. Der Tag ist eiskalt, blendend hell mit wenig, abseits der Straße vielleicht schuhtiefem Schnee. Kein Mensch unterwegs, links und rechts hohe Ahorne in Abständen von vielleicht zwanzig Schritt, die mit ihrem kahlen Gezweig einen lichten, vor dem kühlblauen Himmel braunrötlich schimmernden Tunnel wölben, der sich in die leere Ebene hinauszieht, Telegrafenmasten ohne Drähte, Prellsteine, weißgestrichen mit breitem schwarzem Band auf halber Höhe. Nach einer knappen Stunde gabelte sich die Allee, gradaus und nach rechts. Links war in der Ferne etwas wie ein Bahnhofsgebäude auszumachen; jedenfalls ließ ein auf hohen Eisenstelzen aufgebockter Behälter samt Wasserkran darauf schließen, daß dort Lokomotiven gespeist wurden. Er folgte der Straße nach Nordosten, sie war breiter; auch ein Bahndamm in einem halben Kilometer Distanz hielt diese Richtung. Als Miller ein Waldstück erreicht hat, hört er ein Knattern. Er dreht sich um; erst sieht er nur die Schneefahne, dann den Kraftfahrer. Er tritt zur Seite. Das Motorrad nähert sich, bremst, schlittert und kommt einen Schritt neben Miller zum Stehen. Der Offizier setzt die Stiefel in den Schnee: Was er hier zu schaffen habe? Miller gibt Auskunft und zeigt seinen Ausweis. Der Mann wischt sich Reif vom Schnurrbart: »Da sind Sie falsch, die kommen von Norden«, er legt zwei Finger an die Pelzmütze, gibt Gas, und Minuten später herrscht Stille.

Miller stapfte durch das Wäldchen und ging auf dem Bahndamm zurück, bis er die nordwärts führende Straße unter den Füßen hatte. Voraus im Eisblau erhob sich eine schwarze Vogelwolke, näherte sich, tief fliegend wie zum Angriff, ein riesiger Krähenschwarm; er mußte irgendwo von den weiten Feldern gescheucht worden und aufgestiegen sein, und noch krächzte und jäckte hundertstimmig die Empörung. Er duckte sich unwillkürlich und blickte, den Kopf schiefgelegt, über sich. Die Luft brauste durch die Flügel wie der Wind im Spätherbst, dann war das schwarze Volk straßab vorbei und verlor sich im Glimmern des leeren Himmels; nur ein schwaches Gezeter, als ob der Schwarm nun unsichtbar hoch über ihm kreiste, blieb eine Weile noch hörbar. Er ging weiter. Bald sah er erste Häuser eines Dorfs und, etwas näher, ein weißes Ortsschild: Radomin. Die Höfe, locker gestreut, standen einer hinter dem andern beidseits der Straße, Giebel hinter Giebel. Rauch aus den Schornsteinen, Vorhänge hinter den Fenstern, bewohnt, doch kein Mensch, Stille, sogar die Hunde schien man aufgegessen zu haben, der Schnee knirschte, eine Katze rannte über den

Fahrdamm. Er kam sich vor wie der Eindringling in der Todeszone, die Sonne warf seinen Schatten lang vor ihm in den trotz vieler Spuren reinen Schnee; ungeheures Glitzern, wenn er sich umwandte, die Ahornbäume zu beiden Seiten schwarz mit weiß gemaltem Band.

Er bleibt stehen und versucht zu überlegen. Aber nur die Erinnerung an einen Sommertag bei den Großeltern quält ihn. Schläfrige Mittagshitze, Hühner auf der Straße, in der Ferne hinter den letzten Häusern auf der Weide die Kühe. Kot an den bloßen Füßen, steht er schwitzend im Vorgarten, ratlos, was er anstellen könnte, schließlich läuft er in Richtung von Kinderstimmen weg, die aus einem entfernten Garten gellen; sie jagen ein krätziges Huhn mit Ruten, bis es hinfällt – und er dreht ihm langsam den Hals um. Sie verscharren das Tier, setzen ihm ein Knebelkreuz und kratzen ›Huhn‹ auf den Querbalken, er setzt ›kura‹ daneben. Landluft und Harzduft... Plötzlich wünscht er sich weit weg in den Schacht von Szopienice, an die Stollenbrust, wo er weiß, was zu tun ist. Er hat alles falsch gemacht, er hätte sich besser erkundigen sollen, solche Aufträge sind nicht auf einer Fahrt ins Blaue zu erledigen. Er ist ein Esel. Er hört eine Türangel gieren, ein gebückter Alter in Filzpantoffeln schwankt auf ihn zu und starrt ihn von weit unten her mit hellblauen Äuglein an. Miller zieht seine Leica im Lederfutteral aus der Brusttasche; der Alte hebt die Hand zum Hitlergruß, grinst zahnlos, dreht sich um, weist gaßabwärts, schlurft zurück, und wieder giert die Angel des Gartenpförtchens.

Und nun sah Miller die Bewegung, etwas Kompaktes, Schwarzes, Vielköpfiges – und er machte kehrt. Er war ein Feigling: Es war genau, was er suchte. In seiner Verzweiflung mußte er nun noch den Mut aufbringen, ihm zu begegnen.

Erst am Ortsschild, als ob ihm der Name Halt! zugerufen hätte, kam sein Rückzug zum Stillstand, und er richtete seine Leica. Es *waren* die Vertriebenen. Er unterschied dies bereits an der Art, wie sie gingen, nicht schnell, nicht langsam, ein maschinenhaftes Marschieren, das keinen Unterbruch, weder Zögern noch gar Stillstand duldete: ein Gehen auf Straßen, die irgendwo oder nirgends enden mochten; viele hinkten auf wunden Füßen, doch auch sie schleppten sich im Schritt; genauer: Er schleppte sie mit, denn stehenzubleiben, dachte Miller, hätte wahrscheinlich bedeutet, umzufallen und liegen zu bleiben.

Sie tragen, soviel sich tragen läßt. Ihm klopft das Herz bis in den Hals, beinahe stolpert er rücklings; einen Moment lang hat er den Eindruck, er selbst sei auf der Flucht, dann beginnt er zu fotografieren, wie die Frauen vor dem Ortsschild vorbeiziehen. Er verschanzt sich hinter seinem Apparat wie unter einer Tarnkappe, die ihn jeder Verantwortung enthebt. Ein Glück, daß ihn kaum ein Blick trifft; diese Augen sehen nur den Weg und was sie haben zurücklassen müssen. Als der Zug nach etwa zehn Minuten vorbei ist, erinnert er kaum, was er gesehen. Eines weiß er, daß kein Kind, auch kein Kleinkind, und kein Mann dabeigewesen ist, daß er kein Wort gehört hat – und wie in einem Alptraum ein von zwei Frauen gezogener Leiterwagen vorbeigefahren ist, auf dem, von Säcken gestützt und halb begraben unter einem Berg von Bündeln und Taschen, eine leise vor sich hin stöhnende Uralte gesessen hat, deren Kopf mit jedem Ruck und Schlag in die Räder nach vorn kippte oder hinten gegen einen hohen Uhrkasten prallte. Zuletzt die Bewacher, zwei Kavalleristen, grußlos, quer vor sich den Karabiner.

Eine Woche später, wieder in Łódź, entwickelte Miller

die Filme. Sie waren trotz der Überhelle jenes Schneetags gut, scharfe Schatten, klare Silhouetten. Seine erste Wahl war ein Bild, das rechts im Vordergrund, als Anführerinnen, ein Paar, Mutter und Tochter, zeigte, beide barhäuptig; jene, klein und blondgelockt, trug mit beiden Händen einen Korb an die Brust gedrückt; diese, hochgewachsen, unter schwerem, in der Mitte gescheiteltem Haar, in langem Wintermantel, dunklen Strümpfen und Halbstiefeln, hatte einen Rucksack umgeschnallt und trug in der rechten Hand eine Tasche. Hinter ihnen vier Frauen, alle unter Kopftüchern, eine Jüngere, Großgewachsene mit Koffer und Schultersack, die älteren mit Taschen, Quersäcken vorne und Rucksäcken hinten, anschließend knapp links der Mitte im Mittelgrund eine dichte dunkle Gruppe von fünfzehn oder zwanzig meist älteren Frauen unter Kopftüchern, mit Ranzen und Bündeln; er glaubte sich zu erinnern, daß dies die Gruppe mit dem Leiterwagen gewesen war, obwohl sich drei Gestalten davorschoben, zwei Jüngere, die eine Ältere stützten. In der Tiefe des Bildes sah man den Tunnel der Ahornallee, einige Telegrafenstangen und, in lichtem Winterdunst hintereinandergestaffelt, die Firste und Gluckendächer der giebelseitig zur Straße stehenden Höfe. Das übernächste Bild war unbelichtet. Hätte es seine Erinnerung an die alte Frau sichtbar gemacht? Wieder fragte er sich, ob er geträumt habe. Sechs Aufnahmen brachte er in die Redaktion. Sie gefielen. Ob man allenfalls ein Interesse für eine Reportage über polnische Soldaten hätte, mit denen er nach Nidzica gefahren sei, wollte er wissen: 35 Porträts und Familienschicksale. Sicher, genau das richtige; es gelte jetzt mit den Augen der Jugend in die Zukunft zu blicken.

Die Zahl 4:
Schuhe[1]

Angeschüttet auf einer Geröllhalde – hart gebrochener Abraum einer Mine –, liegen ungefähr zweihundert Schuhe und Filzschlarpen, randvoll das Bild. Da sie sich in mehr oder weniger fortgeschrittenem Zerfall befinden, bleibt die Zahl Schätzung. Welcher Schaft zu welchem Oberleder, welche Kappe zu welcher Sohle gehört hat, tut nichts mehr zur Sache. Sie sind getragen worden. Eindeutig identifizierbar sind nur die Laufsohlen, also die Schuhböden, aus Kautschuk, der infolge extremer klimatischer Bedingungen von zahllosen Rissen durchzogen ist, einzelne Sohlen sind später durch aufgesetzte Gummiflicke nachgebessert worden; wieder andre haben den Gummi bereits verloren, nur noch Bruchschollen haften am Leder der Brandsohlen. Die Absätze, weil dicker in besserem Zustand, tragen ein Profil von zehn runden, außen herum und im Gelenk angeordneten Vertiefungen, die unterschiedlich stark abgetreten, jedoch nur bei den Exemplaren, die unter dem Vorderfuß den vorerwähnten Flick aufweisen, ganz abgewetzt sind.

Die Lebensdauer des aufgezwickten Oberschuhs, bedeu-

1 Bild aus: Tomasz Kizny: Goulag. Paris 2003, S. 344f.
Schuhwerk von Häftlingen in der Nähe des früheren »Centralny«-Lagers im Tal des Terrassowy. Die Lager des Butugytschag [Gebirge der Kolymaregion] *waren für politische Häftlinge vorgesehen (Zwangsarbeit unter härtesten Bedingungen).* Durchschnittliche Überlebenschance ein bis maximal zwei Winter.

tend kürzer als diejenige der Laufsohle, erschwert exakte Angaben über die Machart und Qualität von Brandsohle und Oberleder; oft sind sie zu eingeweideartig zerknautschten Knäueln gepreßt und verpappt; fallweise mag der Oberschuh nur aus Filz bestanden haben. Der Aufbau der Hinterkappe war mit Sicherheit zwei-, vielleicht gar dreischalig: außen Leder, innen Filz oder Doppelfilz. Wie die Seitenteile und Vorderkappen gearbeitet waren, ist nicht genau festzustellen. Ein herausquellendes Fetzengemengsel dort, wo sich die Kappen abgelöst und emporgestülpt haben, läßt vermuten, daß auch dort mit Filz gepolstert wurde. Vorkehrungen also gegen extreme Kälte in einem relativ trockenen Klima. Schuhzungen scheinen keine eingenäht gewesen zu sein.

Am schwierigsten ist eine generelle Aussage über die Schuhschäfte. Die meisten Vorderblätter und Seitenteile des Oberleders sind eher niedrig, etwas über Knöchelhöhe wohl. Sehr selten sind Langschäfter, in Form und Machart ähnlich den in jeder Armee gebräuchlichen Schaftstiefeln. Jedenfalls gibt es Oberlederreste, welche mehr als die für normale Arbeitsschuhe vorgesehenen zweimal fünf oder sechs, nämlich zweimal neun, allenfalls zehn eingestanzte Lochösen aufweisen; ihre Träger müssen höher eingestuft gewesen sein, Aufseher wohl. Schnürsenkel sind keine vorhanden. Entweder sind sie vermodert oder dann wurden sie, bevor die Schuhe auf den Müll geworfen wurden, herausgezogen und weiterverwendet. Das einzige Schnurförmige auf dem Bild ist Stacheldraht, der sich in Schleifen über die Schuhhalde schlängelt. Um diese vor Diebstahl zu schützen? Der Betrachter findet eigentlich nichts, das entwendet respektive wieder gebraucht oder verhökert werden könnte. Also Abfalldraht.

Das Filzzeug ist, soweit sich dies auf dem Schwarzweißbild erkennen läßt, durchwegs von weißer oder hellgrauer Schimmelflechte befallen –, die in Clustern oder Reihenmustern in Form winziger runder Kleckse sternfömig ausblüht. Sie muß das von Blut und Eiter durchtränkte Nährmilieu des Filzes als Nahrungs- und Wachstumssubstrat geschätzt haben. Dazu ein Satz aus Warlam Schalamow: »Nur die großen Zehen an den beiden Füßen heilten nicht – dort hatte die Erfrierung auch das Knochenmark erfaßt, von dort floß ständig ein wenig Eiter. Natürlich war es viel weniger Eiter als früher in der Grube, wo sich Eiter und Blut so in den Gummi-*tschuni,* dem Sommerschuhwerk der Häftlinge, sammelten, daß der Fuß bei jedem Schritt gluckste wie in einer Pfütze.«[1] Zum Teil sind die Fäden des Mycels durch die Löcher der Brandsohlennägel und der Pechfadenstiche hindurchgewuchert, was die eigentümlich halskettenartigen Aufreihungen von Schimmelblütchen an der Lederoberfläche erklären würde. Oft scheint der Filz im letzten Stadium des Ausgelatschtwerdens bereits abgerissen zu sein.

Auf dem Bild gibt es drei oder vier Stellen, auf denen der Blick immer neu verweilt. Es sind dies Schuhe, die noch nicht zerfallen oder verfault sind. Hier haben sich die ledrigen Teile von der Laufsohle gelöst und, da stärker als der kontraktionsträge Kautschuk schrumpfend, um gut zwei Fingerbreit zurückgezogen. Gewalkt von Hitze, Frost, Regen, Schnee, hat sich das Leder buchstäblich aus den senkrecht nach oben starrenden, nadelspitzen Schuhzwecken herausgezogen und einen zähnefletschenden Unterkiefer entblößt. Zusammen mit den augenartigen leeren Schnurlochösen, die dem Oberleder eine Insektenfratze verpassen, entsteht der

1 *Durch den Schnee. Erzählungen aus Kolyma 1.* Berlin 2007, S. 270

Eindruck von bösartigen, im Müll herumkriechenden Klein-reptilien, welche jede Hand, die sich nach ihnen ausstrecken könnte, schnappen und zwischen ihren Kiefern zermalmen würden.

V

Windstille

»Für 80 Prozent der Menschheit hörte das Mittelalter in den fünfziger Jahren mit einem Schlag auf.«

Eric Hobsbawm, »Das Zeitalter der Extreme«, München 1995 (deutsch)

Chiffre 5:
Katschina

Was ist die Stunde? Früher Nachmittag vielleicht. Um diese Zeit jedenfalls taucht das Bild in meiner Vorstellung auf, längst zur Erinnerung geworden und ohne die scharfen Konturen von Gegenständen, die wir anfassen können – als ob es schon bei seiner Einlagerung keine Realität gespiegelt hätte.

Die Sonne lastet; doch wo ich stehe, unter mächtigen alten Laubbäumen, Eichen, glaube ich, und vor dichtem Gesträuch liegen nur warme Lichtflecken auf dem Boden; sie zittern und flimmern, ausgezackt gleich goldenen Ahornblättern im Herbst. Jetzt ist Sommer. Ich spüre die Anwesenheit von Menschen in meiner Nähe, obwohl ich sie weder sehe noch höre. Ich mache einige Schritte auf das Gebüsch zu und unterscheide hinter dem Geflirr einen kaisergelben Pavillon. Länglich und ohne Tiefe öffnet er sich in meiner Richtung in drei hohen Halbkreisbogen über zwei glatten Säulen. Ist er verglast? Ich kann es nicht erkennen; jedenfalls ist es die Orangerie, und hinter ihr muß der Weg sein, auf dem die Menschen gehen, deren Lachen nun zu hören ist. Ich mag ihnen jetzt nicht begegnen. Warten wir, bis sie vorbei sind. Mir ist zu wohl und warm, das Glück der Ankunft an einem Ort, der mich erwartet hat, füllt meinen Körper bis unter die Haut. Und ich weiß nicht einmal, wo ich bin und in welchem Land; aber heimisch und sicher. Mein sandfarbener Sommeranzug, von Sonnenflecken gesprenkelt, ist meine Tarnung. Ich halte mich ruhig und sehe von Zeit zu Zeit verstohlen, als ob der Blick mich verraten könnte, zum Gartenhaus hinüber. Sollte die Gesellschaft sich dort niederlassen, würde ich mich lautlos zurückziehen.

Das abgedämpfte Licht filtert durch meine Augen, und sobald ich sie schließe, schwimme ich mit gemächlichen Bewegungen in einer warmen rötlichen Flüssigkeit. Die Orangerie bleibt leer. Ich höre die Stimmen nicht mehr. Ich könnte nun hinübergehen, mich unter die Säulen setzen und den Nachmittagsbogen in die längeren Schatten einsinken lassen. Doch Unruhe und Neugier sind stärker. Wo bin ich? Ich verlasse diesen Ort eines durchleuchteten Friedens und dringe in der Richtung, wo ich das Schloß oder Gutshaus vermute, in den weglosen Wald ein. Laub raschelt, Zweige knacken.

Unversehens, sozusagen mit einem Schritt, trete ich aus dem Gehölz ins Offene und erschrecke. Das Land muß in dieser winzigen Zeitspanne seinen Platz auf der Erde gewechselt haben: Der Waldsommer hat sich in trostlose Steppenöde verwandelt, die bis zu einem simmernd bräunlichgrauen Horizont reicht, wo Erdstaub und Himmelsdunst sich mischen. Und hinter dieser schmutzgrauen Zone dehnt sich die Ebene fort – das weiß ich, als ob ich's sähe –, ununterbrochen und ostwärts.

Aus dieser Menschenverlassenheit wächst hinter einem grob geschotterten Platz das Schloß, ein überdimensioniertes, klotzig-klassizistisches Gebäude: Die Öde der Landschaft ist in diesem grauweißlichen Körper Fleisch geworden und hat sich gleich wieder vergessen. Jonische Säulenfront unter flachem Dreieckgiebel, dröhnend leere Kolonnaden fassen einen seichten Ehrenhof, die beiden Corps de logis, die sich gleichen wie ein Ei dem andern, pflügen mit ihren untersetzt plumpen dorischen Säulengiebeln durch die Leere. Hier ist ein Wille liegengeblieben, deprimierend überflüssig. Ein längst abgestorbenes Riff in der Zeit.

Nun weiß ich, das Schloß steht irgendwo im Osten leer bis auf die Bibliothek, die verstaubte Ausstattung mit Vasen und Gipsfiguren. Die Besitzer sind ausgestorben oder vertrieben; unmöglich, daß soeben eine Gartengesellschaft im Park herumgewandelt sein soll. Hier wird nur noch auf Zerfall und Untergang gewartet. Emporgestemmte Vergeblichkeit. Staub und Grus rieselt in der Sommerhitze von Dächern, Friesen und Simsen, irgendwo rechter Hand im Augenwinkel windet sich unter Qualen auf einem grauen Zementpodest ein weißer Engerling, die Riesenstatue einer Venus, eine unförmige Gliederpuppe, der man einen Arm und ein Bein abgesägt und einen verrosteten Stab in den Beinstumpf gerammt hat. Krüppel wie alles sie Umgebende.

Ich wende mich zur Flucht, falle aus dem Bild und lokalisiere es, während es ausbleicht: Schloß Katschina der Grafen Chotek in Böhmen.

Der Schloßherr 2:
Die Geschichte

Ich hatte das Bedürfnis, mit ihm über die sogenannten Macher von Geschichte zu sprechen. Hatte er sich doch sein Leben lang mit ihnen befaßt, und mich ließen sie, beginnend mit Alexander dem Großen, nicht ruhen. »Gern, wenn Ihnen daran liegt«, hatte er geantwortet.

Über seine vorgerückten Jahre liebenswürdig und rücksichtsvoll, wie es seinem Wesen gemäß war und seinem Adel anstand, empfing er mich unter dem Burgtor. Den Adel allerdings hätte er nie erwähnt. Seine weitverzweigte Familie und auch er selbst hatten sich diesen durch Verdienste immer neu erworben, dieser bei der Royal Navy, jener als Sonderbundsgeneral, einer im Festungsbau der Doppelmonarchie als General-Feldzeugmeister – und einer, Gaudenz, als Dichter. Der Schloßherr war Bürger, aber er führte in einem Punkt ein unbürgerliches Leben. Als Geschichtsschreiber und als Professor für Neuere Geschichte verdiente er sein Brot, ein Forscher und Analytiker, Denker und Kommentator. Er war kein *bourgeois.* Er mochte dessen oft geistlos-konservativen Materialismus nicht.

Er war ein großer Arbeiter. Einmal hatte er bemerkt, er frage sich heute selbst, wie er seine Werke, vor allem die drei dicken Bände der »Weltgeschichte der neuesten Zeit«, sozusagen im Nebenamt habe schreiben können. Wahrscheinlich wachse man mit der Aufgabe, die man sich gestellt habe.

Vieles, auch manche Essays, sei übrigens hier im Rittersaal entstanden, während der langen Sommerferien und mit dem weitreichenden Ausblick nach Norden und Süden in das sanfte Land des mittleren Aargaus, das sich leider zum Verschleiß durch Industrie, Transportgewerbe und Lagerhäuser eigne. »Es schwindet«, meinte er, »von Jahrzehnt zu Jahrzehnt rascher; früher hab ich's begrüßt – die Menschen fanden endlich ein anständiges Auskommen, heute bedaure ich's – zehn Arbeitsplätze im Transportgewerbe verbrauchen bald einmal ein Joch Acker, und das scheint mir bedenklich. Immerhin hat sich die Ölraffinerie in Mägenwil verhindern lassen; ihre Kamine hätten bis auf die Höhe dieser Fenster gereicht, wobei es mir weniger um die Höhenkonkurrenz bange war als um die Luftverschmutzung durch Schwefel- und Stickoxide; bei Inversionslagen ein braungelber Deckel.«

Er trat an ein Nordfenster und blickte auf die riesige Montagehalle der Brown Boveri im Birrfeld hinunter, deren zu Buckeln gebrochene Sheddächer an eine zehntausendfach vergrößerte Raupe erinnerten. »Die Menschen und ihre *idées fixes.* Vielleicht bin ich deshalb Historiker geworden. Heute glaubt man, Wirtschaftswachstum sei ein Naturgesetz und die Natur ausschließlich zu unserem Verbrauch geschaffen. Wer etwas andres denkt und sagt, ist ein Fortschrittsverhinderer. Descartes ...« Er drehte sich wieder in den Saal zurück. »Was nicht denkt, ist Maschine und Material. Welche Täuschung, welche Ahnungs- und Rücksichtslosigkeit. Und niemand weiß genau, welche Konsequenzen uns einmal einholen werden; den Menschen als *Material* haben wir bereits im Ersten Weltkrieg kennengelernt. Ernst Jünger hat mich letzthin besucht; er hofft aufs nächste Jahrtausend, die

Epoche des Wassermanns. Hat mich erstaunt. Doch das Magische in seinem Wesen und Schicksal ist zweifellos da, denken Sie an sein Überleben an der Westfront zwischen 1914 und 1918; mir liegt's fern, meine Sphäre ist die Rationalität.«

Der Jahreslauf des Schloßherrn und seiner Gattin, sommersüber auf der Burg, im Winter in der Stadt, paßte in kein Muster, es sei denn, man versetzte sich ins 18. Jahrhundert. Dort die komfortable Wohnung, hier die Einfachheit der Väter. Er war nicht der Pfeffersack, der von der Stadt und der Vorortsvilla aus seine weltumspannenden Geschäfte oder einträglichen Transaktionen mit den korrupten Eliten der Entwicklungsländer tätigt. Er war nicht reich. Er konnte es sich nicht leisten und hätte es auch abgelehnt, den Erben zu spielen, der sorgenlos in das ihm Hinterlassene eintritt und es sich darin wohl sein läßt. Viel eher war die Burg hinter der Steilwand des Halsgrabens auf dem Felssporn am Ostende des Kestenbergs eine sperrige Sache und kostspielige Aufgabe, die er und seine Frau auf sich genommen hatten, auch um der abgegangenen Generationen willen, und mit der Einfachheit und dem Geist ihrer Lebensweise erfüllten.

Die Bürgerlichkeit seines Berufs täuschte nicht darüber hinweg, wer vor einem stand: Einer, der von anderswo kam. Und doch kein *ci-devant,* wie man während der Revolution die abgehalfterten Adligen genannt hatte. Er selbst hätte wohl den Begriff *citoyen* für sich gelten lassen: ein Heutiger und Demokrat und zugleich ein Mann, der aus der Geschichte in dieses Jahrhundert herüberragte. Der Onkel einer seiner Großmütter hatte als junger Mann noch Napoleon die Hand gedrückt; und dieses Gefühl der Generationen, die sich über Jahrhunderte hinweg ihre Hände reichten, als könnte so das

Gedenken der Lebenden an die Toten bis in ferne Vergangenheit und Zukunft aufrechterhalten bleiben, mache ihn, sagte er, immer wieder betroffen. Tiefe der Zeit, auch Würde und Wahrnehmung der Zeit, denn Zeit sei für den Menschen, indem er sie erfülle und zu gestalten versuche, wohl das größte – und gefährlichste Geschenk. Dieses Wissen münde für ihn persönlich mitten in die Geschichte.

Daß der Schloßherr Napoleon *trotz allem* bewunderte, begründete er allerdings nicht mit jenem Händedruck, als *l'Empereur* den jungen Offizier vor Bautzen auf dem Schlachtfeld zum General befördert, und welchen jener seiner Nichte und diese ihrem Enkel mit eigenen Händen vermacht hatten. Auch wenn, so gesehen, der Schloßherr ein Erbe war, so hatte er die *Zeit* geerbt, zu welcher die lange Reihe seiner Ahnen beigetragen hatte. Sie hatte seinem Wesen, seinem Gesicht, seiner Art, sich zu äußern, eine uneilige Würde mitgeteilt. Der Schloßherr redete *anders,* er verweigerte sich der Geschwindigkeit, er war nicht »schnellfertig«, er gehörte, seiner Schwäche für Napoleon zum Trotz, nicht zu den befehlsfreudigen Tätern, die selbst im Hühnerstall oder über das Büropult hinweg Kasernenhof spielen. Er dachte im Reden über die Begründung und die Folgen seiner Äußerung nach, genau und abwägend. Hörte man ihm zu, spürte man, daß er jahrelang gegen die und trotz der Zensur das Wort ergriffen hatte, ein Sprechen auf und zwischen den Zeilen. In seiner Stimme schwang der Abscheu vor jeglicher besserwisserischer hiesiger Engstirnigkeit, auch ein Vertrauen in die Fähigkeit, mit Gründen zu überzeugen – und in die Bereitschaft anderer, sich von der Vernunft überzeugen zu lassen. Eine eher weiche, umsichtige Stimme, die ihrem Gegenüber nicht nur in den Pausen der Erzählung, sondern auch im Klang höflich Raum gewährte für Fragen, Einwände, Ergänzungen. Sie vermittelte Sicherheit, sie hatte die unaufgeregte Standfestigkeit dessen, der um das Schwarze Loch der Zukunft weiß. Mitgegeben als Tenor seiner unparteiischen Berichterstattung während des Zweiten Weltkrieges, hatte auch die Stimme, denke ich, obwohl ich zu jung war, sie gehört zu haben, den »Freitagsprofessor« geschaffen. Und der Schloßherr war damals nach unsern heutigen Begriffen ein junger Mensch.

Wir waren inzwischen ins Obergeschoß gestiegen und saßen uns jetzt im *Fumoir* gegenüber, einem Turmzimmer mit Biedermeier-Ausstattung: Rundtisch, seidenbezogene Stühle, Sofa, an der Hinterwand verglaste Bücherschränke, in der Ecke neben der Tür einladend Stuhl und Schreibtisch, in der einzigen, tiefen Fensternische ein Sessel und ein kleiner gemalter Kachelofen. »Wissen Sie«, sagte der Schloßherr – nicht selten setzte er mit diesen Worten zu einer Erzählung an, zog einen damit in die Geschichte hinein –, »wissen Sie, es war nicht einfach, aus der Heiligenkutte des Vermittlers objektiver Wahrheit (die es ohnehin nicht gibt), des unbestechlichen Berichterstatters (der zu sein ich versuchte), ja des bescheidenen Hoffnungs- und Lichtträgers am Ende dieses Tunnels der Geschichte (der ich ein klein wenig gewesen bin), zu schlüpfen. Natürlich war es auch schön, nachher, und meine Frau und ich haben es genossen, gefeiert zu werden; doch das Gastsemester in Wien, die Gründung der Stiftung Pro Helvetia und die Vermittlung der Sammlung des Kunsthistorischen Museums Wien für eine erste Nachkriegsausstellung ins Kunsthaus Zürich, die haben mir mehr bedeutet und Dauerhafteres geschenkt. Nun, man bleibt stigmatisiert mit der Rolle, die sich den

Leuten eingeprägt hat. Der Zufall – was mich betrifft sicher der *glückliche* Zufall – hatte ein für allemal entschieden. Doch mein Leben war 1945 nicht zu Ende, und ich wollte dort auch nicht stehenbleiben wie *mutatis mutandis* Hofer in Bern. Lehre und Geschichtsschreibung haben mich freundlich an der Hand genommen.

Es war die ›Weltgeschichte‹ und dieses Land mit seinen Wurzeln in allen vier Himmelsrichtungen, die mich beschäftigt haben. Das Land, von dem ich nicht behaupten könnte, daß ich's vor allen liebe trotz seiner Bequemlichkeit, trotz der Ausdauer, mit der es sich zusammenrauft, um nicht in seine Teile zu zerfallen, da es mit irritierend nörglerischen Eigenschaften überreich ausgestattet ist, mit dem scheinheilig-bescheidenen Stolz auf seine Kleinheit, seine im industrialisierten Flachland produzierte Hirtenfolklore und, leider muß man das eingestehen, mit seiner Selbstgerechtigkeit und dem nicht selten als Humanität getarnten Egoismus. Die Weltgeschichte dagegen berührt mich wegen der Größe ihrer Umwälzungen. Ohne sie hätte ich hier Mühe gehabt. Doch wie ich dies sage, wird mir klar, wie unrecht ich dem Land tue, das mir Frieden und Gedeihen und ein Auskommen geboten hat; wahrhaftig, *darüber* würden die unzähligen Toten dieses Jahrhunderts der Kriege gerechter urteilen. Und zu danken habe ich vor allem meinen Freunden, hier, im Welschland, in Paris, Wien, auch in Deutschland.«

Der Schloßherr, im Fenstersessel, zündete sich die Pfeife an und paffte versuchsweise: »Das Zögern, mich politisch zu engagieren, führe ich auf die hiesige Mentalität zurück; ich wollte versuchen, tiefer zu verstehen, klarer zu reflektieren als die oft einfältigen Parteiparolen, die gern das Verkehrte herumposaunen; ich denke, unsereiner ist nötig; doch dafür, daß man sich oder eher sein Fach für unverzichtbar hält, muß man auch ernsthaft arbeiten. Daß jene furchtbaren sechs Jahre für mich fruchtbare Jahre waren – ich muß mir das immer wieder selbstkritisch vor Augen halten –, das macht mir Mut, aber auch zu schaffen. Wer wäre ich im Frieden geworden? Nicht ein andrer, doch ich stünde anderswo. Im Hinterland.« Sein rundliches, fast faltenloses Gesicht schien von den Augenlidern her plötzlich schwer von Müdigkeit. »Ich bin ja froh, daß es Menschen wie Sie gibt, freundlich, zuvorkommend, kritisch und von der Geschichte betroffen, auch wenn Sie persönlich die Katastrophe nur als kleiner Junge mitbekommen haben; so fühle ich mich nicht gezwungen, irgendein Theaterstück zu erfinden. –

Ja, ich habe immer eine Schwäche für die große Historie gehabt – bei allem Verständnis für die Sozial-, die Wirtschafts-, die Alltagsgeschichte, die heute gelehrt wird und die ihre hochwürdigen Ahnväter hat, denken Sie an Braudel. Sie ist notwendig; man *muß* den vielen gerecht werden, denn wenn die Geschichte nur aus Königen und Staatsmännern, Feldherren und Schlachten bestünde, könnte man sie ohne Schaden in der Wüste Sahara abspulen. Mit meinem *Sismondi* bei Henri Berr habe ich mich ja genauso mit Wirtschaftsgeschichte und ökonomischer Theorie befaßt. Doch dann hat mich die politische und die Mentalitätsgeschichte, das in einzelnen Männern und Frauen verdichtete, auf den Punkt gebrachte, in höherer Potenz umgewälzte und gestaltete Leben der Zeit und des Zeitgeists, wieder abtrünnig werden lassen. Ich weiß, dies ist unbarmherzig, und man kann mir das auch zum Vorwurf machen, denn die Umwälzung des Lebens in der Zeit und durch den Zeitgeist oder, vor allem, Zeit*un*geist ist ein entsetzlicher Vorgang. Warum also?

Warum die lebenslange Beschäftigung mit den Monstern oder Heiligen oder Zwittern aus beidem?«

Der Schloßherr steckte die Pfeife wieder an und sah aus dem Fenster. Von meinem Stuhl neben dem Bücherschrank, wo drei komplette Rilke-Editionen hinter Glas ein ganzes Regal füllten, konnte ich nur einige im Blau herumhängende Wolken erkennen. Ich stand auf, öffnete einen Schrankflügel und griff mir einen Band in Pergament heraus. *Der Neuen Gedichte anderer Teil:* »Wir kannten nicht sein unerhörtes Haupt...« – »Ja, Sie haben ganz recht!« Ich drehte mich, beinahe ertappt, um. Der Schloßherr sah herüber und lächelte halb ironisch, halb gerührt. »Welches Gedicht lesen Sie?« Ich zitierte den Anfangsvers. Er nickte. »An ihm könnt es gelegen haben. Ich glaube, daß Rainer Maria Rilke der erste Mensch gewesen und lange Zeit der bedeutendste geblieben ist, der mir diese Ahnung vom Unbegreiflichen und Anziehenden des real existierenden Außergewöhnlichen vermittelt hat – auch von dessen Recht auf eine Beurteilung nach ›erweiterten Kriterien‹, wenn man so sagen darf, ein Mensch, der sich der *political correctness,* dem bürgerlichen Obligationenrecht entzieht, zu schweigen von einer alltagstauglichen Moral. Sie wissen, was Hegel darüber bemerkt.«

Ich nickte: Hegel allerdings gehe mir zu weit mit seiner Freisprechung, fast Generalexkulpation derer, die in seinen Augen ›Geschichte machten‹ und gleich Napoleon das Blut der Menschen wie Wasser verschütteten. »Doch Ihr Buch über *Rilkes Schweizer Jahre* lebt vom Echten. Ich bin zwar nicht gekommen, Komplimente zu machen, nur für einen fern-nachbarlichen Besuch, aber Sie haben eine Dichte des literarischen und biographischen Verstehens erreicht und eine helle Tiefe des poetischen Ausdrucks solcher Analyse getroffen, wie in der Schweiz der dreißiger Jahre wohl niemand außer Fritz Ernst und Pierre Béguin. Ich bin erst bei Emil Staiger – über seine politische Schlagseite sind wir uns einig – einer ähnlich beglückenden Intensität der Lektüre von Literatur begegnet. In der Art der Deutung allerdings gehen Sie getrennte Wege.«

Der Schloßherr lachte leise und herzlich. »Ich weiß, und mich stört es nicht, daß Sie bei Emil Staiger abgeschlossen haben und ihn als Interpreten hochschätzen. Muß ja nicht heißen, daß man im Politischen Gleichschritt übt. Ich habe die Ansichten meines Doktorvaters Berr auch nicht unbedingt geteilt, er war mir zu naiv und vertrauensselig in seiner altertümlichen bürgerlichen Liberalität, er war beinahe ein wenig blind – aus Güte. Und Staiger *war* in Ihrer Studienzeit ja auch eine von zwei oder drei Leuchten der Germanistik.« Er habe, warf ich ein, zuweilen ›geleuchtet‹ von seiner hermeneutischen Botschaft. »Allerdings ist es, da wir beide nach seiner Mittwochvorlesung sehr oft den Heimweg miteinander unter die Füße genommen haben, zuweilen zu hitzigen Diskussionen gekommen, so eines Tages, als er vor vollbesetzter Aula behauptet hatte, die Probleme Franz Kafkas ließen sich mit einem Tagesbefehl lösen.«

Der Schloßherr nickte. »Und sehn Sie, von Rilke... Ich muß deutlicher werden. Ich habe in meinem Leben *nie* jemanden getroffen, der in der absoluten Konzentration auf das Werk und in der Mäßigkeit, ja Bescheidenheit des Lebensstils sich mit Rilke hätte vergleichen lassen. Thomas Mann, der hier zu Besuch gewesen ist, wie auch Hofmannsthal oder Carl J. Burckhardt, sie alle waren Großbürger mit entsprechenden Statusansprüchen und unglücklich, häufig unproduktiv, wenn diese nicht erfüllt waren. Auch Rilke drohten Zeiten der Unfruchtbarkeit, wenn die Umgebung nicht stimmte, doch die Summe seiner Ansprüche war klein und ganz andrer Art, weder mit Geld oder Besitz zu erfüllen, noch war sie *charitable,* vor allem der harte Wunsch nach Bindungslosigkeit im entscheidenden Moment, da *es* ihn ergriff – ist das bei Franz Kafka so viel anders gewesen? –, und nach einer möglichst unsichtbaren Hilfe bei den alltäglichen Verrichtungen.

Nun müssen Sie mich entschuldigen, wenn ich einen Sprung mache. Von Rilke oder Thomas Mann oder Kafka zu Napoleon oder Talleyrand (*vous n'êtes qu'un bas de soie, rempli de merde*[1] – und doch einer der gewieftesten Politiker, die es je gab, was man von Metternich nicht sagen kann) oder zu Bismarck, Lenin, de Gaulle, Churchill ist der Schritt in der Dimension des Außergewöhnlichen klein. Selbst Stalin, so monströser Paranoiker er gewesen ist, hat teil an dieser Dimension gehabt. Teil ...«, wiederholte der Schloßherr leise. »Den jetzt noch fehlenden Namen übergehen wir, obwohl... *Sed damnata sit eius memoria.* Das Blut der Menschen wie Wasser verschütten, Sie haben's gesagt.«

Ob wir's denn bei diesem schönen Satz bewenden lassen könnten, fragte ich. Ob wir uns nicht genau diesem Aspekt zuwenden müßten. Mir scheine, man sollte bei der Analyse ein Phänomen nicht von oben, sondern von ganz unten, von seiner niedrigsten Erscheinungsform her, beurteilen; ohne die Wurzel im Abgrund entgehe uns dessen Totalität; ich denke etwa an Napoleons *faites fusiller!* oder an die frühen Jahre der russischen Revolution, da sich doch schon fast alles *angezeigt* habe. »In diesem oder eher *nach* diesem *Fall,* von dem wir

1 Sie sind nichts als ein Seidenstrumpf voller Scheiße (Napoleon zu Talleyrand).

reden, kommt man nicht darum herum, mitzudenken, daß ein generalstabsmäßig geplanter Massenmord *geschichtsmöglich* ist.« Kurz nach dem Krieg habe Cioran die Geschichte *›ce mélange indécent de banalité et d'apocalypse‹* genannt. »Ich denke, wir dürfen uns dem Batailleschen Blick nicht verschließen, diesem *unterstmöglichen* – wenn es denn so etwas gibt.«

Der Schloßherr schien irritiert. »Améry«, murmelte er, »Améry, Sie wissen, *Jenseits von Schuld und Sühne.* Aber *dürfen* wir's; ich meine, steht es uns zu? Oder ist dies die Aufgabe einer andern, Ihrer Generation? Oder ist's nur denen erlaubt, die es wie er erlitten haben? Zuweilen fühle ich mich in der Tat müde.« Ich entschuldigte mich; vielleicht könnten wir später mal über den fehlenden Namen sprechen. Der Schloßherr nickte: »Wissen Sie, es ist nicht meine *Art;* in meiner Jugend siedelte man noch auf einer anderen, sozusagen naiveren Ebene. Sie haben beim letzten Besuch von Elias Canettis *Masse und Macht* gesprochen und es bedauert, daß dieses zentrale Werk bei seinem Erscheinen nicht nach Verdienst wahrgenommen worden sei. Wahr ist's, leider; das Buch ist wie alle Findlinge nicht in einer Schublade zu versorgen. Und Sie haben damals auch bemerkt, mein Lieber, daß Canetti den verfluchten Namen nicht ein einziges Mal erwähne, obwohl dieser ja während der Überarbeitung und Ergänzung des Werkes nach dem Krieg immer mitgedacht und miterlitten sei. Wie soll man sich zu jemandem stellen, der die Schuld am größten Unglück und an der unauslöschlichsten Schande auf sich geladen hat, welche den Menschen in seiner ganzen Geschichte heimgesucht haben? Nun habe ich Ihnen eine Freude gemacht, nicht wahr?« Der Schloßherr lächelte: »Sie mögen doch solche etwas gar zu absoluten Aussagen, vielleicht weil Sie eine leidenschaftliche Natur sind. Hier im *Fumoir* und in diesem unvergleichbaren Fall des Bösen soll man's wagen. Ich war, muß ich Ihnen sagen, letzthin beim Lesen von Alice Millers *Am Anfang war Erziehung* sehr ungehalten, daß eine ausgewiesene Psychologin eine nicht besonders glückliche Kindheit als hinreichende Erklärung überhaupt zur Diskussion stellt. So kann nur Ahnungslosigkeit reden. Ich bin Hans Jonas dankbar, daß er sich als Philosoph wieder ernsthaft mit dem Bösen beschäftigt und feststellt, daß die von Hannah Arendt erkannte Banalität nur eine seiner möglichen Erscheinungsformen ist. Wo sie ins kategoriell Böse mündet – irgendwo da nistet ja wohl der Bataillesche Blick –, wird eine anthropologische Grenze überschritten.«

Die Schloßherrin trat ein und lud uns freundlich, doch entschieden zum Tee. *»'s isch Züt«,* sagte sie zu mir, *»ich mues immer luege, dass mir de Jean nid z'müed wird.«*

Die S. A. »Thorwaldt« 6:
RÜCKBENENNUNG – RATTENFÄNGER!

Die Bahnhofshallen verbogene Stahlgerippe, die Züge pünktlich und überfüllt, die Schuttberge höher und die Ruinenriffe eindrücklicher als die Burgen überm Rhein. Suche nach Strategien des Überlebens, instinktiver Versuch, alte Lebensformen, bewährte Spielregeln für den Wiederaufbau einer bis auf die Höhe der Kellergewölbe zerstörten Welt zu reanimieren.

Verbrechen und Verlust waren so groß, daß ein Rest an »Richtigem« fraglos befolgt wurde. Adenauer-Ära: Windschattenzeit, still und fleißig unter Führung eingespielter Seilschaften. Emsige, bis zur Fühllosigkeit verdroschene Seelen, die keine Zeit hatten, darüber nachzudenken, daß sie in der Hölle gelebt hatten. Man kroch aus den Trümmern, Währungsreform, und man »schaffte« es. *Turnaround.* Helden waren, die im »inneren Widerstand« verharrt hatten; zurückkehrenden Emigranten begegnete Mißtrauen; sie hatten »die Bombennächte nicht erlebt«. Begreiflich, wenn auch verkehrt herum gedacht. Zu Atem mußte man kommen, ein braves Bürgerkostüm als neues Selbst tragen. Die Schlauesten wählten ihre Westen *double-face.* Im Eimer die Ideologie, ihr Aktivismus in den Wiederaufbau umgelagert. Selbst der BHE[1] wurde konkurrenziert durch BH und Bikini.

1 Block der Heimatvertriebenen und Entrechteten, gegründet 1950 in Schleswig-Holstein.

Und wie fühlten sich die Leute im südlichen Nachbarland, dem »kleinen Stachelschwein«, wie man gesungen hatte? Wo die Städte noch unter Dach waren und die Fensterscheiben im Kitt hingen und keine Obelisken mit den Namen der Gefallenen auf den Friedhöfen standen. Dort war nach Jahren der Angst, Bedrücktheit, des Abscheus, aber auch des wohlwollenden Nickens einiger und der auf äußere Tadellosigkeit und *business as usual* bedachten Politik gegenüber dem amoklaufenden Übermächtigen der Mut zurückgekehrt, der Stolz des Davongekommenen, der recht behalten und mit den Siegern und den überlebenden Juden nur einige finanzielle Kleinigkeiten zu bereinigen hatte. Dieses Reinigungsunternehmen *en gros,* das die Volksseele vollends aufrichtete, arbeitete derart gründlich, daß es ein halbes Jahrhundert dauern sollte, bis die Flecken auf der Weste wieder zum Vorschein kamen.

Für den Moment zählte man sich ganz naiv den Siegern zu, waren doch die politische Neutralität und der Ausbau der Alpenfestung der Kriegseinsatz gewesen, den man selbst verantwortet und berappt hatte, auch wenn nagende Zweifel, ob letztere sich im Ernstfall bewährt hätte, nicht auszuräumen waren. Der Neutrale hat den unbezahlbaren Vorteil, in jedem Fall dem Sieger gedient zu haben; und *dieser* Sieger war großmütig. Der Dank für den Sieg der Sieger zeitigte – dies zu verschweigen wäre ungerecht – eine Grundwelle der Hilfsbereitschaft. Helfend trat man den Beweis an, daß die Neutralität nicht Opportunismus gewesen war, sondern standhafte Weigerung, Mitleid und Menschlichkeit zu entsorgen. Die Nummernkinder standen Schlange in fünf Sprachen, die Heimleiterinnen kochten Voressen und rührten Fondue und Polenta. Der Gründer des Kinderdorfs allerdings galt vielen als Phantast – wie Henri Dunant. Das Herz der weit überwiegenden Mehrheit hatte in diesem grauenhaftesten aller Konflikte in der Tat immer und sonder Wank *rechts* auf der moralischen und Siegerseite geschlagen. So wurde der nun folgende kalte Krieg innenpolitisch mit Härte und aus tiefster Überzeugung mit den Westalliierten durchgefochten.

Um die S. A. ›Thorwaldt‹ war es still geworden; weder Jahrestagungen noch Publikationen; Band 13, 1942, mit den völkischen Aufsätzen markierte das Ende. Herrschte Grabesruhe? Flimmerte ihr früher mächtig schlagendes Herz noch? 1941 hatte man 408 gläubige deutsche, österreichische und Schweizer Mitgliederseelen (Hektor Ammann!) gezählt; Stalingrad brachte den Einbruch: 1943 noch 297! Tickte es in den Köpfen einiger Getreuer weiter, die im Tenuewechsel begriffen waren und die man von Adolf bis Streicher und »Stürmer« falsch verstanden hatte? Und das Archiv? Hatte es den Platzregen der Nacht vom 23. Oktober 1943 überlebt? Nun, im Grunde interessierte dies keine Laus. Oder doch?

Jemand mußte ›am Feind‹ oder, wie man in Zivil sagt, ›am Ball‹ geblieben sein. Denn anläßlich der Buchmesse im Herbst 1967 wurde von einem krachledernen Angestellten des Ostland/Ostara-Verlages in Berchtesgaden an den Ständen sämtlicher deutscher Verleger von Literatur, Geschichte und Ethnologie ein Blatt Thorwald neu lesen abgegeben. »Es würde uns freuen, Sie anläßlich der 22. Jahrestagung der S.A. ›Thorwaldt‹ am 21. und 22. März 1968 im Museum für Völkerkunde, Frankfurt am Main, begrüßen zu dürfen.« Wie der Mitteilung zu entnehmen, waren die geretteten Reste des Archivs, nach jahrzehntelanger Wiederherstellungsarbeit durch

Dr. iur. et theol. Hartwig Kleinholz in Detmold, in die Universitätsbibliothek Frankfurt überstellt worden. Anmeldungen an Dr. Hartwig Kleinholz, Krumme Straße 5, 32756 Detmold.

Eröffnet werde die Jahrestagung am 21. März 1968 punkt 10 Uhr mit einer Gedenkausstellung im sog. Mumiensaal, zu dessen Beständen Thorwaldt, früh schon Mitglied der Senckenbergschen Naturforschenden Gesellschaft, als Kaufmann in Nordaustralien einige Hauptexponate gestiftet hatte, so drei Schrumpfköpfe aus Neuguinea. Fotografien aus Thorwaldts Leben, Donate des Ethnographen, Manuskripte und Briefe des Politikers und Denkers, oft aus Dutzenden von Fetzen zusammengeklebt – eine Arbeit, die nur ein intimer Kenner des Thorwaldtschen Werkes habe leisten können –, sollten den Pionier der Völkerkunde und Politikwissenschaft sowie die Größe des Rettungswerkes dokumentieren. Die Haupttraktanden waren die Rückbenennung in S. A. Thorwaldt-Gesellschaft, die Wahl eines neuen Präsidenten am 22. März, punkt 10.45 Uhr, sowie die Fortführung der Werkausgabe ab Band 14. Die Gesellschaft, so schloß man als Leser des Informationsblatts, mußte also in aller Stille über die Jahre vegetiert haben. Der Druck des Blattes selbst war von der Oger-Klebstoffe Oggersheim gesponsert.

Ein Häuflein fand sich ein am 21. März 1968, im Museum für Völkerkunde, wahrscheinlich weil knickgotische Neufraktur nur noch von wenigen gelesen wurde, doch klingende Namen waren darunter: Professor Martin Heidegger, Edwin Erich Dwinger, Ingeborg Teuffenbach, Karl Heinrich Waggerl, Friedrich Griese, Gerd Gaiser, Erhart Kästner, Professor Hans Schwerte aus Aachen, im ganzen 15 Mitglieder. Dazu eine kleine Schar neugieriger, netter Studenten und hübscher Studentinnen. Dr. Hartwig Kleinholz führte durch die Ausstellung, berichtete packend über die Rettungsaktion am Morgen des 24. Oktober 1943, als die Detmolder Hitlerjugend freiwillig ausgeschwärmt war und ein Gelände von ungefähr zehn Hektar, selbst Straßengräben und Dachrinnen und die Trümmerhaufen der nächstliegenden Gebäude und des Westflügels des Neuen Palais, nach Resten und Fetzen abgesucht hatte. Säcke triefend voll Thorwaldt waren abgeliefert, auf das Gewölbe des Ringofens der nahe gelegenen Ziegelei von Heidenoldendorf geschüttet und dort getrocknet worden.

Die Detektivarbeit an den anschließend schimmelsicher in imprägnierten Holzkisten gelagerten Schätzen habe 1949 begonnen. Zwar müsse man rund 25 Prozent des ursprünglichen Bestandes, weil verbrannt, verschmort oder bis zur Unleserlichkeit verschmiert, ganz abschreiben, sagte Dr. Kleinholz. Fünfzehn Prozent befänden sich in kritischem, kaum mehr entzifferbarem Zustand – Thorwaldts schwer lesbare Handschrift –, stolze sechzig Prozent könne man als wiederhergestellt betrachten. Von den vierzig Prozent Verlusten seien gut zwei Drittel – wie er aufgrund des Archivinventars von 1941 versichern dürfe – in den Bänden 1–13 publiziert, womit sich der Anteil des unwiederbringlich Verlorenen noch einmal auf verkraftbare vierzehn Prozent des Bestandes reduziere. »Was aber bleibet, ist das Echte«, betonte Kleinholz, ein Dichterwort verbessernd, und blickte in die Runde. »Wie wahr dies Wort, beweisen, sehr verehrte Damen und Herren, die in diesem Saal stumm und ergreifend anwesenden Mumienzeugen vergangenen Menschseins.« Damit sei klar, daß man morgen an diesem Ort einen neuen Präsidenten anstelle des im Mai 1945 im Führerbunker dank

Freitod abgegangenen küren, einen Herausgeber bestimmen, weil Professor Schmitt sich zurückgezogen habe, und somit über den Fortgang der Edition befinden könne.

Freundlicher Beifall. E. E. Dwinger sprach bewegt Worte des Dankes und der Bewunderung und plädierte für einen energischen Schlußstrich und Neuanfang in Güte und gegenseitigem verzeihendem Verständnis. Man beugte sich über die Vitrinen. In der zweifellos interessantesten wurde anhand einiger Textbeispiele der Einfluß von Thorwaldts Gedankengut auf den Weisen vom Todtnauberg wörtlich nachgewiesen. Hier sei nur ein Fall zitiert: »Das deutsche Volck ist nicht mit seinen Vertretern zu verwechseln, nicht mit der Bodenlosigkeit ihres politischen Geschwäzes, das unsere öffentliche Bühne beherrscht und glaubt, damit das Verständnis des Beschwazten voranzubringen. Vorangebracht wird einzig eine wurzellose Kaste, die das Vermeyntliche für das Würckende hält und jede urkräftige Auseinandersetzung mit der heillosen Lage unseres Vaterlandes hintanhält und bloquiert.« (Band 11, S. 79, aus dem Aufsatz »Sackgasse Liberalismus«, 1868.) Daneben lagen Abschnitte aus »Sein und Zeit«, § 35 »Das Gerede«.

Am 22. März waren die netten Studentinnen und Studenten zahlreich und nicht wiederzuerkennen; der Mumiensaal glich einem aggressiv summenden Bienenhaus, als ob die Drohnenschlacht oder ein Schwarm bevorstünde. »Du lieber Schreck und Augustin«, sagte jemand und schlich nach vorn: »Meine sehr verehrten ...« – eine Vitrine splitterte, Waggerl hinter dem eigens restaurierten und aus Detmold angekarrten Stehpult Thorwaldts ging in die Hocke, ein Pflasterstein zerschmetterte die Pultschräge, Waggerl, an der Oberlippe getroffen, büßte einen Vorderzahn ein, es scherbelte, klirrte, knirschte, sogar das Schutzglas über den gerahmten Photographien Thorwaldts und nackter Eingeborener mit Penisfutteralen an den Wänden wurde zerschlagen. Slogans wurden skandiert: »Der Rattenfänger aus Hameln!«, »Mumiengesellschaft!«, »Heil Thorwaldt!«, »Des walte der Kehrichteimer!«, »Kleinholz für Kleinholz!«, der geistreichste war »Thorwaldt in Blindenschrift!«. Ein Soziologiestudent aus Duisburg hatte einen alten Kohlesack mitgebracht, und in Minuten war die Müh und Not von Jahren (und der letzten Wochen) hineingestopft. Dr. Kleinholz erlitt einen Kreislaufkollaps. »Der alte Fuchs vom Todtnauberg«, wie die Krawallanten sich ausdrückten, mußte, anders als 1933, »klärlich Lunte gerochen und Rute gezogen« haben.

Zum Glück traf in diesem Moment die bereits studentenschlachterprobte Polizei am Tatort ein, kümmerte sich rührend um Dr. Kleinholz, bettete ihn in eine Ambulanz – und ab die Ware. Nun bahnte sie sich mit Schlagstöcken eine Gasse durch die Protestierenden zum wogenden Zentrum des Handgemenges, wobei Professor Schwerte, der zu vermitteln versuchte, einen Schwartenriß über dem rechten Ohr erlitt. Der Kernkampf war rasch entschieden, vor allem weil viele Studenten vor Lachen ihren Bauch hielten, bereits war die Trophäe, der zugeschnürte Kohlesack, fest in polizeilicher Hand. Verhaftungen wegen Störung der öffentlichen Ordnung, Hausfriedensbruch, Sachbeschädigung wurden vorgenommen, wobei irrtümlicherweise, da infolge Schwartenrisses blutend wie ein Krawallant, auch Professor Schwerte einige Stunden einsitzen mußte, zusammen mit einem dicklichen Genossen, der sich bündig »Spontifischer« nannte. Der Tag ging zur Neige, die Scherben waren zusammengekehrt; mit Mühe allerdings erholte sich Dr. iur. et theol. Hartwig Kleinholz.

Im Jahresbericht der Universitätsbibliothek Frankfurt für das Jahr 1970 fand sich unter der Rubrik ›Wichtige Ankäufe und Veräußerungen 1969‹ folgender Eintrag: »Archiv SATh an die NFG Weimar[1] übergeben. Im Gegenzug erhält das Freie Deutsche Hochstift ein Bierseidel mit Namensgravur ›J. P. F. Richter‹ und die UB Frankfurt Seite 2 eines Briefes von J. W. v. Goethe an Silvie von Ziegesar (Karlsbad, 22. Juli 1808)[2], dessen erste Seite schon immer Teil ihrer Handschriftenbestände gewesen ist.«

1 Die nationalen Forschungs- und Gedenkstätten der klassischen deutschen Literatur zu Weimar.

2 »Wie ich herübergekommen weiß ich selbst nicht. Die Nacht war herrlich, der Weg so gut er sein kann, die Pferde rüstig, der Kutscher brav. Ich war in Gedanken bei Ihnen geblieben und merkte nicht, daß es fortging...«

»Im Winkel«, 3. Stimme:

Elias I.

Die Krise hat unsere Familie in den »Winkel« zurückgeschwemmt. Einunddreißig verlor mein Vater seinen Posten als Maschinentechniker. Statt zu stempeln ist er auf den Hof zu unsern Großeltern gezogen und hat die Landwirtschaft wieder an die Hand genommen, nur das Allernötigste, Großvater war nie recht zufrieden mit seiner *Buurerei.* Für uns Kinder war sie neu, bald lustig, bald ermüdend oder aufregend. Die Großeltern besuchen, Zwetschgenkuchen mit Sahne essen, Bibibi rufen und Körner streuen und im Vorbeigehen rasch in den Stall schauen sagt nichts über das, was dich in Wirklichkeit erwartet. Für die Eltern war's eine Notlösung. *Grosi* und *Ätti* haben sich natürlich gefreut, und wir haben sie gern gehabt, eigentlich lieber als die Eltern, sie waren geduldig und nachsichtig, freuten sich, haben uns Tiere und Pflanzen gezeigt – und wie's gemacht wird. Wenn eine Kuh kalberte, hat *Ätti* das Kalb herausgezogen. Die Mutter war unglücklich, sie war ein Arbeiterkind, fühlte sich überfordert und als Bäuerin unter ihrer Würde. *»Ii wott ekei Söi«,* sagte sie, »eher gehe ich putzen.« Ich habe die Schule acht Jahre vom »Winkel« aus besucht. Als die Großeltern kurz nacheinander gestorben sind, war ich traurig, Evelyne war damals in der KV-Lehre. Im Jahr darauf standen keine Geranien mehr in den Fenstern und im Windfang.

Inzwischen hatte mein Vater eine Facharbeiterstelle in

Aussicht und hat den Hof wieder aufgeben wollen. Da brach der Zweite Weltkrieg aus, so mußte er, da er außer Aktivdienst arbeitslos gewesen wäre, bis Kriegsende ausharren. Aber er konnte es kaum erwarten, Schluß mit dem Misten zu machen. Wenn er zu Hause war, hat er von früh bis spät Radio gehört. Schon siebenundvierzig war das Land wieder verpachtet. Er hatte am neuen Arbeitsort etwas Passendes gefunden, und die Batisse wurde vermietet.

Evelyne hätte Krankenschwester werden wollen, die Eltern waren dagegen: Die Lehre dauere zu lange, es sei ein unterbezahlter Beruf, um Kranke herum werde man selbst krank, sie seien nie krank gewesen, ein rechter Mensch werde nie krank, alles Simulanten. Dagegen sei Stenodaktylo heute eine gesuchte Stellung und angesehen, der Verdienst nicht zu vergleichen, um halb sechs Feierabend, man bekomme vom ersten Monat an seinen regelmäßigen Lohn. Ihnen war Sicherheit alles. *Nur nie müese go bättle.* Und in zwei Jahren werde sie ohnehin heiraten. Sie ist ledig geblieben.

Ich bin kurz nach dem Zweiten Weltkrieg als Tiefbauzeichnerlehrling bei Tiefbau Grossenbacher eingetreten und habe vor 7 Jahren, die, wie wir's nennen, Silberne Hochzeit mit der Firma gefeiert. Treue halten durch dick und dünn, das lohnt sich. Ich habe mir immer gesagt: Was du willst, das schaffst du. Abendsprachkurse, Ing. HTL[1] usw. Knallhart. Und das muß ich unserer kleinen Schweiz zugute halten: Wer echt kompetent ist und einwandfrei arbeitet, der kommt vorwärts. Erfahrungen im Ausland haben mir diese Ausnahme von der Regel bestätigt. Heute besorge ich bei TG die Oberbauleitung für Großprojekte, und Evelyne ist, besser

1 Höhere technische Lehranstalt.

gesagt, war Bürochefin bei Fisch Stahl en gros. Wir haben immer zusammengehalten, doch glücklich war sie dort nicht; sie hätte lieber mit Menschen gearbeitet, als Waren zu verschieben. Was sind Stimmen am Telefon, Reklamationen, Lieferscheine, Faxe gegen ein Gesicht.

Ja, und dann, 1968, stand *die* Chance wortwörtlich vor unserer alten Haustür. Als ich die Schnellstraße kommen sah – ich hatte so meinen Draht zum Baudepartement –, habe ich alle Hebel in Bewegung gesetzt. Nicht nur wegen der Batzen, sondern weil Tiefbau Grossenbacher – wir hatten offeriert – vermutlich den Zuschlag für das Baulos 3, immerhin rund vier Kilometer, erhalten hätte. Wir sind alteingesessenes Gewerbe und bestens ausgewiesen. Die Straße wäre mitten durch unser Land gedonnert; auch das Haus hätte man abbrechen müssen; anschließend hätte sie in einer tiefgelegten Schneise den Bühlwald durchquert. Mit den Entschädigungen für Land und Haus hätten meine Frau und ich und Evelyne uns in Spanien an die Sonne gesetzt. Am Haus hängen wir nicht, eines von hunderttausend; den Balken über der Stalltür mit der Inschrift hätte ich ausgebaut und als Sturz ins spanische Cheminée eingefügt. J+N+P& F&S+S. Was heißt das eigentlich?

Entwicklung muß sein, Stillstand ist Rückschritt, Verkehrsflüsse kann man nicht dämmen, irgendwo *müssen* sie durchgeschleust werden, und wenn schon, dann am liebsten durchs eigene Land. Vierspurig wäre die Straße geworden; für die Einzonung der paar Juchart ins Bau- oder Gewerbegebiet hätte ein Anschluß gesorgt. Sie wäre die Krönung meiner Karriere gewesen, und natürlich hätte ich auch die Oberbauleitung selbst übernommen. Ich kenne die zwölf Juchart, die zum »Winkel« gehören, wie meine Hosentasche.

Den abgetraxten Humus hätten wir zu einem guten Preis verkaufen können; somit hätte anderswo ein Plus an Nahrungsmittelproduktion resultiert, es wäre für alle Beteiligten ein echter Gewinn gewesen. Ich bin nämlich – das darf ich ruhig sagen – dagegen, daß man das gute, fruchtbare Land einfach so verschleißt und verschwinden läßt. Wirklich die optimale Lösung, denn das Haus selbst tut's nicht mehr lange, niedrige Zimmerdecken, kleine Fenster, Außenabort, Küche aus Grossenbachers... Blödsinn... aus Großvaters Zeiten – und erst noch sind im Winter nur drei Räume beheizbar. Darum hab ich in den letzten Jahren nichts mehr investiert.

Und heute? Dieser Herrgotts-»Winkel« ist und bleibt Landwirtschaftszone, wo Füchse und Hasen sich noch in hundert Jahren gute Nacht sagen werden. Als ab 1972 im Amt für Straßenbau der Wind drehte und etliche Großprojekte redimensioniert oder gestrichen wurden, so auch »meine« Bünztalstraße durch unser liebes Schwarzes Amt, hätt ich mir die Haare einzeln ausreißen können; die Mieter und der Pächter atmeten auf. Doch schließlich gehört das Anwesen uns. Schubladisiert, makuliert – Schwamm drüber. Das Verrückte ist, man kann eigentlich niemandem die Schuld geben. Soll ich die Ölscheichs in Monte Carlo und Marbella verprügeln? Klar wären die Grünen und der Naturschutz auf die Barrikaden gestiegen; doch die Löffelbagger von Tiefbau Großvater ... Blödsinn ... Grossenbacher haben schon etliche Barrikaden umgelegt. Die Ölkrise und den Einbruch in der ersten Hälfte der siebziger Jahre haben Sie selbst erlebt, da sind nicht nur Generalbauunternehmungen wie die Horta hopsgegangen. Nein, die Hochkonjunktur kommt nicht wieder. Sei's, ich habe mich damit abgefunden, daß wir den Gürtel enger schnallen müssen. Andre sind, wie gesagt, glücklich darüber. Die Wahrheit wird irgendwo in der Mitte liegen. In vier Jahren zieh ich mich ohnehin zurück. Evelyne wohnt bereits in unserem Patio-Haus direkt überm Strand östlich von Cartagena am Kap Palos; und klar, daß *ich* das gebaut habe, keine dieser 08.15-Klitschen.

Wir bei TG haben uns mit kleineren und kleinen Aufträgen über Wasser halten können, dank Entlassungen von Italos, zeitweiser Kurzarbeit, Rationalisierung, Senkung der Kosten, auch, wo immer möglich und zumutbar, der Lohnkosten; das schweißt eine Belegschaft zusammen. Es war nicht lustig, doch die Erfahrung möchte ich nicht missen – und wünsche sie all jenen, die meinen, es könne nur aufwärtsgehen. Es kann ganz anders. Einmal auf der schiefen Ebene, ist ein Absturz schwer zu vermeiden. Ein Glück, daß jetzt die Zivilschutzbauten hereinschneien. Heute stehen wir kerngesund da, sogar wieder Großaufträge, die mir Spaß machen, zum Beispiel von den SBB und vom Gasverbund.

Und dank mir, da ich meine Fühler immer noch ein wenig auf dem Land habe, mischen wir bereits beim Rückbau mit. Ich denke, in Zukunft werden Umnutzungen im Hoch- und Rückbauten im Tiefbausektor ein immer größeres Potential darstellen. Ich seh das ganz klar: Renovationen, Straßenverlegungen, Schallschutz, Autobahnüberdachungen, Ausdolungen, Renaturierungen, bauliche Redimensionierungen generell oder die Vorbereitung archäologischer Notgrabungen, für die es Fingerspitzengefühl braucht, und das ist unsere Spezialität: Nicht drauflos traxen.

Trotzdem bin ich froh, daß mein Elias – ja, er heißt wie ich, ich habe meinen Namen immer gemocht –, daß der Junge bei der Kreditanstalt eingestiegen ist. Er hat schon zwei Stages in Amerika gemacht und steht kurz vor dem Studienabschluß. *Da* sehe ich echte Zukunft. Die Zukunft der Schweiz liegt zu fünfundsiebzig Prozent im Finanzsektor. Finanzdrehscheibe Europas, das sollte doch möglich sein. Da müssen Sie nicht erst einen Tatzelwurm von Aushublastern und Tiefladern mit Baggern und Asphalt- oder Betonmischmaschinen, Walzen, Kränen und Spundwandmaterial sowie dreißig Leute über die sieben Berge vor Ort beordern. Da genügen einige Knopfdrücke und Köpfchen mit Riecher. Auf die Länge werden es nur die grauen Zellen schaffen.

Die Fürstin 3:
Die Dolderburg

»Ihre Durchlaucht …« Als ich sie aufsuchte, war sie Mitte achtzig und wohnte in der »Dolderburg«, einer Altersresidenz am Zürichberg unweit der Endstation des Dolderbähnchens. Willy Rotzler und ich sammelten Fotomaterial für eine Nummer der Kulturzeitschrift »du« über »Kakanien in der Schweiz«. Ich war in den Tagebüchern der Fürstin Daisy Pless-Cornwallis West, *Über Trümmer,* auf sie gestoßen. Ein aufmerksamer Leser hatte »heute, 1962, Dolderburg« an den Rand notiert.

Ich wurde am Telefon sogleich verbunden, wir vereinbarten einen Besuch, und ich war gar nicht sonderlich überrascht. Die Fürstin versprach, einige Fotos aus kaiserlicher Zeit hervorzukramen. Ihre Stimme war fest, ohne das Gebrochene vieler Altersstimmen; das altertümliche Berndeutsch, ein gelegentliches Zögern, wenn sie ein Wort suchte und aufs Englische auswich, erinnerten von fern an einen Hotelportier und waren doch echt: kein Weltgewandtheit vortäuschender Jargon. Sie hatte all das gelebt. Ich war – kein Drittel so alt wie sie – »nicht trocken hinterm Ohr« und kam mir vor wie Quinquin.

In der »Dolderburg« wurde ich von einer eleganten Gouvernante empfangen und übergab ihr die paar Blumen. Im Lift stellte ich fest, daß die Fragen, die ich mir zurechtgelegt, sich verflüchtigt hatten. Im obersten Geschoß führte mich die Dame vor eine doppelflüglige Tür, läutete und sprach ins Mikrophon: »Durchlaucht, Ihr Besuch.« Im Weggehen bemerkte sie: »Die Blumen folgen in einer Viertelstunde mit dem Tee für zwei.« Ich nahm's für ein gutes Vorzeichen.

Die Tür öffnete sich selbsttätig. Die Fürstin erwartete mich stehend; im Gegenlicht unterschied ich zunächst nur ihre aufrechte, schlanke Silhouette vor der offenen Balkontür. Ich befand mich im Wohnzimmer. Sie tat einige Schritte auf mich zu und reichte mir leicht die Hand: »Seien Sie willkommen und lassen Sie doch gleich die wunderliche Anrede. Hätte die ›Durchlaucht‹ uns zumindest erleuchtet!« Sie trat an ein chinesisches Tischchen, um das einige Rattanstühle mit leichten Polstern gruppiert waren. »Machen Sie sich's bequem. Junger Besuch ist selten.« Auf dem Tischchen lagen die Fotos, aufgefächert gleich einem Kartenspiel, sepiafarben ausgeblichen wie erinnerte Träume. Sie schob sie zusammen und herüber: »Vielleicht können Sie etwas brauchen. Als ich sie hervorgesucht habe, ist mir gewesen, sie stammten aus einem anderen Leben.« Sie blickte in seine Tiefe wie durch einen umgekehrten Feldstecher: unendlich fern, doch sehr klar, mit den Farben einer Miniatur. »Allein der Umstand, jene dreißig Jahre der Zusammenbrüche *sain et sauf* überstanden zu haben … *You become your own fiction.* Und die meisten unter uns haben geglaubt, dies dauere ewig.«

Mir fielen weitere chinesische Gegenstände in die Augen; über einer gleich dem Tisch mit Schildpatt eingelegten und mit Bergen, Philosophen und Kiefern in rotem und grünem Glasfluß verzierten Truhe hingen zwei mit entschiedenem, nassem Pinsel hingeworfene, gewitterfinstere Landschaften in Tusche. Im Leben dieser Frau hatte es mehr als nur den

Hof, Wien, die Güter in West- und Oberungarn und den Schmerz über deren Verlust gegeben. Sie musterte mich mit großen hellblauen Augen, ihr blondes Haar trug sie in einen Knoten geschlungen, das hellgraue Kleid mit zartblauen und rosa Spitzenbordüren, die hellgrauen Strümpfe und weißen Schuhe kamen aus einem amerikanischen Sommer. Ich erzählte ihr, welchen Eindruck mir Daisy Pless' Memoiren *Tanz auf dem Vulkan* und das Tagebuch gemacht hatten. Die Ausrottung des halb urbanen, halb feudalen Mittelosteuropa und dessen Ersatz durch eine brutale Technobarbarei wecke in mir den Ewiggestrigen auf.

»Ich weiß nicht, ob ich Ihnen beistimmen soll«, meinte die Fürstin. »Ich habe es erlebt, und Sie sehen es durch die Bücher. Sie sind zu spät zur Welt gekommen. Für mich als Schweizerin, die es in den Osten verschlagen hatte, waren die dortigen Verhältnisse oft unfaßlich, die Halbleibeigenschaft auf den Puszten, die Unterernährung, die Frostbeulen an Händen und Füßen, die hygienische Ahnungslosigkeit, der hilflose Glaube, die Armut und mit ihr gewachsen ein Mißtrauen, das in jedem Verbesserungsversuch einen weiteren Schachzug der Mächtigen witterte. Daisy Pleß als Engländerin hat in ihren mittel- und oberschlesischen Weber- und Kohledörfern ähnliche Erfahrungen gesammelt. Sie erinnern sich an ihre Bemühung, für die Abertausende, die sich entlang der Bäche drängten und vom Typhus dezimiert wurden, eine Kanalisation zu erwirken. Wir haben uns während eines Jagdbesuchs von Daisy und Hans Heinrich in unserem Dobrotsch rasch und herzlich befreundet, zwei fremde Vögel, die endlich einen Artgenossen fanden, mit dem sie mehr als höfliches Gezwitscher austauschen konnten. Eines Tages – wir ließen uns, beide bis zum Kinn unter Pelzen, im

Jagdschlitten nach Hause kutschieren, während die Herren, assistiert vom Ober- und Unterjäger, im Schnee herumballerten –, da dreht Daisy sich plötzlich zu mir und sagt: ›*You and I, dear, we are like Alice. The wonderland won't last.*‹

Nach dem Zusammenbruch sind mein Mann und ich mit den beiden Kindern vor dem Hunger und der Hoffnungslosigkeit 1922 in den Fernen Osten geflohen, erst nach Mukden in der Mandschurei, 1927 nach Schanghai. Ich habe Deutsch unterrichtet und mich durchschlagen gelernt, Max hat seine Import-Exportgeschäfte abgewickelt. Unser Buchhändler Katz hat mir Kafka vermittelt – und Max den Niederländern Kulis auf ihre Plantagen in Sumatra; auf Landarbeiter verstand er sich. Die zwanziger und dreißiger Jahre kommen mir vor wie ein glitzernder Angsttraum. Nach 1933 sind die ausgeraubten und vertriebenen Juden immer zahlreicher eingetroffen; wir sind eine richtige deutschsprachige Gemeinde gewesen. Da uns Protestanten ein Pfarrer fehlte, hat der Rabbiner jeden Monat einmal die Predigt übernommen, die besten Predigten, die ich gehört habe, und die einzigen, die mir geblieben sind, nichts von Erlösung gottlob, eher von der Mühe, ein gerechter Mensch zu werden. – Oh, Anemonen und Ranunkeln!«

Der Tee und die Blumen waren gebracht worden. Noch einmal reichte sie mir die Hand. Es war ein weicher Grüntee. »Mein kleiner Luxus aus chinesischer Zeit. 1927 ist mein Sohn Eduard nach Ungarn zurück und hat versucht, mit dem, was nach den verschiedenen Agrarreformen von unsern Gütern übrig oder nicht gestohlen war, neu anzufangen. Die lagen nunmehr in vier Staaten, der größte Teil in Westungarn, in der Slowakei die Forsten, die Max von seiner Mutter, einer Thurzó, geerbt hatte, die Häuser in Wien und

Budapest und in rumänisch Siebenbürgen einige Hofgüter. Das meiste hat er verkauft. Ich höre noch meinen Vater sagen: ›*D'Chüe im Diemtigtau u der Schtier a der Jungkeregass, das git e ke Chäubli.*‹ (Die Kühe im Diemtigtal [Berner Oberland] und der Stier an der Junkerngasse [Stadt Bern], das gibt keine Kälber.) Eduard ist 1934 nach British Columbia ausgereist und hat dort seine Farm aufgebaut.

Max, Mári und ich haben uns vor der japanischen Invasion jangtseaufwärts nach Tschungking geflüchtet. Die acht Jahre in dieser Falle, mit Hunderten anderer Unglücklicher aus Europa, waren die schlimmsten: Wir haben von der Spendabilität Tschiang Kai-Scheks zehren müssen, *his very obedient lackeys.* Der unerträgliche Schwitznebel von Tschungking, der einen fast das ganze Jahr über im Hades festhielt. Dort hat Mári den argentinischen Gesandten geheiratet. Nach dem Krieg, als er Botschafter in den USA wurde, sind sie nach Washington und wir nach New York gezogen.« – »Ach deshalb«, sagte ich und wies auf eine Serie von Siebdrucken von Andy Warhol, das Porträt einer Frau in starken Farben unter grellgelbem schwerem Haar, mit dem abwesenden Ausdruck einer Schlafwandlerin. »Ja, wir waren unter den ersten, die Andy geschätzt haben, dies ist Mári; für uns war er fast ein Nachbar, auch wenn Medzilaborce, wo er herstammt, nicht grad um die Ecke beim Dobrotsch liegt.«

Wir tranken Tee, und ich sah gemächlich die Fotografien durch. Es waren fast ausschließlich Winterbilder: kubische Holzhäuser unter meterhohen Schneekappen, zu Hohlwegen ausgeschaufelte Dorfgassen, Frauen in Tracht bei einer Prozession, Pferde vor Schlitten am Fuß von Holzriesen, wo die heruntergedonnerten Stämme kreuz und quer übereinanderlagen. Ich dachte an mein Mikado-Spiel, das ich als Kind mit gespannter Geduld und stetem Mißerfolg gespielt hatte, eine der mehrfarbig bemalten Holznadeln rutschte immer, ich kann mich nicht erinnern, je den Mikado gefangengenommen zu haben.

Die Fürstin sah herüber. »Was Sie in der Hand halten, ist vielleicht das kurioseste Bild, eine Parade der damals neusten amerikanischen *agricultural machinery* auf der internationalen Landwirtschaftsausstellung in Stuhlweißenburg – eine Katastrophe für unsere Tagelöhner, *wo nu z'grächtem brotlos woorde si.* Wir waren viel zu spät dran; die Juden modernisierten die Industrie und wurden dafür gehaßt, der Landadel hinkte hinterdrein, außer vielleicht den Festetics auf Keszthely. Es war wehmütiges Spätmittelalter und überständig. Meine böse Ahnung: Alles wartete auf den starken Mann, um aus den Angeln gehoben und zerschlagen zu werden, es war unrettbar, empörend und schön. Max hat es gut gemeint und ist meist bestohlen worden. Aber ich habe trotzdem gern gelebt. Ich habe mich unter den slowakischen Schäfern, Bergleuten, Holzern, Köhlern, Schindelmachern und Teerschwelern ein bißchen zu Hause gefühlt. Die Glaser und Drahtbinder haben jeweils den Dobrotsch als eine der ersten Stationen auf ihrer Hausiererwanderung angesteuert – und immer habe ich ihnen ein warmes Essen und einige Bissen Wegzehrung reichen lassen. Währschafte Leute. Und Heimann Silber, der Gutsverwalter im Dobrotsch, war ein Ehrenmann, mehr als das: ein Mensch von Größe. Nach 1919 hat er jahrelang zusammenzuhalten versucht, was nicht zu halten war.« Die Fürstin schenkte Tee nach, nahm eine Tasse zwischen beide Hände und sah durch die Fenstertür – etwas wie ein Lächeln, das schon keines mehr war.

»Der Dobrotsch soll dann Tiso, dem Präsidenten von Hitlers Gnaden, für die Jagd gedient haben, die Partisanenkämpfe bei Tschierny Balog, als SS-Leute einige unserer Säger und Holzer, die den Aufstand wagten, samt ihren Familien lebendigen Leibes in ihren Hütten verbrannten, hat er heil überstanden, absurd, dann ist er dem slowakischen Jugendverband übereignet worden; heute ist der Dobrotsch ein Urwaldreservat. *Let bygones be bygone.* Heimann Silber und seine Frau sind mit Eduard gottlob nach Kanada weiter und so den Hlinka-Garden entronnen.« Sie stellte ihre Tasse nachdenklich zurück: »Wir waren einige Jahre auf der Flutwelle geritten, dann hat sie sich und wir haben uns mit ihr überschlagen.«

Ich blieb an einigen Bildern von Flößern hängen. Kräftige bärtige Juden mit Käppchen und Schläfenlocken, in Hochwasserstiefeln, hemdsärmlig in dunklen Westen mit vorgehängter Uhrkette, eine kompetente, mit mächtigen Stangen und Haken hantierende, heitere Mannschaft. »Das war weiter unten an der Gran zwischen Bries und Neusohl, wo die Kleine Tatra steil ans Wasser tritt; an der großen Neusohler Schleuse haben unsere letzten Sägewerke gelegen – für Budapest; von da ging das Holz per Bahn. Die Flößerleut sind im Frühjahr aus dem Máramaros mit Sack und Pack und allem Werkzeug herübergewandert.« Ich legte die Fotos hin: »Und Sie?« – »In Pelz und Schlitten oder Kutsche und Sommerhut oder im Reitanzug; einmal bin ich in fünf Tagen von Wien in den Dobrotsch geritten, als ich anlangte, bin ich vor Erschöpfung fast vom Pferd gefallen. Lassen wir's. Irgendwie zu schön, um wahr zu sein. Solches Zeug habe ich nicht herausgesucht.« – »Sie sind mir eine rechte Bernerin«, sagte ich, »genau wie meine Mutter.« Die

Fürstin lachte: *»Jaa, däichwoudäich«,* sagte sie in übertriebenem Berner Bauerndeutsch. »Woher?« – »Aus dem Emmental, Amt Konolfingen, genauer... Kennen Sie zufällig die von Wattenwyl in Oberdiessbach? Von dort.« – *»Jaa, die heisech nie vo der Schteu müesse rode«,* meinte die Fürstin und erzählte, sie lasse sich von einem ihrer zahlreichen Großneffen bei Gelegenheit in ihre alte Heimat um den Belpberg kutschieren. »Oberdiessbach – eine schöne Bibliothek!« – Ich nickte: »Wie bei meinem Großvater; Bücher scheinen damals irgendwie dazugehört zu haben, zum Lebensstil oder zur Denkart.« – »Aber sie sind verbauert«, schränkte die Fürstin ein.

Vielleicht war's diese unerwartete Gemeinsamkeit: Berner und Bücher. Wir plauderten noch eine lange Stunde miteinander. Sie erzählte mir, daß sie gerne Archäologie bei Dörpfeld in Berlin studiert hätte. Alles sei anders gekommen, ihr erscheine ihr eigenes Leben oft wie das Buch eines Autors mit zuviel Phantasie. Sie kam auf die Überlebenskünste der exklusiven Welt, der sie angehört hatte, zu sprechen, Mimikry und Anbiederung, ein Lavieren zwischen der brutalen Politik und den diversen »Führern« der Massen. Ein Neffe ihres Mannes, Innenarchitekt, sei auf die Ausstattung von Luxusvillen für Volksdiktatoren spezialisiert; er bringe den Geschmack mit, der jenen fehle. »Angefangen hat er mit antiken Möbeln, die haben damals in Wien und Budapest bis auf die Straße hinaus zum Kauf gestanden. Heute arbeitet er an der Côte d'Azur, in Dalmatien, auf der Krim und an der rumänischen Schwarzmeerküste. Leider könne er keine Fotos zeigen, da er das ›System‹ und die Auftraggeber desavouieren würde.«

1960 sei Max in New York gestorben, und Mári und ihr

Mann seien nach Paris versetzt worden. »Da bin ich plötzlich müde gewesen, habe von allem genug gehabt und beschlossen, zwar nicht grad ins alte Nest, die Federn von Tanten und Onkeln zu zählen, das hätte ich nie gekonnt, doch immerhin in die Nähe zu ziehen.« Zürich sei ihr als beste Lösung erschienen, zwei Flugstunden von Paris, zwei Fahrstunden von Bern. Und hier sitze sie ja schon halb im Paradies.

Als ich mich vor dem Abendessen verabschiedete, die ausgewählten Bilder in der Brieftasche, trat die Fürstin an ihren Sekretär und zog eine Schublade heraus. *»S'isch schön gsi.«* – »Und Sie sind so lieb, Ihr schönstes Bild als Fürstin oder Reiterin auf dem Dobrotsch für mich bereitzuhalten.« Sie nickte; wieder das Lächeln, das schon keines mehr war: »Hier, vielleicht interessiert Sie das da, ich meine Sie persönlich. Machen Sie sich eine Kopie und bringen Sie mir das Original wieder. Dann reden wir weiter.« Es waren die paar Seiten Aufzeichnungen vom Jahreswechsel 1908/1909 und vom Oktober 21, die ich bereits zitiert habe.

Franz Kafka

»Darf ich mich vorstellen: Franz Kafka …« Ein älterer Herr mit vollem weißem Haar. Mein Freund Martin Bircher und ich waren in der Pinkas-Synagoge im alten jüdischen Friedhof von Prag den Wänden entlanggegangen und hatten unter den 77 297 bis auf Fensterhöhe aufgemalten Namen der ermordeten Juden Böhmens und Mährens Kafkas Schwestern gesucht. »Hier«, hatte Martin gesagt, »Ottla.« Welch wunderbare Erfindung ist doch das Alphabet! Mit Hilfe von 24 Buchstaben, deren feste Abfolge und Permutation zu unserer Schrift geworden ist, findest du innert weniger Minuten unter 77 297 den Namen von Kafkas Lieblingsschwester Ottla David-Kafka (aufgeführt als Ottla Kafka), den zu suchen du hier eingetreten bist.

»Verwechseln Sie mich nicht mit Franz Kafka«, fuhr der Herr fort. Ein Ulk? Doch wer außer Appenzellern macht unter Schweizern originelle Scherze? Die Basler? Der Mann sprach nämlich baseldeutsch; er mußte uns an einigen halblaut geäußerten Worten als Landsleute erkannt haben. War er übergeschnappt? Trotz der Badesaison trug er einen eleganten hellbraunen Straßenanzug und eine etwas dunkler braune, mit orangeroten Punkten gemusterte Krawatte. Ein Geschäftsmann offenbar, der in Prag zu tun hatte. Oder doch ein Schwejk mit CH-Deutsch-Kenntnissen, der hier auf Besucher aus der Schweiz wartete, um sich an ihrer Überraschung zu weiden und sich ein Zubrot zu verdienen?

Nun mußten wir wohl oder übel unsere Namen nennen. Der Herr *war* Kaufmann; er repräsentierte zwei schweizerische und zwei tschechische Hersteller von Stoffen für Damen- und Herrenoberbekleidung *vice versa* in der Tschechoslowakei und in der Schweiz. Eine nach seinem Bekunden geradezu ideale Kombination, da jede Reise quasi den Ertrag von zweien bringe. Er sei in Prag geboren und habe hier die ersten drei Schuljahre besucht; mithin spreche er recht gut tschechisch, obwohl in seiner Familie wie in fast allen Prager jüdischen Familien meist deutsch geredet worden sei. So empfinde er denn seine Reisen hierher jedesmal als eine Art Rückkehr, welche er dem Großen Grauen und der kommunistischen Vertreibungs- und Enteignungspolitik abgelistet habe. Da er immer mehrere Städte auf dem Programm habe – neben Prag noch Liberec/Reichenberg, Trautenau, Nachod, dann Brünn und Proßnitz (überall, gemessen am Qualitätsstandard der CSSR, beste Adressen), könne er es sich leisten, das Geschäftliche mit seiner Erinnerung zu verbinden; hier in Prag zum Beispiel mit der Josefstadt und dem Wenzelsplatz.

Ich konnte meine Neugier nach dem Leben anderer Menschen nicht mehr zügeln und bat ihn weiterzuerzählen. Der Mann drehte sich der Wand zu: »Hier sind auch meine Toten, die Familie meines Oheims väterlicherseits. Hier Esther Kafka-Klein, meine Tante«, einige Schritte weiter: »Jakub«, seine Augen wanderten: »Jiri und Josefine und Julius Kafka-Klein und, kommen Sie, da Václav Kafka.« Er blieb stehen. »Auch meine Familie – Sie entschuldigen –, auch sie stammt aus der Gegend von Strakonitz, aus Rowna zwar, nicht aus Wossek. Aber der Grabstein meines Urgroßvaters Ludvík Kafka-Bauer befindet sich auf dem *dortigen*

Friedhof, und ich habe ihn auf meine Kosten reinigen und aufrichten lassen. Dies ist oder scheint doch so unwahrscheinlich, daß ich es Ihnen überlassen muß, ob Sie mir glauben oder nicht. Ja, Wossek ist oder wäre doch, wenn ich's bedenke« – er lächelte beinahe verlegen –, »der einzige Beweis für die Wahrheit dieser phantastischen Geschichte. Doch da müßten Sie hinfahren. Liegt 14 Kilometer westlich Pisek, von hier etwa zwei Drittel der Strecke nach Budweis.« Er griff in die Brusttasche, klappte das Portefeuille auf und stöberte in einem Fach: »Nein, leider hab ich kein Bild bei mir. Sie fahren nicht zufällig hin?« – »Wir kommen von Budweis.« – »Dann ist nichts zu machen; ein kleines Dorf nur. Bereits mein Großvater ist nach Prag gezogen und hat es in dreißigjähriger harter Arbeit schließlich zu einem Konfektionsgeschäft am Wenzelsplatz gebracht, so um 1920, das dann an meinen Oheim als den älteren der beiden Söhne gefallen ist.« Er ging zurück und legte zwei Finger auf den Namen Julius. »Darum auch ist mein Vater 1932 in die Schweiz nach Basel ausgewandert und hat sich dort als Vertreter für tschechische und schweizerische Damenkonfektionshersteller mit Kundschaft in beiden Ländern etabliert. 1937 – denken Sie an Bat'a in Riburg – war die Tschechoslowakei der sechste Handelspartner der Schweiz, vor Belgien und Holland.

Dann kam der Krieg, und 1945 gab es den hiesigen Zweig unserer Familie nicht mehr. Nun versuchte mein Vater, der Prag – wie soll ich sagen – immer eine sehnsüchtige Treue gehalten hatte, ins Erbe einzutreten. Er hatte, als er 1939 das Schweizer Bürgerrecht erwarb, die tschechische Staatsangehörigkeit beibehalten. Sie zurückzugeben wäre unmöglich gewesen. Den Staat gab's ja nicht mehr. Er ist

1947 als *Deutscher ausgebürgert* und als *Kapitalist enteignet* worden.« Martin und ich sahen einander an. Noch immer lagen zwei Finger des Herrn auf dem Namen Julius. »Wie bitte?« fragte ich nach einer Weile. – »Oh«, sagte er und strich langsam über die sechs Buchstaben, »dem sagt man Politik; unser Geschäft lebt übrigens noch, und es heißt bis heute *Au bonheur des dames,* wenn auch nunmehr auf Tschechisch, *U Štěstí dam* (und dies winzig klein unter der Einheitsanschrift ›Kleider – Stoffe‹), also genau wie der Roman von Emile Zola, der sich, wie Ihnen sicher bekannt ist, als einer der wenigen großen Europäer für uns Juden stark gemacht und dies auch gebüßt hat. Sehn Sie, wir waren nie eine religiöse, doch immer eine literarische Familie, darum auch mein Vorname Franz, der mich, früher zumindest, geärgert hat. Doch jetzt muß ich Sie leider verlassen; um halb zwölf fährt der Eilzug ab Prag-Mitte nach Liberec. Es hat mich sehr gefreut, Ihnen hier zu begegnen.«

Auch wir verließen die Pinkas-Synagoge. Draußen, im Schatten der alten Bäume zwischen den schiefgesunkenen Grabsteinen, fragte Martin: »Was hältst du davon? Möglich?« – »Ach, Lieber«, sagte ich, »nur Wossek könnte es schlüssig beweisen; doch nachdem ich hier drin gewesen bin, halte ich *alles* für möglich.« Zwei Jahre später brach der kurze »Prager Frühling« aus.

Herr Aerosol

A wie Autor und allwissend, mein Herr. Sie schreiben so historisch-kritisch-politisch, zweifellos haben Sie immer das Richtige getan, als Sie noch nicht auf der Welt waren. Erlauben Sie uns die Frage, welches Ihre Taten gewesen sind, da Sie selbst hätten Hand anlegen und Ihre Stimme erheben können. Wollen Sie uns darüber Näheres erzählen? – Sie sagen nichts. – Hat es in Ihrem Land an Gelegenheiten gefehlt, aktiv zu werden? Gab es weder KKW-Kontroversen noch Überfremdungsinitiativen? Fehlten die McCarthys in Swissminiatur? Sie haben sich nie darüber geäußert, was?

Ich gestehe, mich befällt auf zwei Dritteln Weges durch das Jahrhundert das schlechte Gewissen. Wahr, mir hat es in meinen grünen Jahren am Interesse für die vergangenen Sünden und gegenwärtigen Fehler der Schweiz und der Schweizer gemangelt. Selbst die Initiation des mündigen Bürgers, die Rekrutenschule, ist mir erspart geblieben – und damit ein prägendes Schweiz-Erlebnis. Ich hatte Fürsten und Ritter im Kopf und auswendig meine liebsten Gedichte und konnte jener wehrhaft-basisdemokratischen Folklore nichts abgewinnen. Ich bin nirgends »dabeigewesen«.

Wo waren Sie denn? – Ich habe den Eindruck, ich sei als Aerosol durch die Welt geschwebt. Ich arbeitete oder las nach Belieben. Was mich umgab, war, wie es war – und da zum Gebrauch. Ich fragte mich nicht, ob es anders sein sollte, sondern ob aus mir werden konnte, was *ich* wollte. Ich übte still und heimlich das andere Leben und die schwierigen Wörter. Doch wenn ich sie aussprach, tönten sie falsch. Heute erscheinen mir diese Jahre als Bankett, das mir gratis offeriert wurde. Tage, Wochen verbrachte ich in den Museen, Schlössern, Gärten Italiens, Frankreichs, Hollands, Deutschlands, Österreichs, Tschechiens, Englands, Irlands, in Ostanatolien und auf den antiken Stätten und den Bergen Griechenlands: ein Kulturverzehrer ironischer Existenz und nur lose mit der Welt verknüpft. Reisejahre – reiche Jahre. Und immer war irgendwo Krieg ... In Erinnerung ist mir die fiebrige Stimmung des Jahrs 1956, die hin und her schwankenden Hoffnungen, die Welle von Hilfsbereitschaft für Ungarn, dann das Gefühl der Hilflosigkeit. Wir Kantonsschüler arbeiteten zehn Tage für die Flüchtlinge. Einige Jungen und Mädchen tauchten an der Schule auf, ich sehe sie in der Pause neben dem Haupteingang stehen, sie waren eigentlich genau wie wir, aber wir ließen sie, wo sie waren: unter sich. Sie lernten Deutsch, und ich hätte gerne Russisch gelernt, doch solchen Wunsch hatte die Schulleitung noch nie empfunden. Ich verbrachte die paar Arbeitstage als Bürolist in einer winzigen Posamentenfabrik.

Die Frage, warum mein Land heil geblieben war, beunruhigte andere. Ich gab die Antwort nicht. Glück gehabt zu haben ist so schwer wie leicht. Am Morgarten, in Näfels, Sempach, Dornach, St. Jakob und Murten ist es Sitte, Gott zu danken. Ich glaubte nicht an einen solchen Gott, ich dankte nicht; ich genoß die Mobilität, *Les trente glorieuses,* wie Jean Fourastié diese Epoche genannt hat. Vor allem wollte ich tun, was mir behagte.

Einige Nörgler beharrten darauf, daß der Mensch Gerechtigkeit und Sühne brauche, um aufrecht gehen zu können. Doch was bringt Selbstkritik? Davonzukommen ist die Leistung. Sobald wir vom Brot allein leben, läuft das Geschäft rund. Also Regression. Wer Besseres wollte, der konnte auswandern. Tat ich, unterrichtete an einem eng-lischen Gymnasium, studierte Giotto in Padua, Tizian in Venedig, die »Vier Apostel« Dürers in München, Kurven-polygonalmauern auf der Peloponnes, das Oratory of Gal-larus in Irland und schrieb. Wild und schlecht.

Mit Trauer schlug mich Boris Pasternaks Verzicht auf den Nobelpreis 1958, erzwungen mit der Drohung, ihm we-gen Staatsverrats den Prozeß zu machen. Ein Schock war die erste Begegnung mit dem Sozrealismus an der Biennale des-selben Jahres. Daß man solch kraftmeierischen Schwachsinn und gepinselte Lüge uns als Kunst andrehen wollte, über-stieg jegliches Vorstellungsvermögen. Mich empörte 1965 die Verleihung des Literaturnobelpreises an einen gewissen Scholochow für den Roman »Der stille Don«, eine Saga auf Packpapier in volksnahen Holzschnitten, die er, wie man später erfuhr, zusammengeklaut und sachdienlich vergröbert hatte. Das »Rote Büchlein« wurde geschwenkt. Es gibt gute Gedichte von Mao Tse-tung. Mir sagte das Büchlein: Du kannst ein Dichter sein und Millionen von Menschen mitten im Frieden in den Tod hetzen. Viele Orthodoxe glaubten weiter; besonders Überzeugte brachten sogar nach der Hi-bernisierung des Prager Frühlings ihr Opfer von Verstand und Menschlichkeit.

Mich erstaunten so viel Glauben und Hoffnung, geschüt-tet in die Finsternis von Tibet und Gulagistan; ich begriff nicht. Ich hatte verlernt, Ideologien und verwandten Seu-chen zu erliegen. Mir hatte auf langen Gängen durch die Wälder und beim Versuch zu schreiben gedämmert, daß niemand wissen muß, was er nicht will. Er kann sein Leben verbringen wie ein Kind im Laufgitter in der Meinung, er sei ein politischer Mensch. Wer weiß, daß Worte verantwortet werden müssen, ist anders. Es waren Jahre des Grauens – und es waren Jahre des Glücks, je nachdem, wo du geboren wurdest. Ich im Glück. Und dies Buch ist vielleicht der untaugliche Versuch, mein damaliges Abseitsstehen wettzumachen.

Unsere Augen bestreichen 120 Grad; zwei Drittel der Windrose bleiben unsichtbar. Wie leicht ist's, was wir nicht wissen wollen, vom Tisch ins Unsichtbare zu wischen! Einfach *nicht hinzublicken.* Selbst für Wissensdurstige umfaßt ihr *Ungesicht* ein Leben lang mehr, als was sie je zu sehen begehren könnten. Zuweilen ist mir, in unserem auglosen Rücken dehne sich das Nichts, und es materialisiere sich erst, wenn es durch die Linse auf die Netzhaut gespiegelt, über die Sehnerven weitergemorst und im Sehzentrum des Gehirns analysiert, gesiebt und als Abbild rekomponiert wird. Ein Abbild, willkürlich und durchsetzt von blinden Flecken, bleibt es. Vergiß es nicht.

Der Abschied

Vielleicht stand in jenen notvollen Tagen nur mein Wagen zur Verfügung. Doch muß noch etwas anderes, mich selbst Betreffendes mich bewogen haben, denn ein Taxi oder der Krankenwagen hätte den Transport des Vaters genausogut übernehmen können. Da ich am entferntesten wohnte, häufig abwesend war und zudem an meinem ersten Roman schrieb, hatte ich den rapiden Zerfall seines Geistes- und Gesundheitszustandes nur auf Distanz wahrgenommen, aufgrund von Telefonanrufen meiner Schwester oder des Bruders. Bei gelegentlichen Kurzbesuchen waren mir eine gewisse Starrheit und tastende Verunsicherung, wenn nicht Angst, zuweilen ein leises empörtes Murmeln aufgefallen, sobald irgendeine Kleinigkeit in dem von der Mutter mit größter Akkuratesse geführten Haus die Regeln zu durchbrechen drohte. In den auf seine Prostata-Operation folgenden Monaten konnte er sogar böse oder doch grantig werden, was ich an ihm während meiner Kindheit und Jugend kaum erlebt hatte. Vielleicht hatte die Narkose gewisse, ohnehin nur noch partiell verfügbare Gehirnfunktionen zusätzlich geschädigt. Vor allem aber fraß die fortschreitende Arteriosklerose.

Sie hatte sich in kleinen Auffälligkeiten seines Verhaltens früh angekündigt. Unvergeßlich ist mir ein Augenblick des Erschreckens, der Scham und auch der Empörung. Wir fuhren von einem Besuch bei den Schwestern der Mutter im Zug nach Hause. Ich mag vierzehn Jahre alt gewesen sein, er um die sechzig. Das Umsteigen hatte ihm immer Schwierigkeiten bereitet – nicht des schweren Koffers wegen, den er trug. Es war eine Unsicherheit, eine Angst in ihm, mit seiner Familie im falschen Zug zu landen, nicht genügend Zeit zu haben, sich zu orientieren. Er mußte sich vom zuständigen Beamten mündlich bestätigen lassen, was auf den Wechselschildern der Schnellzugwagen schriftlich nachzulesen war: Bern–Burgdorf–Langenthal–Olten–Aarau–Brugg–Baden–Zürich. Er wollte es vom Zugschaffner persönlich hören, daß wir richtig einstiegen.

An jenem Wintertag fuhr die reisegewohnte Tante Opernsängerin aus Mannheim mit uns. Sie war zweimal ausgebombt worden, war jahrelang in überfüllten Zügen gereist, zwischen Koffern und Vertriebenen und Kindern in den Gepäcknetzen, hier Galgenhumor, dort katatonisches Verstummen, geklammert ans letzte, gerettete, unhandlich verpackte und verschnürte Stückchen Besitz, in Zügen, deren Ankunft auf der Friedensinsel Basel niemand vorauszusagen wagte, vielleicht heute – wenn weder der Bahnhof von Karlsruhe noch derjenige von Freiburg von einem Bombenteppich umgepflügt worden sind. Vielleicht auch erst morgen oder, im Fall eines Tieffliegerangriffs, nie.

In seiner heimlichen Angst, das Gesicht zu verlieren, irgend etwas falsch zu machen, die Zeit zu verpassen, den Bahnsteig zu verfehlen, nicht auf der Höhe seiner Rolle als Familienoberhaupt zu sein, war der Vater bereits in Hasle-Rüegsau, drei Stationen an der Linie der EBT vor Burgdorf, aufgestanden, hatte den Mantel angezogen, den Hut aufgesetzt, den Koffer heruntergestemmt und die Seinigen aufgefordert, es ihm gleichzutun, und war zwischen den besetzten

Bankreihen hindurch zum Ausgang aufgebrochen. Mich ärgerte solche Ängstlichkeit, wir hatten endlos Zeit, ich las in den *Aufzeichnungen eines Jägers* von Turgenjew, die ich zu Weihnachten geschenkt erhalten hatte, und hinter den beschlagenen Abteilscheiben zog draußen die öde, tief verschneite russische Winterlandschaft vorbei. Selbst wenn wir erst bei der Einfahrt in den Bahnhof von Burgdorf aufgestanden wären, hätten wir den Schnellzug nicht verpaßt. Dieser würde, da Burgdorf EBT-Endstation war und viele Fahrgäste gleich uns umsteigen mußten, auch Säumige abwarten. Ich hätte mich, innerlich murrend, demonstrativ bis zur letzten Station vor Burgdorf (Burgdorf-Steinhof) ins Buch vertieft und vorgegeben, weder etwas gehört noch bemerkt zu haben.

Diesmal aber fuhr die Tante mit uns, unterwegs zurück nach Mannheim, die Tante der Bombennächte und Flüchtlingstrecks und der um Hab und Gut und ihre Söhne gebrachten Verstörten. Freimütig, wie sie war, machte sie halblaut eine herablassend-spöttische Bemerkung, die mich tief verletzte, grad weil sie dem Vater galt. Was sie sagte, erinnere ich nicht mehr, noch, ob außer mir, der wohl ihr gegenübersaß, jemand die Worte gehört hatte. Geblieben sind mir die Empörung über solche Respektlosigkeit, das Bedürfnis, mich schützend vor den Vater zu stellen, und die Scham darüber, daß sie recht – und ausgesprochen hatte, was auch ich jedesmal dachte. Doch sie hatte, vernehmlich flüsternd, die Grenzen der Rücksicht im Umgang unter sehr verschieden gearteten Verwandten, mehr noch, des Respekts, der meinem Vater trotz dieser Schwäche gebührte, überschritten.

Zwanzig Jahre später. Ich war der einzige von uns drei Kindern, der den Zusammenbruch seiner geistigen Präsenz nicht aus der Nähe erlebt hatte. Ich hatte es bei unerfreulichen Nachrichten bewenden lassen. Entweder war ich im Ausland oder saß an meinem »Urwil«-Roman. Ich hatte die Pflege und das langsame Sterben meiner Schwiegermutter hinter mir, die Morphiumspritzen unter die in Lappen herunterhängende Haut, ihr Stöhnen trotz des gnädigen Dämmerzustands, in den sie versenkt wurde, ihr ebenso ekel- wie grauenerregendes konvulsivisches Erbrechen, wenn sie ihren eigenen verfaulenden Magen ausspie. Ich hatte genug.

Wir hatten vereinbart, daß ich am frühen Nachmittag vorbeikommen und den Vater in Königsfelden einliefern würde. Ich glaube, es war Oktober, ein zarter, aus Morgennebeln befreiter Tag unter seidenblauem Himmel. Ich fand mich ein, Mutter und Schwester mit den letzten Vorbereitungen beschäftigt, das Gepäck stand bereit, die Mutter ein Schatten ihrer selbst, abgemagert, die Stimme flüsternd vor Erschöpfung, in Gewissenzweifeln noch immer, ob sie den Mann, mit dem sie fünfzig Jahre in Treue und Güte zusammengelebt hatte, in fremde Hände geben, oder ob sie die Pflege, die sie während zweiundzwanzig Stunden im Tag beanspruchte, nicht doch weiterführen, seine Verwirrung Tag und Nacht betreuen, dem Kranken, ihn Schritt für Schritt geleitend, beruhigend, in die gewünschte Richtung lenkend, zur Seite stehen sollte. Bis auch sie zusammenbrechen und somit der unwiderlegbare Beweis erbracht sein würde, daß nur noch eine Internierung blieb.

Er selbst sagte kaum ein Wort. Er saß auf einem Stuhl am Eßtisch und wartete im maßgeschneiderten Anzug brav wie ein wohlerzogener Junge, auf irgendwas, das da kommen würde. Eine Ausfahrt? Jedenfalls hatte dieses Kommende, das sich voller Geschäftigkeit ankündigte, ihm für ein Weilchen zwei seiner Kinder ins Haus gerufen. Vielleicht aber wußte er klar, was ihm bevorstand, und verzichtete darauf, sich dagegenzustemmen. Und als ich ihn, zivil, fast festlich hergerichtet, sitzen sah, ahnte ich zum erstenmal, was seine Betreuung die Mutter an Kräften und Trauer gekostet haben mußte.

Die Sachen waren im Wagen verstaut, und wir geleiteten ihn über den rutschigen Rollkies des Hangwegs zur Straße hinab. Ich versprach telefonischen Bericht, sobald ich zu Hause sein würde. Der Abschied war wortkarg, schon deshalb, weil man den Vater nicht mit Tränen und Umarmungen auf etwas aufmerksam machen wollte, das er möglicherweise nicht realisierte. Die Trennung stand in den Gesichtern. Die Mutter war verzweifelt, erleichtert, am Umfallen, die Schwester, wie immer, strahlte ihre warme, praktisch tätige Heiterkeit aus. Der Vater drehte sich auf dem Beifahrersitz noch einmal um, ich prüfte, ob sein Gurt eingerastet war, winkte und fuhr weg.

Und was war mit mir? Wenig, glaube ich; vor allem fühlte ich eine Entlastung meines schlechten Gewissens. Nach meinem Fernbleiben, all meinen Entschuldigungen und mich keine fünf Minuten kostenden Äußerungen des Bedauerns und der Anteilnahme trug ich endlich etwas Wesentliches zur Lösung eines gravierenden Problems bei. Er, mit dem ich mich schon längere Zeit nicht mehr herzlich und vernünftig in Frage und Antwort, Rede und Gegenrede, hatte unterhalten können (er hatte immer dasselbe wissen wollen: wie es uns gehe – seine Sorglichkeit!), der Vater also war mir ein fremder Mensch. Ich erkannte ihn und mich in ihm nicht mehr. Ich fuhr in die Stadt hinunter, bog bei den Löwen in die Überlandstraße und einige Minuten später bei

Kreuzstraße in die Autobahn Richtung Zürich ein. Der Nachmittag war Klarheit, Stille und Sanftheit des Herbsts. Vielleicht fragte ich ihn, ob er gut sitze, dann schwiegen wir.

Ich hatte, als ich die ersten Autos fuhr, als Student einen Deux-Chevaux, später Engländer oder Franzosen, seltenerweise meine Eltern zu einem sogenannten *Usfährtli* eingeladen und ein-, zweimal, wenn die Mutter irgendwelcher sozialer Pflichten drunten in der Stadt wegen verhindert oder zu müde war, auch nur ihn allein. Er hatte nie einen Wagen besessen, er hatte sich ein Leben lang kutschieren lassen müssen, von Bahn und Postauto, sei's weil er der Raschheit seiner Reaktionen nicht traute oder kein Geld zum Kauf eines Wagens da war, eher allerdings, weil er es in der Ausbildung und im Studium seiner Kinder besser angelegt wußte und es so zufrieden war. Einmal, es war Herbst, waren der Vater und ich in meinem neuen Austin 1100 nach Göslikon ins Freiamt gefahren und hatten bei strahlendem Nachmittagslicht die schäumenden Rokokostukkaturen und heiter schwebenden Fresken von Franz Anton Rebsamen in der Saalkirche Maria Himmelfahrt besichtigt. Der Vater war lächelnd glücklich gewesen, hatte sich jedes Detail erklären lassen, nachgefragt, sich nach meinen verschiedenen Tätigkeiten erkundigt und mir, was ich nicht verdient hatte, für alles ständig gedankt. Ich wußte, daß ich ihm für seine Liebe, Fürsorge, Liberalität zu danken hatte.

Vielleicht, denke ich heute, hatte er, als ich ihn jetzt nach Königsfelden überführte, etwas wie eine Erleuchtung, einen Schub der Erinnerung an jenen Herbsttag. Denn plötzlich war er da, bewußt und beglückt von der an ihm vorbeiziehenden Schönheit. Zwischen Oberentfelden und Hunzenschwil durchschneidet die Trasse der Autobahn zweimal die bewaldeten auslaufenden Hügelzüge des mittelaargauischen Molassestocks, aus dem von Süden her Pfaffnern, Wigger, Uerke, Suhre, Wyna, Aa und Bünz der Aare zufließen. Ein Himmel, nicht zu trüben, rostig golden das Buchenlaub, ja, es muß Oktober oder früher November gewesen sein. Er begann zu sprechen genau so, wie er als Vater zu uns Kindern geredet hatte, er machte mich auf die Harmonie von Gold und Blau aufmerksam, »wie bei Perugino«, sagte er, »du weißt, in den Uffizien, seine toskanischen Himmel hinter der Muttergottes und ihren Heiligen, die Gewänder in Rot, Blau, Gold und Grün. Ich habe mich immer gefragt, wie ein Maler Farben dieser Intensität ins Bild setzen kann, ohne kitschig zu wirken.« Er wies mir mit der Hand ein winzig kleines weißes Wölkchen, das verloren im Himmelsmeer herumschiffte. Er zeigte auf den Kirchturm von Suhr: »Erinnerst du dich noch an unsern Ausflug auf den Suhrerkopf? Damals hat der größte Teil der Ebene noch unverbaut vor uns gelegen. Wann wird diese Bauwut ein Ende finden? Wahrscheinlich werden wir früher oder später dafür sorgen müssen, daß uns noch ein Stückchen richtige Erde unter den Füßen bleibt. Geht es euch beiden gut? Mutter hat mir von deinem Buch erzählt. Ein neues Buch? – Richtig, natürlich, ein Roman. Eine Herausforderung, das läßt einen Tag und Nacht nicht los, nicht wahr? Ich könnte das nicht, doch du wirst's können, das weiß ich, nur den Mut nie verlieren. Vielleicht hast du uns all den Kummer und die Sorgen bereitet, damit du es jetzt kannst. Sieh, da ist schon Schloß Lenzburg. Weißt du noch, wie du halbe Tage lang über dem Burgenbuch gesessen, die Wappen studiert und die Ruinen abgezeichnet hast? Später hast du sie mit dem Rad aufgesucht.« Und ich, ging mir durch den Kopf, habe mich nach dem Besuch der Ruine Schenkenberg in Thalheim mit Thalheimer zum erstenmal betrunken, Bezirksschulzeit, Kurzehosen-Zeit.

Meine Fremdheit war geschmolzen. Nun saß ich, festgefahren in der Erinnerung, im Wagen, hielt mich am Volant und versuchte den Schmerz unterhalb des Gesichts zurückzuhalten, damit der Vater nichts bemerkte. Ich dachte daran, wie er, da anderer Konfession, gegen den Widerstand der halben Dorfbevölkerung seine Ausbildung durchgesetzt, sein Studium verdient und seinen jüngeren Brüdern auf die Beine geholfen hatte, wie er im Ersten Weltkrieg als Leutnant, mit seinem Zug tief im Schnee eingegraben, auf einem Berg zwischen den sich beschießenden Österreichern und Italienern den Grenzwachtposten gehalten hatte, wie er weiterstudiert, dann an der Schweizerschule in Mailand unterrichtet hatte, bevor er in die kleine Stadt gewählt wurde, wo ich aufgewachsen bin. Trotz meiner sämtlichen Krankheiten und unserer allmählich immer kontroverseren Meinungen hatte er die Sanftmut und den Humor nie verloren, am Entschluß jedoch, nie ins Dorf seiner Herkunft zurückzukehren, hatte er festgehalten. Beruflich an der Öffentlichkeit, doch diese nie suchend, schien mir sein Leben aus dem Stoff, der eine menschenwürdige Gesellschaft überhaupt erst ermöglicht. Dann fielen die ersten Schatten, zu früh, und wurden rasch dichter.

In Königsfelden ging die Einlieferung rasch vonstatten. Wir wurden sofort zum richtigen Pavillon im Park dirigiert, ein weißgekleideter Krankenwärter nahm den alten Mann freundlich in Empfang, und mich wies er in das Zimmer, das mein Vater mit zwei andern Patienten teilen sollte. Es war leer. Ich stellte die Sachen neben das bezeichnete Bett, erledigte im Hauptbüro einige Einweisungsformalitäten und machte mich auf die Suche nach der Cafeteria, wo wir uns zum Abschied verabredet hatten.

Dort saßen die zwei, eingeklemmt in das einheitsbraune, deprimierend häßlich-modern-praktische Sicherheitsholzmobiliar an einem quadratischen Sicherheitsholztisch mit abgerundeten Ecken und abwaschbarer Linoleum- oder Plastikplatte. Der Wärter stand auf, er komme in zehn Minuten wieder, wahrscheinlich wäre es für den Patienten, der ja in eine ihm fremde Umgebung geworfen sei, gut, wenn ich mich bis dahin verabschiedet haben würde. Den Rest würden sie besorgen, und es sei ja nicht das letztemal, daß ich ihn sehe. Ja, vielleicht schlage die in seinem Fall vorgesehene, mit dem Haus- und dem Oberarzt abgesprochene medikamentöse Therapie so gut an, daß er in Kürze wiederhergestellt, genauer gut eingestellt, nach Hause entlassen werden könne.

Das weite Fenster, das während der Fahrt die Erinnerung an Göslikon oder an eine Alpenwanderung in den Herbstferien in Vaters Bewußtsein aufgerissen hatte, war zugeschlagen. Er saß gehorsam vor einem Glas Tee, ich saß vor einem Glas Tee, der übliche schlechte, bittere, mit Hagebutten gestreckte Beutelschwarztee. Wahrscheinlich hielt ich seine Hand, wahrscheinlich wiederholte ich so ungefähr das, was der Krankenwärter gesagt hatte (und was ja in Glücksfällen durchaus zutreffen mochte): Wir würden uns ›in Kürze‹ wiedersehen, sagte ich (und blieb, wie immer, wenn ich mir selbst nicht glaubte, an einem dummen Wort kleben, das ich soeben gehört hatte), es werde ihm ›in Kürze‹ bessergehen, die Psychopharmazie sei derart verfeinert worden, daß man usw. usw. Vielleicht drückte ich seine Hand und schob angewidert das halbvolle Teeglas von mir weg.

Ich stand auf, küßte den Vater auf die Stirn – etwas, das mir widerstand, da ich es nie geübt hatte, in unserem Haus wurden Väter, genauer Männer, nicht und sogar Frauen kaum je geküßt – und wünschte ihm einen guten Einstand, gute Besserung, kurz alles Gute, und schämte mich, weil mir nichts Tröstlicheres einfiel. Er ließ es still über sich ergehen, dann sagte er leise, von den paar herumsitzenden Patienten und Besuchern gehemmt: »Adieu, und komm bald wieder.« Klein, zusammengesunken, in der späten Sonne durchsichtig das weiße Haar, saß er da. Ratlos küßte ich ihn nochmals, und es war nicht weniger unpassend, dann arbeitete ich mich zwischen den eng beieinander stehenden, unbequem-sperrigen Sicherheitsholzstühlen mit den zu steilen Lehnen zur Glastür der Cafeteria zurück. Noch einmal drehte ich mich um. Er hatte die Körperstellung nicht verändert, einzig den Kopf hatte er mir nachgedreht. Auf sechs, acht Meter Distanz ist es schwierig, Blicke zu lesen, man irrt sich leicht und liest beim andern vielleicht nur, was man selbst empfinden würde, also Trauer, Verlorenheit, die zu schwach und hoffnungslos ist, sich zu Verzweiflung oder Protest zu steigern, vielleicht auch Liebe oder die Bitte, man möge einen nicht im Stich lassen. Aufatmend trat ich in die Kühle des Vorabends hinaus; die berühmten hochgotischen Glasfenster der Klosterkirche zu besichtigen unterließ ich.

Auf der Fahrt nach Hause erschien mir die Lebenszeit des Vaters als Eintrag in einem der synoptischen historischen Nachschlagewerke, von denen zwei, der »Ploetz« und der »Minnich«, in seiner Bibliothek standen, eine unter vielen senkrechten Kolumnen durch die Jahrzehnte. Sein Schuleintritt fällt ins 19. Jahrhundert, in seinem ersten Schuljahr erzählt der damals noch lebende Vater von einem faulen Revisionsprozeß (zehn Jahre Festungshaft plus anschließende ›Begnadigung‹) gegen einen jüdischen Offizier in Paris. Der Glanz der drei Kaiserreiche und des vierten, Indien, scheint nicht zu trüben. Er besucht die Sekundarschule, als blutige Judenpogrome Rußland erschüttern, die erste Revolution den Zarenthron ins Wanken bringt und wenig später Dreyfus rehabilitiert wird. Kann sein, daß ihn diese Nachrichten auf den Antisemitismus aufmerksam gemacht haben und die Geschichte ihn zu irritieren beginnt; sie gewinnt an Tempo. Von seiner ersten Lehrerstelle holt ihn der Weltkrieg in die Armee. Die Oktoberrevolution und den ratenweisen Zusammenbruch des alten Europa erlebt er teils als Offizier, teils als oft hungernder Student in Grenoble, London, Bern und Pisa. Als er nach Mailand gewählt wird, hat Mussolini die Macht in Italien an sich gerissen. Bei seiner Rückkehr in die Schweiz steht Hitler am Nordhorizont. Nun bleibt er, wo er angekommen ist und sein Auskommen hat, mit etwa 36 Jahren. Merkwürdiges Land, dachte ich, das mitten im Untergang Europas ein Leben der Stille, oft unheimlichen Reglosigkeit, über Jahrzehnte hin ermöglicht hat. Denn sein zweiter Aktivdienst, in einer Territorialkompanie im Luzerner Hinterland, war wohl kaum mehr als eine Erweiterung von Beruf und Familie gewesen. Die liebevollen Postkarten an den Winzling von drei oder vier Jahren zu Hause legen es nahe. Sein Leben glich dem Land, das ihn zurückgeholt hatte. Und ich wußte in meinen ganz anderen Umständen, daß ich in ihm und durch ihn jetzt von einer längst vergangenen Epoche Abschied nahm.

Ich habe ihn in der Tat noch einmal gesehen, sogar vor dem vereinbarten ersten Besuchstermin. Ich fuhr hinter einem Krankenwärter in weißem Mantel her auf dem Rad durch das im Hochterrassenschotter ausbetonierte Stollenlabyrinth unter den locker verstreuten Pavillons der Irrenanstalt vorbei an Kanalisations- und Lüftungsrohren zu ihm. Der Begleiter sagte mir, er werde mich in zehn Minuten wieder abholen. Der Vater lag zugedeckt bis zum Hals. Ich fotografierte ihn, obwohl sich ohne Bockleiter und Scheinwerfer von keinem Standort aus ein befriedigendes Bild ergab und ich wußte, daß ich das Foto später wegwerfen würde, und küßte ihn noch einmal auf die weiße Stirn. Sie war eisgekühlt im Hinblick auf die baldige Reise durchs Feuer.

Die S. A. Thorwaldt-Gesellschaft 7:
Der neue Thorwaldt

Die Nationalen Forschungs- und Gedenkstätten der klassischen deutschen Literatur (NFG, im Volksmund VEB Goethe) zu Weimar veranstalteten das erste Thorwaldt-Symposium, zugleich die 1. Jahrestagung der SATG (nunmehr: Ost), vom 20. bis 22. März 1981. Bevor wir darüber berichten, blicken wir ein gutes Jahrhundert zurück. Als gebranntes Kind der Geschichte hat man den Eindruck, in der Persönlichkeit Thorwaldts und in seinem Werk seien exemplarisch die Aufschwünge und Hoffnungen, die Sonderzüge, Holz- und Irrwege der deutschen Geschichte aufgehoben und in dessen Rezeption spiegelten sich die Verwerfungen sowie die moralische und militärische End-Niederlage, mündend in Oder-Neiße-Grenze, Teilung und Selbstbesinnung. Eifriger Mitläufer in der Gründungsphase des kleindeutschen Nationalstaats, der keiner war, und einer Obrigkeitsverfassung, die, ein Rechtsstaat zwar, jede echte Demokratie sabotierte, hatte Thorwaldt sein Leben lang das Bedürfnis, zu jedem Hahnenkampf oder heißen Problem, zu jedem aufgewärmten Mythos und unter Geisteswehen offenbarten tiefsinnigen Aberwitz seinen persönlichen Senf zu liefern. Nichts gab es, das er hätte auf sich beruhen lassen können. Dutzende von Aufsätzen zu allen Größenträumen, Luftspiegelungen und Zwangsvorstellungen, die das von sich selbst besessene und aufgeblasene 19. Jahrhundert zwischen Memel und Saar (und, wohlgemerkt, auch andernorts) umtrieben.

Thorwaldt wirkt allein schon durch das Papiergewicht des Geschriebenen zu schwer, um ihn links liegenlassen zu können. Der eigentümlich schwankenden, in geistfeindlichen Zeiten enthusiastischen, in Jahren der Vernunft kritischen Aufnahme seines Werkes wegen erscheint er als Kronzeuge für die These, daß das 19. Jahrhundert sämtliche Katastrophen, welche das 20. erschütterten, hinter seinen pseudogotischen Fassaden unter Zwerchgiebeln im Bürgerschoß ausgebrütet habe. Somit konnte man gespannt sein, welchen Thorwaldt – diesmal aus der Sicht der DDR – das Symposium unter dem Titel »Der neue Thorwaldt« exhumieren würde. Seit 1972 war in aller Stille an jedem 21. März in Weimar eine kleine Tagung veranstaltet worden – eher ein Thorwaldt-Gedenkabend.

1978, nach langwieriger Rearchivierung, Ordnung und Sichtung der ehemaligen Frankfurter Bestände und der erneuten Restaurierung und Reinigung der am 22. März 1968 schwer beschädigten, zerknitterten, mit Kohlenstaub verschmierten Manuskripte und Fotografien, war ein Herausgeber bestellt worden. Er sollte die seit 1942 beim 13. Band – einem Sammelsurium völkischer Verranntheiten – festgefahrene Werkedition flottmachen und weiterführen. Dr. Lammers – weder Parteimitglied noch Fachmann für politisches Schrifttum im Vormärz und in der Gründerzeit – bot Gewähr, daß ein unvoreingenommener Blick sichtete und ein gerades Gewissen die Berge von Spreu von dem vielleicht doch drin verborgenen Gerstenkorn trennen würde. Er hatte ziemlich freie Hand, da die Masse Papier – 19 berstend volle Kartonschachteln – die Kultur-Apparatschiks abschreckte.

Sein Editionsplan von nunmehr nur noch drei weiteren Bänden wurde im gleichen Jahr dem Direktor der NFG, Professor Werner Schubert, vorgelegt und vom Vizedirektor, dem strammen Dr. Krebs, gutgeheißen. Dr. Lammers mußte demnach fündig geworden sein. Nun, der zum Zeitpunkt des Symposiums vorliegende 14. Band würde es weisen.

Als sich die Geladenen im Wittumspalais am Theaterplatz in Weimar begrüßt hatten, war der erste Schock, daß noch immer eine SATG im Westen bestand. Als ihr Delegierter war Dr. Hartwig Kleinholz angereist und protestierte sogleich gegen die »sog. SATG«, darauf hinweisend, daß mit dem gleichzeitigen Erscheinen gleich numerierter Bände derselben Gesellschaft – denn auch in Detmold seien drei weitere Bände vorgesehen und werde morgen Band 14 der Presse vorgestellt – ein unlösbares bibliographisches Problem böswillig geschaffen werde, das nur durch die Umbenennung der »sog. SATG (Ost)« zu beheben sei. Einen versiegelten Brief in der Hand, trat Dr. Kleinholz zu Professor Schubert: »Als handlungsbevollmächtigter Vertreter der einzigen legalen SATG fordere ich Sie hiermit auf, den Namen Ihrer Gesellschaft unverzüglich abzuändern, Ihr Produkt Band 14 einzustampfen oder auszubinden sowie Titelei und Copyright entsprechend zu korrigieren und neu zu drucken. Andernfalls werden wir uns rechtliche Schritte vorbehalten.« Professor Schubert hielt den Brief zwischen zwei Fingern von sich weg, als enthielte er blutdürstige Flöhe: »Aber wir haben doch gar nicht gewußt …« – »Nichtwissen schützt vor Strafe nicht«, erwiderte ungerührt Dr. Kleinholz, »einstampfen oder ausbinden.« Die allgemeine Verlegenheit wurde durch die Ankunft des Vorsitzenden des Staatsrats in Heiterkeit gelöst. »Na Kinder, schießt man ruhig los«, sagte

Erich Honecker, »im Umgang mit Querulanten und im Küssen haben wir jede Menge Übung.«

Zwischenbemerkung. Im Gespräch während eines Schlummertrunks im Hotel »Elefant« bestätigte Dr. Kleinholz, daß die SATG (nunmehr: West) nach dem achtundsechziger Attentat und dem Abgang der Bestände nach Weimar zwar einen massiven Mitgliederverlust habe verkraften müssen, doch nach Überwindung des Frankfurter Verrats, wie er die Umtauschaktion (gegen ein Bierseidel von Jean Paul und einen halben Goethe-Brief) von 1969 nannte, nunmehr einen wenn auch rasch alternden Sockelbestand von 5 Mitgliedern aufweise, welche Thorwaldts Andenken hingebungsvoll pflegten und in Ehren hielten und sich seit 1973 regelmäßig an der Krummen Straße 5 in Detmold getroffen hätten resp. sich morgen zur 30. Jahrestagung versammeln würden, was auch der Grund sei, daß er in aller Frühe abreisen müsse. Die Tätigkeit der echten SATG konzentriere sich auf die Sammlung von Thorwaldtiana. Darin sei man derart erfolgreich gewesen, daß morgen in Detmold der 14. Band (Jugendbriefe) erscheine und zwei weitere Bände, 15 und 16, in Vorbereitung seien, denn an Material fehle es der wirklichen und einzig legalen SATG mitnichten. In einem Luftschutzkeller in Rothenmuffeln hinter der Wiehe seien Fotobestände von geradezu stupender Qualität, wenn auch mit Feuchtigkeitsschäden behaftet, aus Thorwaldts Kolonialistenzeit ans Licht gekommen, die den ganzen 15. Band füllen würden und Thorwaldt als einen frühen, begnadeten Lichtbildner der Völkerkunde auswiesen.

Zurück ins Wittumspalais. Nun trat der Hauptredner des Abends, Dr. Hermann Kant, ans Pult, um Thorwaldt »in seinen Werken und in seinen Lesern« willkommen zu heißen. Kant, bekannt für seine kritische Wachheit und skeptische Aufrichtigkeit, den marxistisch messerscharfen Verstand sowie die maßgeschneiderten gestreiften Arbeiterhemden aus Paris, betonte zunächst die Bedenken, die sich gemeldet hätten, als er 1978 als frischgebackener Präsident des Deutschen Schriftstellerverbandes (DDR) vernommen habe, daß der listenreiche Westen sich des Thorwaldt-Archivs als eines störenden Zeugen eigener Verfehlungen entledigt und die, wie ihm, Kant, damals geschienen, nur allzu leichtgläubigen Kulturverantwortlichen der DDR zu dessen Übernahme beschwatzt habe. Er habe sich ernsthaft gefragt, ob man diese *Paperasse* nicht am besten gleich den Kühen – doch leider würde dies ein erneutes Wiederkäuen des Ungenießbaren bedeutet haben –, aber doch einer wunderbaren Maschine, Reißwolf genannt, verfüttern sollte, von welcher drei Spezialanfertigungen bei der Staatssicherheit, im Innen- und Kultusministerium stünden: Papier fürs »Neue Deutschland«. Doch da das Kuckucksei nun einmal im heimatlichen Nest gelegen, habe er sich für eine Vorwärtsstrategie entschieden und auch Freund Schubert dafür erwärmen können. Mit andern Worten: Was läßt sich aus Thorwaldts stark hadernhaltigen Klexographien gewinnen? Ist Mist nichts als Mist? Wüchsen doch – dies seine Erfahrung als Kleingärtner am Rummelsburger See – selbst auf stark kohlenstaub- und stickoxidhaltigem Kompost (Beifall) nicht nur Gurken und Speisekürbisse, sondern selbst Kapuzinerkresse. Ist es nicht, habe er sich gefragt, schlicht unmöglich, daß ein Mensch wie Thorwaldt – durchaus bei Sinnen, weder Paranoiker noch sonstwie Psychopath – sich ein Lebenlang in allen Punkten irrt, an denen sein Hirn sich abarbeitet? (Starker Beifall, Kant lächelte.) Dennoch, auch mit einem Thorwaldt-Abspann habe man rechnen müssen. So habe er, um die Sache zum guten Ende zu führen, den Startschuß zu einer kritischen Lektüre gegeben, unvernebelt von rassistischen, kapitalistischen, großkotzigen oder heimattümelnden Voreingenommenheiten. (Erneuter Beifall, angeführt vom Staatsratsvorsitzenden, Kant neigte das Haupt.)

Dr. Lammers, dem er in einigen Augenblicken das Wort übergebe, habe in der Tat in den vergangenen drei Jahren eine Anzahl Schriften herausgefiltert, welche Thorwaldt ziemlich klar im *mainstream* des deutschen Sonderpositivismus, wenn man so sagen dürfe, positionierten, mit blinden Flecken zuhauf, doch auch mit unerahnten, völlig überraschenden Einsichten. Somit sei das Motto des Thorwaldt-Symposiums »Der neue Thorwaldt« merkwürdigerweise berechtigt und als der aus dem eigenen Wust befreite sowie dank Frust – nicht wahr, lieber Lammers? – wiedergewonnene Thorwaldt zu lesen. Band 14 stelle dies unter Beweis, und er, Kant, danke für die freundliche Aufmerksamkeit.

Binsenwahr ist, daß jede Epoche, ja jede Generation die Geschichte durchs Kaleidoskop ihrer Mißverständnisse neu betrachtet und im Abschein ihrer eigenen All-*Un*wissenheit anders interpretiert. Bei Thorwaldt kam, wie das Referat Dr. Lammers deutlich machte, erschwerend dazu, daß alle bisherigen Herausgeber angesichts der Fülle des Gekritzels nur das herausgeklaubt hatten, was ihnen persönlich, ihrer Zeit, ihren Denkmustern oder ideologischen Sparren genehm war. So sei es zum Thorwaldt für die Imperialisten, die nietzscheschen Vitalisten, die Deutschnationalen, die Anbeter des Obrigkeitsstaates und schließlich für die Nazis gekommen. Ganze Konvolute und Bereiche Thorwaldtschen Schrifttums aber seien wörtlich unberührt liegengeblieben, wenn man von den sorglich kleisternden Händen von Dr. Hartmut Kleinholz absehe. (»Hartwig!« rief jemand, *»nomen est omen!«*) Womit er, sagte Dr. Lammers, sich für den Lapsus entschuldige und für ein Zusammengehen der beiden Gesellschaften plädiere. (Mäßiger Beifall.) Doch Dr. Kleinholz verließ den Saal.

Der »neue« Thorwaldt war, wie sich beim Anblättern von Band 14 (Ost) erwies, ein energischer Befürworter der Emanzipation der Unterschichten und der Frauen gewesen; ersteres vor allem in den 1870er, letzteres in den 1860er und 1880er Jahren. Da gab es träfe Aufsatztitel wie »Das Weib im Haus erspart den Fortschritt«, »Befreites Weib – befreites Vaterland«, »Die Küchenmagd und der Rumfordsche Kochapparat« oder »Paternalismus und Hörigkeit« oder, als gegenläufiges *Highlight,* »Das Cannae des deutschen Partikularismus – zur Kaiserkrönung in Versailles« sowie ein hochmodern anmutender Statutenentwurf für eine Universität der Frauen (mit Professorinnen auf dem Katheder!) und ein offensichtlich anarchistisches (oder ironisches?) Manifest, das die Schaffung einer »Schlagenden Verbindung zur Befreiung der Arbeiter« forderte. Wirrkopf mit Methode und einer Trefferwahrscheinlichkeit von etwa 1:50; das mußte man Thorwaldt zugestehen.

Diesen und ähnlichen Themen galten dann die Referate von Christa Wolf (»Kassandra in Detmold?«), Franz Fühmann (»Also doch!«), Stefan Heym (»Theseus im deutschen Labyrinth«), Thomas Brasch (»Wer hat Angst vor Thorwaldt?«) oder Peter Hacks (»Im Puff des deutschen Geistes«) und als Höhepunkt die Ansprache des Staatsratsvorsitzenden Erich Honecker: »Die DDR als Hort deutschen Gedenkens«. Es folgten zweitägige intensive Diskussionen in themenbezogenen Gruppen. Einzig das Geistespuff fand keine Interessenten, obwohl Professor Schubert, ehemaliger Leiter des Kulturinstituts der DDR in Beirut, beim Eröffnungsdiner mit Kennerstimme erzählt hatte, Beirut habe sich zu seiner Zeit »des härtesten Nachtlebens im vorderen Orient« rühmen dürfen; doch vielleicht stand Professor Schubert bereits ›unter Strom‹, wie man das drüben nennt, oder dann hatte er dieses Nachtleben mangels Devisen nie oder nur durchs Schlüsselloch genossen.

Am 23. März fuhr man trotz allem mit zwiespältigen Gefühlen nach Hause. Noch ist Thorwaldt nicht ausgestanden. Ob er sich, mit Hermann Kant, »wiedergewinnen«, ja zu einem respektablen Vertreter deutschen Denkens »aufbauen« läßt, können nur die Jahre weisen. Beim ungestörten Lesen von Band 14 (Ost) im leeren Zug, vor allem während der langen Abfertigungszeit zwischen Stacheldrahtzäunen in Gerstungen, als plötzlich ein deutscher Schäfer-Suchhund ins Abteil preschte und im Buch schnupperte (Gott sei Dank Ostpapier), keimte wieder der Verdacht, man sei einem kolossalen (Selbst-)Täuschungsmanöver (nunmehr: Ost) aufgesessen. *Le style, c'est l'homme,* und Thorwaldts Stil bleibt ungenießbar, worüber immer er sich ausläßt. Was soll man halten von Eingangssätzen wie: »Blicken wir tief ins mächtig schlagende Herz unseres über alles geliebten Vaterlandes, werden wir einer jeden Morgen und Abend den kränckelnden Volkskörper durchschütternden Palpitation oder Pulsstörung inne: Es sind dies die Sirenen unserer Bergwercke und der ungeheueren Fabricken der Schwer- und Leichtindustrie. Als ob alles Blut zum Herzen drängte, strömen Abermillionen unterernährter und erschöpfter Männer und Frauen gähnenden Werckstoren zu, welche sie verschlingen gleich Leviathan den Propheten Jonas.«[1] Wie soll man aus so viel Geschwollenheit und falschen Vergleichen einen ›Vordenker der Soziologie‹ und ›Philosophen des deutschen Sonderpositivismus‹ herausdestillieren?

1 S.A. Thorwaldt: *Schriften und Gedanken;* Band XIV [Ost], 1981, S. 97–115 (»Paternalismus und Hörigkeit«), hier 97.

Der Güterregulierer

Sigi Trüssel steht auf einem vorgeschobenen Moränenhügel und blickt prüfend über sein nächstes Betätigungsfeld. Neben ihm auf dem Kühlerdeckel seines Saab liegt der Katasterplan 1:5000. Trüssel würde sich außerstande fühlen, eine Güterregulierung an die Hand zu nehmen, solange er die Landschaft nicht vor sich sieht. Er beugt sich vor, schaut auf und versucht, die kargen Angaben wie Parzellennummern und Markgrenzen mit der grasgrünen oder ackerbraunen Realität, mit Größe, Lage, Verzahnung und Abfolge der Felder in Übereinstimmung zu bringen. Einzelne Namen von Besitzern sind bereits in Bleistift eingetragen, er wird sie alle kennenlernen, die Stierli und Stöckli, Küng und Keusch, Lang und Rey usw. Das steht noch bevor, ebenso die langwierige, von Einsprachen begleitete Bonitierung der Böden, die Aufrechnung der Werte, dann die Zusammenlegung und Abrundung der Parzellen sowie die Entschädigungszahlungen.

An Erfahrung und einem geübten Auge – seine Kollegen nennen es »Radarblick« – fehlt es Trüssel nicht. Wenn er den geologischen Untergrund kennt, kann er in den meisten Fällen an der Wahl der Frucht sowie deren Gedeihen oder an der Färbung des Humus die Bonität einer Parzelle auf den ersten Blick einschätzen. Die Abweichungen, die sich nach Entnahme der Bodenproben ergeben, sind oft minim, größer höchstens dann, wenn auf ein und demselben Gewann der oberflächennahe Untergrund abrupt wechselt, die Humusschicht nicht mehr auf Sand, sondern auf Lehm liegt. Trüssel bewundert immer wieder das Gespür und die Erfahrung der Landwirte; meist haben sie durch Beobachtung über Generationen die angebaute Frucht dem Wechsel der Unterbodenschichten angepaßt.

Er rollt den Katasterplan zusammen, wirft ihn auf die Hintersitze seines Wagens und verschränkt die Arme, er hat ja Zeit, es ist Freitagnachmittag; leichte, auf der grauen Unterseite glatt abgeschnittene Wolken hängen ein bißchen verloren im Blau herum. Sanft aufgewärmte September-Westwindlage. Die linke Hälfte seines Blickfelds gefällt ihm gut, doch auf dieser Seite, am Fuß der Moräne, wird er nichts mehr zu tun haben. Dort ist bereits gewirkt und gesorgt worden. Ein prachtvolles, in große Rechteckgewanne von drei bis fünf Hektar eingeteiltes Stück Ebene, das entwässerte ehemalige Große Moos des Schwarzen Amtes, und er bewundert die Akkuratesse und Präzision des verantwortlichen Kulturingenieurs Renold; er hat ihn noch gekannt. Ein Niveauunterschied von vielleicht einem Meter reichte dem Mann, ein etliche Quadratkilometer großes Stück Unland, in dem nur Frösche quakten und dem Vernehmen nach Leichen versenkt wurden, in einen Garten umzuschaffen. Einigen Entwässerungskanälen entlang sind kanadische Pappeln, Weiden und Eschen gepflanzt worden, die heute als stolze Alleen daherschreiten – die mächtigen Weiden stehen über der Fläche wie große silbriggraue Gewitterwolken. Die Bäume adeln die großzügige Rechteckeinteilung im nachhinein durch ihre Schönheit. Jemand hat ihm erzählt, man habe aus dem Pappelholz Spanschachteln fertigen wollen, doch sei dann das Plastik erfunden worden. Trüssel holt den

Feldstecher vom Mitfahrersitz und betrachtet die Pappeln, erkennbar an ihrem eckig-unorganischen Wuchs. Hiebreif, das sieht er an einzelnen ausfahrenden Stümpfen abgebrochener Hauptäste. Er wird dies dem Direktor des Großen Werkes gelegentlich mitteilen, das heute einigen Dutzend Männern Obdach und Pflege, Arbeit und Hilfe bietet.

Sein Blick bleibt an Belüftungsschächten hängen, die kniehoch aus Gemüsefeldern ragen: Bodendegradierung durch Wind, Abschwemmung, Ultraviolettstrahlung, landwirtschaftliche Übernutzung – das Übliche auf Mösern, die in die Nahrungsmittelproduktionspflicht genommen worden sind. Der Mensch braucht leider Brot, Sellerie und Kohl, Kartoffeln und Karotten. Schwer zu sagen, wie lange der Humus noch reichen wird, wann man mit dem Tiefpflug den Seelehm heraufreißt und die Belüftungsschächte wie niedrige Kamine aufragen. Man müßte etwas unternehmen, um diesen Abtrag zu stoppen, doch da ist Sigi Trüssel nicht zuständig, das muß der Chef vom Großen Werk wissen, vielleicht sind auch bereits Gegenmaßnahmen eingeleitet worden. Klärschlammdüngung vielleicht. Nun fallen ihm da und dort kleine Blößen in den Kohlfeldern auf, da wächst offenbar nur noch Knöterich. An andern Stellen sind die Kohlköpfe klein wie fürs Puppenhaus – jetzt im September.

Mit einem Ruck nimmt Trüssel den Feldstecher von den Augen und folgt mit dem Blick dem Schatten einer Wolke, der von der Ebene her die Moräne hochkriecht ins Gelände, das ihm zur Verbesserung anvertraut worden ist, und obwohl es ihm nicht gefällt, fühlt er, wie anstelle der leicht ermüdeten Enttäuschung ob den Blößen Energie hochquillt, Spannung und Tatkraft. Die Größe der Gewanne ist nicht nur, wie überall, wo sein Rotstift ansetzt, ungenügend für eine rationelle Bewirtschaftung, hier ist sie zwergenhaft, 20 bis 40 Ar; die Feldwege mit Grasstreifen in der Mitte hören irgendwo einfach auf, unter einem Baum, vor einem Rain Lesesteinen, einer krüppligen Hecke, die zwischen dem Geröll aufgeschossen ist, bei einem Haufen Stallmist, der offenbar bereits fürs winterliche Ausbringen auf die Felder angeschüttet wird. Komplexe Situation, die nur mittels Übertragung auf Millimeterpapier im Maßstab 1:1000 (ein Quadratmillimeter gleich ein Quadratmeter in der Natur) adäquat zu erfassen sein wird.

Da muß einer zehn Kilometer Traktorfahrten hinter sich bringen, um seinen Acker auch nur zu bestellen, nämlich zwei Fahrten um acht Ecken von vier dazwischenliegenden Feldern der lieben Nachbarn mit dem Pflug, zwei mit der Egge, zwei mit der Sämaschine und endlich zwei mit der Walze, immer hin und zurück, hin und zurück. Und jetzt ist erst bestellt, nun kommt die Pflege mit Pestiziden, die Ernte, die Vorbereitung fürs kommende Jahr. Nun, in landwirtschaftlichen Arbeitsgängen kennt Trüssel sich nur soweit aus, als sein Beruf es erfordert und Gespräche sowie Auseinandersetzungen ihn klüger gemacht haben. Worin er sich auskennt, das ist die Normgröße und Normform der Gewanne je nach Gelände, längsrechteckig im allgemeinen, z. B. 150 mal 300 Meter, die Minimierung der Arbeitswege, der Bau von wettersicheren Erschließungsstraßen, die Aufhebung überflüssiger Feldwege, ist der Verhandlungsmarathon, die Auflage der Pläne, die schnellstmögliche Erledigung der Einsprachen. Und die dann endlich wirksam werdende drastische Reduktion des Maschinenverschleißes, des Spritverbrauchs, der Luftverschmutzung, des Lärms, der Arbeitszeit usw.

Welch ein Wirrsal aus Heckchen, Steinhaufen, kleinen, wie von Hand über Generationen abgegrabenen Böschungen, Schnupftuchäckern und Einbahnwegstumpen! Er registriert ein Unbehagen. Richtig, eigentlich geht ihm alles, was weder gerade noch flach ist, auf die Nerven. Und zugleich mit dem durch die Pupillen einfallenden Bild dieses jammerhaften Feldergewürfels, auf dem einige Unentwegte noch den Bauern spielen, wird ein großes einfaches Bild über die Leinwand seines Innenkinos gezogen. Eine Riesenwalze rollt vom nördlich anschließenden Waldhügel herunter, gerät in Hangschieflage und wälzt sich gemächlich, doch unentrinnbar nachdrücklich (und irgendwie tröstlich) über die widerborstige Moränenflanke, die paar Fruchtbäume zersplittern zu Spänen, die Hecken auf den Lesesteinen werden knirschend und knackend zermalmt, der Misthaufen wird zu einer Güllenpfütze plattgedrückt, die komischen Raine, die offenbar der leichten Terrassierung dienten, werden flachgepreßt.

Schon nähert sich das Ungetüm Sigi Trüssel selbst, doch da er und sein Saab nicht zu einem Schmierfettfleck mit Blutgerinnseln ausgepreßt werden wollen, befiehlt er der Walze zurückzurollen, und unter ihr kommt eine neue Landschaft zum Vorschein, ein gleichmäßig sanfter grüner Abhang, eine glattgescheuerte Landschaftsschräge. Auf dieser schiefen Ebene wird dank Trüssel in vielleicht vier Jahren die moderne Landwirtschaft Einzug halten, ideal entwässerte, nicht zu steile Lage in vorteilhafter Nachmittags- und Abendbesonnung, stracke weiße Fahrwege, für jedes Gewann mindestes zwei Anschlüsse, auf halber Höhe zwei Hofsiedlungen, zu denen etwa fünfzehn Hektar gehören dürften, Giebelhäuschen mit Geranien, mit grauem Eternit gedeckte und verkleidete Pultdachscheunen und Maschinenschuppen, breite Rinder- und längliche niedrige Schweineställe und dazwischen einige Futtersilos, Pylone aus grünlich-gelblichem Polyester.

Trüssel hört sich einen Seufzer tun. Er schüttelt den Kopf, schwer zu sagen, worüber, nimmt den baumelnden Feldstecher in die Hand, geht zum Wagen zurück und steigt ein.

Märchen hinter Mauern

Sie löchert, stürzt ein und stiebt, durch die Breschen lugen die Kulleraugen der Machthaber und die Mafiabrillen ihrer Staatssicherheit. Die Vopo auf dem Po. Das Ordensgold blättert ab – eine Wilhelm-Pieck-Medaille 1. Klasse mit Band in den Staatsfarben beim Billigen Jakob für eine West-Mark –, und auf den noch nicht ausgebrochenen Betonzähnen wird getanzt. Wir haben vor dem Bildschirm geklebt: In Prag warfen sie ihre Kinder über den Lanzengitterzaun der bundesdeutschen Botschaft, durchs Niemandsland der ungarischen Westgrenze treckten sie österreichwärts und feierten ein zweites Woodstock. Wieder empfinden wir Ohnmacht, doch im Gegensinn von 1953 (Berlin), 1956 (Ungarn), 1968 (Tschechoslowakei), 1980 (Polen). Unsere Ohnmacht empfängt Ausgebrochene; ein gemeinsames Fieber, als wären die Menschen in der Tat Brüder. – Sie sind es – rasch wird dies deutlich – nicht.

Abspann, Hermann Kant, selbst Ihr kluger Glaube und Ihre dialektische Bereinigung der schwierigen Übergangssituation für die Lauen und Schwankenden hat die Entmachtung der Hüter der Eigentlichkeit nicht aufgehalten. Die Menschen haben gesprochen. Statt den Staatsrat und das Zentralkomitee anzufragen, was sie sein dürften, haben sie selbst das Wort ergriffen und sich als ›das Volk‹ bezeichnet. Unbelehrbar. – Und schon werden die ersten Sünden am Volk begangen.

Was ist eine blühende Landschaft? Rund zwei Billionen hat die Modernisierung der alten DDR bis heute gekostet, und noch krankt das Land. In zwei Jahren, versprach der Meister aus Oggersheim, zaubere er sie aus dem Hut. Hatte er nie von der flächendeckenden Umweltzerstörung gehört? Nie auf dem »Silbersee« oder den weißschäumenden Flüssen Mulde, Zschopau, Elster gerudert? Nie auf den Abraumhalden im Mansfeldischen, bei Aue, Schneeberg, Schwarzenberg und Johanngeorgenstadt den Geigerzähler ausprobiert? Hatte er nie die Industriekomplexe besucht, die davon lebten, ihren Zerfall so lange wie möglich hinauszuschieben? Schieben. Schieber. War ihm nichts von letzteren und den Geschäftemachern aus dem sechsten und siebenten Kreis der BRD-Hölle zu Ohren gekommen, deren Stunde nun gekommen war? Er glaubte das Paradies herbei, er log nicht mal. Fragt eine Stimme leise: »Hätte er denn Enttäuschung, Zweitklassigkeit, Arbeitslosigkeit, Exodus, Neonazismus und Heimatverlust, Zusammenbruch, Betrug und Auspowerung in Aussicht stellen sollen?« Vielleicht hätte er sagen können: »Dies ist die glücklichste Stunde meines Lebens, doch sie schafft ein Riesenproblem: Wir müssen uns ändern.« Nein, Deutschland-Ost würde werden wie Oggersheim hinter der blitzenden Kamin- und Rohrfront der BASF am Rhein: eine blühende Landschaft, Autobahnkreuze vor allem. »Und doch hat der Mann große Verdienste«, sagt die Stimme. »Vielleicht braucht es die Dinosaurier *vor* den Menschen.« – »Was aber ist dies?« schreit der Dichter Holder aus seinem Turmfenster über dem Neckar und schlägt es zu.

Jene Landschaften, die zu blühenden mutieren sollten, hatten es mir lange vor der Wende angetan, grad weil ich sah, wie schlecht es um sie stand; ihre Weigerung, sich zu modernisieren, lag mir nahe. Ich selbst modernisiere mich wider Willen und mit einem Gefühl, mir dabei verlorenzugehen. Da existierte etwas wie ein von unserer Zeit abgekoppeltes, vom WC-Gestank der Leuna-Düngerwerke eingenebeltes, von Braunkohlenrauch durchduftetes, armes, schrecklich heimeliges *Märchen.* Denn mir als Ausländer, der dort zu tun hatte, konnte ja nichts passieren, ich war geschützt vom weißen Kreuz auf dem roten Reisepaß. Also genoß ich dieses Märchen. Langsam fuhr ich unter dem gelben Smog oder durch die von Moos und Zeit eingedeckelten Dörfer des Fläming, in denen kein Haus erneuert worden, geschweige neu war. Ihre altertümliche Demut, ihre Bodenhörigkeit, wenn sich im Erzgebirge, im Thüringer Wald oder im Harz die Straße zum Bach hinunterschwang, wo, verschiefert und grau im Gebirge, wetterbraunrot und gluckenhaft im Vorland, die Häuser sich reihten, je gebirgiger, desto spitzgiebliger. Wußte ich denn nicht, daß die Mehrheit der Bürger von Ilsenburg bis Marzahn in Plattenbauten hauste und von Suhl bis Rügen in Plattenbauten urlaubte? – So quasseln Touristen.

Zwar hatte ich zu tun, in Berlin, in Weimar, in Dresden (wo ich im Wagen eine halbe Stunde lang auf leichengrünlich beleuchteten Chausseen das noch immer ausradierte Herz der Stadt suchte) und andernorts. Ich mußte Menschen treffen, ich wollte versuchen, irgendwas Brauchbares zwischen Ost und West zuwege zu bringen. Doch das Märchen ließ sich nicht vertreiben. Es wischte in den Straßen der Hauptstadt der DDR den glitschigen Ruß von der Pflästerung, denn als Ruß hatten sich die langen Schatten der eisblauen Wintertage niedergeschlagen. Es blickte aus den käsigen Gesichtern der unausgeschlafenen, einseitig ernährten Bahnreisenden und Käufer in den Läden, deren Aufschrift VEB die Feinschmecker köderte, es holperte über die verlöcherten Asphaltstraßen und hundertjährigen Katzenkopfgassen. Ich war verzaubert wider Willen und besseres Wissen. Ich fand das Steeplechase von Verboten und Bürokratenarroganz, über das sich die Bürger zu quälen hatten, so entmündigend wie unverständlich. Wovor eigentlich sollten diese erwachsenen Menschen geschützt werden? Vor ihrem eigenen Staat? Ich liebte die rauchenden Hochkamine, die aus den Waldtälern unterhalb der Augustusburg schossen, ich hätte sie am liebsten demontiert und auf einem zweiten Ballenberg wieder aufgebaut. – Natürlich Unsinn.

Ich schlug dem befreundeten Verleger von Koehler & Amelang in Ostberlin vor, mit ihm zusammen einen großen Bild- und Textband über die Industrie in der DDR herauszugeben. Panik hatte mich plötzlich ergriffen ob all der Halbruinen, aus deren staubblinden, rußverkrusteten, blau verstrichenen Fenstern es *noch* flackerte und hämmerte, deren Rohre tropften oder spuckten, deren Ventile säuferten und zischten. »In zehn Jahren wird dies alles verschwunden sein«, mahnte ich, »und es wird ein unwiederbringlicher Verlust an Lebensformen und Dokumenten sein, in zehn Jahren« – es wurden dann weniger – »werden wir uns die Haare raufen, daß wir es unterlassen haben, die alten Industriezweige zu dokumentieren, Textil und Chemie vor allem, dann Maschinen- und Lokomotivenbau, dazu die Heimindustrie, Spielzeug, Posamenterei, was weiß ich. Ihr Land«, sagte ich zu Hubert Faensen, »ist, verzeihen Sie den Ausdruck, ein Freiland-Museum, nehmen Sie mir's nicht übel, als Reisekader wissen Sie, wie es bei uns aussieht. Ich wiederum weiß, über Nacht wird dies alles dahin sein. Lieber

Herr Faensen«, drängte ich, »zwar ist es nicht Ihr Gebiet, Sie sind der Kenner der orthodoxen Architektur und Kunst, und Sie sind so lieb gewesen, mir Ihre Werke sogar zu schenken. Doch nun möchte ich Ihrer DDR (wenn sie denn Ihre ist) *dieses* Geschenk noch machen. Denn ist es nicht im hiesigen Sinn und Geist, daß man die Orte wahrheitlich dokumentiere, wo die Werktätigen fürs Gemeinwohl und das irgendeinmal bevorstehende Sie-wissen-Was ihr Arbeitsleben verbringen? Allein über den Mülsengrund, ich weiß nicht, ob Sie je durch den Mülsengrund gefahren sind ...« Kopfschütteln.

»Dacht ich mir's, Herr Faensen. Die Orte der real existierenden Poesie liegen abseits der Urlaubsrouten selbst für Einheimische. Der Mülsengrund beginnt ungefähr halbwegs zwischen Glauchau und Zwickau, ein Seitental der Zwikkauer Mulde, vielleicht fünfzehn Kilometer lang, fünfzehntausend Menschen. In Schlunzig zweigen Sie ab und fahren über Niedermülsen, Thurm, Stangendorf, Mülsen Sankt Micheln, Mülsen Sankt Jacob, Mülsen Sankt Niklas und Ortmannsdorf bis Neudörfel, heute Neuschönburg, dann sind Sie im Hochland, Wälder, Weiden, einige Höfe, nein, LPGs, klar, und einen Sprung weiter sind sie in Oelsnitz und Stollberg. Fabrik an Fabrik, Kamin an Kamin, Giebel an Giebel und hie und da eine Unkrautwiese, dahinter erscheinen kurz die abgeernteten Hügel oder glatziger Wald, Winden ranken an den rostigen Gitterzäunen, leere Fässer, Kaninchenställe, Klempnereien, ein Sportplatz, ein Schulhaus, ein Kulturhaus für die Arbeiter, an der Hauptkreuzung die geschlossene Kirche, und wieder Fabriken, Giebel, Schornsteine, niedriger grauer Himmel, Kohlenrauchduft. Hätte ich Geld, Herr Faensen, ich würde ein Buch über den

Mülsengrund machen, in drei Exemplaren, eins für Sie, eines für mich und das letzte für die kupferne Kugel auf der Kirchturmspitze von Mülsen Sankt Jacob. Es ist dies der Hauptort.«

Der Professor war gewonnen. Er gab mir sogar eine Mitarbeiterin, eine ausgesprochen fröhliche Kunsthistorikerin, als Begleiterin nach dem Schloß Moritzburg mit, an den Teichen erzählte sie mir, im Erzgebirge sei ein Kombinat zur Verbrennung von Altgummi zwecks Devisen- resp. Energiegewinnung errichtet worden, das die umliegenden Wälder und Dörfer vollends vergiften werde; die Westlieferungen von abgefahrenen Reifen hätten bereits begonnen. Kurz darauf mußte die Frau depressionenhalber interniert werden. Ein Fachmann entwarf ein Konzept des Buches: eine umfassende Geschichte der industriellen Entwicklung, beginnend in Sachsen, dazu Fotografien von Klaus Beyer in Weimar, der im Auftrag der Verlage und nach den Vorschlägen des Fachmanns seine Kunst der Beleuchtung und des Blickwinkels eingebracht hätte. – Das Unternehmen wurde höheren Orts abgeblockt; man wollte keine Spione in den Industrierelikten. Oder glaubte man gar an einen technischen Entwicklungsvorsprung?

Märchen sind weder heil, noch gut oder herzerhebend; sie sind hart, düster, grausam. Sie schmieden die Kontrahenten in einer Fehde zusammen, die nur durch den Tod oder bestenfalls durchs hereingeschneite Glück oder einen Rohrkrepierer des Bösen zu lösen ist. Apokalypsen im Hinterhof der Menschheit. König Lear – Urbild aller Märchen. Wer Märchen mit der guten alten Zeit verwechselt, da die Mächte und die Menschen in Harmonie für eine bessere Welt gewirkt haben sollen, hat sie nie oder nur als Kind gelesen, dessen Glaubensfähigkeit auch die gegenläufigsten Aspekte umarmt – Gott und Teufel, Königin und Schneewittchen –, und am Happy End nie zweifelt, denn sonst stünden die Geschichten ja nicht in dem von Richter herzig illustrierten Buch.

Dieses Märchen also von Menschen, die sich im Verbot jeglicher Veränderung hatten einrichten müssen, die nirgendwohin außer ans Schwarze Meer, den Plattensee oder an die Ostsee ausweichen konnten, für die Sibiriens Permafrost die Sahara, Tbilissi Ägypten und Leningrad Venedig sowie Moskau Paris, Rom und New York ersetzen mußten, die auf Feind- oder Freundschaft, Hilfe oder Bespitzelung aneinandergeklettet leben mußten. Und wer so nicht davonkam, der haute ab, und sei's hängend am Schirm des Fliegenden Robert. Mit hübsch gezeichneten Panzern im Rechenbüchlein wurde das Einmaleins geübt: ›Zwei mal zwei Volltreffer gibt ...?‹ – ›Fünf Volltreffer, Frolein ...‹ – ›Schön wär's, Fritze...‹ – ›Vier Volltreffer, Frolein...‹ – ›Wunderbar, Mariechen.‹ Übers Wochenende wurde Kohl gezogen und in Mecklenburg Streuselkuchen gebacken, so Christa Wolf. Die DDR als Märchen, das ich, wenn auch als Exterritourist und tätowiert mit dem weißen Kreuz im roten Feld, noch gekannt habe: Prähistorie.

Und zwischen den Gänsen im Dorfteich von Kuhschnappel, unter Enten in den Weihern der Parks von Karl-Marx-Stadt/Chemnitz oder Berlin schwammen die stolzen Schwäne, denen man Nistinselchen aufgeschüttet und Holzhäuschen mit Türmen und Zinnen und Zugbrücken gebaut hatte, Burgen eines Kleinbürgertraums von Prinz und Prinzessin, Selbstbild, das, dem Staat zum Trotz, in seiner Schreberazadenseele noch nicht aufgegeben hatte. Und eines

Abends auf der Fahrt von Berlin, Hauptstadt der DDR, ins Hinterland fielen die Schatten der Kiefern und Buchen längelang über die Chaussee auf blau verschneite Weidewiesen, die in großer Ferne von Waldrändern aufgehalten wurden, über denen der wasserhelle Himmel allmählich vereiste. Aber das *Un*happy End hockte bereits auf dem Brocken und linste herüber in den nach faulen Eiern und Kanalisation stinkenden Dunst.

Eine Berliner Weiße mit Bockwurst und Senf und zwei Doppelkorn, bitte.

Als die Christbaummärkte bei uns voller Rot-, Weiß-, Silber- und Nordmanntannen standen und die Verkäufer gegen den Kuhnagel die Fingerspitzen aneinanderschlugen und mit den schweren Schuhen stampften, wurden als letzte Dracula und seine Hexe ausgemerzt gleich Rindern, die an Maul- und Klauenseuche erkrankt sind. Sie hatten ihrem verwahrlosten ausgehungerten Land das geschnitzte, gestickte und gemalte Bauernherz bis ins hinterste Karpatendorf ausreißen wollen. Sie begriffen in der letzten Sekunde ihres Lebens noch immer nichts. Ihre in Fassungslosigkeit verschrumpelten Gesichter vor dem Fangschuß. Götterende. »Als Herrscher von allen bejubelt; als Leiche von keinem betrauert« (Pseudo-Tacitus).

I'M THE LAD FROM THE WORKHOUSE[1]

Thanks for your letter & sending me the picture. Sure I remember it & I dislike it. That photographer, he indeed made the spy around the work-house where we lived worse than cattle, and he caught me & my mutilated left hand, I should have shattered his camera, I think he was working for the police. I was ten, the inmates quarreled over a piece of tripes with a butcher's knife & this little finger of mine came in between them. How, by the way, did you come by this picture? I think the man's long dead now, he may have been sixty at that time.

Anyway, when I was 13 my trustee sold me to a farmer & how I hated this man & his surly wife & all that gruelling labor they heaped on me for the grub I had to swallow. Well on a Sunday evening I had enough, & whatever has been told about me later is lies, I'm still very much alive and lending a hand to my son & grandson with the farm and cattle here in Minnesota. I sneaked out one night & somehow got on a goods train that carried me, a blind passenger, I didn't know

1 In diesem Brief erzählt der Junge aus dem Armenhaus (»workhouse«) von W. (vgl. Jakob Lanz 2, S. 32), wie er es, mit dem Glück des Tüchtigen, vom Verdingbuben zum Farmer in Minnesota gebracht hat: Nächtliche Flucht aus dem Haus seiner Peiniger auf einem Güterzug, Erdarbeiter beim Bahnbau in Nordfrankreich und Süddeutschland, Schiffsjunge, später Maschinentechniker auf einem Dampfer des Norddeutschen Lloyd, 1914 Suche nach einer kleinen Farm in der Gegend von Duluth am Oberen See, Heirat, allmähliche Vergrößerung des Betriebs auf nunmehr über 300 Hektar. Der Briefschreiber ist 87 Jahre alt.

where. It carried me into France. I worked as a navvy on a railway line in the North, where they've got lots of coal, but I'm told it's all dead now, the town was called Bethune. Bonjour monsieur and all that, it was a hard time but I quite liked working out of doors & they payed decently for a handyman. We were all sorts of people, Italians, Frenchmen, Belgians, even English navvies. I never have been down the shaft, though I could have done so. Not for my life. Two years later I was working on another line they were building somewhere in Germany, Wurtemberg I think, it was narrow gauge and followed the windings of a little river, the name escapes me, something like hunt (in German) & from time to time there came steaming around a toy engine & brought the construction material. There's a lot of vineyards there.

Then I had enough of all that & in 1911 I signed off as a deck-hand on a steamer of the Northdeutser Lloyd, I was not yet seventeen then and knew a few French phrases. The times were good, I liked the job & the sea, no sea-sickness (I had been rather afraid of it), the steamer's name was »Anne Marie«, I felt a sort of freedom though the work was tiring: scrubbing the decks all day long, but the wind & the sea, I was »der kleine Sweitzer«. We called at New York, Havannah, Pernambuco and Rio. An'I can tell you I was no gambler, no drunkard, no fornicator, I kept my hand on my savings all in silver, & meine Herren liked that in me, I was handy, despite my mutilated finger, and on the last crossings I was a mechanic down in the engine-room. How I loved these beam-engines.

Early in 1914 I went ashore at New York & directly West, but not to California. I didn't want to become a millionaire, I wanted to be on my own and free. I had heard by one of our passengers on the »Anne Marie« of some Swiss farmers in Wisconsin & that there were homesteads to be bought at a fair price about 50 miles from Duluth in Saint Louis county. Mind you in the past six years I had learned a lot, & some English to boot. So I took the train to Duluth & looked around, & I can tell you, I looked closely, not to be cheated. There was a homestead I liked at once near a brook & a pond for the cattle, 40 acres of fields & the double of that of timber. It was, then, situated on the fringes of the forests, & that's why it was at such a good price, but now it's no longer & the marketing of my produce is a problem no more. It was a rather long drive then. So this should be my home & the first I ever had.

I made a first payment, the interests were low then, 3 per cent. I started with milk and timber. In 1918 Adele & I got married. With the help of our 3 boys (Ted, Will & Walter) we got through the great depression, God knows how. I'd sold part of the timber and enlarged the fields, I converted some of them to corn & I have an orchard around the house & a huge red barn and the house newly built in the 1950s with the help of my sons, two of them. The third, Walter, I have lost in 44 in these damned Ardennes against the Germans (my wife's father *was* German!), and he being 22, they brought him back with a flag on the coffin, I didn't want to see him dead. I lost my dear wife in 1969 in a car-accident.

I'm a real old man now, 87, going merrily, Ted the older and Ted the younger are doing the work now, you need four hands in spite of all the machinery. Imagine that I started with a horse! A sort of an enterprize, you know, not a very big one, just manageable within the family, if all of us pull the same rope: 535 acres, one third corn or soya, one third wheat, one third grassland, one acre of blueberrys, 90 milch cows and quite a lot of timber, some 280 acres. I always liked working in the woods. I start in the morning with Kate's (the elder Ted's wife's) tea and meal in the rucksack. I never ate much. I walk a mile to the woods and return in the late afternoon. There and then I do quite a lot of thinking while my hands are busy, & that's why I write you this letter since you ask me, how I am, an'I think my life has been a hard one but not too bad & I see a future. There's a baptist church six miles away, I drive there unfrequently, but you must see somebody else from time to time & you must believe in someone better than we are. I talk to the parishioners and the parson, a good man, he pays us the odd visit. And then there's the Swiss Club »Heidi und Peter« just down the road at Duluth, good friends, we practise Swiss German, *Luegid vo Bärge u Tal, A Guete mitenand, Ish das e uhuere Sowornig* etc. I watch TV, but all this hopping & chatting & energy drinks somehow makes me sick. What I like most in the evenings is reading our newspaper or telling a story of my early days, now to my great-granddaughter Anne Mary, she being a six year child & cute.

Now my bag's empty. *Gnueg gswäzt.* Let me wish you *alls Guets.*

Yours sincerely
Joseph Reber

»Im Winkel«, 4. Stimme:
ELIAS II.

Nachgerade schleppe ich diesen »Winkel« wie eine Bleikugel am Fuß nach. Wann immer ich von einer Inspektionsreise aus Fernost und Lateinamerika zurückkehre, steckt schon die nächste Hiobsbotschaft im Briefkasten: das Scheunendach lecke, da zwei Balken durchgefault seien, der Sturm habe ein Tor eingedrückt, zwei Fenster am Haus seien undicht, die Wasserzuleitung scheint unterbrochen, oder dann ist der Druck zu gering, ein Druckkessel müßte dringend installiert werden. Die logische Folge eines Risk-Managements über drei Generationen, das jeder Qualifikation spottet. Meine Tochter wehrt sich mit Händen und Füßen gegen einen Verkauf, und sie, das einzige, was mir von meiner Frau geblieben, ist der Mensch, gegen den ich mich nicht durchsetzen kann. Ich bringe es nicht fertig, mit ihr in dem Ton zu kommunizieren, der dieser verkachelten und verfahrenen Sache angemessen wäre. Sie ist ganz ihre Mutter, ein Weibchen mit achtzehn, ich hoffe nur, daß sie deren Krankheit nicht geerbt hat. – Ach, eine hochvirulente Form der Multiplesklerose; in wenigen Monaten war sie tot. Nach ihrem Ableben hat mich die Arbeit gerettet und daß ich für das Kind zu sorgen hatte. Stefanie war damals sieben. Das schafft eine Beziehung besonderer Art.

Ada war kantonale Steuerkommissärin gewesen, und sicher hängt es mit ihrem Scharfblick zusammen, den ich heute, nach elf Jahren noch, auf mir spüre, daß ich krumme Touren hasse – im Bankwesen heute eher ein Vorteil. Darum wohl habe ich auch im bankinternen Ausschuß für nachrichtenlose Konten gesessen und war, offengestanden, fast unangenehm überrascht, daß wir nicht mehr Inhaber oder Rechtsnachfolger haben eruieren können. Wahrscheinlich haben wir mit den Nachforschungen zu spät begonnen. Seither erscheint mir jene Zeit zuweilen sogar im Traum; ich stecke mit dem Wagen in einer braunen Staub- oder Rauchwolke, kann nicht atmen und finde die Abflughalle nicht, wo alle Destinationen und Abflugzeiten abzulesen wären. Das war für mich Sonntagsarbeit, ich bin ja meist auswärts, oft über Wochen. Wahrscheinlich gehöre ich als Inspektor zu den Leuten, welche die beste Übersicht über das haben, was geht und was nicht und wo die optimalen Voraussetzungen für Investitionen und Kredite zu orten sind respektive wo man die Finger heraushalten sollte. Für mich sind Menschen, Telefonstimmen vor allem, lesbar. Jedenfalls ist man im Stammhaus wesentlich auf mein Feedback angewiesen.

Sorry, eigentlich sollte ich Ihnen von etwas andrem erzählen, über unsern »Winkel«. Sie als Lokalhistoriker haben da die komplette Übersicht, und ich bin Ihnen für Ihre Recherchen aufrichtig dankbar. Also Sie datieren die erste Hofstatt ins frühe 17. Jahrhundert. Interessant. Ich kann bestenfalls einige Details beisteuern, vor allem meine derzeitige Ratlosigkeit. Das Wohnhaus habe ich in den letzten Jahren sukzessive instand stellen lassen – die einzige Investition übrigens, die ich rational nicht begründen könnte. Irgendwelche sentimentalen Bindungen – und Stefanie. Sie wissen ja ungefähr, was die Renovation eines Bauernhauses, Baudatum 1832, wenn ich nicht irre, bedeutet. Nachdem der

»Winkel« dem Abriß – einer längst in der Schublade begrabenen Schnellstraße wegen – entgangen war, habe ich früh die Verantwortung für das Objekt und seinen Erhalt übernommen; mein Vater hatte jedes Interesse an der Sache verloren, als ihm die erhofften Entschädigungen entgangen waren, und er mochte das Anwesen schon gar nicht mehr sehen, ich glaube sogar, er ist seither nie mehr dorthin zurückgekehrt, für ihn ist's schlicht »die Ruine«. Ich bin da anders; der Ort im Winkel zwischen den beiden Wäldern ist ja recht hübsch, das Haus modernisiert und endlich auch mit Blitzschutz ausgestattet. Wenn ich nur mehr Zeit hätte; aber ich muß Ihnen nicht sagen, was in meinem Beruf Zeit bedeutet. Alles. Und von Zollikon möchte ich nun doch nicht zurück in dieses Nebelloch kriechen. Das wär ja gelacht.

Also bleibt bis auf weiteres die Ratlosigkeit, bleiben die Klagen der Mieter und die auflaufenden Kosten. Denken Sie an den endlich erfolgten Kanalisationsanschluß – über vierhundert Meter –, die Entfeuchtung der Fundamente, die Entfernung der alten Senkgrube. Unbegreiflich, warum die Leute damals das Fundament des Hauses als Innenwand der Senkgrube verwendet haben, wohl um sich eine vierte Schachtmauer zu ersparen, mit der Folge, daß der Salpeter bereits bis ins Obergeschoß hochgestiegen ist. Es bleibt der alternde Pächter und sein Gestöhn, er könne den Zins nicht herauswirtschaften. Doch wo finden Sie heute in jener Gegend einen initiativen jungen Pächter? Der »Winkel« liegt zu weit ab, und die Landwirtschaft ist ohnehin auf dem Aussterbeetat. Wegen zwölf Juchart, verteilt auf fünf Parzellen, steigt Ihnen heute keiner mehr ein, höchstens, wenn Sie draufzahlen. Ja, wenn es noch an einem Stück wäre; doch die Hausmatte ist Sandboden, gegen den Wald zu Moorgrund und hinter dem Bühl bester Humus. So zumindest der Pächter, ich versteh mich nicht darauf.

In der letzten Zeit hat Stefanie davon gesprochen, im »Winkel« neu anzufangen, das ›natürliche Leben‹ zu proben, mit Schafhaltung. Sie hat letzten Sommer auf einer Alp im Berner Oberland das Melken von Hand und das Käsen gelernt – und sich einen einschlägigen Freund angelacht, der aussieht wie ein Wildmannli und jedesmal, wenn ihm etwas nicht paßt, verlauten läßt: *›Da'sch Geissebööndli‹*. Also Biobäuerin, die Bioschafskäslein herstellt und die selbstgeschorene und -gekardete Wolle an die alternativen Spinnerinnen verkauft. Pubertätsträume; Stefanie soll mir erst mal die Mittelschule abschließen, dann sieht sie vielleicht selbst etwas weiter. Brilliert in Mathematik und Physik – und sucht ihrem Freund die Läuse aus dem Bart. Bioschafskäslein und Mozzarella und mit dem Char-à-Bancs und zwei Pferden aufgekratzte Fritzenclubs und Klassenzusammenkünfte in der Nebelsuppe rumkutschieren; daneben vielleicht noch Ponyreiten für Kinder und Nachhilfestunden im Rechnen. Und hätte Chancen, Chancen... Ich versteh die Welt nicht mehr. Immerhin, den Mut, etwas ganz andres zu wagen, kann man ihr nicht absprechen.

VI
Der Bruch

»›Wir haben das Glück erfunden‹ – sagen die letzten Menschen und blinzeln.«
Nietzsche, »Also sprach Zarathustra«

»Ich glaube, der Fluch der Zivilisation ist der Durchschnittsmensch. Er bedarf der Erziehung, nicht der Huldigung.«
John Fowles, »The Aristos«. Aufzeichnungen

Chiffre 6:
Fisch

Es war ein Jumbo-Markt, der mit dem blauen Elefanten. Ich suchte Petersfisch-Filet, *filet de Saint-Pierre* ist eine hiesige Delikatesse. Fünf Minuten bereits war ich den Gestellen mit Fisch entlanggegangen, auf und ab und um eine Ecke hin und zurück, Fisch links, Fisch rechts, Fisch aus allen Meeren, Weißes Meer, Südpolarmeer, Golf von Bengalen, Weddellmeer, Barentssee, Südchinesisches Meer, Golf von Guinea, Beringmeer, Nordatlantik, Mittelmeer, Schwarzes Meer, Kaspisches Meer, Japanisches Meer, Vietnam, Alaska, Philippinenbecken … Sogar Brasse aus dem australischen Binnensee Lake Eyre, der sich nur alle zehn, vierzehn Jahre ganz mit Wasser auffüllt. Süßwasserfisch, Brackwasserfisch, Mangrovenfisch, Schlammbeißer. Mir wurde allmählich übel, Fisch und Nichtfisch von Aal bis Wal, von Hai bis Seeteufel, Schwert- und Thunfisch aus aller Welt Wassern, gelaicht, geboren, gewachsen, gefangen, getötet, eingefroren, damit er auf unsern Tellern lande und uns den ultimativen Gaumenkick bereite. Wäre ich Zoologe, ging mir durch den Kopf, ich würde meine Studenten in der ersten Vorlesung in diesen Super-Jumbo-Markt, den mit dem blauen Elefanten, führen. Die Hälfte von ihnen würde auf Theologie umsatteln. Petersfischfilet hatte ich nicht gefunden, auch der japanische Gift-Kugelfisch Fugu fehlte. Zu gefährlich.

Am letzten Gestell hing ein orangeroter Pfeil mit der Aufschrift »Die Design-Scholle: unser Beitrag zum Umweltschutz«. Er wies in die Tiefe der Warenkathedrale, in die Ostapsis hinter dem Chor, wenn man so will, wo die Heilige Mutter Gottes verehrt wird. Dort öffnete sich die Grotte. Die Brüterbecken mit den *Fischinnen* lagen in blaugrünem Unterwasserlicht, in jedem Becken ein Tier, etwa so groß wie das Rad eines LKWs, kreisrund, Schuppen und Flossen weiß, fast unanständig nackt. Plattbauchig und einäugig schlief oder wachte es in der Nährlösung, die Brut außen am Leib; jeder der kugelrunden Aufzuchtfische hatte sich eine Höhlung aus dem Mutterleib genagt und fraß und wuchs. Ein Klon mußte sich vorzeitig gelöst haben. Jedenfalls bückte sich der Wärter, griff eine einäugige weiße Kugel vom Grund des Beckens und schob sie in die ihr zustehende Höhlung oder Grube am Mutterleib zurück. Dieser öffnete dankbar ein Auge und schloß es wieder über seinem Nährschlaf.

An der Kasse streckte mir die Verkäuferin das Produkt entgegen, vakuumverpackt und tiefgefroren: »Die Gen-Scholle! Keine Innereien mehr! Filetiert, würzt, fritiert, pochiert sich selbst, ganz wie Sie wollen. Kurz auftauen lassen und in die Pfanne hauen, sie kann alles und kostet nur achtzehn.«

Ich war derart überwältigt, daß ich dem Fräulein die letzten Worte nachplapperte, als schwüre ich einen Eid. Doch die Stimme mußte zweifelnd geklungen haben, denn die Verkäuferin klopfte mit dem Tiefgefrorenen wie mit einem Holzscheit nachdrücklich auf den Kassentresen: »Hören Sie auf! Unsere *Fischinnen* produzieren täglich ein Dutzend lebende Filets, nach einem Monat sind sie leergefressen und werden ausgewechselt. Wer's nicht glaubt, zahlt einen Batzen.« Sie hielt mir das Unding unter die Nase: »Wir übernehmen jede Garantie und Verantwortung. Sie werden sehen, Sie werden begeistert sein, Sie werden bei der Zubereitung keinen Finger rühren müssen. Einfach aus der Verpackung schneiden und rein in die Pfanne, der salzt, pfeffert, buttert sich selbst, sogar mit Mandelsplittern, backt sich im Teiglein, serviert sich in Sauerrahmsauce, Sie müssen's ihm nur sagen und die Zutaten beigeben. Und dann guten Appetit. Er ist seine achtzehn wert. Fisch freundlich und frisch: nur achtzehn, meine Damen und Herren!«

Ich floh.

Das Gift, 10. Juli 1976

Das Jahr? Der Tag? Die Stunde? Erst kommt mir die Erinnerung zu Hilfe. Eva und ich hatten uns 1976 – eins der ersten Dürrejahre, die ich auf dem Land erlebt habe – zwei Wochen Ferien am Gardasee geleistet, in einem Hotel an der Punta San Vigilio, genau gegenüber Sirmione, am Fuß der Villa, wo Winston Churchill vor Jahrzehnten Urlaubstage verbracht hatte. Im Simmern der Sommerhitze war das südliche Seebecken ein Meer ohne erkennbare Ufer. Meist war ich an den Vormittagen im Wasser, schwamm zu einer kleinen Felsenklippe hinaus, auf der ein Feigenbaum Wurzeln geschlagen hatte, und sonnte mich. An den von Hunderten Motorbooten, die den kleinen Hafen aufsuchten, zerknatterten Nachmittagen fuhren wir durch die Dörfer des Hinterlands oder wanderten auf dem Monte Baldo, wo die wilden Feuerlilien blühten. Das stärkste Erlebnis jener Tage war, gegen Ende unseres Aufenthalts, ein nächtlicher Sturm, der den See zu meterhohen Wellen aufpeitschte, die an die Mole und die Mauern des Bootshafens donnerten und ihre Gischt bis an die Fenster unseres Zimmers im Obergeschoß warfen. Am folgenden Morgen war die Sicht klar, das Südufer eine niedrige bewaldete Horizontlinie, und die fast zehn Kilometer entfernte Landzunge von Sirmione schien für einen Schwimmer erreichbar.

Am 2. Juli, einem Samstag, nahmen wir herzlichen Abschied von der gräflichen Familie, die in der Villa auf dem

Felssporn wohnte, in deren Park ich auf Einladung an stillen Nachmittagen gesessen und gelesen hatte. Die *Contessa,* welche das Hotel führte, reduzierte bei Abrechnung den Pensionspreis mit dem Argument, wir hätten nur wie die Spatzen gegessen. Das stimmte: Der Koch, ein untersetzter Mensch von eindrücklicher Häßlichkeit namens Paris *(Paride),* beherrschte nur ein Gericht: Pfeffersteak, alles andre war beinahe ungenießbar. Auf der Rückfahrt bei brütend heißem Wetter verließ ich die Autobahn bei Trezzo sull' Adda und suchte mir den Weg durch das von Fabriken, Lagerhäusern, Wohnsiedlungen, Silos, Verkehrssträngen und einzelnen Villen in Pärken durchsetzte Industrie-Hinterland von Mailand. Ich sehnte mich, wieder einmal den Gerüchen und Gestänken meiner Kindheit zu begegnen, dem chemisch ätzenden bei Lissone, Desio, Seregno, Meda, dem süßlichen in der Hauptstadt der *dolci,* Saronno. In einem schattigen Vorgärtchen in Desio aßen wir zu Mittag, dann fuhren wir über Seveso und Saronno weiter, wo ich wieder in die Autobahn einbog. Dies also war unser 2. Juli 1976. Zu Hause der Garten eine Trockenwüste.

Acht Tage später kam die Giftwolke über Seveso, Meda, Desio und Cesano Maderno. Über den genauen Hergang des Unglücks, seine Folgen sowie deren teilweise Behebung und teilweise Fortwirkung orientiert im Internet Wikipedia: »Sevesounglück«. Infolge einer am Morgen des 10. Juli nicht zu Ende geführten Manipulation kam es im Reaktionsautoklaven 101 im Bau B der Icmesa in Meda zu einem Druck- und Temperaturanstieg des Inhalts (Trichlorphenol, ein Vorprodukt des Desinfektionsmittels Hexachlorophen). Die chemische Kettenreaktion begann um 12.30 Uhr, um 12.37 Uhr barst ein Sicherheitsventil, und über eine halbe Stunde wurde *2, 3, 7, 8-Tetrachlordibenzo-p-dioxin* (TCDD, zehntausendmal giftiger als Zyankali) abgeblasen. So gelangten 1 bis 3 Kilo Dioxin, das später sogenannte ›Seveso-Gift‹, in die Atmosphäre. Die Giftwolke trieb über die Gemeinden Seveso, Meda, Desio und Cesano Maderno hin und verseuchte bis 13.45 Uhr, als die Kettenreaktion endlich gestoppt werden konnte, 18 Quadratkilometer Boden (Häuser, Gärten, Felder, Straßen) auf Jahre. Das Laub an Bäumen und Sträuchern welkte, Tausende von Tieren starben, Hunderte von Menschen mußten hospitalisiert werden, davon 200 mit schwerer Chlorakne. Am 26. Juli und 2. August wurden über 700 Personen evakuiert. Zur Aufnahme des abgetragenen kontaminierten Erdreichs und des Schutts aller nicht mehr sauberzuwaschenden, abgebrochenen Gebäude wurden zwei Gruben von insgesamt 245 000 Kubikmeter Inhalt ausgehoben und abgedichtet. In außergerichtlichen Vergleichen entschädigte die Icmesa, eine Tochter der Givaudan (ihrerseits eine Tochter der Roche in Basel) die betroffenen Gemeinden mit, umgerechnet, 10 640 000 Euro, drei Viertel davon gingen an das schwerstbetroffene Seveso. Der in 41 Stahlfässer abgefüllte Restinhalt des Reaktionsautoklaven 101 wurde, nach einer vom 10. September 1982 bis 4. Juni 1983 dauernden Irrfahrt durch Italien, Frankreich und möglicherweise Deutschland, im Juni 1985 in einem Giftmüllverbrennungsofen in Basel unschädlich gemacht. Eine nicht offizielle Version bestreitet dies.

Die Anzahl der Todesopfer ist unbekannt. Dagegen ist ein markanter Anstieg gewisser Krebsarten in der Region nicht zu abzustreiten. Unheimlich berührt ein andrer Langzeiteffekt der Verseuchung. Stellt sich in der Brianza zwischen Mailand und Como das Geschlechterverhältnis bei den Neugeborenen auf 100 Mädchen zu 106 Knaben, rechnet eine Studie aus dem Jahre 1998 für Seveso mit einer drastischen Umkehrung: Auf 100 Mädchen kommen nur noch 54 Knaben zur Welt. Der hormonale Stoffwechsel muß sich infolge der Aufnahme von Dioxin grundlegend geändert haben. Die erste (einzige) Entschuldigung seitens der damaligen Geschäftsleitung den Betroffenen gegenüber wurde im Dezember 2005 ausgesprochen.

»Seveso« ist die größte Chemiekatastrophe in (West?-) Europa geblieben und auch ins politische Bewußtsein eingegangen als eines der ersten Schlüsselereignisse, das die Grenzen technischer Machbarkeit (und Verantwortung) wies. Sie liegen in der wachsenden Komplexität der Technik und der Fehlbarkeit des Menschen. Wenn das ›böse Schicksal‹ es will, können kleine Unachtsamkeiten eine Katastrophe auslösen. Roche konnte nur die Schäden (soweit behebbar) und die Schande – nicht mal ein Auffangreservoir für das Gift war vorhanden gewesen – auf sich nehmen. Der ›Störfall‹ machte Seveso für einige Wochen zur berühmtesten Ortschaft Italiens und die Schweiz zu einem Kolonisator, dem plötzlich Mißtrauen und wohl auch Schadenfreude entgegenschlugen. Es war also doch nicht alles Gold, und Sicherheit so gut wie Sauberkeit erwiesen sich, sobald die Schweizer im Ausland wirtschafteten, als Trug, mehr noch: als exportierte Steinzeit. Einer der 163 Beschäftigten der Icmesa berichtete, daß man, um eine Birne der Deckenbeleuchtung auszuwechseln, erst die giftigen Rauchwolken, die sich unter dem Dach angesammelt hatten, mit Dampf unter Druck habe ins Freie blasen müssen. Heute ist das ehemalige Fabrikgelände eine begrünte Park- und Freizeitanlage.

Für uns war die Katastrophe auch deswegen ein Schock, weil wir 8 Tage zuvor quer durch das Gebiet nach Hause gefahren waren. Und wie traf es den Besitzer des kleinen Gartenrestaurants? Eine nebensächliche, aber *menschliche* Frage.

Die S. A. Thorwaldt-Gesellschaft 8:
Ad acta

Und nun ging alles sehr schnell«, wie man's in schlechten Krimis vor der Demaskierung des Ungeheuers jeweils liest, worauf man sich fragt, warum die Eile, da man den *plot* trotz des mit Müh und Not aufgebauten falschen Verdächtigen längst durchschaut hat.

Angesichts des Aufsehens, das der 14. Band der Werkausgabe (Ost) und im übernächsten Jahr, 1983, der 15. Band der Werkausgabe (West; Kolonialfotos) in der Fachwelt erregten, war Dr. Lammers – Erfolg weckt Neider – unter dem Vorwand, er habe 15-Ost (»Perspektiven für ein neues Deutschland«), der auf 15-West hätte antworten sollen, absichtlich verschlampt, seiner editorialen Funktionen enthoben, für andere Aufgaben freigestellt und durch Genossen Dr. Sixten Alter ersetzt worden. Um die Sache zu beschleunigen, beantragte Dr. Alter sogleich sieben weitere Vollzeitstellen und besetzte mit seiner aufgestockten Editions-Crew drei Büros im Weimarer Schloß. Doch die W-Ost (Werkausgabe Ost) wollte nicht vom Fleck kommen, obwohl Lammers den 15. Band – eine Heidenfleißarbeit – in Eigenregie beinahe druckfertig abgeschlossen hatte. Im Westen hatte man den Eindruck, die Editionäre erschöpften ihre geballten Kräfte darin, Papierstapel von einem Büro ins andre zu karren. 1986 erschien der letzte, 16. Band der W-West. Ost schwieg; vielleicht, so dachte man sich, mit-ergriffen vom staatlichen Marasmus. Oder waren Perspektiven für ein neues Deutschland nicht mehr gefragt? O nein! 1988 legte man ein 24seitiges Registerbändchen in Großdruck vor, dann überraschte die sogenannte Wende die emsigen Schaffer.

Im Frühjahr 1990 wurden sämtliche Subventionen und Gehälter für das Weimarer Editionsprojekt gestrichen (West hatte seit der Katastrophe von 1943 auf Gönnerbasis gearbeitet), und acht Leute sahen sich von heut auf morgen in zwölf Wochen ohne Gehalt und Zehnuhrstulle. Man beschloß, dem absehbaren Ende – die SATG (Ost) wurde in der Tat im Herbst 90 aufgelöst – zuvorzukommen. Da wegen politischer Altlasten ein Unterkommen der acht in Wissenschaft oder Unterricht unmöglich war, stellte man auf Nachtbetrieb um – mit Erfolg. Nun trug die Übung im Überwachen Früchte.

Schon im Frühjahr 93 hatte die S. A.-Thorwaldt-Wach- und Schließgesellschaft die Stadt Weimar rund um die Uhr in festem Wächtergriff, und man bildete Ablegerzellen in Jena und Apolda. Man beachte den Bindestrich zwischen A. und Thorwaldt. Subtil! Der liebe Gott sitzt im Detail. Der offiziell registrierte Firmenname lautete nämlich »Sixten Alter-Thorwaldt Wach- und Schließgesellschaft KG«. So zehren wir vom Ruhm der Ahnen. Eine Umfrage im Jahre 1998 in den Städten Gotha, Erfurt, Weimar, Apolda und Jena ergab, daß alle Befragten (Banken, Versicherungen, Treuhänder, Geschäfts-, Disco-, Ladeninhaber, Garagisten, Hotelpersonal) der treuherzigen Meinung waren, S. A.-Thorwaldt (wen kümmert schon ein Bindestrich?) sei ein Ossi und Pionier der Hochsicherheitsbranche gewesen. Selbigen Jahrs 1998 ist die einzige echte und wahre SATG nach neunundachtzig turbulenten Jahren infolge Todes von

Dr. Hartwig Kleinholz, letzter Mohikaner (West), in aller Stille im Friedhof Meiersfelder Straße, Detmold, zu Grabe getragen worden.

Der Gau, 26. April 1986[1]

Wie beschreibt man das fotografierte Tohuwabohu? Indem man es von oben links mit dem Punktblick eines Scanners abtastet, bis man es unten rechts verläßt? Indem man davor kapituliert und dies in dröhnende Adjektive, Verben und Substantive kleidet? Indem man einige auffallende, vielleicht aber nebensächliche Details herauspickt? Denn wer sagt vor einem Chaos, einer wüsten Para-Realität, zu der ein durchdachtes und, rein technisch, sinnvolles Ganzes zerrüttet worden ist, wo das Herz geschlagen hat, die Arterien strömten und das Skelett arbeitete? Der Reaktorkern mit den Brennstäben – die Druckröhren und moderierenden Graphitblöcke, die Kühlmittel- und Dampfkreisläufe – die Turbinen und Generatoren. Selbst ein KKW-Konstrukteur müßte sich angesichts des Ruins aus den farbig gezeichneten Plänen die Trümmer zusammensuchen.

Mir liegen zwei Fotos von Oleg Gusew vor, eine Außenansicht des Unglücksreaktors 4 von Tschernobyl sowie eine Sicht hinab in den Explosionskrater. Entstanden sind sie zwischen dem 15. und 20. Mai 1986. Gusew (1939), damals

1 Ohne die freundschaftliche Hilfe des Fotografen Viktor Maruschtschenko und die Bilder sowie zusätzliche Auskünfte von Oleg Gusew, beide Kiew, hätte ich dieses Kapitel nicht schreiben können. Ich danke ihnen von Herzen. Oleg Gusew ist heute Vorsitzender der Informationsabteilung der internationalen Kommission zum Schutz der Menschenrechte in Kiew. Herzlich danke ich Heinz Tschudin, Wallisellen, der mich bei der Niederschrift dieses Kapitels beraten und mir den Artikel aus dem »New Scientist« zugänglich gemacht hat.

Korrespondent der »Prawda« in der Ukraine, reiste mit einer Gruppe von Kernphysikern aus Moskau, die sich ein Bild der Lage vor Ort verschaffen wollten. Möglicherweise ist er der erste, der in die Ruine *hinein* fotografiert hat. Ihm gingen einige Hunderttausend »Liquidatoren« voraus, meist Soldaten ohne ausreichenden Schutz (für *diesen* Fall wäre vermutlich eine mehrere hundert (nicht nur 35) Kilo schwere Bleirüstung nötig gewesen). Sie schippten von den Dächern und Mauerresten mit Schaufeln den strahlenden Schutt und warfen ihn in den Schlund. 45 Sekunden Arbeitszeit pro Mann. Das »Ur-Bild« der Katastrophe machte, noch am 26. April, Igor Kostin von einem Helikopter aus (das einzige aus einem im übrigen von der Strahlung gelöschten Film). Mitte Mai war dank insgesamt 16 000 Tonnen strahlenabsorbierenden Materials (Bitterkalk, Sand, Kies, Blei sowie Borverbindungen, um die Kettenreaktion zu stoppen), das man von Helikoptern aus über der Ruine ausgeleert hatte, der offene Graphitbrand gelöscht, kein radioaktiver Rauch trat mehr aus, die Feuerwehr hatte die Ruine abgespritzt, so daß beim nächsten Sturm keine strahlende Staubwolke über die nähere und fernere Umgebung niederging.

Gusew versuchte zunächst, durch eine Bleiglasplatte hindurch zu fotografieren, die ausreichenden Strahlenschutz geboten hätte; dies mißlang der allzu starken Reflexion des Glases wegen. Nunmehr entschloß er sich, den rechten Arm zu exponieren, und schoß zu verschiedenen Malen 140 Bilder mit zwei Kameras. Jedesmal absorbierte sein Arm eine Strahlendosis von 4 Röntgen. Resultat der dosimetrischen Kontrolle nach der Arbeit: Weder Schutzkleidung noch Kameras durften wiederverwendet werden. Sie wurden in den Reaktor geworfen.

Daß Oleg Gusew Bilder gelungen sind, der Film also nicht gelöscht wurde, setzt voraus, daß die Gamma- und Röntgenstrahlung auch *im* Objekt nachgelassen hatte. Nicht der Film also, sondern die Liquidatoren sind entweder zu Tode verstrahlt worden oder leben noch krebskrank, irgendwo abgeschoben aus den Augen der Öffentlichkeit, degradiert zum »klassischen« medizinischen Studienobjekt, sie und die Frauen und Kinder und damals Ungeborenen, die in der Nacht vom 26. 4. 86 und in den folgenden Tagen, da das Regime die 1.-Mai-Feiern abwickelte und den Störfall längst im Griff hatte, unter sozusagen kosmischem Beschuß lagen. Auch von ihnen besitze ich ein Bild (Fotograf Viktor Maruschtschenko): bleiche Musterkinder, die Jungen meist kahlgeschoren, blutende Nasen, blaue Flecken im Gesicht, dunkelblaue Anzüge, weiße Schillerkragen, gefaltete Hände, müde, neugierige, mißtrauische, resignierte Mienen. Noch zu Oleg Gusews Krankengeschichte. Kurz danach erkrankte sein rechter Arm unheilbar. 1993 mußte ihm ein Großteil des Magens entfernt werden.

Kehren wir zum Ort des GAUs zurück und besehen ihn erst von außen. Eine zerstörte Burg. Größenangaben sind schwierig, da das Bild menschenleer und der Boden unten abgeschnitten ist. Ich schätze 50 Meter Höhe. Das Gelände ist bereits von einer hohen Stahlplattenwand abgeschrankt. Dahinter das Reaktorgebäude, dessen Vorderwände weggepustet sind. Über die Stahlwand hinweg strecken drei Greiferkräne mit je drei Gelenken ihre Schnäbel und mühen sich, irgendwas aus den zerfetzten Innereien unter einer eingebrochen herunterhängenden Decke, übersät von Trümmern, hervorzuzerren. Im Dunkel knapp sichtbar geknickte, verbogene, zerrissene, gekröpfte Rohre oder Stützen. Wer kann es bestimmen? Auch in den Himmel fingert das Gefetz von Armierungseisen, Rohren, aus den Verankerungen gerissenen Betonteilen und weiterem technischem Grus. Dies *ist* Tarkowskijs *Stalker.* Teilweise standgehalten hat, über der abschrankenden Stahlplattenwand sichtbar, eine regelmäßig gelochte Verschalung oder Ummantelung, sie hängt zerrissen und zerknittert gleich einem Tischtuch. Hoch über alles hinaus ragt ein Stück Außenmauer des im übrigen ausgeblasenen Obergeschosses des Reaktorblocks, vielleicht zwei Meter dick. Im Hintergrund rechts auf einem Vorplatz ein kubischer oder hochrechteckiger Betonklotz mit schießschartenähnlichen Luken. Ein Stück Sarg? Die einwärts geneigten Stahlwinkel auf den vier Ecken des Dachs könnten Ösen sein, an denen das Element hochgehoben und als Deckel über den Reaktorschacht gestülpt würde.

Nun machen wir den Sprung eines Riesen über die Stahlplattenwand hinweg auf eine der zwei noch stehengebliebenen Außenmauern des Reaktors und blicken in sein Inneres. Was uns leichtfällt, da die 2000 Tonnen schwere und 3 Meter dicke Stahlbetondecke des Reaktorschachts weggefegt worden ist und verkehrt, schräg über der Kratertiefe hängt. Somit bieten sich die Innereien unter freiem Himmel dar.

Vielleicht den ersten Blick in den glühenden Krater warf der damals 24jährige Ingenieur Alexander Juwtschenko, einer der wenigen heute noch lebenden Techniker, die in der Frühe des 26. April im Reaktorblock 4 Nachtdienst taten. Dem Leser des Gesprächs, das er 18 Jahre später mit Michael Bond vom »New Scientist« geführt hat (Band 183, Nr. 2461, August 2004), bleibt ein Bild unvergeßlich. »Vom Punkt, wo ich stand«, so Juwtschenko, der sich nach den *zwei* das AKW erschütternden Detonationen bis zum Ort der Explosion durchgeschlagen hatte, »konnte ich einen riesigen Lichtstrahl ähnlich einem Scheinwerfer sehen, der aus dem Reaktor in die Unendlichkeit flutete. Er war wie Laserlicht, verursacht durch die Ionisation der Luft. Er war lichtbläulich, und er war sehr schön. Ich betrachtete ihn während etlicher Sekunden. Wäre ich nur wenige Minuten dort stehengeblieben, hätte ich infolge der Gamma- und Neutronenstrahlung und alles andern, was da ausgespien wurde, vermutlich auf der Stelle den Tod gefunden.«

Zurück zur zweiten Fotografie. Zunächst fallen lange Kabel in die Augen, die von den Resten der Außenmauern herunter- oder auch kreuz und quer über den Krater hängen. Nach Auskunft von Oleg Gusew handelt es sich um die jeweils nach der Benutzung gekappten Stahlkabel, an denen die Behälter mit strahlenabsorbierendem Material gehangen hatten, das von Helikoptern ausgekippt wurde; an zwei Kabeln ist sogar noch das Zugseil zu erkennen, mit dessen Hilfe man die Kübel leerte. Auffallend im Chaos sind zahlreiche verbogene, teils ineinander gestauchte Stahlträger mit T- oder L-Querschnitt, weiter Leiterartiges, Wannenähnliches, Betonbrocken von schrankgroß bis eiklein, zerkrümeltes Material, das den Mittelgrund des Bildes fast zudeckt – der Schutt der »Liquidatoren«. Nun wird der Blick in die Tiefe gesaugt, darin sich die Dampfexplosion ereignete. Sie schleuderte – so die Spekulation russischer Atomphysiker – den Reaktorkern hoch, der nun erst explodierte. (Die *zwei* Explosionen! Einzelne Bruchstücke des Reaktorkerns fand man noch in anderthalb Kilometer Entfernung.) Durch verbogene Eisenstreben, Bleche und Rohre sieht man in eine

Finsternis hinab, an deren Grund der geschmolzene Brennstoffklumpen mottet.

Die gegenüberliegende, also hinter dem Krater aufgehende Betonmauer ist in der linken Bildhälfte wegrasiert worden. So kann der Betrachter im Hintergrund Einblick ins Umgelände nehmen, alles in allem wohl die Infrastruktur eines KKWs: Portalkräne, Masten, Transformatoren, Bunker aus Stahl oder Beton, Hangare, Einstellhallen, Staubstraßen, auf den rechteckigen Parzellen viel Gebüsch und einige Bäume; am obersten Bildrand möglicherweise erste mehrstöckige Wohnblocks. Schluß.

Ob die Katastrophe von Tschernobyl schlimmere Folgen hatte als die Explosion (am 29. September 1957) eines Behälters mit hochradioaktivem Cäsium-137 und Strontium-90 in der Atommülldeponie von Kyshtym zwischen Swerdlowsk und Tscheljabinsk im mittleren Ural, ist der spärlichen Information wegen umstritten. Der radioaktive Ausfall ging über einer Fläche von der Größe Hessens oder der halben Schweiz nieder; betroffen war eine Viertelmillion Menschen. Shores Medwedew, der den streng geheimgehaltenen Unfall mit Hilfe durchgesickerter Nachrichten und bekanntgewordener ›Maßnahmen‹ rekonstruierte, berichtete 1976, daß damals die Spitäler in Tscheljabinsk mit Sterbenden überfüllt gewesen seien, deren Haut abgeschält worden war. Andre Gründe hatten die Umleitung des Flusses Tetscha und die Versiegelung eines Sees (erstmals nachgewiesen auf Satellitenaufnahmen) sowie die Evakuierung von 22 Dörfern unweit der Wiederaufbereitungsanlage Majak, die nebenbei das Plutonium für die sowjetischen Kernwaffen produzierte. Dort waren 1949–1951 einfachheitshalber sämtliche radioaktiven Abfälle in den Fluß ›entsorgt‹ worden; ab 1951 wurden nur noch die mittel- und schwachradioaktiven Stoffe eingeleitet; 1956, als die Umweltverseuchung unkontrollierbare Maße erreicht hatte, entschloß man sich, auch diese zu ›bunkern‹. Heute soll die Tetscha ›renaturiert‹ werden.

Am 11. Oktober 1991 ereignet sich in Tschernobyl erneut eine Explosion. Sie zerfetzt das Dach von Block 2. Auch von dieser Explosion liegt mir ein Bild vor (Fotograf: Igor Kostin). Techniker in weißen Schutzanzügen beim Zertrennen, Abschweißen und Aufräumen von verbogenem Stahlschrott auf dem Buckel eines geplatzten Dampfkessels. Der radioaktive Ausfall soll sich »in normalen Grenzen« gehalten haben.

Um im August 1945 eine mit Tschernobyl vergleichbar große radioaktive Verseuchung zu erzielen, wären rund 200 Atombomben von Hiroshima-Format nötig gewesen. Damals besaßen die Amerikaner spaltbares Uran-235 für deren zwei.

Die Erzählung des Chemikers: ECKENSTEHER HOLUNDER

»Eckensteher, Eckensteher Holunder,
deine hundert Tellerchen reichst du
den Mädchen und Bienchen.«

Diesen russischen Kindervers lernten wir in der ersten Klasse; doch bereits war auf der Zeichnung der Trax unterwegs, darin saß der Traktorist und machte sich an den Abriß des letzten Mauerrests, an den der Holunderbusch sich lehnte. Man übte den Wiederaufbau, auch wir halfen mit Kesselchen und Schäufelein, und Paulchen war der Eifrigsten einer. Sobald die Lehrerin Paulchen! rief, kam er strahlend angerannt: Hier! Er galt als »sonniger Junge« und hat mit süßer Kinderstimme das Verschen vom Eckensteher Holunder hergesagt. An allen Ecken stand der Holunder damals, voll fetter Fliegen, Käfer und Schnaken, wo immer der Krieg vorbeigewalzt war, stellte er sich ein, an Mauerecken, auf Fenstersimsen, er duftete honiglich-faulig von Geröllhaufen. Immer ist er der erste, selbst im verstrahlten Gelände. Holunder, Löwenzahn und Schwarzer Nachtschatten.

Paulchen war und blieb kleingewachsen; wenn wir uns als »Orgel des Atheismus« aufstellen mußten, bemerkte der Sportlehrer tröstend: Die letzten werden im Sozialismus die ersten sein. Er war rundgesichtig, rundlich und, was mir schon damals aufgefallen ist, einverstanden mit sich selbst.

Hatte er doch die richtigen Eltern, und ich hatte sie nicht. Sein Vater war Abwart in einem Borsig-Werk, meiner Jurist. Sein Vater hatte überlebt, da er als Beaufsichtiger der Ostarbeiterinnen und Sicherheitsmann gegen Sabotage unabkömmlich war, meiner wurde Ende 1944 an der Ostpreußenfront von einer Fliegerbombe zerrissen.

Meine Akte kenne ich. Was gewesen ist, hat seine Wirkung getan. Die Zeit ist unumkehrbar. Das Krumme ist nicht zu richten. Soll man es *richten?* Schon als Schüler hat Paulchen sich an mich gehalten mit kleinen Diensten und Besorgungen, hat mich auf meinen Feldzügen durch die Keller und Bombenbrachen mit einer hölzernen MP begleitet und damit herumgeballert, von Zeit zu Zeit hat er sogar Süßigkeiten für mich gestohlen. Ich vergalt es ihm mit Murmeln, Zinnsoldaten, winzigen Zahnrädern aus einer kaputten Uhr; sein kostbarstes Besitztum war eine schwarze Märklin-Spielzeuglok aus Spritzguß mit roten Rädern, die auf Umwegen aus dem goldenen Westen bis in die Wohnung seiner Eltern gedampft war; ich durfte sie von Zeit zu Zeit aufziehen und über die Schienen rattern lassen. Meine Mutter und ich wohnten alleine; auch sie war Juristin, am Amtsgericht Lichtenberg; 1953 wurde sie zurückgestuft. Ich nehme heute an, der Grund sei ihre falsche Herkunft und ihr klassenjuristisch unterentwickeltes Denken bei der Urteilsfindung gewesen. Hinfort exzerpierte sie Akten. Somit konnte ich Paule, wie er jetzt genannt wurde, auch nicht mehr besolden. Kurz darauf begann er seine Berufslehre als Werkzeugmacher, ich trat in die erweiterte polytechnische Oberschule über, was sie mir als Klassenbestem trotz dem sozialen Makel nicht verwehrten. Wir haben uns nicht mehr gesehen.

Unerwartet, mit einem kleinen Liebesdienst, wie ich sie

aus Schulzeiten gewohnt war, stand er Jahre später vor mir. Ich war damals Abteilungsleiter im Bereich Hochdruckpolyäthylen/Kunststoffguß in den Leuna-Werken und arbeitete an der Entwicklung des Polyformaldehyd und seiner ungeahnten Anwendungsmöglichkeiten im Motorenbau und als Verbundwerkstoff sowie von Miramid H für Steuerungslager von Dampflokomotiven. Ich hatte einem Mitarbeiter gegenüber geäußert, ich suche dringend ein Ersatzteil für meinen Wartburg, und hatte mich ein bißchen über die Schwerfälligkeit unserer Planwirtschaft lustig gemacht, die es nicht schaffe, ein simples Ersatzteil vorrätig zu halten. »Immer das Große und nie das Kleine«, hatte ich gesagt (dies weiß ich wieder wörtlich aus meiner Akte), »immer Parolen, doch kein Flansch.« Zwei Tage später stand Paule im Labor, wir begrüßten uns wie alte Schulfreunde, und es stellte sich heraus, daß auch er seinen Aufstieg gemacht und bei uns Werkmeister in der Maschinen-Reparaturabteilung war. Dann reichte er mir eine Tüte: »Hier, Rüdiger, ich habe gehört, daß du in der Patsche sitzt. Unsere Reparaturwerkstätten sind besser bestückt, als du denkst, fast schon ein Ersatzteilkombinat.« Wir redeten über dies und das, und er gab mir recht, daß die Planwirtschaft, zumindest im jetzigen Stadium ihrer Entwicklung (gegen Ende der sechziger Jahre), die Herstellung respektive Beschaffung der kleinen Notwendigkeiten unseres Alltags zu wenig berücksichtige und zweifellos auch weniger gepredigt und besser gearbeitet werden sollte. »Das wird kommen; auch die volkseigene Produktion will gelernt sein.« So Paule. Später erst ist mir aufgefallen, daß ihm also auch diese Bemerkung hinterbracht worden war. Im Moment war ich über sein Einverständnis geradezu beglückt und beglich den kleinen Betrag.

Gelegentliche Besuche in unserer Wohnung folgten, als Beisitzer im Betriebsrat hatte Paule wenig Zeit; doch half er uns aus, wenn etwas mangelte und er über seine hervorragenden Beziehungen es organisieren konnte. Er war im Marxismus-Leninismus beschlagen und verstand zu diskutieren. Aus Neugier, wie er sagte, hatte er zwei Jahre lang Abendkurse besucht und machte, was mich irgendwie rührte, immer wieder den Versuch, mich auf den rechten Pfad zu führen, denn der war ihm, wie ich bald sah, sehr gut bekommen. »Du wirst doch nicht bestreiten wollen, daß...« – *die* Stimme vergeß ich nicht. Im Westen hätte er null Chance gehabt, meinte Paule. Hier könne er arbeiten, was ihm Spaß mache. Drüben wäre ein Roboterdasein in der großkapitalistischen Schwerindustrie sein Los gewesen – genau wie das seines armen Vaters. Was nicht stimmte. Sein Vater war 1946 entnazifiziert worden und brachte es später zum Personalchef.

Mir wiederum bekam der rechte Weg zunehmend schlechter. Ich wurde aus dem sogenannten Reisekader gestrichen, aus Gründen, die ich nicht in Erfahrung bringen konnte. Ich war gern auf die Messen im Westen gefahren; nun spürte ich, wie ich Boden verlor. Fachpublikationen, die ich bestellt hatte, waren nicht aufzutreiben trotz genauer Beschaffungshinweise, und plötzlich waren sie dann doch im Haus, aber »leider, leider« ausgeliehen. Ein Katz-und-Maus-Spiel. Somit schien es irgendeinmal natürlich, daß mir jüngere Chemiker vor die Nase gesetzt wurden, welche nun die Ernte meiner Forschungsarbeiten einfuhren. Und eines Tages bekam meine Frau, Viszeralchirurgin in Halle, den tief bedauernden Bescheid, daß man sie nach Merseburg »ziehen lassen müsse«, da dortselbst eine Oberassistentinnenstelle seit Monaten dringend auf Besetzung warte und Merseburg für sie ja bedeutend verkehrsgünstiger liege. Sie beschwerte sich, und man war platt vor Verwunderung, hatte man doch versucht, ihrem mehrfach geäußerten Wunsch zu entsprechen und ihr den Arbeitsweg zu erleichtern. In der Tat hatte sie den Wartungszustand der Lokomotiven und des Rollmaterials kritisiert, als sie im November 1977 Schwerverletzte der Kesselexplosion von Bitterfeld behandeln mußte. Warten Sie mal.« Der Chemiker griff nach einem grauen Ordner, blätterte. »Da: ›... äußerte sich dahin gehend, daß Lokomotiven leichter zu reparieren seien als zerfetzte Därme und Dieselöl immer noch billiger sei als Menschenblut und Menschenleben.‹

Und so weiter. 1986 war ich Bibliothekar in der Bücherei der Fachstelle Kunststoffchemie unseres Werks – und durfte nun die Bücher lesen, die man mir früher verweigert hatte. Meine Frau wiederum hatte inzwischen das Glück ereilt, in Bad Lauchstädt den Urin der Kurgäste analysieren und erhöhte Quecksilbergehalte feststellen zu dürfen, Befunde, die in den Schubladen der Kuranstalt verstaubten. Unsere Freunde waren allmählich weggeblieben im richtigen Gefühl, daß Falltüren in den Böden und Wanzen in den Wänden unserer Wohnung angebracht waren. Teddy, unserem Sohn, wurde trotz außergewöhnlicher Schulleistungen das Medizinstudium verwehrt; dafür erhielt er großzügig eine Lehrstelle als Buchbinder angeboten. Der einzige Freund, der uns nicht fallengelassen hatte, war Paule.

Als IM trug er den Namen »Herzberg« – Nobelpreis für Chemie 1971. Er hat sich in der Tat einen Preis verdient. Ich weiß nicht, wo er sich heute aufhält, ob er im Westen als Privatdetektiv seine superioren Fähigkeiten einsetzt oder auf Rügen DDR-Andenken an Touristen verkauft und den Blockwart spielt. Ich will es nicht wissen. Meine Frau und ich gehören heute zur Grundschicht der vom System Erledigten. Und worum uns bewerben? Irgendwann gibst du es auf, nach hundert erfolglosen Briefen und Beschwerden die Schreibmaschine aufzuklappen. Die neuen Entwicklungen sind dir davongelaufen. Posten, die wir noch besetzen könnten, werden in Kürze wegrationalisiert sein oder sind es bereits. –

Ach, Wiedergutmachung! Wo liegt denn die Schuld? Paule hat wahrheitsgemäß unsere Äußerungen weitergegeben. Somit liegt es an der Definition des Begriffs ›Verrat‹, und dafür ist das System zu belangen. Sein Bericht ist an einer Stelle protokolliert worden, wo Verrat Verdienst war. Ich und meine Frau sind auf Grund wahrheitlicher Äußerungen, die als Sabotage galten, ausgemustert worden. Und Paule hat diese Sabotage bekämpft. Wer bestimmt die Moralität irgendeines Verhaltens? Unser Gefühl? Dann war er ein Verräter. Doch nur für uns und Sie, denn moralisch verwerflich vor Ihrem eigenen Gewissen können Sie erst dann handeln, wenn Ihnen die Verwerflichkeit Ihres Tuns klar ist. Oder das Gesetz? Dann hat er seinem Staat treu gedient. Der Staat war verwerflich. Somit, denke ich, war Paule nicht die Verwerflichkeit und der Verrat seines Tuns, sondern dessen moralische Vorbildlichkeit klar. Wenn Sie überzeugt sind, daß die gepredigte Gesellschaftsform gut und alles Abweichende von Übel ist, kann nicht gut sein, wer das Opfer verweigert. Jede Ideologie ist eine Katastrophe, weil sie zu wissen behauptet. Sehen Sie sich die Katastrophen unserer Geschichte an. Daß Paule uns gern ruiniert hat, ist eine Vermutung. Er würde dies bestreiten: Er habe, Trauer im Herzen, seine Pflicht als Staatsbürger erfüllt. Inzwischen wird er sich entossifiziert haben.

Der Schloßherr 3:
Hitler

»*Darüber* zu reden, lieber Freund, ist beinahe Zumutung«, sagte der Schloßherr. »Nun gut, ich nehme an, daß Sie keine Zusammenfassung dessen erwarten, was Hugh Trevor-Roper oder Joachim Fest, Albert Speer oder neuerdings Ian Kershaw geschrieben haben. Sie werden es kennen. Ein Kreuz«, der Schloßherr seufzte, als er die schmale Treppe hochstieg, »ein Kreuz mit Haken.« Nachdem er die Tür zum *fumoir* geschlossen hatte, bezog er gewissermaßen dezidiert seinen Sessel in der Fensternische. »Als ob man«, murmelte er, ins Weite des unteren Bünztals und der zahmen Waldhügel blickend, »in einen Folterkeller starren müßte. Sehen Sie, es ist ein Unglück, daß wir über Generationen hin gezwungen sein werden, von den Schandtaten dieses Paranoikers und seiner Spießgesellen zu reden und zu schreiben. Sie haben sich ins Gedächtnis aller Zeiten ein*gemordet.* Darin liegt, was ich vorhin Ihnen gegenüber als ›Zumutung‹ bezeichnet habe, nicht in Ihrer Bitte, die ich verstehe. Aber nicht wahr, wir machen es kurz.« Ich nickte und ließ mich am Tisch nieder.

»Am Anfang war der Ton, *le ton qui fait la musique,* die Stimme aus dem ›Volksempfänger‹ oder wie das Gerät geheißen hat, dieses sich überschlagende, aufpeitschende Gekreisch. Wir und die Franzosen, die Engländer, Belgier, Holländer, die Tschechen und Polen begriffen einfach nicht, wie man einer solchen Botschaft, diesem *ton,* dieser unqualifizierbaren, nicht zu schildernden *Geschmacklosigkeit* – noch vor den Worten – auch nur Gehör schenken konnte. Der Überraschungseffekt dieser bisher nie erprobten Rhetoriksorte hat sich außenpolitisch lange Zeit verhängnisvoll ausgewirkt. Und unser Einfühlungsvermögen setzte aus vor der Tatsache, daß man das *so* Mitgeteilte als Erlösungsbotschaft einsaugen konnte. Wir glaubten's nicht, wollten es nicht glauben, obwohl es schwarz auf weiß in ›Mein Kampf‹ geschrieben stand. Eine der mühsamsten Lektüren, finden Sie nicht auch?« – Ich sagte, ich hätte mir das Werk ein, zwei Mal aus dem Giftschrank der Zentralbibliothek in den Lesesaal bringen lassen und mich nur auszugsweise damit vertraut zu machen vermocht. – »So was kann man auch nur wie Lebertran absorbieren«, meinte der Schloßherr. »Deutschland hatte sich losgerissen vom Kontinent Europa und trieb auf seiner Scholle ins Ungewisse. Wie z. B. konnte ein Bekannter, Historiker, mit dem man fünf Jahre zuvor ein vernünftiges Gespräch geführt hatte, wie konnte er den Subtext, wie das heute genannt wird, den die Stimme vermittelte, überhören und sogar dem Text zustimmen?

Dann die Sinnblindheit – das Wort steht möglicherweise nicht im ›Duden‹ –, die eine Mehrheit der Bewohner dieses Landes ergriffen hatte, das im Zentrum Europas liegt und dies in Bismarcks Vorstellung wohl hätte werden sollen und unter bedeutenden Nachfolgern hätte werden können. Plötzlich anstelle Deutschlands ein schwarzes Loch voll abscheulichen Unrats, Geschreis und Beifallsgegröls, eine an Paranoia erkrankte Nation. Wir brauchten Zeit, dies überhaupt zu fassen. Und als wir's gelernt hatten, kam der Krieg.

Was hat damals die Entente, die eine *mésentente* geworden

war, dagegengesetzt? Sie wissen, daß ich bis 1934 als Korrespondent in Paris gesessen habe. Mir schien die Handlungsunfähigkeit des französischen Parlamentarismus keine brauchbare Alternative. Nie, glaube ich, ist in Frankreich die Kluft zwischen den schachernden Parlamentariern, die nichts mit Ausnahme ihrer Ministersessel von der Stelle rückten, und dem vernünftigen, tüchtigen französischen Volk größer gewesen. Es gab Ausnahmen wie Paul Reynaud oder Léon Blum. Solche Erfahrungen haben in den ersten Jahren der Hitler-Diktatur das deutsche Gebaren relativiert – nicht allerdings die Verbrechen des Regimes, die Judenhatz, die Geist- und Menschenvernichtung und unsere Ablehnung derselben. Doch da war einer, der handelte, während die Engländer sich leicht angewidert zurückzogen und die Franzosen sich in Kabalen übten. Das ist der andere Skandal gewesen.«

Der Schloßherr stand auf, trat ans Pfeifengestell, ergriff ein dunkel heiderotes, langstieliges Exemplar, ging zum Sessel zurück und begann es zu stopfen. Ich spürte, wie unbehaglich ihm war, und entschuldigte mich. Es müsse dies wohl mit frühen Kindheitserinnerungen, mit erregten Diskussionen in der Familie und auch mit dem Ruin dieses großen Landes zusammenhängen, über den ich nie hinwegkomme. So möchte ich, um ihn nicht allzulange zu quälen, nur die Frage stellen, ob er meine Vermutung bestätigen würde, daß der im zivilen Alltag anspruchslose, oft sogar gewinnende H., der keinen Geburtstag seiner Entourage vergaß, dämonisches, weil paranoides Charisma gehabt habe (denn wie anders hätte er seine Botschaft an die Frau und den Mann bringen können?). Ob er, der Schloßherr, den Begriff des Dämonischen gelten lassen würde. Ähnliches treffe ja auch für Stalin zu. Oder ob ich als Nachgeborener mich rundum täusche.

»Ja, wenn Amoralismus und Rattenfängerei und ›Schwein‹, Sie verzeihen...« Nochmals zündete der Schloßherr die Pfeife an. »Das reicht nicht«, wendete ich ein. »Immerhin hat sich Speer in Spandau gefragt, wie er H. zwölf Jahre lang habe verfallen können, und er hat sich in Nürnberg als einziger aus der Garde der Handlanger des Bösen schuldig bekannt.« – »Karriere, mein Lieber, der Aufblick des Sohns zum Übervater, was weiß ich, und die Kunst, sich durchzuschlängeln. Ein Handlanger ist er geblieben. Doch zu leicht wollen wir's uns auch nicht machen; Sie haben möglicherweise recht, es war mehr. Was aber verstehen Sie unter dem Begriff des Dämonischen? Sie wissen, daß Karl Jaspers Hannah Arendt schon 1946 vor einer Dämonisierung dieser Blutfasnacht gewarnt hat. Das Böse? Sokrates in der ›Apologie‹ nennt seine innere Stimme ›Daimonion‹ und folgt ihr in seiner Haltung dem Gericht gegenüber ohne Wanken.« – Das Daimonion, meinte ich, sei eine bescheidene Verkleinerung, also die im einzelnen, im Wahrheitssucher Sokrates wispernde und wirkende Stimme von etwas Unbekanntem, Größerem, nicht mehr ganz Menschlichem; es gebe der inneren Stimmen verschiedenste bis hin zum Musiker oder Dichter, dem sie Worte oder Klänge ins Ohr flüsterten. Ohne sie hätte Beethoven ab etwa 1808 keine Note mehr komponiert. In einer Olympischen Ode brauche Pindar die Fügung ›tycha daimonos‹, neutrales Geschick, gesendet sozusagen zu Glück oder Unglück. Und wenn ich H. dämonisch nenne, fasse ich das wetterwendische Glück und H.s Draht zur sogenannten Vorsehung zusammen.

Der Schloßherr hatte einige duftende Wölklein vor sich

hin gepafft. »Aber H., dieser in vielen Belangen unsägliche humorlose Kleinbürger, ist durch die *Umstände* zu dem geworden, was er Ihnen als Persönlichkeit zu sein scheint. Der Antisemiten, die vergleichbare Phrasen droschen, gab es in jenen Jahrzehnten Dutzende und in allen Ländern. Stimmt, die Vorsehung wäre wohl so etwas wie Pindars ›tycha daimonos‹. Doch damit tun Sie im Grunde Pindars Auffassung der Götter unrecht. Es war gar keine Vorsehung im Spiel – klar, das glauben auch Sie nicht –, sondern Glück, Rücksichtslosigkeit in dessen Ausnutzung und das über Jahre hin politische Versagen der Entente-Mächte, ihr Widerwille, ihr gegenseitiges Mißtrauen und Einander-Zurückbinden, ihre Angst auch, einen Krieg zu riskieren, solange H. noch zu entmachten gewesen wäre. Dann nämlich wäre, was Sie als das Dämonische negativ zu faszinieren scheint, verpufft und jämmerlich in sich zusammengesackt, ein angestochener Heißluftballon. Sicher hätte dies zahlreiche Deutsche, die sich von dieser Heißluft getragen fühlten, trostlos zurückgelassen; aber sie hätten ihren Traum von Edelrasse und Welthegemonie in den Bierstuben und am Familientisch, auf der Ofenbank oder dem Universitätskatheder fäusteschüttelnd oder händeringend zu Grabe getragen.«

»Ihrer Meinung nach ist H. also von denen stark gemacht worden, die ihn hätten bekämpfen sollen.« Der Schloßherr wiegte den Kopf: »Zum einen ja, zum andern wohl durch die Wirtschaftskrise und die kaum zu schildernden, sich gegenseitig blockierenden Hahnenkämpfe der letzten Jahre der Weimarer Republik, als die verblendeten Kommunisten unter Führung des stalinhörigen Thälmann gegen die Sozialdemokraten den Ruin dieses Versuchs eines ersten freien Staatswesens in Deutschland betrieben, um selbst die Macht zu genießen. Sie können das im Detail bei Golo Mann nachlesen. Was Europa drohte, ist spätestens nach dem Anschluß Österreichs und des Sudentenlandes klar gewesen, und daß es eintreten würde, wußten wir, als H. in Prag einmarschiert ist.«

Er persönlich habe H. als verantwortungslosen, alles auf eine Karte setzenden Vabanquespieler empfunden, was Stalin, auch ein Paranoiker, nie gewesen sei, als jemanden, der immer Erfolg haben muß, wenn er nicht im Gefängnis landen will, und Großdeutschland dementsprechend als eine Spekulationsbank, die übersetzte Zinsen zahlt, solange die Anleger herbeiströmen – bis das Kartenhaus in sich zusammenstürzt. Es sei mit andern Worten auch der H. durch die Lähmung des Auslandes ermöglichte jahrelange Erfolg gewesen, der diesen Aufstieg vollendet habe – und natürlich die abscheuliche Ausraubung der Juden, die Milliarden flüssig gemacht habe. Was bei einem Geldinstitut dann der unvermeidliche Bankrott, das seien der Krieg und die Götzendämmerung gewesen. Doch der Vergleich greife zu kurz. Die schlimmste Krise der westlichen Zivilisation und ein Bankkrach seien auf kategoriell verschiedenen Ebenen anzusiedeln.

»Doch lassen wir's nun. Man kann solche Ausgeburten der Geschichte wohl nicht vollständig begründen. Man kann sie schildern, wie Speer das tut, man kann sie analysieren wie Fest oder Kershaw, man kann ihr Ende in der Hölle erzählen wie Trevor-Roper. Ein Rest bleibt – eben das Böse. Sehen Sie, wichtiger für uns und die nach uns kommen ist die von den Nazis zum bürokratischen Alltag normalisierte Unmenschlichkeit. Sie haben der Welt vorgeführt, wozu der Mensch oder gewisse Menschen fähig sind. Sie haben das dünne Häutchen Kultur, worauf mit Vorsicht zu vertrauen wir uns im Gefolge der Aufklärung gewöhnt hatten, ein für allemal zerrissen. Das ist es, was uns verdunkelt; wir können nur noch handeln, als ob wir stets neu beginnen müßten. Es gibt nicht mehr, was sich von selbst versteht. Doch es ist nicht gut, mein Lieber, wenn Sie allzuoft daran herumstudieren; die Zeit ist düster genug. Wichtig *ist* es und unausweichlich; doch arbeiten Sie in der Gegenrichtung; ich vermute, daß Sie damit auch ihrer Frau mehr Freude machen. Lassen Sie sie herzlich von mir grüßen.«

Der Perser

Der Titel erinnert an finstere Märchen aus Tausendundeiner Nacht, in denen der heimliche Feueranbeter, der Ungläubige, der Parse als Betrüger und Gestalt des Bösen wirkt, etwa in der Geschichte von Hassan aus Bassorah und seiner Liebe zu Manar Alnisa, der Prinzessin der Inseln Wak al-Wak.

Korrekt, ja elegant im Straßenanzug stand er vor der Tür und redete in gebrochenem, der zahlreichen Fehler wegen ermüdendem Deutsch auf mich ein. Mit der Zeit wird es zur Qual, im Kopf ununterbrochen Konjugations- und Deklinationsfehler richtigzustellen und gleichzeitig den Faden der Geschichte nicht zu verlieren. Ich bat ihn, wenn ihm das leichter von der Zunge gehe, französisch zu sprechen. Erst zeigte er mir Ausweisdokumente der Fremden-, Kantons- und Gewerbepolizei bis hinab zu unserer lokalen Pfarrei, welche die Zulässigkeit, Ehrlichkeit und dringende Notwendigkeit seiner Mission bestätigten. Er sammelte Spenden für eine Organisation, die Kinder von Inhaftierten, Gefolterten, Verschwundenen und Hingerichteten der Islamischen Revolution im Iran in den Westen schmuggelte und ausgewählten Pflegeeltern anvertraute. Er zeigte mir Fotos der Kinder, glücklich lachend (ich hoffte, daß sie zuweilen lachten), und er wies auf danebenstehende Bilder ihrer kaltgemachten Eltern. Er redete, sprudelte gehetzt, nun in einer D-F-Kopfweh-Mischung, gegen das Morden an, das er hatte mit ansehen müssen und von dem er wußte, daß es jetzt, während er mir davon erzählte, fortwütete. Nach seinem Bekunden war er Hochbauingenieur und hatte in seiner Heimat Brücken und Straßen erstellt, bis er ausgestiegen und geflohen war und sich dieser NGO zur Verfügung gestellt hatte. Offenbar hatte er damals selbst auf dem Punkt des Abgeholtwerdens gestanden.

Was er erzählte, stimmte, klar, das heißt, die wirren Worte waren ein Schatten, ein durcheinandergeworfenes Puzzle; sie gaben uns Wasser zu trinken – und aus den Bildern sickerte Blut. Wir luden ihn zum Mittagessen sein, er wollte wissen, ob das Fleisch vom Schwein stamme, doch wir essen kein Schweinefleisch. Er bedankte sich höflich, er trank Valser und verzieh mir den Wein mit einem Hinweis auf den Dichter Hafis und die Gottestrunkenheit der Sufi-Derwische, dann bat er, sein Gebet verrichten zu dürfen. Wir wiesen ihm ein Zimmer mit einem kleinen Perserteppich, den uns eine Freundin geschenkt hatte, sowie die Himmelsrichtung (der Tag war regnerisch) und schlossen die Tür. Während er betete, spülten wir das Geschirr.

Beim Abschied verweigerte er Eva die Hand, denn in Persien, erklärte er, wäre dies eine Beschmutzung und Beleidigung, ob der Frau oder des Mannes, ließ er offen, ersteres wohl des Mannes, letzteres der Frau. Wir sahen uns an. Wir hatten uns verpflichtet, dem Hilfswerk eine Summe zu überweisen, welche unsere Verhaltnisse überstieg. Wir hätten diese Zusage gerne von Herzen gemacht, empfanden sie jedoch in jenem Moment eher als Loskauf, einmal von seiner penetranten Gläubigkeit, seiner immer dringlicher bettelnden, immer größere Summen heischenden Person, die am liebsten alles davongeschleppt hätte, was da war, dann von dem absoluten Grauen, das seine Fotodokumentation belegte.

Zwei Bilder sind mir geblieben; sie betrafen den Einfallsreichtum der Henker, die sich virtuos und kräftesparend der modernen hydraulischen Technik zu bedienen wissen. Es braucht nur einen Bulldozer. Er stand beherrschend mitten im Bild eins; den breiten gezähnten Schaufelrachen hatte er auf den Boden zur Ruhe gestellt, das Schürfmesser jedoch, daran die Stahlzähne geschraubt sind, drohend leicht emporgeklappt wie den Unterkiefer eines Raubsauriers. Davor standen Menschen, die Hände auf den Rücken gefesselt, einen Strick um den Hals, und der Henker war damit beschäftigt, je ein freies Strickende um einen freien Baggerzahn zu knüpfen. Das zweite Bild ist klar. Im Hintergrund – ein Haufen Kleiderlumpen – stützten sich gegenseitig einige Angehörige, die die Kosten dieses Aktes der Rechtgläubigkeit zu bezahlen haben würden. Um sie herum gaffte und applaudierte das ›einfache Volk‹, auf dessen stolze Armut, lauteren Glauben, gesundes Rechtsempfinden, uralte Weisheit, reines Blut, Verwurzelung in der Heimat, Herzenseinfalt und unverdorbene Sittlichkeit sich sämtliche Menschenhasser, Mörder und Kulturvernichter der Geschichte berufen haben.

Die Erzählung des Asylanten

Zwar bin ich in der Stadt, in Prischtina, aufgewachsen, wo mein Vater einen größeren Betrieb der Lebensmittelbranche leitete, bis er als Albaner geschaßt wurde. Wir hatten Glück. Er stammte noch vom Dorf und hatte die Verbindung mit den Verwandten nie abreißen lassen. So fuhr er nun jeden Morgen hinaus, hackte, säte, jätete, goß und erntete im Garten seiner Eltern. In unseren Dörfern versammelt jeder um sich, was er täglich braucht; die Häuser und Wirtschaftsgebäude und Brunnen stehen einzeln in den Gärten und Baumwiesen entlang der Straße, die bis in meine Kindheit wenig mehr als ein Karrenweg gewesen ist. Zieht jemand fort, verpachtet er seinen Garten dem Nachbarn oder dann einem Freund oder Verwandten. Meinem Vater wurden weder Fragen gestellt (warum er zurückkehrte und worin seine Schuld bestand, war allen klar), noch wurden ihm Schwierigkeiten gemacht, als er den Garten wieder an sich nahm, denn er war ein freundlicher, hilfsbereiter Mensch. Wir wurden allmählich beinahe Selbstversorger; auch uns Kindern war klar, daß der Garten uns vor dem Hungern bewahrte.

So bin ich häufig im Dorf gewesen und gerne hingefahren; zuweilen kam es mir vor wie ein Sonntagsausflug im Wagen. Mit der Zeit habe ich alle gekannt, auch ihre Scheunen und Ställe, und mit den Jungen gespielt. Im Dorf gab es Hitzköpfe, Querköpfe, Dummköpfe wie überall; die meisten, auch die paar Serben, waren umgängliche und bescheidene Menschen, die ihrem Gewerbe nach- oder in die Stadt arbeiten gingen. Schon damals war es die Generation meiner Eltern mit ihren Enkelkindern, die das Dorf noch bewohnte, da die meisten Söhne und Töchter nach Prischtina oder Belgrad gezogen oder emigriert waren. Somit konnten wir bald einen Garten hinzupachten. Einige Jahre ging es recht gut, mein älterer Bruder und ich schlossen die Ausbildung ab – an Schulen, die wir Albaner, halb im Untergrund, halb geduldet, für uns hatten gründen müssen. Bereits kostete uns, über die Runden zu kommen, alle Kräfte. Wie schwer mußt du es nehmen, wenn jener dich nicht mehr grüßt, dieser dir nur noch ein Kopfnicken und der dritte zwei Finger statt die ganze Hand gibt und ein vierter dich ernsthaft fragt, ob dir das Freitagsgebet Spaß mache. Wir sind nie in die Moschee gegangen. Und je häufiger du eine Lüge in Abrede stellen mußt, desto weniger glaubt man dir. Der Vater war immer wortkarg gewesen, die Mutter schwieg. Die Wohnung in der Stadt blieb übrigens nach wie vor der Mittelpunkt unseres Lebens, sie war gut eingerichtet und zentral gelegen.

Dann schwappte der Krieg zu uns herüber. Nach Srebrenica und Gorazde und auch aus den Gedichten des widerwärtigen Kriegshetzers, den sie bis heute noch nicht kassiert haben, wußten wir, wer zuerst ausgesondert und kugelbehandelt werden würde. Mein älterer Bruder und ich flohen, der jüngste, ein Kind noch, blieb zurück, auch die Schwester. Somit kann ich Ihnen über den schmutzigen Krieg wenig mehr als das erzählen, was Sie vom Fernsehen kennen und was ich übers Buschtelefon von den Eltern oder von Kollegen erfahren habe. Ich mußte alle die Jahre hier meinen

Flüchtlingsstatus hüten, durfte nicht über die Grenze, sonst wäre ich nicht mehr reingelassen worden.

Sie haben überlebt. Die Wohnung, wenn auch geplündert und zum Teil demoliert, ist ihnen geblieben. Als ich nach acht Jahren endlich den B-Ausweis in der Tasche hatte, bin ich hingefahren. Der Vater war wortkarg wie immer, die Mutter wirkte müde, der Bruder, ein junger Mann, still und wild und tanzverrückt, zitierte in der Karaoke-Bar zuweilen Gedichte von jenem Schwerverbrecher, einfach *the other way round,* mit vertauschten Rollen, alles schien so schrecklich einfach, und die Schwester, Sprachlehrerin, versuchte sich mit Privatstunden ein paar Mark zu ergattern; die D-Mark war damals unsere Währung. Die Wohnung war mit dem Allernötigsten wieder eingerichtet und instand gesetzt. Die Stadt war lebhaft, laut, scheinfröhlich und Schlag Mitternacht tot, die Zerstörungen schienen geringer, als ich gefürchtet hatte. Vielleicht liegt dies daran, daß Betonkasernen – und daraus besteht Prischtina zu drei Vierteln –, ob intakt oder ausgebrannt, im Sozialismus immer heruntergekommen und vernutzt aussehen. Man geht den gewohnten Weg, und erst beim zweiten Hinsehen bemerkt man, daß die Straße tot ist, da der Regen die Rußzungen über den Fensterhöhlen längst heruntergewaschen hat und die Betonmauern wie immer bröckeln, nur sind's zufällig Kugeleinschläge.

Und wie es auf dem Dorfe stehe, wollte ich wissen. Nun, sagte der Vater, da er keinen Wagen mehr habe, fahre er jeden Morgen die zwölf Kilometer mit dem Rad hin; seither fühle er sich körperlich fit wie noch selten. Er könne also nicht klagen. Zerstörungen *habe* es gegeben. Wo nicht? An einem der nächsten Vormittage stieg auch ich aufs Rad; ich freute mich richtig, fast wie als Kind.

Das Amselfeld ist weit und flach, ein bißchen wie hier; an den Rändern allerdings, wo unser Dorf liegt, steigt es steiler ins Vorgebirge; im Sommer wirkt der Kosovo polje gemüsegrün, an feuchtheißen Abenden trieft der Himmel blutig, und das Gras ist rot wie die alten Backsteinmauern der Höfe. Es war helles Wetter, die Kohlengruben und Ziegeleien, an denen wir vorbeifuhren, schienen stillgelegt, dennoch waren Leute unterwegs auf Traktoren und Pferdewagen, kaum Autos, einmal eine Schieberkarosse, andere, zu Fuß, aßen am Straßenrand ihr Zwischenbrot, man grüßte sich. Und allmählich wollte mir scheinen, dieser Krieg habe zwar ein paar Schlaglöcher mehr gerissen, doch sei alles gar nicht so schlimm gewesen, das Fernsehen habe wie immer nur die Greuel herausgepickt und uns vorgesetzt. Zwei, drei Mauerecken am Straßenrand mußte ich wohl oder übel als Kriegsruinen gelten lassen; nach acht Jahren erinnerte ich mich nicht mehr genau, was für Höfe hier gestanden hatten.

Gleich darauf stieg der Vater vom Rad: So, hier seien wir. Er stieß ein Stacheldrahtpförtchen in einer zerschossenen Mauer auf. »Hier?« – »Nun, die Straße kennst du doch wohl. Leider haben sie mir auch die Reben und die Birnbäume umgesägt. Das hier sind die jungen Bäume, ich habe sie vorletztes Jahr gepflanzt, sie gedeihen gut.« Plötzlich fiel mich die Wut an, nicht so sehr über die Soldateska, die jedes Haus im Dorf verbrannt oder gesprengt und dem Erdboden gleichgemacht hatte, als über meinen Vater, der die ganze Zeit und auch jetzt noch Alltag spielte. Ich habe mir nichts anmerken lassen; vielleicht war es die beste Art, über den Verlust dieser Heimat hinwegzukommen. Denn was nützen Klage und Anklage? Weitermachen! Und war's vielleicht nicht Alltag, nur ein bißchen neuartig? Dann erinnerte ich mich wieder, daß Vater, Mutter, Schwester und Bruder tagelang, in einem abgelegenen Waldstück versteckt, kampiert hatten, um der Vergewaltigung und Ermordung zu entgehen. Er, nicht ich, hatte die Angst hinter sich, daß sie dich und die Deinen eines Abends doch noch finden und es dann Gunst des Schicksals ist, möglichst rasch sterben zu dürfen. Er hatte die Toten gesehen, die auf Umwegen hatten sterben müssen, ich nicht, er hatte die Explosionen gehört und die Rauchsäulen gezählt, ich nicht. Es hatte also doch stattgefunden, nur anders als auf dem Bildschirm. Blut auf der Mattscheibe ist nicht Menschenblut, ist ein Kick, und dies, je grausamer das abgefilmte Geschehen ist.

Ich bin die Dorfstraße auf und ab gelaufen. Ich bin mir vorgekommen wie der erste Siedler, der vor vielleicht hundertfünfzig Jahren mit Frau und Habe auf dem Eselskarren übers Gebirge in diese Gegend vorgestoßen ist. Noch zehn Jahre, und der Wald würde von den Talflanken heruntergestiegen sein und alles verschlungen haben. Die paar Schwünge der Straße, der kleine Platz, wo die Moschee gestanden hatte, die eine scharfe Rechtskurve: alles da – und verloren. Unkraut. Ich glaube, dies ist mehr als Heimatverlust: als ob du mit einem schmutzigen Badeschwamm, den du in Salzsäure getaucht hast, »Guernica« von Picasso herunterwischen würdest, einfach zum Plausch, damit du sagen kannst: »Hab letzthin einen Picasso ausradiert. War echt cool.« Fort für immer. Kultur-Tod. Und wahr ist's: Keiner weiß, was aus ihm werden soll. Wo eine Zukunft anknüpfen? Da seit der Zerstörung schon drei Jahre vergangen waren und, was von den Ruinen vielleicht noch aufrecht gestanden hatte, gestohlen worden war, wohl um andernorts neu anzufangen, konnte ich nur wenige Grundrisse unter den Dreck- und Geröllhaufen im aufschießenden Gebüsch identifizieren. Ein paar steinhart gestampfte Tennen und vertrocknete Miststöcke hatten alles überlebt.

Bludele Klalusa. Ein Briefwechsel

Gesundheit und langes Leben zum Gruß Dir, lieber Genosse Bezirksparteisekretär Wang Jintao!

Verzeih, wenn ich Dich mit einem dringenden Anliegen belästige. Ein Großauftrag aus der Schweiz, aus der Stadt Saxheselene auf dem Alp Shan, hat mich gestern über E-Mail in der Schulzenhütte erreicht, in der Du, wie Du weißt, stets willkommen bist und von uns Landleuten mit Freuden bewirtet werden wirst, soweit unsere Armut dies vermag.

Dieser Auftrag stürzt uns unwissende Dörfler in tiefe Verlegenheit. Nicht daß wir ihn nicht, Drachen vergleichbar, in sechs Monaten – dies die Lieferfrist – und zur vollen Zufriedenheit der ehrwürdigen Auftraggeber erledigen und expedieren könnten, da unsere Maschinen ja laufend nachgerüstet werden und auf der Höhe westlicher Standards produzieren und unser Dorf bekannt für seinen Plastik-Spritzguß ist. Wie ich die Lage am Markt einschätze, sollte es uns möglich sein, die für die Erfüllung des Auftrages benötigten rund 200 Tonnen Polystyrol spielend zu beschaffen. Und einen 18-Stunden-Tag kann ich, das weiß ich aus Erfahrung, meinen Leutchen zumuten.

Nein, dies ist es nicht! Uns verwirrt die Art, genauer der Gegenstand des Auftrags, kurz die zu liefernde Ware. Ich sehe Dich lächeln und höre, wenn Du es mir erlaubst, Genosse Bezirksparteisekretär, Deine Gedanken: ›*Die* Ware kennen wir, nach welcher es den dekadenten Westen verlangt.‹ Doch genau das Gegenteil ist der Fall, wie aus der im Anhang zu dieser E-Mail mitgesendeten PdF-Datei eines vor einem Kreuz knienden und sich die Brust schlagenden Mannes hervorgeht. Das Kreuz, wie Du, lieber Genosse Wang, tausendmal besser weißt als ich, ist ja das Zeichen dieser nichtsnutzigen Religion, die die Langnasen unseren Ahnen zusammen mit dem Opium mit Hilfe ihrer Schiffe, Kanonen und blutsaufenden Soldaten aufzwingen wollten. Ja, der Mann kniet, als ob er Selbstkritik übte. Doch soweit mein geringes Wissen reicht, haben die Langnasen nie Selbstkritik geübt. Sie haben die Völker unterjocht und ausgebeutet, und dies ist heute nicht anders, da sie meist nur ihre widerlichen, alle andern Menschen verachtenden und verdienterweise sie selbst am meisten schädigenden Globalgeschäfte machen. Wir allerdings sind hinter ihre Schliche gekommen – und machen unser *Lokal*geschäft.

Gut denn. Wir sollen eine Million Stück (von Fingerlänge bis Lebensgröße, 1.48 Meter) des in der Stadt Saxheselene von primitiven Gebirgsstämmen (denk an unsere Tibeter!) abgöttisch verehrten Boddhisattvas Bludele Klalusa[1] (siehe PdF-Datei) liefern. Der gebotene Stückpreis würde uns (und Dir, Unbestechlicher) einen schönen Verdienst in die Tasche fließen lassen. Darum würden wir auch die Kraft finden, die sechs Gußmodelle dieser abstoßenden Figur anzufertigen. Ein hageres Skelett in einem braunen Sack – Du wirst es gleich sehen –, um die Hüften trägt es einen groben Strick geschlungen. Auch würde uns, falls wir den Auftrag

1 Gemeint sind der heilige Niklaus von Flüe, im Volksmund Bruder Klaus genannt, und der Wallfahrtsort Sachseln in Obwalden.

übernehmen sollten – und hier steht, lieber Genosse Bezirksparteisekretär, mein kleiner Verstand vollends still –, würde uns also ein Bote aus der Stadt Saxheselene zu gegebener Zeit ein herausgesägtes Stück *Oberschenkelknochen* des betreffenden Boddhisattva überbringen, damit wir die *Million Repliken aus Polystyrol des Andachtsgötzen damit berühren und dessen Segens- und Heilkraft auf sie übertrügen.* Denk Dir, wie viele Stunden unsere Packer Schlange stehen müßten, um diese Hantierung vorzunehmen. Zwar würde sie gut bezahlt, und es wäre ein leichtes zu schummeln, wenn nicht der Bote aus Saxheselene die obige *heilige* Handlung persönlich überwachen würde. Die Verkehrtheit der Menschen (grad der Gläubigen unter ihnen und der Langnasen im besonderen) kennt kein Maß.

Dies alles ist schwierig zu durchdringen, es bereitet uns einfachen Dörflern Kopfzerbrechen und raubt mir den Schlaf. Darum, lieber Steuermann und Vordenker für Hunderttausende im Bezirk Xingning, erleuchte uns mit dem scharfen Blitz Deines Urteils und fördere das Wachstum des Wohlstandes mit dem milden Regen Deines umfassenden Wissens. Hast Du doch zu Füßen des erhabenen Deng – seine ›Vier Modernisierungen‹ wie auch des Genossen Jiang ›Drei Vertretungen‹ sind uns Devise – Deine Augen aufgeschlagen und Deine Weisheit getrunken. *Dürfen* wir das, Genosse Wang? Wo verläuft im Moment die Parteilinie? Müßten wir, so denke ich in meinem dicken Schädel, nicht berücksichtigen, daß Religion – denn es handelt sich bei der zu liefernden Ware um einen Anbetungsgegenstand, vor dem die Langnasen und ihre Bonzen Kotau machen, den sie gar verküssen werden –, müßten wir nicht berücksichtigen, daß Religion *Opium fürs Volk* und zu bekämpfen ist? Die Verehrung von Boddhisattvas wird in Europa, wo man sie –

doch wem sag ich's? – *Heilige* nennt, als Handlung verstanden, die zur ewigen Seligkeit hinleiten soll. Unglaublich, doch wahr, Genosse Wang!

Nun ließe sich sagen, lieber Genosse Bezirksparteisekretär, daß es in diesem Falle den Klassenfeind mit seinen eigenen Mitteln zu schlagen und zu vernichten gilt, wie dies der Große Steuermann – immerdar lebe sein Name – ja angemahnt hat, wir also ein revolutionäres Werk vollbringen würden, wenn wir der Stadt Saxheselene das Lügenabbild ihres Boddhisattvas lieferten. Indem wir eine Million Götzen unaussprechlichen Namens aus Polystyrol zur Vermehrung und Befriedigung des Aberglaubens der Bewohner dieser Stadt im Alp Shan herstellten, würden wir zweifellos den Zusammenbruch des Kapitalismus beschleunigen. (Und Du, Genosse Wang, hättest Dein wohlverdientes Teil daran.) Auch wäre jetzt die beste Zeit für die Bestätigung und Übernahme dieses Auftrags: Der Mond steht im zweiten Viertel und die Sonne im Sternbild des allgebietenden Drachen, ja sogar unsere Frösche quaken aus dem Quadranten des Gelingens.

Doch – und damit gelange ich zu den zwei heikelsten und letzten Fragen, die mein stumpfes Hirn lähmen: Leistete die Herstellung dieser Ware nicht der Götzenanbetung in unserem Dorfe, wo sie noch immer unausrottbar schwelt, Vorschub? Zu bemerken ist allerdings, daß es sogar uns Provinzlern vor der würdelosen Haltung des Götzen übel wird. Wie himmlisch ruhend doch der Blick, wie sanft gerundet die Leibesmitte des Boddhisattva im Museum des Aberglaubens in Deiner leuchtenden Stadt Xingning, Genosse Wang! So kläre mich denn auf: Hat Zhonghuá (das Reich der Mitte) sich längst der Kooperation mit dem Kapitalismus verschrieben und die Parteilinie teilweise preisgegeben und obige Fragen erledigen sich von selbst? Oder zweifle ich mit gutem Grund?

Für Deine die Nebel unserer Zweifel mit dem Strahl der unbesiegbaren Sonne zerstreuende, möglichst umgehende Auskunft (damit wir die günstige Konstellation nicht verpassen) dankt Dir und wünscht Dir und Deiner Gattin Lilie noch einmal Gesundheit und Wohlergehen

Li Zemin, Dorfparteisekretär und Schulze«

*

»Lieber Genosse Li,

produzieren! Produzieren! Die Parteilinie steht unerschüttert. Ihr höchstes Ziel ist Verständigung und Friede unter den Völkern, wie immer die religiöse und politische Verfassung der betreffenden Stämme beschaffen sei. Mögen sie also rasen und irren, zu Kreuze kriechen, wie die Langnasen sagen und wie die angehängte PdF-Datei deutlich vor Augen führt, mögen sie sich die Brust schlagen und ihre Götzen gar vor Liebe auffressen und Bauchgrimmen kriegen, solange sie uns keinen Schaden zufügen.

Übrigens schwelt auch in Deinem Brief, Genosse Li, unausrottbar der Aberglaube, um Dir Deine eigenen Worte in den Mund zu stopfen. Was verschlägt's, in welchem Viertel der Mond steht und ob die Sonne das Sternbild des Drachen oder dasjenige des Siebes oder der Abortschüssel durchläuft und aus welcher Richtung Eure Dörflerfrösche quaken? Stünde Deine Schulzenhütte am andern Dorfende, wo Dein schärfster Konkurrent ums Schulzenamt, Hu, seinen Wohnsitz hat, quakten sie aus der falschen Richtung. *Feng shui,* wirst Du, wenn Du mir erlaubst, Genosse Dorfschulze, meinerseits nun Deine Gedanken zu erraten, einwenden: Sie steht dort, weil sie dort stehen muß, und weil sie dort steht, bin ich Schulze geworden. O Li! Kauf Dir in Shanghai einen neuen Verstand und treibe Deinen Bezirksparteisekretär nicht zur Verzweiflung! Dir steht ja jetzt ein weißer Mercedes im Hof, den Dir Deine Leutchen, wie Du sie nennst, zum 60. geschenkt haben und den Du noch immer nicht versteuert hast. Dein ›lieber Genosse Bezirksparteisekretär‹ weiß vielleicht mehr, als Dir lieb ist. Merk Dir's. Als Mitglied einer Freundschaftsdelegation bin ich bei den Amis drüben am Kleinen Wasser mit *chinese food* vollgestopft worden. Es war zum Speien! Aber ich habe mich genau umgesehen und festgestellt, daß ihr protziges Kapitol, das häßlichste aller Häuser, am schlechtest gewählten aller Orte die Sicht verschandelt. Hat sie das daran gehindert, nach uns Han das mächtigste aller Völker zu werden?

Erwarte mich anläßlich meiner nächsten Kreisinspektionstour zu einem Schlangenessen. Mich wässert der Mund, denk ich an Eure köstlichen Frösche, Aale und Nattern!

Freundlich grüßt Dich und wünscht Dir und Deinem prächtigen Dorf die Prosperität und den Fortschritt, die Dir am Herzen liegen und die unserem Bezirk Xingning und seinem sorgengeplagten Hirten in jedem Fall zugute kommen werden.

Wang Jintao, Bezirksparteisekretär«

Die Zahl 5:
Si vis pacem, para bellum[1]

I Kuwait

Auf graubeigem Sandboden, teils glattgeweht, teils ausgekehlt vom Wind, teils noch von Raupen- und Karrenspuren zerfurcht, stehen, als wären sie nachlässig parkiert, hie und da gar mit Vollgas spielerisch ineinander verkeilt worden, rund fünfundsiebzig Panzer und Panzerwagen von drei bis vier verschiedenen Typen sowjetischer oder amerikanischer Bauart. Alle ausgebrannt, etliche, da vermutlich im Vorder- und Hinterteil voll munitioniert, sind explodiert, worauf die in vielen Fällen weggesprengten, verkehrt auf andern Panzerwracks oder im Sand liegenden Drehkuppeln der Geschütztürme und die ohne ihre stählernen Deckplatten offen liegenden, verbogenen Motoren und anderen Innereien schließen lassen. Ein Friedhof von dunkelbraun verrosteten Skeletten, der sich nach allen Seiten über den Bildrand hinausdehnt.

Die Explosionsgewalt, welcher diese ehemals weiß gestrichenen Stahlschildkröten ausgesetzt waren, geht unter die Haut. Besonders unheimlich wirken einige Tanks, die in ihre noch immer glänzenden Raupen wie in ihr Gedärm einge-

1 Zwei Luftaufnahmen aus: Yann-Arthus Bertrand: »La terre vue du ciel«, Paris 1999, S. 108/109 und 290.

wickelt worden sind. In einem Fall hat man den kuriosen Eindruck, ein Panzer sei nach Verlust der linken Raupe, welche vorbildlich ausgerollt im Sand liegt, durch die Rückstoßwirkung der explodierenden Munition im hinteren Magazin noch fünfzig Meter weitergefahren, bevor er durch die nun nach vorne abbrennenden Granaten in der Kammer unter dem Brustschild gestoppt wurde. Das Luftbombardement des Parkplatzes muß mit höchster Präzision erfolgt sein, da auf dem Sandboden kein Trichter eines Fehltreffers auszumachen ist, außer vielleicht zwei, drei Stellen von einem tieferen Grau, was auf eine höhere Beimischung von Staub und Asche zum herbeigewehten Sand schließen lassen könnte.

Doch es ist nicht nur die Sprengkraft der Raketen oder Bomben und Geschosse, welche die Gefährte ineinander verkeilt oder übereinandergeschoben hat. Gewisse Lücken oder Störungen in der zwei bis vier Glieder tiefen Parkordnung können nur durch eine Wegfahrbewegung erklärt werden, welche allerdings, betrachtet man die kurzen Strecken (maximal zwei Raupenlängen), die gewisse Panzer gerollt waren, im Ansatz überrascht und erstickt worden sein muß. Es ist somit zu vermuten, daß einige nicht vollständig zerstörte, nur ausgebrannte Wracks, die außerhalb ihrer Parklücke stehen, sich bereits zur Flucht gewendet hatten und durch den Sand davonmahlten. Total gesprengte Panzer außerhalb der Ordnung sind dagegen durch Explosionen unter ihrem weichen Bauch weggeschleudert worden.

Wie viele Besatzungen ihre Fahrzeuge im Moment des Luftangriffs bereits geentert hatten und verbrannt, respektive verglüht sind, bleibt Spekulation. Es dürften etliche, nicht jedoch viele gewesen sein. Die Chance dieser Betroffenen, mit dem Leben davonzukommen, selbst wenn sie durch die Ausstiegsluken ihre stählernen Glutöfen noch verlassen haben sollten, war null. Die Intensität des Bombardements, zu erschließen aus der Trefferdichte, hatte sozusagen einen Feuer- und Splittervorhang über das Wüstengelände gesenkt.

II Arizona

Erneut Wüste, diesmal hell- bis dunkelbraun, doch wirkt das Bild wie ein Blick in einen geöffneten, mit zerkratztem braunem Samt ausgeschlagenen Spielzeugkasten. Der Spieler hat in exakter Schrägordnung rund dreißig blau gestrichene Flugzeuge, einzelne in Wolken oder Schatten imitierender, brauner Tarnbemalung, hineingebettet.

Um jede Maschine ein Rechteck von Fahr- und Trampelwegen, verursacht durch das Kommen und Gehen der abwrackenden Techniker, die gewisse Bestandteile der Ausrüstung aus den Rümpfen, Pilotenkanzeln und Flügeln der Bomber geholt haben. Diese stehen teils im prallen Licht, teils im Schlagschatten herum oder sind bereits weggekarrt worden.

Die Ausschlachtung ist unterschiedlich weit fortgeschritten. An allen Flugzeugen mit einer Ausnahme fehlen die Düsentriebwerke, nur noch die schlanken Bolzen der fest mit den Spanten der Flügel verbundenen Aufhängung sind da. Ein paar wenige Maschinen haben bereits ihre Nasen verloren; auch sind immer wieder ausgesuchte Lamellen der Bremsklappen demontiert worden. Im dunkelbraunen Sand warten einige Triebwerke, vor allem aber verschiedene für einen Laien nicht identifizierbare Ausrüstungselemente auf den Abtransport, am häufigsten ein zählrahmenähnliches

Gerät mit Löchern anstelle der Kugeln, mit dem jeder Bomber doppelt bestückt gewesen sein muß und das im Moment der Aufnahme vorzugsweise aus den Rümpfen geklaubt wird. Vielleicht Verbindungselemente zwischen Rumpf und Flügeln, die aus besonders hartem Material (Titan-Legierungen) hergestellt sind und vom *scrapper* nicht geschluckt werden können.

Was als Spielzeugkasten durch seine peinliche Ordnung und die steife Dreiecksform der Flugzeuge beinahe so erheiternd wirkt wie Zinnsoldaten in Marschformation, ist ein Investitionsfriedhof von vermutlich gegen einer Milliarde Dollar, handelt es sich doch um B 52-Stratofortress-Bomber, von denen die wenigsten (außer vielleicht diejenigen im Tarnanstrich) weiter als vom Herstellerwerk bis zur Luftwaffenbasis und dort noch einige Stunden zu Übungszwecken geflogen worden sein dürften. Zugleich natürlich ein fetter Schnitt für den Hersteller Boeing. Der Parkplatz für ausgemusterte Bomber ist heute Touristenattraktion – ein Päckchen Kartoffelchips aus der teuersten und lukrativsten Vorratskammer der Welt: Waffen.

Die Liga für Ungeborene

Wir alle beginnen mit einer Katastrophe. Der Natur zu gehorchen, sagte Trix, sei der Anfang vom Ende. Ihre Mutter hatte Ethnologie studiert; in den fünfziger Jahren. Sie hatte zuweilen noch von den Kwimba am Südufer des Viktoriasees erzählt; sie arbeitete an ihrer Dissertation über die Initiationsriten nach der ersten Monatsblutung und über die nachgeburtlichen Reinigungszeremonien der Frauen; dann lernte sie ihn kennen, Entwicklungshelfer im Auftrag einer humanitären Organisation, Brunnen, Latrinen, Schulen. Total verknallt; sie habe die Dissertation in den Kehricht geworfen. Und los sei es gegangen mit Gebären, Windeln, Breilein kochen, waschen, Nasenwischen, Schuhe binden, Schultornister kontrollieren, Aufgaben abhören, loben, schelten. Weinen. Trix erinnerte sich vor allem an letzteres. Sie war das erste von sechs Kindern. Der Vater zog später zu einer Schwarzen nach Daressalam. Trix war traurig darüber gewesen, obwohl er schon in ihrer Kindheit nur gelegentlich zu Hause aufgekreuzt war und sie, als er endgültig wegblieb, bereits Wirtschaftswissenschaften studierte. Sie war sein Liebling gewesen.

Damals habe sie sich geschworen: Nie. Sie wolle ihren Beruf. Als Anlageberaterin habe sie nicht schlecht verdient, auf Männer habe sie deswegen nie verzichtet, sie brauche sie. Eine Seuche. Anlageberaterin, das heiße, jeden Tag eine neue Herausforderung und eine Menge Spaß, hochinteressante Leute. Doch im Grunde seien alle gleich: Geld und Prestige und Frauen, BMW, Land-Rover und Haus usw. Ihre Geschwister treffe sie etwa so oft wie die Königin von England; als der Vater den Hut genommen, sei alles auseinandergebrochen. Die Mutter sei heute im Pflegeheim abgestellt, sie sollte sie schon seit Ewigkeiten besuchen, ein Bruder sei Physiker in Amerika, der Jüngste organisiere Reisen nach Nepal, eine Schwester sei Nonne, die büße für sie alle. Merkwürdig, *das* begreife sie.

Nun, all das sei Durchschnitt. Doch eines schönen Tages, sagte Trix – einige Monate vorher hatte sie ihr eigenes Büro eröffnet –, sei sie auf einen Typ abgefahren, megaheiß. Und da quälte sie plötzlich der Wunsch nach einem Kind, sie wollte eins von ihm, sie stand auf ihn, er glich ihrem Vater, und sie kam sich vor wie die Mutter: Kacke, Windeln, Brei – wow! – und konnte nichts dagegen tun. Er war's zufrieden, unter der Voraussetzung, daß er nichts zahlen mußte. Sie ließ sich einige Eier ausnehmen, mit seinem Samen *in vitro* befruchten und einfrieren. *Hibernization* bei minus 196 Grad Celsius.

Es war eine Schlafspritze, eine Nacht im Einerzimmer, richtig erholsam, und die Sache war o.k. Als sie tags darauf die Klinik verließ, sah sie sich die Erbsen im beschrifteten Röhrchen kurz an und mußte wegschauen. Doch sie hatte ihre Freiheit wieder, auch der Wunsch war weg. In den folgenden zwei Jahren baute Trix ihr Geschäft aus. Als Freiberuflerin hatte sie Möglichkeiten, und sie hatte den Riecher. Mit dem Mann war längst Schluß. Aber ein gutes Gefühl irgendwo im Hinterkopf sagte ihr: Da ist noch jemand auf Abruf, der wartet darauf, ein Mensch zu werden, du kannst ihn austragen, wann du willst. Nichts kann passieren; du kannst auch deinen Willen ändern und ihn entsorgen lassen. Rot oder Schwarz, sagte Trix, genau wie beim Roulette; ja, Rot oder Schwarz.

Trix hatte es so geplant, daß sie in etwa fünf Jahren, wenn sie genug beieinander hätte, eine Partnerin nehmen, sie einarbeiten und dann Urlaub machen würde. Kinder brauchen Zuwendung, das, was ihr als Kind gefehlt hatte. Sie hatte sich die *deadline* bei 45 Jahren gesetzt, dann rein mit dem Kleinen und ausgetragen. Im Moment aber brauchte ihr Geschäft sie dringender; die Konjunktur schwankte, nicht immer ist man Hans im Glück. Es dauerte länger. Der Appetit kommt beim Essen, sie war im Schuß und in der Branche voll drin, da werden die Geschäfte happig, wer nicht zugreift wäre ein Joggel. Also Verschiebung der *deadline* auf 48, dann auf 50, austragen können Frauen ja bis sechzig, und eine Ersatzmutter mochte sie nicht anmieten.

Dann tauten alle auf, Hunderte. Die Erbsen! So ein Schock! Trix und die Mitbetroffenen schlossen sich zu einer Liga zur Wahrung der Menschenrechte *in vitro* befruchteter Embryonen zusammen und klagten die Klinik ein, denn von höherer Gewalt oder Krieg, welche laut Vertrag von der Haftung entlastet hätten, konnte keine Rede sein. Technisches Versagen, nicht ihr Fehler, behauptet die Klinik und verweigert jeden Schadenersatz. Im Club seien zwei Anwältinnen, der Sieg sei sicher.

Das Irre ist, sagte Trix: Heut bin ich 53. Also Schwarz.

Die perfekte Lösung

»Grüß dich, du siehst einen glücklichen Menschen, ich fühle mich fünfzig Jahre jünger, die Japsen sind genial.« Victor Ledermann hob die Hand. Als ich ihn das letztemal in seiner rollstuhlgängigen Villa am See besucht hatte, saß er wie jetzt im elektrischen Mobil, in Jägerkluft, den Hut mit dem Gamsbartl neben sich auf einem gläsernen Abstelltischchen, daruntergeschoben der neue Kettner-Katalog. Heute stak Victor bis zur Hüfte im pelzgefütterten Wärmesack, den Jäger auf dem Anstand überziehen, um im Winter keinen Blasenkatarrh zu kriegen. Es war auch Januar, trüb, draußen leichter Schnee, der Bielersee graues Blech. Ich entdeckte wenig Unterschied.

»Nun«, erwiderte ich, »als technisch hochbegabte Nation habe ich die Japaner immer bewundert, viele ihrer Erfindungen, etwa das Jo-jo-Spiel oder die Papierblumen, die im Wasser aufblühen, und heute die elektronischen Netsuke haben etwas einnehmend Spielerisches, ja Kindliches.« – »Das meine ich gar nicht«, sagte Victor, »aber stell dir vor, ich gehe zur Jagd wie vor zwanzig, dreißig Jahren, ich komme mir vor wie neu geboren. Rat mal!«

Ich setzte mich ihm gegenüber und sah mir seinen Rollstuhl näher an. Er schien mir wie alle elektrisch angetriebenen Stühle für Gelähmte und Gehbehinderte, denen wir auf den Trottoirs unserer Städte begegnen. Die einzige Zusatzinstallation war ein Jagdgewehr, eine zweiläufige Büchse;

Victor hatte es seitlich an der Rückenlehne des Stuhls mit zwei Lederschlaufen festgezurrt; die Läufe wiesen auf den Perserteppich. »Ist's denn ein umgebauter Jeep« – ich wies auf das Mobil –, »der mit dir über die Juraweiden klettert?« Sein Freund Heiri Meier hatte ihn seit Jahren ins Revier Grandmont hinter Schelten gefahren, ausgeladen, installiert und mit Zweigen camoufliert. Ich hatte mich über solch unbezähmbare Jagdleidenschaft gewundert.

Victor begann zu lachen, sein ironisch-spöttisches Kichern; es gehört zu seinem sardonischen Charakter, der sich weigert, irgend etwas (auch sich selbst und die eigenen Altersbeschwerden) ernst zu nehmen; Victor verstand sich aufs Absurde, das in der Möglichkeitsform lauert, und die Menschen, ihre Taten und Untaten, waren ihm eine Komödie. Schlank, wenn nicht mager, mit hellen Augen, schien er unberührbar. Sich selbst nannte er ein ›Auslaufmodell‹, seinen Swimming Pool ›das Spatzenbad‹, seine Villa hatte er bescheiden ›Keßlerloch‹ getauft, sein Besitz war ihm ein ›Bettel‹ und die reichlich fließenden Patenteinnahmen ein ›Armenbatzen‹. Er hatte sie verdient; aus seiner Werkstatt waren der Drehverschlußdeckel und der Pfannenschnabel hervorgegangen, deren millionen- respektive hunderttausendfache Anwendung ihm ein sorgenfreies Leben bescherte.

»Was Stuhl!« sagte Victor, »du jagst noch auf Nimrods Stufe.« Die Batterie gibt nach fünf Kilometern den Geist auf, er funktioniert nur auf Asphalt oder im Zimmer. Neinnein!« Er wies auf seinen PC unter dem Balkonfenster. »Letzthin hat mir Jagdkamerad Heiri *Stalk the Deer* besorgt.« – *»Stalk the Deer?«* – »Freilich, und erst noch kannst du die Landschaft auswählen und einblenden, Rocky Mountains oder Tirol oder Swiss Alps, du kannst auf Hirsche,

Gemsen oder Steinböcke Jagd machen. Übrigens gibt es auch *Hunt the Elephant* mit Savanne, Tania Blixen und Hemingway, doch das fasziniert mich heute nicht mehr so wie früher, ich hab dort unten zuviel geschwitzt. Auch die Bärenjagd in der Taiga mit Gorbi und Jelzin würde mich interessieren. Als nächstes habe ich mir *Footprints of The Yeti* in Tibet mit Heinrich Harrer und dem Dalai Lama bestellt.« – »Den Yeti gibt's doch nicht«, sagte ich, plötzlich müde wie ein Bergsteiger vor einer Felswand.

»Spielt's eine Rolle, solang es ihn gibt, wenn wir Jäger kommen?« Wieder lachte Victor sein mageres Kichern. »Aber ich sag dir, Lieber, rasch mußt du reagieren, ein Doppelklick im falschen Moment, und der Schuß geht ins Bein oder trifft den Wildhüter Franzl oder Ganghofer, die sind nämlich in Tirol mit von der Partie. Dann mußt du per Handy die Ambulanz kommen lassen; das Handy erscheint zwar auf dem Bildschirm, doch die Sanitäter sind zwei ausgemachte Trottel, nichts als Faxen und Flausen, rein aus dem Heimatfilm. Da läßt du lieber die Kugel im Rohr. Und wenn du mit Bläsi Zgraggen und Blocher – die spielen in der Version *Swiss Alps* – ein Felscouloir hinaufkletterst, kann dir das Herz im Hals klopfen, schwindelfrei *mußt* du sein, doch das bin ich.« – »Also, wenn ich richtig verstehe ...« – »... geht der Victor Dienstag, Donnerstag und Sonntag auf die Jagd, meist zwischen 5.30 und 7.30 Uhr, dann ist bestes Büchsenlicht, und wenn der Zwölfender bei Sonnenaufgang als klassischer Blattschuß vor dir steht ... Aber eben, Übung braucht es; Franzl hat die Gewohnheit, im falschen Moment die richtigen Jagdwitze zu erzählen. Und Blocher jodelt, bis Bläsi Zgraggen ihm eins übern Buckel gibt: *»Heer uif, dsMuil uifz'zehrä«,* was, wie ich mir habe sagen lassen, Obwaldnerisch ist und soviel wie Klappe zu! heißen soll. Und das aus Japan! So was nenne ich Perfektion. Du siehst, konzentrieren mußt du dich, und vor dem Schuß fahre ich den Ton runter. Also nach dem Tee geht's los; bis das Abendessen auf den Tisch kommt, ist auch der Franzl mit dem Aser fertig.«

»Phantastisch, Victor, ja, die Japaner«, sagte ich. – »Achtunddreißig Stück«, sagte Victor. – »Eine Leistung in der Tat.« – »Nun, immer triffst du nicht. Ich bin schon fünfzehn Wochen auf der Pirsch.« – »Wieviel Durchmesser hat dein Bildschirm?« Ich wollte auf etwas andres zu reden kommen. – »*Twenty-four inches widescreen,* da bringst du ziemlich viel Landschaft drauf und scharf, sogar Enziane und Arnika, Männertreu und Edelweiß, und die Hirsche sind herrlich, Zehnender und drüber, auch der Ton ist echt; wenn sie röhren, braucht's schon ein starkes Jägerherz.« – »Wär das nicht was für den Tierschutz, Victor?« – »Wie man's nimmt, Lieber. Das ist *Wild*schutz in *Echtzeit.*«

»Im Winkel«, 5. Stimme:
Stefanie

Die zünden sich die Pfeife an mit einem Tausender, saugen die Welt aus, und zu Hause verkommt und vergandet das Land, und die Menschen werden von ihrer Einsamkeit aufgefressen. Ich habe das während der zwei Sommer im Bavona-Tal eingesehen. Und ihre sogenannten »Mitarbeiter« in den blauen Anzügen mit den Tupfenkrawatten überleben die sogenannten »Herausforderungen« nur noch dank Psychiater, Alkohol oder Ecstasy und werden übers Handy verfolgt bis aufs Matterhorn und ins Spital. Reine Schizophrenie. Ich und Samuel haben uns ausgeklinkt, wir gehen den Wanderweg und lassen die Autobahn den Blochern; sollen sie dort die Sekunden sammeln, mit denen sie nichts anzufangen wissen, und dabei ihren Spaß zu haben glauben. Zombies. Natürlich ist mir klar, daß viele, dürften sie's, noch so gern den Wanderweg einschlagen würden. Um so wichtiger, ihn zu wählen, wenn man die Möglichkeit hat.

Ich seh das an meinem Vater, er schnappt nach Luft. Er ist der Unersetzlichste, ohne ihn rollt das Rad der Wirtschaft nicht weiter. Je unersetzlicher einer zu sein glaubt, desto ersetzbarer ist er, die warten ja nur, bis er durchdreht, um ihn in der Versenkung verschwinden zu lassen. Und dann? Öden sie sich gegenseitig auf den Balearen oder Bahamas oder sonst an einer Goldküste an, kaufen sich zum Bankertarif in den Golfclub von St. Moritz ein, um dort den Mann zu spielen, der sie nie gewesen sind, und wissen, daß ihr Leben *ver*spielt und im Eimer ist. Vater hat mal von einer Bankentour in Fernost einen abgehalfterten Topmanager mit nach Hause gebracht, einen nanohirnigen Oberfladen mit Befehlshupe, einen *Laveri* (Schwafler), dem mit sechzig vor mir noch der Kamm geschwollen ist. Der hob gesunkene Dschunken im Gelben Meer vor der chinesischen Küste, damit seine Millionen jungten. Vielleicht ist es unrecht, wenn ich so über meinen Vater herziehe, er hat alles für mich getan – alles, meine ich, das er sich vorstellen konnte, hie und da hat er mir sogar von den Städten erzählt, aber immer nur von den Einkaufs-Malls, wo vom Kunstschnee fürs Garteniglu bis zur ägyptischen Mumie alles zu haben ist. Und er war doch ein lieber Vater. Um so mehr deprimiert es mich. Mumien und gesunkene Dschunken einer wie der andre.

Und ich sollte da mitjoggen, einfach weil Mathe und Physik meine Stärken sind. Da bringe ich lieber den paar Kindern, die in der Schule Mühe haben, oder dann meinen vierundzwanzig Schafen das Einmaleins bei. Kommt noch die astrologische Beratung, doch nur auf persönliche Anfrage, nicht für Auftraggeber, ich verrichte keine Spitzeldienste für die Wirtschaft. Mathematik ist keine schlechte Vorbereitung zum Verständnis der astronomischen Voraussetzungen. Ich empfinde Astrologie als Abenteuer, obwohl solche Sitzungen mich manchmal ganz niedergeschlagen zurücklassen. Astrologie ist ja nicht exakte Wissenschaft, doch gibt sie brauchbare Hinweise; ich stelle das immer wieder fest, obwohl sich nichts begründen, geschweige beweisen läßt. So verdiene ich ein Zugeld; denn vom Vater nehme ich keins und Geschenke nur, damit er nicht noch trauriger und einsamer wird. Samuel ärgert das. Doch warum soll ich ihm und mir nicht eine Freude machen?

Der Hof gibt viel Arbeit. Aber schön ist es hier. Der »Winkel« bedeutet mir mehr als die Villa in Zumikon, wo ich aufgewachsen bin: getrimmter Garten, Rasen, Cotoneasterböschungen, Grünbepflanzung; die paar Bäumchen mußten ab sieben Meter Höhe umgesägt werden – wegen des Laubs im Herbst und der Nachbarn, deren Bauchnabel sie beim Sonnenbaden zu beschatten drohten. Irgendwie tut mir mein Vater leid. Wenn er eine Freundin hätte; doch dazu reicht seine Zeit nicht. Menschen brauchen halt Zeit, wenn wir mit ihnen leben sollen. Heute spürt er bereits die große Leere, und ich denke oft, wie es ihm so geht. Als ich ein halbes Kind war, hatte er zumindest noch unsere österreichische Haushälterin und Kinderfrau, die Theres; sie war eine Bauerntochter, doch dann hat sie zurück nach Windischgassen geheiratet. Hie und da kommt er uns besuchen, er wäre im Grund ein ganz anderer Mensch. Aber er ist halt ein *Qualiflyer* und ein *VIP,* die rollen einen roten Teppich vor ihm aus, wenn er in Sicht kommt, und tanzen um ihn herum grad wie ums Goldene Kalb.

Allmählich wird's kühl, ich muß im Ofen Holz nachlegen. Sehn Sie, auch das gehört zum Wanderweg, daß man sich die Wärme im Winter selbst macht, das Holz eigenhändig zersägt und spaltet; Sämi ist heute nachmittag drüben im Heiterswald und rüstet eine Tanne. Er kann fast alles, und auch ich habe viel auf den Händen, nicht nur die Schafe, auch die Blumen und das Gemüse; er ist der Käser, führt die elektronische Buchhaltung und übernimmt zusammen mit Wilfried, unserem alten Pächter, die Geburten und pflegt unsere Hochstammobstbäume. Wir meinen nicht, wenn es nach Jauche stinke, werde man gesund, und alle Probleme seien alternativ lösbar. *Guguus.* Wir sind keine Drop-Outs, haben beide Chemie studiert, er war nachher in Zürich-Reckenholz, ich habe an der Forschungsanstalt für biologischen Landbau in Frick unter Niggli gearbeitet; die Praxis haben wir uns in den Ferien und auf der Alp erworben, dort auch gelernt, nicht beim ersten Verlust abzuhauen. Der alte Wilfried ist gar nicht so unglücklich, daß wir den Hof wieder in die Hand genommen haben; er kommt gern mal aus dem Dorf herüber, um uns beizustehen und einige Tassen Tee zu verplaudern. Ich glaube, weder mein Vater noch mein Großvater haben eine Ahnung gehabt, wer er war. Er war einfach »der Pächter«, hatte meist etwas zu nörgeln und irgendwo sogar Frau und Kinder und einen eigenen Hof.

Wie es weitergehen soll, kann ich Ihnen genau nicht sagen. Heute haben Sämi und ich genug damit zu tun, *daß* es geht. Vielleicht stelle ich mal ein Roß in den Stall, wenn wir über unser Leben besser Bescheid wissen und genug Erfahrung gesammelt haben. Ich bin schon als Kind viel und gerne geritten. Aber Pferde geben zu tun, die Pflege und die Herausmisterei. Überlassen wir's der Zukunft. Wichtig ist, daß wir beide gesund bleiben, uns keine Rückenschäden zuziehen oder gar unter eine stürzende Tanne geraten. Mir ist erst in den letzten zwei Jahren klargeworden, was es vor hundert Jahren bedeutet haben muß, Bauer zu sein: Nicht nur Schwer- und Schwerstarbeit, sondern auch Sorge tragen zu sich selbst, kein Beinbruch, denn dann ist Amen. Sämi und ich sind jung, und es *gibt* Augenblicke, da spürt man eine solche Freude, grad wenn man müde zu werden beginnt: Man glaubt, man könne sich zwei Tannen auf einmal auf den Rücken laden. Da wird's gefährlich.

Darum ist es vielleicht ein Vorteil, daß ich noch astrologische Beratungen mache. Die beginnen nämlich bei dir selbst. Einigen kann ich ihre *Richtung* zeigen, wenn sie es wünschen. Doch ohne den guten Willen geht's nicht. Mit Astrologie habe ich mich seit dem Gymnasium beschäftigt und habe mir geschworen, nie zu schludern. Ernsthafte Beratung ist ohne ein genaues Horoskop und lange Gespräche mit den Leuten unmöglich. Und noch immer frage ich mich, warum die Aussagen generell zutreffen. Klar ist nur, was Astrologie nicht leistet: ein gebrochenes Bein zusammenflicken, Krebs heilen und die Zukunft vorhersagen. Leute, die ihre Zukunft von mir hören wollen, schicke ich nach Hause.

Ich frage mich oft, wer eigentlich sind diese armen Menschen? Sind sie der Trend? Die Werbespots? Ihr Job? Ihr Einkommen plus Automarke? Sind sie ihre Angst und Hoffnungslosigkeit? Sind sie der Plausch bei einer Erlebnisparty? Arme Seelen, haben keine Ahnung von sich selbst. Nach so einer Sprech- oder Leidensstunde setze ich mich oft dort drüben ans Ostfenster, sehe über die Wiese zum Waldrand hin und lasse es langsam in mir grün werden. Können Sie das begreifen?

VII
Schlaflos

»Wohin«, schrie ich in das Tosen der Wasserfälle, »wohin wollt ihr? Ihr reitet ... ihr reitet über die Brücke?« – »Ja«, antworteten alle, und ihre Stimmen tönten wie ein Chor von Glocken, »wir reiten hinüber!«

Alexander Lernet-Holenia, »Der Baron Bagge«

Chiffre 7:
Die goldene Aue

Es war Sonntag, wir stiegen einen Wiesenhügel hinauf ins *Goldene,* in die Aura der Sonne, ich hinter *den andern.* Ich kannte die Schar nicht, denn alle Gesichter waren abgewendet, sie blickten voraus. Was als Gold dieses Nachmittags blendend den Himmel füllte, waren die Sonne und das *Unbekannte,* die wie ein Geschenk mitten in unsern Alltag gerollt und aufgeblüht waren. Das Tag für Tag grau Aufgehäufte bestand aus Abraumbergen, Fabriken und langen, zweistöckigen Häuserzeilen, die sich in einer dunstigen Ferne verloren. Dort, im Norden, braute sich ein Sommergewitter zusammen, blumenkohlförmige Wolken waren in den Himmel gestiegen. Doch da ich im *Unbekannten,* also in der goldenen Aura oder Goldenen Aue, den Hügel erklomm, vertiefte die Gewitterdrohung mein Glück.

Wir gingen nun über die Hochfläche. Das weiche lange Straußgras flirrte im Wind und gleißte um mich her. Mich erfüllte die Gewißheit, daß das Außenliegende *rettbar* war. Die Lichtblase, in deren Zentrum wir unterwegs waren, wuchs in alle Richtungen und mußte bald auch die niedrigen Gassen, die Aschenstraßen, die Fabriken, ja selbst die Erschöpfung der graugekleideten Menschen erfassen und *durchleuchten,* die im Schatten unten auszumachen waren – lange lehmverschmierte Kolonnen, wohl auf dem Rückweg von der Arbeit.

Unser Tafelland lag hoch, dem Himmel ausgesetzt, im Gold des Nachmittags. Die Gehenden rings um mich waren bereits nicht mehr zu zählen; doch keiner stand dem andern im Weg oder im Licht, sie nahmen keinen Raum ein, ihre durchscheinenden Körper warfen weder Schatten, noch verdeckten sie die Sicht, niemand sprach, kein Schritt war zu hören, nicht einmal das Gras zischelte.

Wir hielten an der Abbruchkante des Tafelbergs, und mein Blick schweifte über seine Abdachung, wo die Täler entsprangen, die in die nördliche Ebene ausliefen; zwischen ihren sanften Flanken drängten sich – endlich sah ich's genau – die Fabriken, die Giebel an Giebel aufgereihten Straßendörfer und die erschöpften Menschen. Die Rauchfahnen und Hochkamine reflektierten bereits das Licht. Jetzt wußte ich auch den Namen: Sohland. Alle gingen dorthin, wo die Strahlung sich immer weiter in die Ferne breitete. Sie ergoß sich auf ein schattenhaft blaues Mittelgebirge zu, das die Ebene verschloß. Über seinen Gipfeln bildeten die Gewitterwolken Turm an Turm, darin rote Blitze zuckten.

Der Schloßherr 4:

Das Sein

Er empfing mich, bequem aufs Sofa im *Fumoir* gelagert. Seine Gattin hatte mich hinaufbegleitet. Er fühle sich körperlich müde, doch er freue sich auf den Besuch. Sie erzählte mir von einem glimpflich abgelaufenen Unfall auf der Krete des Kestenbergs. Er sei auf dem täglichen Gang ausgeglitten und habe einen Sturz über die Felswand nur knapp aufhalten können. Sie seien wie immer mit dem Auto in die Nähe der Ruhebank auf dem Ebnet gefahren, wo er sich hinsetze, übers Land blicke und dann den Weg zur Burg hinunter antrete. Sie gehe jeweils noch ein gutes Stück weiter über den Berg, kehre um und fahre dann zurück. Beim Burggraben oder bereits im Hof des Pächterhauses träfen sie einander wieder. Jenes eine Mal sei er nirgends gewesen. Beunruhigt sei sie den Weg hoch und habe ihn an einer Stelle, wo der Pfad praktisch entlang der Felskante verlaufe, auf dem Rücken liegend vorgefunden, die Arme weit ausgebreitet, um ein Abgleiten durch ein Felscouloir zu verhindern. Buchenlaub im Herbst auf nacktem Kalk wirke wie Eis.

Der Schloßherr legte ein kleines Buch, nach unten aufgeschlagen, auf den Tisch: »Die *Apologie,* ich muß Ihnen nicht sagen, warum ich grad diesen Dialog lese.« Er reichte mir die Hand und bat mich, Platz zu nehmen. »Lassen Sie sich nicht stören, und nehmen Sie's mir nicht übel, wenn ich liegen bleibe. Ich fühle mich entlastet, weniger ermüdbar und kann besser bei der Sache sein. *›Maajestat san ach koa hääriger Hoß mea‹*«, kommentierte er und lächelte. – Wer das denn gesagt habe? – Ach, das sei eine traurig-komische Geschichte aus dem Hause Wittelsbach, und zugestoßen sei sie dem Prinzregenten Luitpold und seinem Leibjäger oder Revierheger in den bayrischen Alpen, sagen wir hinter Linderhof. Der Mann sei wohl so etwas wie ein Jugendkamerad des Prinzregenten gewesen, und Luitpold habe ihm eigentlich alle Schrullen verziehen und über die gelegentlichen kernigen Aussprüche gelacht oder hinweggehört, die so ein Naturmensch im Alter entwickelt und an den Mann bringen muß, um das Waidwerk zu würzen. Somit seien beide, als dies vorgefallen, Herren in vorgerücktem Alter gewesen.

Doch diesen einen Spruch habe Prinz Luitpold dem Grünrock nicht verziehen, diesen nicht, der Arme sei daraufhin in Ungnade gefallen, was ihn gekränkt und betrübt, womit die Sache jedoch *ad acta* gelegt gewesen sei. Sehr menschenfreundlich im Grunde genommen. »Stellen Sie sich vor, wie Stalin reagiert hätte. Der alte Adel ist in der Epoche seines Nachglanzes mit den Untertanen recht zivil umgegangen.« Auf der Jagd zu zweit also habe Prinzregent Luitpold einen kapitalen Zwölf- oder Vierzehnender vor der Büchse gehabt, den klassischen Blattschuß, den man ganz einfach nicht verfehlen kann und darf – und er habe einen Fehlschuß getan. Worauf der Leibjäger, mehr im Ärger über die aus der Hand gegebene Chance als über seinen Herrn, sich vergessen und den leider nicht mehr heurigen Hasen habe springen lassen. Beim Prinzregenten Luitpold wiederum sei zur Demütigung des Fehlschusses – eine Demütigung, ein Ehr-, ja Gesichtsverlust, die sich nur vorstellen könne, wer selbst Jäger sei – noch die Betupftheit oder der

Schmerz über die träfe Wahrheit des Ausspruchs getreten. Er habe den Mann pensioniert.

»So komme auch ich mir zuweilen vor, mein Lieber, wie ein alter Jäger, der seine Böcke verfehlt hat und am besten tut, sich auf die große Reise vorzubereiten.« – »Fragt sich nur, was für Böcke«, sagte ich. »Sie haben wohl doch Bedeutenderes geleistet als Prinzregent Luitpold. Ihre Reise in die ewigen Jagdgründe möchte ich auch mir wünschen.« – »Ist ja lieb von Ihnen. Übrigens zünden Sie sich ruhig eine Zigarette an, stört mich überhaupt nicht, dort drüben ist der Aschenbecher. Ich habe das Pfeifenrauchen vor einiger Zeit aufgegeben, fast gleichzeitig mit der Jägerei, die mir im Grunde wenig bedeutet hat. Ich bringe es nicht fertig, mich über geschossene oder gefehlte Hasen und Spießer zu ereifern und die Schwänze von Füchsen zu zählen; aber die hiesige Jagdgesellschaft wollte mich als Mitglied – die kleinen Konzessionen an die Popularität.«

Ich erzählte, vor etwa fünfundzwanzig Jahren hätte ich mir auf Burg Konopischt in Mittelböhmen die weltweit wohl geisterhafteste Ansammlung von Jagdtrophäen angesehen. In diesen von Geweihen, Stoßzähnen, Hörnern, Fellen und andrer Nimrodsbeute stachligen, gescheckten und einen unangenehmen Kadaver- und Konservierungsgeruch ausströmenden Korridoren, Treppenhäusern und Sälen einer neugotischen Phantasmagorie frage man sich, ob der Thronfolger Franz Ferdinand, der sie geäufnet, überhaupt richtig im Kopfe gewesen sei. Wenn zutreffe, was der Führer auf Schloß Konopischt behauptet, müßte der Erzherzog sein ganzes Leben lang von früh bis spät Tiere abgeknallt haben, die man ihm in den Schuß getrieben: über eine Million. Ich habe mir nachher ausgerechnet, daß es, angenommen, er habe schon aus den Windeln geballert, gut fünfzig Tiere pro Tag gewesen wären. Oder dann habe der Hüter jener Schätze eine Null für die Touristen angehängt. Der Schloßherr hatte den Kopf vom Kissen gehoben: »Interessant. Es muß Leidenschaften geben, die selbst über die Schranken des für einen einzelnen noch Machbaren schlagen. Mir sind die Pfeifensammler lieber, aber meine Pfeife hat mir nicht mehr schmecken wollen.

Ja, was wissen wir, was Prinzregent Luitpold alles geleistet hat oder doch aufgebürdet hatte, wahrscheinlich mehr, als uns beiden lieb wäre. Allein schon das Haus Wittelsbach zusammenzuhalten, das sich leider nie durch besondere Intelligenz ausgezeichnet hat, und das Königreich Bayern zu repräsentieren. Gestorben ist er übrigens nicht am Kummer über jenen Ehrverlust, sondern etliche Jahre später mit einundneunzig, damals war ich elf, und heute habe ich sein Alter bereits hinter mir.

Lieb von Ihnen, daß Sie sich an uns erinnern; Ihre eigenen Bücher wollen doch auch geschrieben sein. Sie haben das letzte Mal vom Projekt eines *Wörterbuchs* Ihrer Kindheit erzählt; leuchtet mir ein, der Kindheits*romane* sind ohnehin zu viele.« Ich steckte mir eine Zigarette an: Was mich von einem Besuch abhalte, sei weniger meine Arbeit als das Wissen um die zahlreichen Besucher hier, seien die Gastgeberpflichten der Schloßherrin, der Kraftverschleiß und Zeitverlust für sie beide. So scheine mir mein Aufkreuzen eine lästige Störung, und ich zögere, bis mir das schlechte Gewissen dann Beine mache.

Der Schloßherr schüttelte den Kopf: »Wissen Sie, jetzt ist alles ein Geschenk, jeder Tag, auch Besucher, ein anregendes Gespräch. Am Morgen, wenn ich aufwache, nehme ich meine Frau und das Licht und die Gegenstände um mich her, die alten und die praktischen neuen, ohne die wir hier oben gar nicht leben könnten, die Zeitung und vor allem die *Zeit* mit Freude entgegen. Sie trägt einen ruhigen Glanz, als wäre sie neu und unverbraucht.« Ich lehnte mich vor: »*Ist* sie ja! Würde sie abbrechen, würde das Universum in den Urpunkt der Ungeschaffenheit implodieren und verschwinden. Doch etwas oder jemand sorgt gnädig dafür, daß sie ständig neu entsteht. Sie haben vor Jahren in einem Gespräch bemerkt, die Zeit sei das größte und gefährlichste Geschenk an den Menschen.« Der Schloßherr sah mich an: »Ich weiß, Astronomie ist für Sie wichtig. Ja, es gilt, die Zeit zu nutzen –, doch jetzt nach so vielen Jahren der Nutzung nehme ich sie geschenkt und freue mich, daß sie da ist und ich noch da bin, obwohl für unsre leistungsbesessenen Zeitgenossen eigentlich überflüssig; wenn ich noch etwas leiste, dann mir der Zeit bewußt zu sein, sie zu leben, ihr durch meine Muße gewissermaßen zu danken. Das darf man doch, nicht? So wird man schließlich zum Buddhisten.« – Ob solche Existenz nicht etwas von der Fülle einer Liebe ohne viele Worte habe, fragte ich. Der Schloßherr schien amüsiert und skeptisch: »Vielleicht, wenn wir die Liebe als Grundkraft auffassen, die ähnlich der Zeit immer neu ist. Somit wäre mein Leben ein Entgegennehmen und Geschehenlassen des Werdens, bis es abbricht. Ich bin bereit. –

Elsie wird Ihnen von meinem kleinen Rutschunfall erzählt haben. Passiert ist gottlob nichts, ich bin an ihrem Arm *sain et sauf* wieder nach Hause gelangt und habe nur die Brille verloren. Und wie meine Frau ist: Am nächsten Tag steigt sie unterm Felsband durch zur Unfallstelle, doch das Ding ist unauffindbar geblieben. Als ich auf dem Rücken gelegen und mit ausgebreiteten Armen das Abgleiten verhindert habe, ist mir etliches durch den Kopf gegangen, eher hell und freundlich, wenn ich vom Erschrecken im Sturz absehe. Was ich nicht wollte: einen komplizierten Beinbruch oder eine Wirbelsäulenverletzung. Ich bin keine starke, aber eine zähe Natur und gewohnt, durchzuhalten.

Ich habe in die halbleeren Kronen der Buchen und den weißlichen Himmel dahinter hinaufgesehen, es war ein Föhntag, Wolkenschlieren zogen durch mein Blickfeld, dann habe ich die Augen geschlossen, mich erinnert – immer eine gute Beschäftigung im Alter – und habe auf Elsies Stimme und Schritte gewartet, ich wußte ja, daß sie mich suchen kommen würde; die Frage war, ob ich mich so lange halten würde, ohne müde zu werden. Den schon vor Jahren verstorbenen Ado habe ich gesehen, wie er nach der deutschen Niederlage und Demobilisation in Bern aus dem Zug steigt, er war der älteste von uns, sieben Jahre über mir, und er hat – ich weiß nicht, ob ich's Ihnen mal erzählt habe – im Ersten Weltkrieg als Seekadett und Seeoffizier in der deutschen Kriegsmarine gedient, auf dem Panzerkreuzer ›Seydlitz‹, der während des Gefechts vor der Doggerbank schwer beschädigt worden ist. Ado hat starrköpfig die militärische Laufbahn gesucht, auch eine Familientradition, und sie gegen die Eltern durchgesetzt; es bedurfte eines Immediatgesuchs an Kaiser Wilhelm II.; er wäre zwar lieber in die Royal Navy eingetreten, doch die nahmen keine Ausländer; dort war ein Vetter von uns Captain, übrigens, wie wir nach dem Krieg herausfanden, auf dem Schiff, das die ›Seydlitz‹ torpediert hatte. So hat Ado dann in Bern eine Beamtenlaufbahn gewählt und bis zu seiner Pensionierung als Generalsekretär der PTT-Verwaltung gearbeitet. Doch der Schatten, der während des Krieges seinetwegen auf uns gelastet hatte, schien sich nach Ados Rückkehr auf ihn zu legen, die unausgesprochene Trauer über den verfehlten Traum seiner Jugend. Und dann Marguerite und Helene – ich war der Jüngste –, die mit mir *umebbääbelet* haben, bis ich's eines Tages verweigerte, ich suchte früh Selbständigkeit. Dann der Vater; er hat uns allerdings immer ferner als die Mutter gestanden – in jener Epoche anders wohl kaum denkbar. Und dann habe ich mich gefragt, wo und wie es wohl ›hinübergehe‹. Ich habe mir die Transition in ein absolutes Nichtbewußtsein vorzustellen versucht, das aus Sicht der Lebenden fast identisch mit dem Dunkel eines traumlosen Schlafs sein muß.«

Der Schloßherr griff das Buch vom Tisch und drehte es um. »›Denn eins von beiden ist das Totsein, entweder soviel als nichts sein noch irgendeine Empfindung von irgend etwas haben, wenn man tot ist; oder, wie auch gesagt wird, es ist eine Versetzung und ein Umzug der Seele von hinnen an einen anderen Ort. Und ist es nun gar keine Empfindung, sondern wie ein Schlaf, in welchem der Schlafende auch nicht einmal einen Traum hat, so wäre der Tod ein wunderbarer Gewinn. [...] Ist aber der Tod wiederum wie eine Auswanderung von hinnen an einen anderen Ort und ist das wahr, was gesagt wird, daß dort alle Verstorbenen sind, was für ein größeres Gut könnte es wohl geben als dieses ...?‹« Er legte das Buch zurück. »Wie denken Sie darüber? Mit dem Alter wächst halt die Nähe zum sogenannten Jenseits; auch ich hätte gar nichts dagegen, gewissen Menschen zu begegnen oder wiederzubegegnen, die mich mein Leben lang begleitet haben. Rilke.« – Für mich komme das Thema etwas früh, meinte ich. Eine Art absurdes Vertrauen in die

Fortdauer des geistigen Prinzips sozusagen, was Goethe die Entelechie genannt habe, könne ich allerdings nicht leugnen. Anschließend jedoch ein großes Fragezeichen. Wer *la grande boucle* so nehme wie er, gehöre zu den glücklichen Naturen, die keine Chance verpaßt oder nichts zu bereuen hätten.

»Und Burger?« fragte der Schloßherr. »Ich hab es zu begreifen versucht. Übrigens ist unser neuer Mieter ein Praktiker, er besitzt eine eigene Firma, irgend etwas Technisches, und eigentlich bin ich erleichtert, es nunmehr mit einem Realisten zu tun zu haben. Da erledigt sich vieles wie von selbst. Burger war schwierig, unberechenbar und während der manischen Phasen kaum anzufassen. Ich habe seine Frau oft bewundert; hat zwischen ihm und uns, ihm und ihren Buben gestanden und, solange es menschenmöglich war, versucht, das Unternehmen Burger, wie er's nannte, vor dem Kollaps zu bewahren.« Ich erzählte dem Schloßherrn von unserem letzten gemeinsamen Nachtessen im September 88; noch vierzehn Tage vor seinem Freitod habe er uns besucht und mit uns Termine vereinbart. Ich hätte mit ihm das Schloß Rued begehen sollen, da Bert May in meinem *Urwil*-Buch ja auf Schloß Rued sein Wesen treibe, und er, Hermann, in seinen »Brenner«-Romanen die Figur des Bert auf mich übertragen habe. Demnach war eine gemeinsame Begehung literarische Freundespflicht. Für uns sei der Tod ein Schock gewesen – trotz seines *Tractatus logico-suicidalis.* Eva und ich hätten wahrscheinlich zu den wenigen gehört, denen er bis zuletzt die Freundschaft nicht gekündigt habe, sogar in seinen Anfällen von Grandiosität. Hermann müsse damals, Ende Februar 89, das Herannahen der nächsten Depression gespürt und keine lebenswerte Zukunft mehr gesehen haben. Die Verdunkelungen seien ja immer länger geworden, und die manischen Phasen hätten sich vermutlich zu einem grellen, quälenden Aufflackern einer Überhelle zusammengezogen, ein Verschleiß von Kräften und sprachschöpferischer Phantasie, dem sein geschwächter Organismus nicht mehr gewachsen war. »Vielleicht hat er den Tod dem Dahindämmern als Pflegefall vorgezogen. Doch wer weiß das so genau, wer kann sich überhaupt in ein schweres Leiden versetzen, das ihm erspart geblieben ist?« –

»Und dann habe ich Elsie meinen Namen rufen hören«, sagte der Schloßherr, brüsk das Thema wechselnd wie oft, wenn er etwas abschütteln wollte, das ihn unangenehm berührte. »Ihre Schritte sind näher gekommen, und sie hat mir aufgeholfen. Arm in Arm, als wäre nichts geschehen, haben wir den Weg zur Burg hinab unter die Füße genommen. Ein kurzer, klingender Name, Jean, finden Sie nicht auch? Der Tradition unserer Familie gemäß hätte ich Hieronymus, also Jérôme, heißen sollen, doch die Eltern fanden den Namen zu kirchen- und altväterlich und entschieden sich fürs Handlichere. Selbst hätte ich mit Jérôme keine Mühe gehabt.«

Ich hätte mich mit meinem Vornamen nie recht anfreunden können, sagte ich, obwohl er nicht besonders verbraucht und zudem der einzige germanische Name zu sein scheine, der nur aus einer Silbe bestehe. Auch gebe es immerhin das Heldengedicht vom Herzog Ernst. Wiederum habe ich mir gesagt, daß selbst der Träger eines klangvollen Namens immer einen noch schöneren fände. Namen müsse man wohl als Gebrauchsgut für die nähere Umgebung betrachten; mit dem Rufnamen dringe ja der Alltag tief in unsere heimlichste und verletzlichste Sphäre ein, und so schützten Ernst oder Jean ihre Träger vielleicht besser vor Zudringlichkeiten als Hieronymus, Thusnelda oder Eitelfriedrich. Der Schloßherr lachte leise: »Sie sind auch der einzige, der weiß, daß Wilhelms II. zweiter Sohn Eitelfriedrich geheißen hat.« – »Möglich«, meinte ich, »es ist in jedem Fall besser, den Namen zu übertreffen, als ihm hinterherzuhinken. Was wird aus Octavian Maria Ehrenreich Bonaventura Fernand Hyazinth, alias Quinquin, dem Grafen Rofrano? Einer unter vielen, von denen die Geschichte schweigt, wenn sich kein Dichter für sie findet.« Was mir am meisten zu schaffen gemacht habe, sei eine Art Pflichtcharakter gewesen, den mein Name ankündige und dem ich nie habe nachleben mögen. Luft und Wasser und eine gewisse Leichtfertigkeit seien meine Elemente.

Das könnte er von sich nicht sagen, meinte der Schloßherr. Er habe trotz des hellen Wesens seiner Mutter den Lebensernst des Vaters sich stark zu eigen gemacht, den guten Willen, alles, was auf einen zukomme, genau zu bedenken, und was man auf sich nehme, auch gewissenhaft zu Ende zu führen. »Nur so habe ich während des Krieges meine Aufgabe erfüllen können. Fünf Jahre lang Kriegsläufte kommentieren – und was für welche! – und mich erst noch mit penibler Genauigkeit in ein Gebiet einarbeiten, das mir als Zivilist fernliegt, Militärstrategie. Dann die von den Hasen der Militärzensur auferlegte Zurückhaltung: Nie zum Ausdruck bringen zu dürfen, was man persönlich fühlte. Das fordert Selbstverleugnung: Übungen eines Historikers in der Tat! Ich habe mich nachher gefragt, ob mir die Zurückhaltung damals zur zweiten Natur geworden ist. Vielleicht habe ich das Impulsive zu stark in den Hintergrund gedrängt. Ja, wie bin ich als Kind wohl gewesen? Ich weiß es nicht recht. Wissen Sie's von sich? Sie schreiben doch jetzt an Ihrem ›Wörterbuch‹.« – »Krank vor allem«, gab ich zur Antwort, »und wenn ich nicht krank gewesen bin, dann eigensinnig beharrend auf dem mir und meiner Vorstellung von mir als Ritter Gebührenden, ein Phantast, jede Fremdbestimmung vehement von mir weisend. Und wenn ich dies alles nicht gewesen bin, weil in meinem Kopf gut Wetter herrschte, hab ich wahrscheinlich, ohne es zu wollen, die Leute um den Finger gewickelt. Oder dann schüchtern bis zur Wortlosigkeit.« Mir sei die Gerechtigkeit wichtig gewesen, erst für mich selbst, doch bald auch die meinen Schulkameraden *verweigerte* Gerechtigkeit. Dies habe mir viel Kummer und Empörung bereitet. »Ich ertrage Ungerechtigkeit nicht, und dies ist wohl auch der Grund, warum ich mich ständig mit diesem bald einmal abgelaufenen Jahrhundert herumschlagen muß, obwohl mich der Nadir der europäischen Geschichte eigentlich nur als kleinen Buben an den tagträumenden Rändern der Kindheit berührt hat.« – »Seien Sie froh«, sagte der Schloßherr, »daß Ihnen diese totale Sonnenfinsternis zum Teil erspart geblieben ist. Die ersten beiden Jahre – wir haben es uns damals in Worten kaum eingestanden – waren das denkbar Entsetzlichste, die Zerstörung und Verhöhnung aller Werte des alten Kontinents.

Aber nun muß ich Sie leider aus der Pflicht entlassen. Seit meinem kleinen Sturz hat sich eine weitere Schicht Müdigkeit auf mich gelegt. Plötzlich wird mir etwas schwer, ein Schatten legt sich über mich, und ich suche eine mir wohltuende Wärme und Stille. Und eigentlich bin ich ganz zufrieden mit diesem Zustand. Zuweilen denke ich, ein Kind im Mutterleib durchlebe vielleicht vergleichbare Erfahrungen. Alles steht bevor, ein Übergang wartet. Merkwürdig, nicht? Und weder Reue noch Bedauern, eine freundlich strömende Bewegung, obwohl uns ein schwarzer Spiegel vor Augen steht.« – »Wir werden durch den Spiegel treten«, sagte ich, »dieses Bild aus *Orphée* hat mich seinerzeit tief beeindruckt.« Der Schloßherr reichte mir die Hand: »Vielleicht ist es ja wahr, und Sie haben recht mit Ihrem ›absurden Vertrauen‹, wie Sie es nennen. So seien Sie mir nicht böse – und sagen Sie Ihrer lieben Frau einen herzlichen Gruß vom Alten vom Berge. Ich will gerne hoffen, daß wir uns noch wiedersehen.«

Steine

Was pflanzest du Steine? Sie sind unfruchtbar; sie nähren nur Flechten und Moose. – Steine sind gepflanzte Zeit. In Stöcken aus Granit und Kalk, Quarzit und Buntsandstein blüht die erste Erde. Stonehenge. Callanish. Arbor Low. Steine sind *vor* jedem Tier, jeder Pflanze, jeder Sprache, und sie halten ihre Zeit fest, solange der Planet dauert. Steine sind die Hoffnung derer, die sie aufrichteten, bis in fernste Zukunft erinnert zu werden.

Heute scheinen wir entschlossen, uns ein Leben lang auf der Schneide zwischen Vergangenheit und Zukunft anzusiedeln, jene geht uns nichts an, diese kümmert uns wenig. Oder täusche ich mich, da mir die Gegenwart nur eine unter drei Zeiten ist? Das Jetzt muß es bringen. Der stampfende Rhythmus. Techno. »Ich werde genug Zeit zum Schlafen haben, wenn ich tot bin«, sagte ein Raver der Zürcher Street Parade 2000. Gewiß, ohne das Jetzt gäbe es die Zeit nicht; es ist der Riß in der Struktur der Schöpfung, durch welchen die Zeit quillt, hochgepreßt zwischen den Kontinenten Vergangenheit und Zukunft; und Schicht um Schicht lagert sich's ab. Selbst der Raver und die Street Parade: Sediment, das keiner vermissen wird.

Warum denn werden überall Steine gepflanzt? Die letzten Jahre des 20. Jahrhunderts erscheinen dem Stadt- und Dorfwanderer als Boom des Findlings. Je mehr elektronische Virtualität, desto zahlreicher die Findlinge. Die Jahrtausendwende als Findlingssyndrom. Gartenstützmauern, drei, vier Meter hoch, abgetreppt gleich den Nuraghen auf Sardinien. Menhire als Schmuck von Parkanlagen, als Brunnenplastiken, Spielobjekte für Kinder, ausgebuddelt an Ort und Stelle beim Aushub von Kellern und Tiefgaragen.

Vor hundert Jahren war ein Findling ein Ereignis und wurde auf der Schülerkarte eingetragen, heute ist er Routine. Doch der Bauleiter zögert. Wenn der in meinem Garten stünde, denkt er, und spricht sich mit dem Baggerführer und der Firma über den Transport ab. In Geländemulden entstehen, mit Bäumen umpflanzt, Lagerstätten von Findlingen für späteren Gebrauch. Eins der wenigen Konsumgüter, die nicht bewacht werden müssen. Friedhöfe versteinerter Zeit. Unsere beim Zeitsparen verlorene Zeit. Derart große Tonnagen dieses Guts wollen wir nicht verlorengehen lassen. Ich denke an die Jahrtausende, die in den Bombardements des Zweiten Weltkriegs in die Luft gingen, an die verbrannte Staatsbibliothek von Sarajewo, an die Gräberfelder und Ahnengenerationen, welche die Vertriebenen und Ermordeten des 20. Jahrhunderts hinter sich lassen mußten. Es scheint, sie müßten nun zurückgewonnen werden.

Der sperrige kantige Bruch gesprengter Findlinge eignet sich zur Naturstein-Ausfütterung von Kanalböschungen, zur Renaturierung von Flüssen und Bächen, Buhnen aus Fundsteinen brechen die Strömung und schaffen Laichplätze für Fische. Und dann begegnen wir dem ersten Sohn der Erde aufrecht im Innenhof eines Bankgebäudes, spiegelnd sein blindes, schlankes oder buckliges Tonnengewicht in Fensterbändern aus Glas. Der Menhir ist wieder Stellvertreter des Menschen geworden – auf dem Weg des Verlusts unseres Menschengesichts. Wir halten inne, eigentümlich berührt aus der Tiefe der Zeit, da es uns noch nicht gab, von seinem unerschütterlichen Ragen. Unser Jetzt weicht von uns, die Zeit fällt uns vom Rücken her an: das Erdzeitalter der Bildung dieser Kolosse, Silur, Devon Karbon, Perm, ihr Wegbrechen vom Bergstock, ihr Transport auf dem Gletscher, ihre erstarrte Zeugenschaft von Kataklysmen in den öden nacheiszeitlichen Tundren, ihr langsames Versinken und Versacken unter dem wachsenden Moor oder Humus, unter Sphagnum, Gesträuch, Gras. Noch ragt eine runde graue Schulter heraus, und jetzt ist der Urvater untergetaucht. Schlaf legt sich, Vergessen weht über ihn. Die Zivilisation holt ihn ein, er wird ans Licht gehievt, die Kruste der Jahrtausende wird mit Hochdruckstrahl von ihm abgespritzt, er wird aufgestellt, einbetoniert, damit er nicht umkippt und ein spielendes Kind totschlägt. Vater und Mutter aus Stein. Mit Walter De Maria, Richard Long, Timothy O'Neill hat der Stein die Land-Art geschaffen.

Der große J. G. Frazer würde heute ein Buch über Findlinge und Steinsetzungen schreiben. Vor drei-, vier-, fünftausend Jahren zusammengeschleppt, gerichtet zu Kreisen, Strahlenrädern, Portalen, Ganggräbern, Totenkammern. Einige Monolithe in Stonehenge sind aus einem Bruch in den Presely Hügeln am Westende von Südwales hundert Meilen übers Meer und den Severn hinaufgeflößt und fünfundvierzig Meilen über Land transportiert worden, auf hölzernen Rollen. Im Sonnentempel des Nordens sind sie zu ihrer eigenen Botschaft aufgerichtet; sprechen noch heute. Erinnerst du dich? Stonehenge. Callanish.

Arbor Low. Von Chatsworth House kommend, waren wir das waldige Tal des River Derwent hinaufgefahren, Weiler, versprengte Höfe, Weidehänge, Wald. Plötzlich versperrte eine Mauer das Tal, der Staudamm des Ladybower-Sees, Zinnen und Türme, eine Burg in der Einsamkeit. Wir fuhren um den See herum und weiter. Ein zweiter Riegel, der Damm des oberen, des Derwent-Sees. »Fehlt nur der Ritter mit eingelegter Lanze auf dem Schlachtroß«, sagte ich. »Oder Fürst Saurau mit dem Arzt auf der Mauerkrone seiner Verstörung«, antwortetest du. Der See und die Straße endeten in einem tannenfinsteren Talabschluß. Wir kehrten um und suchten über das Bäderstädtchen Buxton unsern Weg zum Arbor Low.

Der regenlos bedeckte Tag düsterte. Wir überquerten scheppernde Viehroste, stiegen zwischen Draht- und Lattenzäunen den breiten, baumlosen Hügelrücken hinauf. Da lagen die vierzig, unbearbeitet, schien es, beinahe zufällig, wild herum in der kargen Rauhweide, hingefläzt zu einem rohen Kreis, ragten kaum hüfthoch. Trumms penninischen Alters, viele wohl umgestürzt, hielten sie im Kreis ihre Urzeit fest, die Zeit der Menschen, die sie hierherschleppten und von denen wir nichts wissen, nicht die Farbe der Haut und der Haare, nicht den Schnitt der Augen, nicht ihre Sprache, ihre Riten, nicht einmal, wovon sie lebten. Ob sie den Wisent und den Riesenhirsch noch gejagt haben? Wir wissen nur von ihrer astronomischen Leidenschaft und daß ihr Glaube wohl dem Erneuerer der Zeit, dem Schöpfer von Sonne, Mond, Planeten und Fixsternen, galt.

Im Zentrum ihres Lebens also dieser mit Steinen markierte, an ihnen befestigte, sich jährlich wiederholende, an den Fingern oder in Kerben abzählbare Zyklus: hier in vierzig Monolithe gebannt. Findlinge oder Götter, herausgeschöpft aus dem unfaßbaren, Grauen und Hoffnung erregenden Fluß durch Tage und Nächte, Schluchten und Berge, aus jenem Etwas, das nie begann, nie endete, unsichtbar war, Leben und Tod gnadenlos wirkte, durch jeden unterschiedslos, ununterbrochen hindurchströmte, dessen Zeugungskraft genährt werden mußte – mit Menschenopfern vielleicht. Wir blieben eine Weile, dann besannen wir uns auf die Rückfahrt ins Hotel. Sheffield tauchte auf, die Fabriken und Wohnquartiere fleckenlos schwarz, einige Funken- und Rauchsäulen. Eine Stadt der Trauer in der Vornacht.

In Irland hat uns einer der kleinen weißen Wegweiser mit schwarzer Schrift von der Hauptstraße gelockt: nach Lissivigeen südöstlich von Killarney. Auf der Wiese zwei riesige Portalsteine, einer die Mutter, die ein Kind unter dem langfallenden Mantel an die Brust zu drücken schien, einer der Vaterstein, dann, abgeschirmt von Bäumen und Gebüsch, der Kreis der *Seven Sisters*. Der Gedanke an das göttliche Elternpaar mit den von ihm gezeugten und bewachten Gottkindern ließ sich nicht abwehren. Es gab einen Tigergott, einen Kopf mit drohender Schnauze, Lefzen und geschlossenem Auge. Und einen gab es – ich fotografierte Stein nach Stein –, der wollte nicht abgebildet sein. Das Negativ war schwarz, zu Tode belichtet, als ob ein Blitz oder ein Gammastrahlenausbruch in die Kamera gefahren wäre, ein Fenster in eine fremde Nacht. Ich hatte nichts bemerkt. Der Gott hatte sich geweigert.

Zum erstenmal bin ich der Ur-Zeit 1962 gegenübergestanden. Ich fuhr aus dem Tal des White Horse von Uffington nach Süden in die Hügel der North Downs hinauf. Die Sonne war am Untergehen, es war Frühling. Das schmale Sträßchen kippte über den Paß in ein hochgelegenes, flaches Tal. Die Sonne ritt auf dem Horizont. Ich stieg aus, um mir die Einsamkeit einzuprägen, und sah, daß die Schafweiden der sanften Talhänge in dem nun parallel zu ihrer Neigung streichenden Licht pockennarbig waren von Dutzenden prähistorischer Gräber: Rundhügel, Langgräber, in allen Größen, einige gereiht, andere abgehoben in ihre eigene Verlassenheit. Ein Volk in Gräbern, zwischen Steinplatten gebettet, mit Steinplatten überdeckt, vielleicht nach einer blutigen Schlacht. Niemand weiß von ihr. Dort wartet es im Zeittropfen, darin der Tod es einschloß, und hat sich in seinen *tumuli* und *long barrows* verschanzt zum Kampf gegen das endgültige Verschwinden. Und Schafe weiden drüber.

Lambourn hieß der kleine, etwas weiter unten gelegene Marktflecken. Hinter und oberhalb Lambourn warten die Männer und Frauen ihre Zeit aus, *die* Zeit, von der sie so wenig und so viel wußten wie wir: daß sie da ist, vergeht und doch nicht endet. Wir haben den Raum, die Zeit haben wir nicht. Sie ist nicht zu spüren und zu fassen erst, wenn du müde wirst und sie im Tod dich einschließt und aus der Gegenwart ausstößt. Sie geht weiter, doch für dich, deinen letzten Atemzug und alle Gene und Aminosäuren, ist die Zukunft verstürzt. Schwarz in Schwarz, Weiß in Weiß. So viel Hoffnung, die mit ihren Grabnarben nach viertausend Jahren noch die Erde zeichnete. Ich blieb bis nach Sonnenuntergang, die Schatten versickerten endlich wie Wasser, zurück blieb die grüngraue Weide der Dämmerung. Spurenlos.

Müßte es nicht eine Geschichte der Steine jenseits der Geologie geben? Wir *wollen* nicht »klaglos die Rutsche hinab«. Darum ist das Verbrennen der Ermordeten und das Verscharren der Leichen in namenlosen, unbezeichneten Gruben die Erfüllung des Bösen. Der Böse will nur sein eigenes Überleben; das Kommende und die Geschichte anderer wird ausgetilgt. Der Zukunftsplaner als Gewalttäter.

Der Böse haßt die Vergangenheit und ihre Träger. Denn erzählen sie nicht eine andre als seine Geschichte? Ihnen gehört das Imperfekt, nicht ihm. Getilgt werden muß, was die Liebe zweier Menschen festhielt, was die Liebe zu einem Gott bewahrte, den man rief und anruft, da er bei jedem Gebet tiefer in die Zeitfinsternis weicht. Dort hütet er seinen Hort: das der Zeit entzogene Leben.

Die S. A. Thorwaldt-Gesellschaft 9:
Der Triumph …

Es ist nicht zu leugnen: Die Denkmäler der Urzeit sind unaustilgbar. Die Pyramiden werden auch in zehntausend Jahren noch dasein, nicht minder die Festung Sacsayhuaman bei Cuzco oder die Zyklopenmauern rund um die Insel Gla in Böotien. Kriege, Überschwemmungen und Dürren, Erdbeben, Gleichgültigkeit und Vergeßlichkeit des Menschen oder gar sein Verschwinden von der Erde können ihnen nichts anhaben; sie bleiben in Einsamkeit – ihr eigenes Erdzeitalter. Die Zeit wird kommen, da sie nur für ihr Rätsel zeugen und in erratischem Vorhandensein jeder Entsorgung spotten. Oder es entwickelt sich eine andere Spezies zum zweiten Hirntier der Schöpfung, befühlert die Reste, exhumiert oder unterminiert sie und erkennt in ihnen die ersten Hinterlassenschaften ihres Gottes in Wolfs- oder Insektengestalt, Rudelfestung oder Termitenburg. Nicht anders ergeht es dem Knorrling in deutscher Geisteslandschaft Siegbert Armin Thorwaldt.

Das Gerücht von den fluchtartig im Stich gelassenen Manuskripten in Weimar erreichte auf Wegen, die über die Herzog-August-Bibliothek in Wolfenbüttel geführt haben mußten, den Direktor der zu neuem Leben erweckten Franckeschen Stiftungen zu Halle an der Saale, Professor Dr. Paul Raabe. Raabe hatte seit vier Jahren mit teutonisch-nimmermüder Tatkraft die Wiederbeseelung dieser historisch wohl bedeutendsten bürgerlich-pietistischen Stiftung Deutschlands an die Hand genommen und ein zeitgemäßes Programm kultureller und sozialer Aktivitäten entwickelt.

Sogleich beauftragte er seine jüngste Mitarbeiterin, Magister Ute Unmüssig – das letzte Glied in der Gerüchtekette, da Urenkelin des 1911 mit der Entzifferung des Thorwaldtschen Gekritzels beauftragten epigraphischen Experten Dr. Thassilo Unmüssig –, mit der Sichtung der Konvolute. Der Bericht der kaum dem Studienalter entwachsenen jungen Frau klang enthusiastisch. Zwar herrschten in den drei seit 1990 nie mehr betretenen Büros im Weimarer Schloß Staub und Chaos, Böden, Pulte, Heizkörper, ja sogar Fenstersimse seien überstapelt von peinlich genau gebostitchten Manuskripten (wobei die Bostitch-Klammern, da DDR-Produktion, bereits zu rosten begonnen hätten), doch habe sie in zahlreichen Manuskripten, zum Teil auf Einlageblättern, ausführliche handschriftliche Marginalien, Kommentare, Seufzer, Ausrufe, ja sogar Verwünschungen ihres verzweifelnden Urgroßvaters entdeckt. Die Überraschung konnte größer nicht sein. Unmüssigs Auslassungen reichten, so Ute, von »Ist dies nun ein Insektenschiß oder ein I-Punkt?« bis zu »Kann dieser Rattenfänger eigentlich nicht klar denken? Oder ist, wie eine Morchel zu denken, das Erfolgsrezept der politischen Windfahnen?« (zum Aufsatz »Volk ohne Erde – Volk ohne Seele«) oder »Sprengstoff für Dummköpfe« (zum Aufsatz »Aus reinem Blut sollt ihr zeugen«).

Nicht nur war rund die Hälfte noch immer unpubliziert, sondern es stellte sich heraus, daß die Kommentare des Entzifferers in den meisten Fällen die erste kritische und beinahe noch zeitgenössische Reaktion auf Thorwaldts skurriles Gedankengebäude darstellten, das, wie die blitzgescheite Magister Unmüssig feststellte, »mehr aus Krüppelwalmen und Zwerchgauben denn aus Mauern und Wänden« bestehe. Noch zwei weitere Kostproben aus Unmüssigs Stoßseufzern: »Lippe-Biesterfeld *or* Schaumburg-Lippe: *that is the question*« (zu einem Aufsatz, geschrieben während der Lippischen Erbfolgewirren), »Lektüre für Feldwebel in der Senne[1] und Oberstudienräte in Lippspringe« (zum Aufsatz »Deutsches Herz – welsche List – slawische Dumpfheit«). Somit bot sich die in der deutschen Geistesgeschichte einmalige Gelegenheit, unter der Schirmherrschaft der Franckeschen Stiftungen und der Stiftung Klassik Weimar eine doppelkommentierte und mit einigen Faksimileseiten ausgestattete Zwillingsedition des Thorwaldtschen Werkes wie auch der Unmüssigschen Marginalien zu veranstalten, die von einer für die damalige Zeit hellseherisch anmutenden Verständnistiefe und kritischen Unbeirrbarkeit zeugten. Gleichzeitig erging der Auftrag an die geschrumpfte Rest-Crew von Thieme-Becker, innert eines halben Jahres einen Artikel über Dr. Thassilo Unmüssig zu erarbeiten.

Leider lehnte der von Paul Raabe um ein Vorwort für den ersten Band der Edition angegangene Friedhelm Kemp den ehrenvollen Auftrag aus Gesundheitsgründen ab. Er laboriere an einem endemischen Fieberschnupfen. Jedoch begrüße er in genauer Kenntnis sämtlicher bereits erschienenen sechzehn Bände den Fortgang der Edition. Thorwaldt sei unstreitig, bedenke man die Diversität seines Gedanken-Potpourris, dem Dostojewskij der Tagebücher vergleichbar.

1 Die Senne im Paderbörnischen war in wilhelminischer Zeit der Truppenübungsplatz des 15. Armeekorps, später englisches *military camp.* – Lippspringe im Winkel zwischen Teutoburger Wald und Egge-Gebirge, Bade- und Luftkurort für die Mittelschicht; beide unweit Detmold.

Er, Kemp, kleide sein *approbatur* in zwei Verse des inzwischen zitatwürdig gewordenen Expressionisten Ulf Olm: »O stürzend Korn, / Den Schnitter reißt's nach vorn.« Den habe er selbst erfunden und in zwei Bänden publiziert. Auch Martin Walser lehnte ab; man hatte ihm Band 13 mit den völkischen Aufsätzen zukommen lassen; unverzeihlich. Er verwahre sich gegen jede Instrumentalisierung deutscher Geschichte, komme sie nun von links oder rechts, aus dem anti- oder philosemitischen Lager. Einen zweiten Friedenspreis wolle er sich nicht einbrocken.

Glücklicherweise ist Siegbert Armin Thorwaldt im Zuge der Neupositionierung des wiedervereinigten Deutschland im globalen Ring der Halbschwergewichtler und der Bewerbung um einen ständigen Sitz im Sicherheitsrat sowohl im Bundeskanzleramt wie im Außenministerium zur Chefsache avanciert, und es darf als letzter Triumph des verqueren Essayisten gewertet werden, daß Außenminister Joschka Fischer sich bereit erklärt hat, das Präsidium der neugegründeten Gesellschaft zu übernehmen und das Vorwort für den Band 17 mit Thorwaldts politisch halbwegs brauchbaren Aufsätzen über die deutsch-russischen, deutsch-französischen und deutsch-amerikanischen Sonderbeziehungen zu verfassen, so »Unser Partner wird Rußland heißen« (1876), »Paris – die heimliche Hauptstadt Europas« (1868, zur Weltausstellung in Paris 1867), »Der historische Händedruck zwischen Deutschland und Amerika. Carl Schurz bei Bismarck« (1868), »Ohne Versailles und Paris kein Kaiserreich« (1881), »Ein Gründervater Amerikas: Zum 100. Todestag von Friedrich Wilhelm von Steuben« (1894). Man darf gespannt sein, wie sich der randalierende Achtundsechziger »Spontifischer« aus der Affäre zieht. Gleichzeitig wurde die S. A.-Thorwaldt-Wach- und Schließgesellschaft in Weimar unter Androhung juristischer Schritte aufgefordert, ihren erschlichenen Namen zu ändern und auf eigene Kosten die drei Büros zu reinigen.

Und noch eine weitere Stärkung des Gedenkens ist geplant: Drei Aufsätze Thorwaldts sollen in einem Sammelband mit dem Titel »*Errores germanici* oder Irrwege des deutschen Geistes im 19. Jahrhundert«, herausgegeben von Professor Rolf Tarot, an prominenter Stelle wieder zur Geltung kommen.

Das Thorwaldtsche Schrifttum ist im Dachgeschoß der Anna-Amalia-Bibliothek in Weimar bis zur Überführung nach Halle, wo es seine endgültige Bleibe finden wird, zwischengelagert worden...

Märkischer Sand[1]

Das querrechteckige, über neun Quadratmeter große Bild wird gesichert von einem Bewegungsmelder. Streifen, abwechselnd dumpf sandbraun und aschegrau, schwingen sich in leichtem Bogen von rechts und aus dem Vordergrund hin zur linken oberen Ecke, an den hochgeschobenen Horizont unter erdrückend niedrigem Himmel. Dieser, eingeklemmt zwischen Erde und Bildrand, ist erfüllt von bräunlich-weißlich sich wälzendem Rauch oder Nebel; Wörter schwimmen darin.

Man entziffert: Triplatz, Dreilinden, Neuruppin, Quitzöwel, Gentzrode, Dobbertin. Hier ragt ein Kirchturm, weiterhin, undeutlich wie unter erstem dünnem Schnee, breiten sich die Häuser eines Dorfs. Jetzt ist klar, daß der Bildgrund eine auf 2.5 mal 3.5 Meter aufgeblasene Schwarzweißfotografie ist. Der Maler hat sie bald mit einer weißlichen Grundierung lasiert, bald deckend übermalt. Lehnin, Mittenwalde, Paretz, Blossin, Rheinsberg. In der oberen rechten Ecke unter dem Ortsnamen Garzer wuchtet eine gaskesselähnliche, quer braungestreifte Struktur hoch.

Mittel- und Vordergrund, neun Zehntel der Fläche, sind von Karrengleisen oder Trampelpfaden unterteilt, der Raum dazwischen, Ackerstreifen wohl, ist mit grobem, in Sand ge-

1 Anselm Kiefer: Wege: märkischer Sand, 1980. Acryl und Sand auf Photographie auf Jute, 255 x 360 cm, Fondation Beyeler, Riehen/ Basel.

wälztem Pinsel übersäbelt und läßt etwas durchschimmern, das Mais- oder Getreidestoppeln sein könnten. Auch hier findet man, locker gestreut, einige Ortsnamen. Die größten Buchstaben hat der Maler für die Stadt Küstrin verwendet: »strin«, angeschnitten am linken Rand. Ganz unten steht der Titel: »Wege: märkischer Sand«.

Das Interesse und ein diffuses Bangen des Betrachters konzentrieren sich auf die schwach durchscheinenden grauen Streifen, die sich plastisch zwischen den sandbraunen Wegen aufzuwölben scheinen; vielleicht stachliges Stroh, dann wieder etwas wie welkes Kraut. Schwarze Pfähle oder Stangen ragen heraus, je zwei und zwei an den Oberenden zusammengebogen; sie könnten Kornpuppen gestützt, einen Stacheldrahtverhau aufgespannt oder ein Panzerhindernis gebildet haben oder einfach niedergebrochene Sonnenblumen sein.

Dazwischen und daneben, bald an den Fahrspuren, bald aus der Schütte wachsend, fallen hochstengelige weiße Pilze ins Auge. Sie erinnern an Personenminen, die an ihrer Feder senkrecht aus dem Boden schießen, bevor sie explodieren. Oder sind es Mohnkapseln? Einige große stengelig-blütenartige Formen, rund und hohl in Schwarz oder Weiß, könnten abgeblühte Sonnenblumen sein. Man ist auf dem Punkt, das Bild als harmlose Landschaft sein zu lassen und sich abzuwenden. Die aschegrauen Schüttungen sind vermutlich Ernteabfälle, die nächstens untergepflügt werden. Doch im Zurücktreten befällt einen die Bange erneut. Sind es nicht doch eingestürzte Schützengräben, aus denen noch die Bajonette der Soldaten und die Stahlstützen von Unterständen herausragen?

Der Maler läßt einen allein. Die verstreuten Namen

kennt man aus Fontanes »Wanderungen durch die Mark Brandenburg«.

Tritt man so nahe heran, daß der Bewegungsmelder einen verpiept und eine Aufsichtsperson auf Trab bringt, bemerkt man die Runzeln und Falten des auf die Juteleinwand aufgezogenen Papiers: zusätzliche Narben in dieser Landschaft düsterer Melancholie.

Inzwischen hat hoffnungslose Müdigkeit den Betrachter befallen. Die Sonne, ja beinahe das Licht, hat sich aus diesem Land verabschiedet, das noch schwach simmernde Leben versinkt in Schlaf oder Erstarrung. Dürr, vermodert, flachgetrampelt, abgewrackt. Stand Mais auf den Feldern, ist er verfüttert, war's Getreide, ist es längst zu Brot gebacken, waren's Mohnkapseln, sind die Räusche mit Katern gebüßt, waren es Minen, sind ihre Opfer verscharrt. Wir sind am Ende angelangt. Fast schon unkenntliche Reste zeugen von Gräben oder Gräbern, Pfaden, Bajonetten, Drahtverhauen, Sonnenblumen, Mohn, Kraut und Rüben, und die Namen schweben im Rauchnebel des Vergessens. Todesland. Betroffen stehen wir vor dem Verdun der deutschen Geschichte.

Oder ist's doch nur ein nachlässig abgeerntetes Stück Land einer LPG?

Winterbirken

Ist Herder zuzustimmen, der erkannt zu haben glaubte, der Verlust an Instinkten habe den Menschen dazu gezwungen, seine Vernunft und gleichzeitig die Sprache auszubilden, um neue, für die Horde oder Sippe notwendige Erfahrungen weiterzureichen, ohne deren Mitteilung sie nicht überleben würde? Doch sogleich quält uns das Leiden, daß nichts von allem, was der Fall ist, außer der Sprache selbst, in Worte gefaßt werden kann. Dämmerte diese Erkenntnis erst vor hundert Jahren? Die Schriftsteller des Naturalismus verlieren das Vertrauen in die Gleichung ›Wort = Sache = Wort‹. Ihre Sprech- und Geräuschblasen von ›Ähh‹ bis ›Prrr‹ und ›Tipp tipp tipp‹ stehen neben dem überlieferten Code aus Wortsymbolen der Umgangssprache und kündigen Distanz vom herkömmlichen Gebrauch an, Mißtrauen. Dada die logische Folge.

Doch wie anders sollten Menschen sich im Alltag untereinander verständigen? Sicher nicht, indem sie wie die würdigen Gelehrten an der Akademie von Lagado in Swifts »Gulliver«, statt zu reden, dem Kontrahenten die Gegenstände des Gesprächs unter die Nase halten? Wie sähen dann Liebe oder Haß, Hunger oder Verzweiflung aus? Nun ja, man kann einander umarmen, verprügeln, sich die Finger in den Mund stecken, die Haare raufen. Doch diese Gesten machen den Ausdrucksmangel nur noch sichtbarer, die sogenannte mimetische Defizienz, von deren *teilweiser* Überwindung das Genie eines Jean-Louis Barrault gezehrt hat. Doch wir sind mimetische Krüppel geworden. Schwache Differenzierung im Ausdruck, wenig Eindeutigkeit des Gemeinten. Auch Haß kann umarmen, und Liebe kann verprügeln. So müssen wir uns trotz allem ›irgendwie‹ der Sprache bedienen.

Oft allerdings scheint uns, sie sei zur vorsätzlichen Mißverständigung und Täuschung erfunden worden. Die Frage wäre ein Gespräch mit Swift wert, wie die Geschicke Europas im 20. Jahrhundert verlaufen wären, hätten die Politiker statt der Schlagworte und Lügen die verschwiegenen Tatsachen aus der Tasche ziehen und ins Publikum werfen müssen: Schützengräben, Bomben und Brand, Blut und Leichen, Gaskammern und Menschen auf der Flucht. Sie wären von ihren geflaggten Tribünen gezerrt und totgetrampelt worden.

Sprache, die um ihre fragwürdige Existenz und beschränkte Berechtigung weiß, *muß* von sich selbst reden, von ihrer immanenten Unfähigkeit, die Dinge selbst zu sein. Als bezeichnende erst darf sie wieder laut werden, von Dingen handeln, geistige, seelische, atmosphärische Eindrücke und Erfahrungen umkreisen, die in ihrer Komplexität zwar sprachlich nicht herstellbar, doch unvergeßlich wegen ihrer uns ohne Umweg bestürzenden ›Unbeschreiblichkeit‹ sind. Das uns umtreibende Irgendwie jeder Mitteilung schärft unsere Verantwortung, unsere kritische Reflexion. Und es hat auch den schlechten Ruf der Dichter und Schriftsteller begründet, die bekanntlich nichts als Heißluft produzieren. Als Realist und brauchbar gilt, wer die Schnauze hält und zupackt; wer zögert, nachdenkt und gar noch redet, ist verdächtig, wer gar schreibt, ist ein Phantast. Zwanzig Jahre später dürfen die Verdächtigen und Phantasten die Zupackerei der Realisten auspacken und ausbaden und sich in ›Schadensbegrenzung‹ und ›Rückbau‹ für andere üben. Billiger wär's, die Realisten zu begrenzen.

*

Einige hundert Schritte vom Haus liegt in einer Senke der Moräne das Butzenmoos; sein Ostteil ist mit Birken bestanden, der Rest liegt offen: typische Hochmoorvegetation, über dem Torfmoos ein Seggenried mit Wollgrasbeständen (auch das Scheidige Wollgras), Binsen, Blutweiderich, Mädesüß, amphibischem Knöterich (eine Seltenheit), einigen Sibirischen Schwertlilien und fünf Orchideenarten. Das Offene wird jeweils im Oktober als Streue geschnitten. In regenreichen Herbsten sammelt sich das Wasser in der Mulde zu einer seichten zusammenhängenden Lache, einem Spiegel, der von den Stummeln der abgemähten Pflanzenstengel durchstoßen wird. Im Januar friert dieser jahreszeitliche Weiher zu, und während einiger Nächte stöbert die Bise Schnee darüber. Fröste klären die Atmosphäre, und die bereits wieder nordwärts wandernde Sonne sinkt um fünf Uhr kalt blitzend hinter die schwarzen oder grau verschneiten Wälder des Hügelhorizonts. Meine Stunde.

Der Westhimmel aus rosigem oder gelbem Glas bricht sich am finsteren Schildkrötenrücken des Lindenbergs, ich trete auf die verschneite Eisfläche des Moors hinaus, Knirschen unter den Stiefeln, Binsen splittern. Vor mir das Birkengehölz, die schlanken Stämme weiß unter dem Gewirr rot überhauchter Äste und schwarz in den Himmel fingernder Zweige, durchsichtig bis in die Kronen auf das eiskalte Milchblau des Himmels über dem Osthorizont. In den Zenit sickert aus fernerer Tiefe bereits das helle Grau der frühen Vornacht ein. Der erste Tau fällt. Kein Haus in Sicht und niemand unterwegs, linker Hand steigt ein vom Jahrhundertorkan verwüsteter Moränenwald an. Ich wende mich um; rings Wiesen, dahinter ein gepflügter Acker; im Untergang zeichnet ein Eichengehölz mit Kohle in den Bluthimmel.

Der Birkenhain in der Moorsenke faßt die Weite eines fernen östlichen Winters in einem Land unabsehbarer Ebenen, wo verinselte Baumbestände allmählich in eine Kältesteppe oder Tundra ausfasern. Schwach rot unterlaufen sind jetzt der birkenweiße Schnee und die schneeweißen Stämme mit ihren schwarzen Augen ägyptischer Mumienmasken, durchflutet von der pulverblauen, in Kürze grau eindämmernden Atmosphäre. Ragen und Reglosigkeit, Schweigen über das Schweigen der Dinge. Kein Windfinger, Kälte gleich einer kritischen Lösung; ein Schuß oder Ruf, und sie gerinnt zu Eis. Vor mir steht, was sich nicht sagen läßt, obwohl es *ist* – Glück und Schmerz in *einer* heftigen Empfindung. Ich drehe mich weg und gehe. Die Dämmerung wird dichter. Uns muß das Unsagbare zum Sprechen gebracht haben.

In den Augen die Zeit

Abschiedsblick, Scheideblick, letzter Blick: ›die Sonne warf einen glühenden, blutigen usw. Scheideblick‹, ›er gab seiner Frau einen schrecklichen, verzeihenden usw. Abschiedsblick‹, ›sein letzter Blick galt . . .‹ usf. Abgegraste Wortweide. Wir kommen uns, über Abschied redend, als Leser der »Glückspost« vor, deren Aktualität darin liegt, vom Unglück der Reichen und Notorischen zu berichten. –

Wann immer er in Amerika oder in Moskau zu tun hatte, befiel ihn der Tiefenblick. Er hatte sich im Haus von Eva verabschiedet. Nun durchquerte er den Garten, in einer Hand den möglichst leichten Koffer, der immer zu schwer war, ging über den malmenden oder hartgefrorenen Kies, unterwegs bereits zum Flughafen, zur Langstreckenmaschine. Und plötzlich war der Infrarotblick da, inständig, als ob er alles zum erstenmal oder in einem Rahmen, den er zuvor nie bemerkt hatte, als Bildausschnitt sehen würde. Er blieb stehen und fragte sich, ob er bis heute blind herumgelaufen sei. Kannte er nicht jeden Busch und Baum? Die Jahreszeit spielte keine Rolle; die sieben Findlinge des Steinkreises unter Schneehauben, der Wind ein Messer in den Augen, die Hortensien in rosavioletter Blüte, die Birken im ersten rieselnden Laub: Er schaute, und das geheime Leben der wachsenden oder einfach vorhandenen Dinge schloß sich auf.

Er ging doch nur wie im Kindervers von einer Stadt zur anderen, von einem Zimmer oder Büro zum andern; einziger Unterschied: einige tausend Kilometer. Was soll's? Distanz zählte heute nicht mehr. Doch der Blick bohrte sich ein, signalisierte ihm inständig seine vorläufig letzte Anwesenheit hier und was alles er übersehen oder geringgeachtet hatte – mit einer Intensität und einem dunklen Schmerz, als wäre er bereits tot und käme, ein Wiedergänger, dieses Haus und diesen Garten noch einmal besuchen. Es war lächerlich, es war *pathetic,* wie die Engländer sagen.

Während der paar Schritte von der Haustür zur Steintreppe, die unter einem Tor auf das Sträßchen mündete, schien ihm, das Altbekannte, schon gar nicht mehr Beachtete, im Hirnkino längst auswendig Abzuspulende, dränge sich von allen Seiten heran, rufe ihn, offenbare ein strahlendes, nach seiner Teilnahme verlangendes Leben, das er nie wahrgenommen hatte. Es hatte auf ihn gewartet, ohne ihn zu belagern. Und nun, da es zu spät war, das schmerzhafte Staunen über dessen Präsenz. Es hatte mit keinem Laut, mit keiner Geste auf sein Hiersein aufmerksam gemacht, bis ein Blick es fand, der sich aus den Pflichten und Gewohnheiten gelöst hatte und beinahe schon als Erinnerung aus Kindheitsfernen hier eintraf, in einer Art Wachtraum aufging und das Herz zum Klopfen brachte. Trotz tagheller Anwesenheit.

Um sich der Wirklichkeit dieses Kerns zu versichern, streifte er im Vorbeigehen mit einer Hand die Blätter eines der Rhododendren, die den Zugangsweg in die Mitte nahmen, oder er rieb mit einem Finger über die Körnung der granitnen Torpfeiler in der Mauer, vielleicht drehte er sich noch einmal um und wußte, jetzt endlich, da er gehen mußte, wäre er angekommen. Seine bisherige Anwesenheit war eine Folge verpaßter Gelegenheiten gewesen, und diese endliche Ankunft bestürzte ihn mit einer unrettbaren Schönheit. Er kam sich vor wie Harry in *The Snows of Kilimanjaro.*

Im Grunde aber, mußte er sich gestehen, während er den Wagen aufschloß, das Gepäck verstaute, den Anlasser betätigte, im Grund war diese Erfahrung weder Nähe noch Ankunft. Der Blick kam von zu weit draußen, zu tief drinnen; er brachte etwas zum Stehen, das man nie einholte: die Zeit. Hier, sieh und wisse, du wirst immer zu spät dort sein, wo du längst hättest sein können. Alles sinkt in die Vergangenheit und erfaßt im Wegtauchen den Blick und ergreift das Gefühl. *Zeit war Absenz.*

Die nicht mehr lebten, die Schattenkolonnen, wie er sie nannte, hatten genau diesen Blick getan. Sie waren es, nicht er, die, jede und jeder für sich, in einem Augenblick absoluter Einsamkeit, hilflosen Grauens mit Gewalt von dem Ort weggeschleppt worden waren, wo die Kapillarwurzeln ihres Lebens getrunken hatten. Unter ihren Blicken waren Städte in Asche gesunken, hatten Dörfer und Höfe sich in Winternebel aufgelöst, waren Straßenzüge ein letztes Mal vorübergewandert, hatten die alten Bäume noch einmal in dunkler Wucht dagestanden, war ein Mensch immer kleiner geworden, eine Puppe, eine Zinnfigur, ein flackernder Kommastrich, bis er hinter einer Kurve verschwand.

Und je länger dieses Jahrhundert dauerte, desto zahlreicher waren die gewesen, welche wußten, daß es keine Rückkehr gab. Es war die Epoche der erzwungenen Abschieds- oder Scheideblicke, dachte er, bereits unterwegs auf der Autobahn. Und er fragte sich, ob es nach den Todesmühlen, nach den Beben, die man eine Kontinentalverschiebung nennen mochte, überhaupt noch Menschen gab, denen der Blick in den Kern geblieben war. Man hatte ihn systematisch abgetötet, die Überlebenden hatten lernen müssen, möglichst nichts zu sehen und nirgendwo hinzuschauen, sich selbst aus ihrem Blickfeld herauszuoperieren, sich mit dem Foto- oder Video-Blick zufriedenzugeben – und dann: Tempo!

Langsam kurvte er in einem der Parkhäuser die Auffahrtsschnecke hoch unters Dach, schloß den Wagen ab, trat an die Balustrade und blickte übers Flughafengelände: Beton und Blech und Kunstvögel. Ja, Zeit war jetzt Tempo und, sobald man an einem Ort zu Hause war, Verlust. Man schoß farbige Erinnerungen gegen den Erinnerungsblackout. Vielleicht gehörte er auf die Rote Liste, ging ihm durch den Kopf, Exemplar einer Spezies, die zwischen Haustor und Straße die Augen des gewohnten Alltags irgendeinmal voller Bestürzung und Trauer vertauscht mit solchen einer Zärtlichkeit und Zeitlichkeit ohne Wiederkehr. Er checkte ein.

Wind

Umgetrieben, anrennend, ermattend, auffahrend, stromert der Wind durchs Land unter den schwarzen Wolken des Vollmonds. Ich stehe am Südfenster, die Bäume im Garten haben ihre Schatten in Zweige und Stämme zurückgesogen und schwanken als dunkle Gestalten undeutlich vor einem schwachen Lichtdunst. Mastodonten und Urstiere, Riesenhirsche, Tier-Pflanzen-Chimären. Die Atmosphäre ist klar und lau, die wenigen hinter dem Moor und im Tal verbliebenen Lichter stechen in die weitgeöffneten Pupillen. Ein Temperatursturz gegen Morgen ist angesagt, Böen aus Nordwest, Schnee bis in die Niederungen.

Der Wind winselt und bettelt, frischt auf, bläst zum Angriff, wird zurückgeschlagen, verläuft sich. Mir kommt die Sage von den unerlösten Seelen auf dem Gletscher in den Sinn. Doch es gibt größere Heere. Der postäquinoktiale Luftstrom schleift die Klage der Heimatlosen und Liegengebliebenen. Kein Grab, keine Erinnerung. Jemand klopft mit hölzernem Finger an die Hauswand: Post! Post! Niemand öffnet der Botschaft, verrammelte Türen, verschollene Adressaten, ungültige Nummern, ausgebombte Häuser. Erneut dröhnen hohle Stimmen aus einer Grotte, saust ein Orgelgebläse ohne Partitur, gellt eine Musik vor der Musik, herabgefahren von schneegrauen Waldhügeln über nördliche Ebenen.

Es bedroht uns, *es* scheucht uns auf, uns im Turm hoch

übers umliegende Land Hinausgehobene. Unter uns bricht die Moräne, aufgebuckelt von Dinosauriern, Stockwerk um Stockwerk ins dunkle Tal ab. Kohlenflöze die Wälder am Berg. Eine Fensterscheibe klappert. Der Sturm prüft alle und findet die eine locker im Kitt; dort setzt er an. Ein Expreßzug fegt über ferne Gleise, ein Arvengehölz rauscht nadeldicht, Propeller sausen. Proteus Wind. Wir finden uns, weggelockt in der subpolaren Nacht, im Quellgebiet, wo die rohrenden Rauhnächte Kraft sammeln. Schluchten dunkeln, Felstürme schieben sich hintereinander, ihre versteinerte Gewalt von Götzen. Dort haust und wirbelt Evas Nemo, reißt die Wolken unter dem Mond vorbei. Sein Stöhnen und Fauchen und untröstliches Jodeln aus dem Nichts.

Das wilde Heer rammt den Hügel, berennt die Mauern, rüttelt am Dach, mit Mühe noch halten wir das Hindernis. Erschöpft lassen sie ab, ziehen vorbei, höhnen von weit herüber. Wieder denken wir an die Mammutherden der späten Eiszeit, die im Stehen zugeweht worden sein sollen, im Eis der Quellen erstarrten, versanken. Scheintot überleben sie im Glassarg des Permafrosts die Zeit und warten auf ihre Wiederkehr. Wird die Zukunft bringen, was vor zehntausend Jahren war? Staubstürme über einer Kältesteppe?

Geschosse pfeifen, Bojen heulen, Sirenen klagen. Odysseus verstopft die Ohren. In allen Einsiedeleien brennt jetzt eine Kerze für die Nachrichtenlosen und die Toten. Drei Uhr, schwarzes Blättergestöber, die Wolkenränder glimmen. Ich suche das Mantra der Schlaflosen.

INHALT

I Die Vorzeit

II Die Katastrophe

III Die Latenz

IV Terminator

V Windstille

VI Der Bruch

Thomas Hürlimann

Vierzig Rosen

Roman

368 Seiten

ISBN 978-3-250-60100-5

Meridiane 100

Thomas Hürlimann führt uns zurück zur außergewöhnlichen Familie Katz – bereits bekannt aus der Novelle *Fräulein Stark* –, wir begleiten sie vom Zweiten Weltkrieg bis in die Zeit ihres Aufstiegs. Marie Katz, die talentierte Pianistin, liiert sich mit dem aus einfachen Verhältnissen stammenden Max Meier, der sich an die Spitze der Regierung hocharbeiten will. Sie hat Stil, er den Willen und die Kraft. Vierzig Rosen sind das Symbol ihrer Liebe, einer Liebe, die manch großer Belastung standhalten muß.

»Thomas Hürlimann hat einen grandiosen Roman über die destruktive Kraft der Liebe geschrieben, über das Gefängnis Familie und das unerbittliche Vergehen der Zeit. Das Grandioseste aber ist, wie er, indem er den Leser erschaudern macht, ihn zugleich auch tröstet durch das ewige Ticken der Uhren und den harmonischen Gleichklang der Geschichten vom Scheitern.«

Evelyn Finger, Die Zeit

Ammann Verlag

Christoph Geiser

Wenn der Mann im Mond erwacht

Ein Regelverstoß

304 Seiten

ISBN 978-3-250-60109-8

MERIDIANE 109

Was geschieht, wenn nichts geschieht? Inmitten der Bücher seiner Bibliothek versucht der Erzähler seine schriftstellerische Existenz zu rechtfertigen. Er kapituliert am 11. September 2001, als die Terroranschläge jenen Sommer abrupt beenden. Das Ereignis läßt den ehemals politisch Engagierten, den erotisch Gestrandeten und ästhetisch Gegenläufigen in die Desaster unseres Zeitalters und seiner eigenen Vergangenheit abtauchen. Nach *Die Baumeister* und *Über Wasser* ist *Wenn der Mann im Mond erwacht* der dritte Band einer Trilogie des Scheiterns. Ein Text, der das Ende aller gesellschaftlichen Relevanz von Literatur reflektiert. Ein Buch der Einsamkeit – als wäre man auf dem Mond gelandet, auf Distanz gehalten und zum Zuschauen verdammt.

»Geiser nimmt seine Leser mit auf eine rasante Achter- und Geisterbahnfahrt.« *Charles Cornu, Der Bund*

Ammann Verlag